रोना भी एक रोशनी है

रोना भी एक रोशनी है

(एक कथा यात्रा)

लेखक

सी. भास्कर राव

इण्डियन बुक बैंक

ISBN–978-81-8115-127-8

मूल्य : 550.00 रुपये

संस्करण : सन् 2018

प्रकाशक : **इण्डियन बुक बैंक**
33/1, झारी हाऊस, महरौली
नई दिल्ली–110030
दूरभाष : 26644066

मुद्रक : पराग प्रिंटिंग सर्विस, नई दिल्ली–48 द्वारा शब्द संयोजन
एवं बालाजी ऑफसेट, दिल्ली–110032 में मुद्रित ।

Rona Bhi Ek Roshni Hai (Ek Katha Yatra)
by C. Bhaskar Rao

हिन्दी के वरिष्ठ और विख्यात कथाकार सी. भास्कर राव का यह एक महत्त्वपूर्ण कथा-संग्रह है । संग्रह की सबसे बड़ी विशेषता यह है कि इससे यह स्पष्ट होता है कि वे पिछले लगभग चालीस वर्षों से निरंतर कहानियां लिखते रहे हैं और हिन्दी की चर्चित पत्रिकाओं में नियमित रूप से उनकी कहानियां प्रकाशित होती रही हैं । इसमें कोई संदेह नहीं है कि उनकी कहानियों का पाठक वर्ग काफी विशाल है । सी. भास्कर राव ने कहानियों के अतिरिक्त हिन्दी गद्य की अनेक विधाओं में रचनात्मक कार्य किया है, पर वे एक कथाकार के रूप में वे अधिक जाने जाते हैं । प्रस्तुत संग्रह इसका प्रमाण है । इस संग्रह में सन् 1975 से लेकर 2014 तक, विभिन्न हिन्दी पत्रिकाओं में उनकी जो कहानियां प्रकाशित हुई हैं, उनमें से कुछ चुनिन्दा कहानियां इसमें संकलित हैं । वास्तव में यह कथा-संग्रह उनकी कथा लेखन-यात्रा का एक दस्तावेज़ है । उनकी कथा यात्रा से साक्षात्कार का एक अनुभव तो यह संग्रह देता ही है, साथ ही यह भी स्पष्ट होता है कि उनकी कहानियां किस तरह निरन्तर कथावस्तु तथा कथाशिल्प की दृष्टि से परिपक्व और प्रासंगिक होती रही हैं ।

कहानियों में मानव-जीवन और समाज के जो विविध आयाम मिलते हैं तथा व्यक्ति के अंतर्जगत और वाह्य जगत की संवेदनशील अभिव्यक्ति मिलती है, वह निश्चय ही इस संग्रह को पठनीय, सराहनीय और ग्रहणीय बनाता है ।

–प्रकाशक

समर्पण

अपने कथाकार मित्रों

शंकर,

जयनंदन,

कमल

को सप्रेम.......

विषयानुक्रम

1

रोशनी के कतरे

1. डरी हुई छिपकलियां :– उस दिन मां ने आत्महत्या की कोशिश की। इसके सिवाय कोई उपाय भी नहीं था। दादी ने छड़ी से इस बुरी तरह पीटना शुरू किया कि मां के होंठ फट गये और खून बहने लगा था। मां की आंखों में लम्हें भर के लिए एक हिंसा का भाव कौंध गया था। फिर वह एक झटके से उठी और कुएं की ओर दौड़ पड़ी। होठों से बहते खून, खुले बाल और निचुड़े चेहरे के कारण, अजीब भयावह हो गयी थी, उस क्षण, मां की समूची आकृति ! आंगन की ओर से आते हुए पिताजी ने उन्हें पकड़ा और बेरहमी से घसीटते हुए कमरे में ले आये। मां की देह से खींचकर सारे कपड़े उतार डाले ! मां का सारा शरीर कांप रहा था ! लेकिन पिताजी ने कमर की बेल्ट खोलकर दादी की कसर पूरी कर डाली। मां के शरीर में जहां-तहां नीली लकीरें पड़ गयी थीं और वह बेहोश हो गयी थी। हम सभी बच्चे, मैं, चिंटू, रेशमा और बेबी, सहमकर और दिनों की तरह ही दीवारों से चिपक गये थे। चिंटू ने आंखें कसकर मूंद ली थीं। बेबी जोरों से रोने को हुई तो मैंने उसका मुंह बन्द कर, उसके चेहरे को जबरन अपनी गोद में दबोच लिया। हर बार की तरह ही दहशत के मारे रेशमा का चेहरा जर्द और भावशून्य हो गया था और स्थिर खुली आंखों से आंसुओं की दो लम्बी लकीरें फूट पड़ी थीं।

2. रेत में उगा फूल :– घर में अगर कोई हम बच्चों को खुले दिल से प्यार करते थे तो सिर्फ ताऊजी। शायद इसलिए भी कि ताऊजी का स्वभाव पिताजी या दादी से काफी भिन्न था। पिताजी और दादी को हमसे कोई सरोकार नहीं था और मां को हमें प्यार देने का न साहस था, न अवकाश। हम कभी-कभी मां से बातें करते हुए भी पिताजी या दादी की आहट भर से भयभीत हो जाते थे। ताऊजी से हम बेहद खुश रहते थे। ताऊजी के कारण ही हम महसूस कर पाते थे कि हम बच्चे हैं और बच्चों से प्यार भी किया

जाता है। कभी-कभी ताऊजी के साथ खुली हवा में घूमने या पार्क जाते समय हम सोचते भी थे कि ताऊजी ही हमारे पिताजी होते तो कितना अच्छा होता ? लेकिन दादी, ताऊजी से हमेशा नाराज रहती थीं ! पिताजी की तरह ताऊजी पर उनका कोई नियंत्रण नहीं था। इसलिए भी ताऊजी हमें ज्यादा प्यारे थे लेकिन वह घर पर बहुत कम समय के लिए रहते थे। नौकरी वह नहीं करते थे। नेतागीरी का नशा था उन्हें। नगरपालिका के चुनाव से लेकर आम चुनाव तक की सारी सरगरमी में वह शामिल रहते थे। दादी के हजारों रुपये फूंक डालते थे और हर चुनाव में मात खा जाते थे। लेकिन दादी लाख चीख-चिल्लाकर भी अंत तक उन्हें बदल नहीं सकीं। एक रात ताऊजी ने दादी की कुल पूंजी वाला वह बक्सा भी खोल डाला, जिसे वर्षों से दादी ने सबों की निगाहों से छुपा रखा था। सारे के सारे रुपये और जेवर लेकर वह लापता हो गये। इस घटना ने पहली बार दादी के पहाड़ जैसे अस्तित्व को झकझोर डाला था। वह छाती पीट-पीटकर रोने लगी थीं। एक दैत्य का रोना ! जिसे देखकर, हम दुःखी होने के बजाय आतंकित हो गये थे। दूसरे ही दिन से दादी ने खाट पकड़ी।

एक कोबरे की मृत्यु :- दादी मर गयीं। पानी के एक-एक बूंद को तरसती-तड़पती मरीं। हम मां के साथ मौसी की शादी में गये थे और पिताजी, दफ्तर। हमारे पीछे वह मरीं। उनकी लाश देखकर हम चीख उठे। उनकी आधी देह खाट से बाहर झूल रही थी। मुंह लटका हुआ था और सारे बाल प्रेतनी की तरह बिखरे हुए थे। सारा जिस्म ऐंठा हुआ था। आंखें वीभत्स रूप से आगे निकल आयी थीं। लगा, जिन्दगी भर मां को डसने के बाद, अन्त में अपना ही जहर पीकर मरीं। पूरा चेहरा विकृत और कुचला हुआ था। जैसे किसी ने मार-मारकर मुंह चिंधिया डाला हो। यों तो मौत से दो दिनों पहले, आधी रात के बाद वह भयानक रूप से चीख उठी थीं। पिताजी उठकर उनके पास गये। उन्होंने बताया कि उन्हें ऐसा लगा जैसे कोई उनका गला दबा रहा है। बाद में वह सो गयीं लेकिन हमें लग रहा था। जैसे चीख अब भी दीवारों और दरवाजों पर रेंग रही है। हम चारों ही बच्चे फिर नहीं सो सके थे। बेबी को जैसे ही नींद आती, वह चिंहुक कर फिर उठ जाती थी। हम बच्चों को, उनके शव के पास ले जाया गया था लेकिन हम देख नहीं पा रहे थे। उनकी लाश किसी मरे हुए खौफनाक जानवर जैसी लग रही थी। दांतों की दोनों

पंक्तियां भिंची हुई थीं और मुट्ठियां कसी हुई। जैसे वह किसी से लड़ते-लड़ते मरी हों। उनका अहम्, उनकी क्रूरता और उनकी निर्ममता तो आधी तभी मर चुकी थी, जब ताऊजी ने उनकी पूंजी लूट ली थी। दादी जी के अंतिम संस्कार के बाद विक्षिप्त से, फटेहाल ताऊजी लौटे। अब दिन भर कुछ बुदबुदाते हुए वह आंगन के एक कोने में पड़े रहते थे। किसी से भी बोलते नहीं थे। हमसे भी नहीं। फिर एक दिन चुपचाप उठकर न जाने कहां चल पड़े ? सुना, साधू बन गये।

4. अंतहीन दूरियां :- पिताजी केवल भक्त थे, दादी के। दादी की मृत्यु और ताऊजी के साधू बन जाने का एकमात्र जिम्मेदार उन्होंने ठहराया, बेबस मां को। अब वह धीरे-धीरे मां के लिए दादी की जगह लेने लगे, बल्कि उनसे भी क्रूर, निर्मम ! अपना क्षोभ और आक्रोश वह अकारण मां पर बेरहमी के साथ उतारने लगे। दादी की छड़ी अब उन्होंने ले ली। दादी की मौत से हमें कुछ तसल्ली थी कि कम-से-कम मां को पीटने वालों की संख्या में एक की कमी हुई। लेकिन अब पिताजी विक्षिप्त की तरह मां को पीटने लगे। हमें भी कभी-कभी लगता, उस दिन मां मर ही जाती तो अच्छा था। इस रौरव यातना से तो मुक्त हो जातीं। शायद प्रेत बनकर भी हमें वह प्यार देती, जो जीते जी कभी नहीं दे सकेगी। पहले पिटने पर मां रोती भी थी, कराहती भी थी। पर अब बुरी तरह मार खाते हुए भी वह दम साधे रहती। कभी-कभी होठों को दांतों के बीच भींच लेती। जिससे खून की एक लकीर ठुड्डी तक बह जाती ! बस। इसके अलावा और कोई प्रतिक्रिया नहीं होती। अब जैसे मां ने मान लिया था कि मार खाना ही उसकी एकमात्र नियति है। केवल मृत्यु ही उसे इस नियति से अलग कर सकती है। वह एकदम निःशब्द बनी रहती। केवल उसकी जर्जर जिस्मानी मशीन की घरघराहट भर, हम दिन-रात महसूस करते रहते थे। कभी-कभी उसका समूचा चेहरा आंसुओं के सैलाब में डूबा रहता। केवल उसमें उसकी दो मरी हुई जड़-सी आंखें फूली रहती। हम चाहकर भी मां के निकट नहीं हो पाते थे। हमारे और मां के बीच जैसे पिताजी की खौफनाक हैसियत चौबीसों घंटे बनी ही रहती थी। हमने अब जाने क्यों एक-दूसरे की ओर भी ध्यान देना काफी कम कर दिया था ? अनायास ! एक ही घर में सब अपने-अपने ढंग से पल बढ़ रहे थे। पिताजी ने इधर शराब पीनी शुरू कर दी थी। शायद अपनी मां और भाई का गम दूर करने के लिए।

पिताजी अब हमारे लिए एक शब्द भर थे, व्यक्ति या भावना कतई नहीं।

5. अलग-अलग दीवारें :- हम सब बड़े होते गये। एक दूसरे से अलग-अलग और पूरी तरह स्वतंत्र। हमने अपने-अपने द्वीप बना लिए थे। एक दूसरे में कोई दिलचस्पी शेष नहीं रह गयी थी। हमारे बीच की हर तरह की साझेदारी धीरे-धीरे मिटती जा रही थी। हमारी जरूरतें अपनी थीं। हम अपने में ही बन्द होकर जीने की विवशता से बंधते जा रहे थे। हर क्षण, एक दूसरे से हमारा सरोकार टूटता जा रहा था। अब हम आपस में बातें भी बहुत कम करते थे। घर में एक गहरी निस्तब्धता छायी रहती थी। अब हम साफ महसूस करने लगे थे कि एक मनहूस छाया हमारे सिरों पर मंडराने लगी है। हम अलग-अलग इस छाया के साथ युद्धरत थे। पिताजी की शराब की मात्रा अब काफी अधिक होने लगी थी। वह बेतरह गालियां बकते। भद्दे व्यवहार करते, हमारे सामने ही मां को शारीरिक सम्बंध के लिए झिंझोड़ते, उसे बेपर्द करते। मां अपने जिस्म को, अपने ही बच्चों की आंखों से छिपाने की नाकाम कोशिशें करती, तिलमिलाती, अपने कमजोर हाथों से अपने शरीर के अंग ढकने को तड़पती। लेकिन पिताजी के क्रूर अट्टाहसों से दीवारें कांपती, घर में धुआं भर जाता, जहर भर जाता, हम सब घुटकर रह जाते। मैं और चिंटू अलग-अलग रास्तों पर किसी आश्रय की खोज में निकल पड़ते। दफ्तर-दफ्तर, दुकान-दुकान नौकरी ढूंढने लगते। रेशमा भी अब प्रायः घर से बाहर रहती। जाने कहां, किसके साथ और बेबी, घर के कोनों में पिताजी की हिंसक आंखों से अपने को बचाने की कोशिश में सहमी दुबकी रहती। घर में घुटते हुए रहने की जब आखिरी शक्ति भी मुझमें चुक गयी। तब मैं घर से भाग गया। चिंटू घर की ओर से पूरी तरह बेखबर हो गया था। इधर मां की सांसें अचानक फूलने लगी थीं। वह बेदम हो जाती, सिर चकराता। आंखें अंधेरे में डूब जातीं और रह-रहकर वह घर के किसी कोने में कंपती डाल की तरह गिर पड़ती। उसे दौरे पड़ने लगे थे।

ज्वारों की ओर :- मैंने नौकरी कर ली थी। पता चला, चिंटू को अब तक कोई नौकरी नहीं मिली। उसने अब ढूंढनी भी बन्द कर दी है। रेशमा ने अंतर्जातीय विवाह कर लिया था और वह घर से चली गयी थी। शुरू के कुछ दिन उसके ठीक बीते लेकिन फिर उसके जीवन में भी जहर घुलने लगा था। कुछ दिनों तक तो सुरेन्द्र का व्यवहार उसके प्रति सामान्य था लेकिन

बाद में उसकी असलियत रेशमा के सामने आने लगी थी। सुरेन्द्र के भीतरी चेहरे की विकृतियां परत-दर-परत उसके सामने उभरने लगी थीं, लेकिन तब तक काफी देर हो चुकी थी। रेशमा के पास अपना कुछ भी नहीं बचा था। बिना ठीक से पहचाने ही उसने अपना सर्वस्व सुरेन्द्र को सौंप डाला था। वैसे विवाह के पहले सुरेन्द्र को पहचानने का उसे मौका भी कहां था ? वह तो केवल घर की चहारदीवारियों पर रेंगती हुई मनहूस छाया से अपने को अलग कर लेने के लिए छटपटा रही थी। वह तो गले के नीचे सरकते हुए घर के जहरीले घूंट को पूरी ताकत के साथ उगल देना चाहती थी। उस स्थिति में सुरेन्द्र का साथ उसे काफी जरूरी और अर्थपूर्ण जान पड़ा था। कलकत्ते में उनकी रजिस्ट्री शादी हुई थी। बाद को उसे यह भी पता लगा था कि सुरेन्द्र का सम्बंध बहुत-सी गिरी हुई लड़कियों के साथ भी है। लेकिन उसके घर के अन्य लोग, उसकी इन कमजोरियों के बावजूद उसे अहमियत देते थे। घर का वह इकलौता बेटा था। प्रायः वह रेशमा को मित्रों के नाम पर ऐसे लोगों के बीच ले जाता था जो उसके साथ अश्लील व्यवहार करते थे। वह किसी तरह अपने को वहां से छुड़ाकर भाग आती थी और सुरेन्द्र बेवकूफों की तरह हंसता ही रहता था। उसने अंतिम फैसला कर लिया था कि वह वहां से भागकर अपने घर चली जायेगी। लेकिन तब तक उसकी शारीरिक स्थिति ऐसी नहीं रही थी कि वह कहीं आ जा सके। उसके पेट में आठ महीने का बच्चा था। वह वहीं पड़ी रही, घुटती रही, सुबकती रही। अपनी किस्मत को रोती रही। उसे लड़का हुआ, होने के महीने भर के भीतर ही वह वहां से भाग आयी, अपने घर। अपने समुद्र में, एक गहरे और क्षुब्ध समुद्र में।

7. एक अजनबी दुनिया :- घर से निकलने के पहले ही मैंने देखा था कि चिंटू में कुछ परिवर्तन आ रहे हैं। तेज परिवर्तन। रह-रहकर उसकी आंखें कौंधती हैं। लाल अंगारों की तरह। प्रायः वह सोचता ही रहता। निकलता भी तो रात काफी देर से चोरों की तरह घर में प्रवेश करता। उसके मुंह से, जिस्म से तीखी बदबू क्यों आती है ? एक दिन मैंने उसके तकिये के नीचे बेहद गंदी और नंगी तस्वीरों वाली किताबें देखीं। तैश में आकर कुछ कहना चाहा, लेकिन अपने को जब्त कर लिया। अब बेबी का पत्र उसके विषय में मेज पर खुला पड़ा है। वह पूरी तरह बदल गया है। लम्बे बाल रख लिए। बेतरतीब कपड़े पहनता है। दिन-रात नशे में धुत रहता है। अफीम,

गांजा, चरस पीता है। गाता है, नाचता है, ढेर सारे दोस्त हो गये हैं। अजीब-अजीब शक्लों और ऊल-जलूल पोशाकों वाले दोस्त। पिताजी तो यों भी अब घर से कई-कई दिनों के लिए गायब रहते हैं। मां ने तो खाट पकड़ ली है। चिंटू जब-तब अपने दोस्तों के साथ कमरे में बंद रहता है। सब नंगे होकर नाचते हैं। बदहवास हो जाते हैं। एक दूसरे पर बेतरतीब गिरकर बेहोश हो जाते हैं। कभी-कभी दो-दो दिनों तक कमरा नहीं खुलता। मुझे बहुत डर लगता है। मां की अब खाट पर से उठने की भी ताकत नहीं रह गयी है। उनके शरीर पर हड्डियां निकल आयी हैं। दिन भर आंखें मूंदें पड़ी रहती हैं। कुछ खाती है तो उल्टियां होती हैं। दौरा पड़ता है। बेहोश हो जाती है। चिंटू तो अब अपनी दुनिया में खोया रहता है। एक दिन उसने मुझे भी अपनी दुनिया में शामिल करना चाहा, लेकिन मैंने प्रतिवाद किया। अब तो वह हफ्तों मुझसे बोलता नहीं है। नौकरी के प्रति पिताजी पूरी तरह लापरवाह हो गये हैं। हफ्ते में एकाध दिन जाते हैं। उन्हें सस्पेंड भी कर दिया गया है। तुम्हारे भेजे रुपये हर माह नहीं मिलते तो घर का खर्च भी नहीं चलता। मैंने कॉलेज जाना छोड़ दिया है। घर पर मास्टर जी आते हैं। उन्हीं से थोड़ी-सी तसल्ली रहती है।

8. कई बेहोशियां :- मैंने चिंटू को एक पत्र लिखा था। जवाब की कोई प्रतीक्षा नहीं थी और वह भी यह जानने के बाद कि आजकल वह किन स्थितियों में जी रहा है ? मैंने कभी नहीं सोचा था कि चिंटू इस तरह बन जायेगा, नशीला और बेखर। मैं जानता था कि वह मुझसे तेज है। उसमें तम-तमाहट ज्यादा है। एक दिन जब पिताजी दादी की मौत के कुछ दिनों के बाद ही मां को बुरी तरह पीट रहे थे। चिंटू से नहीं देखा गया। वह पास पड़े हथौड़े को लेकर पिताजी पर टूट पड़ने को दौड़ पड़ा था। लेकिन मैंने उसे कसकर पकड़ लिया था। इस प्रयत्न में हम दोनों ही गिर पड़े थे। वह छटपटा रहा था। लेकिन मैं जानता था कि पिताजी इसी हथौड़े से उसका सिर फोड़ देंगे। मैंने उसे आगे बढ़ने नहीं दिया था लेकिन मैंने उस दिन उसकी तेजी देखी थी। उस रात जब वह मेरी बगल में सो रहा था। मैं सोच रहा था कि इस घर को कोई बदल सकता है तो सिर्फ चिंटू ही। मैं जानता था कि सब कुछ को सहने की अवस्था में न होने पर भी मैं कुछ भी करने की स्थिति में नहीं हूँ। अपने में मैंने आज तक वह ताकत ही नहीं महसूस की

कि मैं घर में एक क्रांति ला सकता हूँ। लेकिन जाने क्यों मुझे चिंटू पर भरोसा था ? घर से निकलते समय भी मेरे मन में कहीं यह बोध था कि मेरे बाद चिंटू ही घर में सबसे बड़ा होगा। शायद यह एहसास उसे कुछ करने पर मजबूर कर सकता है। लेकिन चिंटू ने घर को तो नहीं बदला, खुद को ही बदल लिया। यही कारण था कि मैंने उसे पत्र लिखा। काफी दिनों के बाद अप्रत्याशित रूप से उसका पत्र मिला–भटक तो गया ही हूँ। बिखरा भी कम नहीं। लेकिन यह सब करते हुए सुख मिलता है। एक एहसास तो जीवित रहता ही है। किसी को लगातार, रेशे-रेशे मारने का एहसास ! पीता हूँ। नाचता हूँ। गाता हूँ, बेहोश होता हूं तो लगता है कोई मेरे सामने एक मौत नहीं अनेक मौतें मर रहा है। तुम तो जानते ही हो वह कौन है जिसे हम सभी मिलकर भी न मार सके और जो हम सबको अलग-अलग तोड़ रहा है, मरोड़ रहा है, अधमरा कर रहा है। इसीलिए ऐसा लगता है कि इस घर से, घर में मंडराती छाया से। दीवारों, दरवाजों पर रेंगते धुएं और जहर से जुड़ा तो जा सकता है पर होश में नहीं, सिर्फ बेहोशी में। वह चाहे मेरी अफीम की बेहोशी हो या मां की बीमारी की बेहोशी या बेबी के रोमांस की बेहोशी।

9. वक्त के तूफान :- इधर कई दिनों से अनुभव कर रहा था कि मेरे भीतर धीरे-धीरे कोई भयानक रोग अपनी जड़ें फैला रहा है। कैंसर या अल्सर या कुछ और। बदल-बदलकर डॉक्टरों से जांच करवाया लेकिन हर बार डॉक्टरी रिपोर्ट मेरा मखौल उड़ाती-सी लगती जिसमें यही लिखा होता कि मुझे कोई रोग नहीं है। अक्सर सोचता मुझे भी घर के और लोगों की तरह कुछ हो क्यों नहीं जाता ? या मैं खुद ही कुछ बन पाता। शराबी, अफीमची या बीमार। लेकिन लगता है कि मुझे कुछ नहीं होगा। बस घूंट-घूंट पीता रहूंगा। मां की बीमारी को, रेशमा के विधवापन और पिताजी के खौफनाक इरादों को। मुझे धीरे-धीरे विश्वास होता गया कि मैं नहीं जी सकूंगा लेकिन ये सब लोग मुझमें जीते रहेंगे। अपनी टूटती-मरती सांसों के विष से मुझे जिन्दा रखेंगे। डॉक्टर कहते हैं मुझे वहम हो गया है। मैं डॉक्टरों को कभी नहीं समझा सका। मुझे अपना कोई रोग न सही लेकिन औरों के रोग तो हैं मेरे भीतर। औरों के घाव तो हैं। क्या मां के दौरे मेरे भीतर कहीं नहीं हैं ? क्या पिताजी और चिंटू की बेहोशी नहीं है ? क्या अपने जिस्म को, मास्टरजी की भूखी आंखों से नोचवाने वाली बेबी का रेशा-रेशा दर्द नहीं है और क्या रेशमा

की आंखों का अंधेरा भी नहीं है ? क्या यह सब भी महज वहम है ? शायद डॉक्टर ठीक कहते हैं । यह वहम है । किसी दु:स्वप्न में जीने का वहम । आंख खुलेगी तो एक झटके से इन सबसे मुक्त हो जाऊंगा । देखूंगा कि घर में तो भरपूर खुशहाली है, सहजता है । कहीं तो कुछ गलत नहीं है । डॉक्टर ठीक कहते हैं कि मुझे वहम है कि हम लूले हैं, क्षतविक्षत हैं । अपंग हैं । नहीं हमारा घर कोई हिरोशिमा नहीं है । यहां कभी किसी जहरीले बम का विस्फोट नहीं हुआ है । यहां अंधी, डरपोक और कमजोर जिस्मों वाली पीढ़ियां नहीं है । इच्छा होती है, तीव्र इच्छा कि इन निर्णय करने वाले और घोषणायें सुनाने वाले मसीहों को झक-झोरकर पूछूं कि मेरे शरीर के अंग धीरे-धीरे क्यों गल रहे हैं ? क्यों मैं खून की कै करता हूँ और मेरी हड्डियों पर से परत-दर-परत मांस उतर रहा है । क्यों बाहर से एक पूरा आदमी होते हुए भी भीतर से अस्पतालों की दीवारों पर टंगा हुआ एक नुमाइशी कंकाल हूँ मैं ।

10. रोशनी के कतरे :- मां मर गयी । आखिरी दौरे और मौत के वक्त भी पिताजी का कहीं पता नहीं था । मां के शव से चिपक कर हम रो नहीं सके क्योंकि अब भी हमारे और मां के बीच पिताजी का अस्तित्व बना हुआ था । घर में किसी भी तरह का रोना-धोना नहीं मचा । एक मनहूस सन्नाटा था, गहरी निस्तब्धता । केवल रह-रहकर कोई हवा कांपती थी । कोई छाया डोलती थी । हम सब जड़ थे, मनुष्य होने से ज्यादा बेडौल आकार थे । मां की अंतिम क्रिया हो गयी । हम सब अपने-अपने सवालों के साथ फिर घर में रह गये, एक-दूसरे के लिए कितने अजनबी से । रेशमा का बच्चा अब तीन महीने का हो चुका था । चिंटू पूरा हिप्पी और बेबी को गर्भ रह गया था, मास्टर से । हम नहीं जानते कि इस घर में अब पिताजी कभी लौटकर आयेंगे भी या नहीं । यह भी नहीं जानते कि हम सब अपने-अपने लिए क्या फैसला करने वाले हैं ? कोई फैसला हम ले सकेंगे, जिन्दा रह सकेंगे या आत्महत्यायें करेंगे, यह भी नहीं जानते । घर में दमघोंटू, अंतहीन चुप्पी तैरती रहती है । एक भरापूरा घर, पर फिर भी कितना नीरव, कितना वीरान ? जब भी कुछ सोचने बैठता हूँ असंख्य, बेतरतीब, एक-दूसरे को काटते हुए सवालों के सैलाब से घिर जाता हूँ । आंखों के सामने स्याह अंधेरा छाने लगता है । अंधेरे की गहराई में अपने को डूबने से बचाने के लिए हाथ पैर फेंकता हूँ । आंखें मिच-मिचाकर पूरी ताकत से उन्हें खोलने की कोशिश करता हूँ । आसपास

रोशनी के कुछ कतरे तैर रहे हैं । आंखें फाड़कर उन्हें घूरता हूं । एक कतरा है रोशनी का तो दिखते हैं पिताजी, बदशक्ल, खूंखार, एक कतरा है रोशनी का तो दिखती है मां, दम तोड़ती हुई । एक कतरा है रोशनी का तो दिखती है रेशमा और बेबी । घुटनों में मुंह छुपाये । सुबकती हुई । एक कतरा है रोशनी का तो दिखता है चिंटू । नशे में बदहवास और आखिरी कतरा है रोशनी का तो दिखता है रेशमा का बच्चा, पीला, बीमार । जो धीरे-धीरे प्रेत की तरह दीवारों के किनारे-किनारे सरक रहा है और पी रहा है, लगातार धुआं, जहर ।

❑❑

(नीहारिका, सन् 1975)

2

भक्षक

घने जंगल पर अंधेरे की पहली परत बिछ चुकी है। तरह-तरह के पशु-पक्षियों की मिली-जुली आवाजें समूचे जंगल में फैली हुई हैं। जंगल के बीच, एक ऊँची-सी, उठी हुई जगह पर वन विभाग का एक डाक बंगला है। डाक बंगले के चारों ओर काफी लम्बे और घने वृक्ष हैं। डाक बंगले के सामने से निकलकर एक कच्चा रास्ता जंगल में कहीं खो गया है। उसके पीछे की ओर एक पतली पहाड़ी नदी बह रही है। बहते पानी का हल्का शोर सुनाई पड़ता है। बीच-बीच में, कहीं दूर गांव से उठती हुई, किसी आदिवासी गीत की स्वर-लहरी के साथ, मादलों की हल्की-हल्की ध्वनि भी सुनाई पड़ती है।

डाक बंगले में बिजली नहीं है। बंगले के भीतर एक कमरे में लालटेन जल रही है, जिसकी धीमी रोशनी कमरे में फैली हुई है। कमरे में केवल एक पलंग है, एक मेज, एक कुर्सी और एक स्टूल। कमरे की खिड़की और दरवाजा खुला है, लेकिन बाहर सिर्फ घुप्प अंधकार ही दिखलाई पड़ता है। बाहर के पशु-पक्षियों का हल्का शोर भीतर भी सुनाई पड़ रहा है। झींगुरों और टिड्डों की आवाजें सबसे तेज और तीखी हैं। कमरे की दीवारें बदरंग हैं। कहीं-कहीं जाले लटक रहे हैं। फर्श भी गंदा और टूट-फूटा है।

कमरे में, मेज के सामने, कुर्सी पर वन-विभाग का एक पदाधिकारी बैठा है। उसके सामने एक जग में पानी, शराब की बोतल और गिलास है। लालटेन की रोशनी सीधे उसके चेहरे पर पड़ रही है। शराब की गर्मी से उसका चेहरा तप-सा रहा है। चेहरे पर पसीना है। वह सिगरेट पीते हुए अपलक एक ओर देख रहा है। उससे थोड़ा अलग हटकर, एक स्टूल पर वन-विभाग की ओर से तैनात रक्षक दल का प्रमुख बैठा है। चुपचाप अपने साहब की ओर देख रहा है। साहब सिगरेट का टुकड़ा फर्श पर फेंकता है। उसका सिरा अब भी जल रहा है और उससे धुएं की एक लकीर उठती है। साहब शराब गिलास

में डालता है । उसमें पानी मिलाता है और उसे उठाकर एक सांस में पी जाता है । शराब की कड़वाहट और जलन उसके चेहरे पर भी फैलती है । चेहरा और तपता है । वह दूसरी सिगरेट सुलगाता है और धुआं सीधे प्रमुख के चेहरे पर फूंकता है । प्रमुख उससे विचलित नहीं होता है । वह उसी तरह स्थिर भाव से स्टूल पर बैठा है ।

"हमने आदमी भेजा है, साहब, किसी को पकड़कर लाने के लिए ।" क्षण-भर की चुप्पी के बाद प्रमुख कहता है । उसकी आवाज भारी और सपाट है ।

साहब कुछ नहीं कहता है । उसकी नशे से बोझिल आंखें प्रमुख पर स्थिर-सी रहती हैं । प्रमुख उठता है और दरवाजे से बाहर निकलकर बरामदे में आ जाता है । दूर कहीं देखता है । वही अंधकार । पशु-पक्षियों का शोर । झींगुरों और टिड्डों की आवाजें । वह बरामदे में रेलिंग से लगकर खड़ा रहता है । उसके पीछे दरवाजा, हल्की रोशनी और साहब दिखलाई पड़ते हैं । साहब फिर गिलास में शराब डालता है । पानी मिलाता है और उसी तरह एक सांस में पी जाता है । प्रमुख बरामदे की सीढ़ियां उतरकर बिल्कुल बाहर आता है । उस रास्ते की ओर देखता है जो बंगले के सामने से जंगल में खो गया है । वह कच्चा और धुंधला रास्ता अंधकार में मौन पड़ा है । प्रमुख एक पेड़ के नीचे खड़े होकर बीड़ी सुलगाता है । जब वह माचिस की तीली जलाता है, उसका चेहरा और आस-पास की चीजें एक सीमित दायरे में कांपते हुए रोशन होती हैं, फिर पल-भर बाद ही अंधकार में विलीन हो जाती हैं । उस गहरे अंधेरे में प्रमुख एक छाया-सा दिखता है । रह-रहकर उसकी बीड़ी का सिरा जलता और चमकता है । उसके पीछे कमरे की फीकी रोशनी बरामदे तक आ रही है । दरवाजे के सामने बैठा साहब शराब और सिगरेट लगातार पी रहा है ।

प्रमुख वहीं खड़े-खड़े एक बार पीछे मुड़कर साहब को देखता है, फिर वह चहलकदमी करते हुए कमरे के भीतर आता है और उसी तरह स्टूल पर बैठ जाता है ।

"पिछली बार कितना माल गया था ?" साहब पूछता है ।

खुरदुरी आवाज में ।

"खाली एक ट्रक, साहब !" प्रमुख कहता है ।

"क्यों ?" साहब की आवाज में तीखापन है। वह जलती नजरों से प्रमुख को देखता है।

"आजकल ये आदिवासी सब बहुत होशियार हो गया है, साहब ! घात लगाके देखता है। अब तो आप सब जान-समझ लिया, साहब ! इनके मारे तो धंधा खटाई में पड़ गया है।"

"साले आदिवासी !" साहब के चेहरे पर तीव्र घृणा फैलती है।

प्रमुख का चेहरा भी धीरे-धीरे कठोर होता है। वह कुछ नहीं कहता है और खिड़की के बाहर अंधकार में देखने लगता है। एकटक धीरे-धीरे एक दृश्य उसकी खुली आंखों में आकार लेने लगता है।

शाम का झुटपुटा है। जंगल में हवा कुछ तेज बह रही है। हवा का शोर अधिक है। रक्षक दल के कुछ लोग काटे गये पेड़ वहां खड़े एक ट्रक में लाद रहे हैं तथा अन्य लोग एक पेड़ काट रहे हैं। प्रमुख घूम- घूमकर काटे जाने वाले पेड़ों पर दाग लगा रहा है। रक्षक दल के लोगों की बातचीत के अस्पष्ट स्वर सुनाई पड़ते हैं

"जरा फुर्ती करो।" प्रमुख ऊँचे स्वर में झिड़कता है, "एक ट्रक लदनी भी अभी तक नहीं हुई। साहब लोग हमको डांटता है। रोज चार-पांच ट्रक माल मांगता है।"

कुछ आदिवासी झाड़ियों की ओर से यह कार्य देखते हैं। वे अधनंगे हैं। सबों ने धोती या गमछे कमर के नीचे बांध रखे हैं। कमर से ऊपर नंगे बदन हैं। केवल उनके मुखिया ने फटी बनियान पहन रखी है। शेष आदिवासियों की नजरें अपने नेता से मिलती हैं और वह आंखों-ही-आंखों में कोई इशारा करता है। वे लोग अचानक ही झाड़ियों की ओर से बाहर आकर उन पेड़ों को बाहुओं से घेरकर खड़े हो जाते हैं, जिन्हें काटने के लिए प्रमुख ने उन पर दाग लगा रखे हैं। उन्हें देखकर प्रमुख तथा अन्य लोग अपना काम रोककर खड़े हो जाते हैं। प्रमुख के चेहरे पर आक्रोश फैलता है।

"साले ! फिर आ गये ! जंगल इनके बाप का है !" वह बुदबुदाता है। तीखी नजरों से मुखिया की ओर कुछ पलों तक देखता है, फिर धीरे-धीरे उसके करीब आता है। उसे समझाने, डांटने और धमकाने की भंगिमा में बातें करता है। हवा के अत्यधिक शोर के कारण केवल स्वर सुनाई पड़ता है, शब्द स्पष्ट नहीं होते। कुछ हिन्दी और कुछ आदिवासी भाषा के शब्द ही हवा में

तैरते हैं। फुफकारता-सा मुखिया का हाथ पकड़कर उसे पेड़ से अलग करने की चेष्टा करता है। मुखिया उसे एकाएक झटकता है। प्रमुख के पीछे की ओर लड़खड़ाकर गिरने से उसके माथे पर चोट लगती है और खून की एक पतली लकीर माथे से ठुड्डी तक फैलती है। उसके जबड़े तनते हैं, दांत भिंचते हैं। वह बारी-बारी से आदिवासियों और अपने आदमियों की ओर देखता है। संख्या में आदिवासी, रक्षक दल के लोगों से कहीं अधिक हैं। वह अपने लोगों को लौटने का इशारा करता है। ट्रक तेजी से ढलान की ओर उतरने लगता है और प्रमुख तथा रक्षक दल के लोग एक पगडंडी से एक के पीछे एक ऊपर की ओर बढ़ जाते हैं। प्रमुख एक बार पीछे मुड़कर देखता है। सारे आदिवासी अब तक पेड़ों से उसी तरह चिपके खड़े हैं। धीरे-धीरे अंधकार फैल रहा है। हवा का शोर भी थम रहा है। वे लोग लगातार छायाओं की तरह ऊपर की ओर बढ़ते जा रहे हैं।

"ये साले तो मानते ही नहीं।" उनमें से एक की आवाज उभरती है।

"इन्हें अब सबक सिखाना जरूरी है।" अंधेरे में प्रमुख की आवाज सुनाई पड़ती है, "कल फिर शहर जाकर बड़े साहब से बोलेंगे।"

अंधकार में उनकी आकृतियां और आवाजें क्रमशः खोने लगती हैं। अंधेरा घना होने लगता है।

रक्षक-दल के प्रमुख की आंखों में उभरा यह दृश्य मिट जाता है। साहब उठकर कमरे में लड़खड़ाते कदमों से टहलने लगता है। प्रमुख उसी तरह बैठा है। उसका चेहरा भावहीन है। साहब के चेहरे पर फैलती उत्तेजना को देखता रहता है।

"ला ही रहा होगा साहब किसी को।" प्रमुख कहता है। साहब का चेहरा तन जाता है।

"इन आदिवासियों ने तो नाक में दम कर रखा है, साहब!" प्रमुख कहता है, "जल्दी कुछ उपाय कर दीजिए, नहीं तो ये हमारा जीना हराम कर देंगे।" साहब के चेहरे पर सिकुड़न आती है।

"हम लोग तो बहुत कम हैं, साहब। इन आदिवासियों से भिड़ने के लिए पुलिस का आना बहुत जरूरी है।" प्रमुख समझाता है।

"हूँ।" साहब के मुंह से गुर्राहट की-सी आवाज निकलती है।

लगभग अचानक रक्षक-दल का एक सदस्य हड़बड़ाया-सा भीतर आता

है। साहब और प्रमुख की नजरें एक ही साथ उस पर पड़ती हैं। सदस्य हाथ उठाकर पहले साहब को सलाम करता है, फिर प्रमुख के करीब आकर उसके कान में कुछ फुसफुसाता है। बाहर की ओर इशारा करता है। प्रमुख उसकी बातें सुनते हुए एक बार खुद भी बाहर की ओर देखता है। फिर एक झटके से उठ खड़ा होता है। दोनों बाहर आते हैं। तेजी से बरामदे से नीचे उतरते हैं।

"कहां है ?" प्रमुख पूछता है।

"वहां, बड़े पेड़ के पास।" सदस्य अंधेरे में एक ओर इशारा करके कहता है।

दोनों उसी ओर बढ़ जाते हैं। एक बड़े और घने वृक्ष के करीब पहुंचते हैं। प्रमुख जेब से टॉर्च निकालकर जलाता है। टॉर्च की रोशनी में एक आदिवासी युवती पेड़ से सटी, सहमी-सी खड़ी दिखलाई पड़ती है। उसका चेहरा आतंकित-सा है। आंखें अपलक, पीली और फैली हुई हैं। प्रमुख बिल्कुल उसके निकट आता है। कुछ बोलता है। युवती सिर हिलाकर मना करती है। वह सदस्य भी युवती से कुछ कहता है। उनकी अस्पष्ट आवाजें ही सुनाई पड़ती हैं। झींगुरों, टिड्डों और मेढकों की मिली-जुली आवाजों के कारण शब्द बिल्कुल स्पष्ट नहीं होते। दोनों उसे समझाते हैं, डराते हैं, लेकिन वह अस्वीकार की मुद्रा में लगातार सिर हिलाती है। वे लोग डाक बंगले की ओर इशारा करते हैं। युवती डरी-सी उस ओर देखती है। दरवाजा खुला है। भीतर से हल्की रोशनी आ रही है। दरवाजे पर साहब की छाया-सी दिखलाई पड़ती है। युवती मुड़कर एक कदम जंगल की ओर बढ़ा देती है। प्रमुख और सदस्य एक-दूसरे की ओर देखते हैं। सदस्य लपककर युवती की एक बांह पकड़ लेता है। युवती अपने को छुड़ाने की चेष्टा करती है। अपनी भाषा में बड़बड़ाती है। प्रमुख भी आगे बढ़ता है और युवती की दूसरी बांह पकड़ता है। युवती उनकी गिरफ्त से छूटने के लिए संघर्ष करती है। "ले चलो साली को ! भागने न पाये !" प्रमुख चिल्लाकर कहता है, "बड़ी मुश्किल से तो बहला-फुसलाकर इसे यहां तक लाये हम।" सदस्य बोलता है।

दोनों उसे खींचने लगते हैं। युवती की बड़बड़ाहट के साथ विरोध और तेज हो जाता है। वह किसी भी तरह डाक बंगले की ओर जाना नहीं चाहती है। जमीन पर बैठ जाती है। दोनों व्यक्ति उसे लगभग घसीटते हुए बरामदे

तक लाते हैं । एक पक्षी बड़ी कर्कश आवाज में चीखता- फड़फड़ाता एक ओर से दूसरी ओर निकल जाता है । युवती बरामदे का एक खंभा जोर से पकड़ लेती है । उसे जबरदस्ती खंभे से छुड़ाकर वे लोग कमरे के भीतर ले आते हैं और पलंग पर पटक देते हैं । युवती के चेहरे पर भय है । उसके शरीर में कम्पन है । वह दयनीय आंखों से साहब की ओर देखती है । साहब के होठों पर एक वासना-विकृत मुस्कान है । आंखों में वहशीयत है । प्रमुख और सदस्य कमरे से जल्दी में निकल जाते हैं । साहब एक झपाटे से दरवाजा बंद करता है ।

"पुलिसवालों को जल्दी भेज दीजिएगा, साहब !" प्रमुख की आवाज बाहर से सुनाई पड़ती है । साहब एक दरिन्दे की तरह युवती की ओर आता है । युवती का सारा अस्तित्व कांप-कांप उठता है । साहब के दोनों खुले पंजे उसे दबोचने के लिए आगे बढ़ते हैं । युवती के भीतर एक चीख घुटकर रह जाती है ।

दोपहर का वक्त है । एक पुलिस जीप जंगल के बीच से कच्चे रास्ते पर तेजी से आती है और डाक बंगले के सामने एक धक्के के साथ रुकती है । हल्की बूंदा-बांदी हो रही है । जीप का ड्राइवर हॉर्न बजाता है । डाक बंगले के पिछले हिस्से से प्रमुख और रक्षक दल के लोग जीप की ओर आते हैं । जीप में ड्राइवर की बगल में एक दरोगा बैठा है । पीछे दो-तीन बन्दूकधारी सिपाही हैं । प्रमुख करीब आकर दरोगा को सलाम करता है और आगे की ओर दरोगा के बग़ल में किनारे बैठ जाता है । रक्षक दल के अन्य सदस्य अपनी लाठियां लिए पीछे की ओर सिपाहियों के साथ बैठते हैं । जीप आगे बढ़ जाती है ।

बारिश तेज हो जाती है । जीप कच्चे रास्ते से हिचकोले खाती तेजी से आगे बढ़ती जा रही है, आदिवासियों के एक गांव की ओर । दरोगा और प्रमुख चुप हैं । पीछे बैठे लोग अस्फुट स्वर में कुछ बातें कर रहे हैं । जीप के इंजन की घरघराहट के कारण उनकी बातें स्पष्ट नहीं सुनाई पड़ती हैं । बारिश और जीप की आवाजें ही सबसे मुखर हैं । प्रमुख बीड़ी सुलगाता है ।

"फिर आये थे ये साले आदिवासी !" दरोगा जीप की विंडस्क्रीन से सीधे आगे की ओर देखते हुए पूछता है ।

"हां ! मना करने पर भी सुनते नहीं हैं । पिछली बार आपके डांटने-डपटने

पर कुछ दिनों के लिए शांत रहे, लेकिन अब इनका एक लीडर हो गया है। उसी के इशारे पर जब-तब ठीक पेड़ काटने के वक्त टपक पड़ते हैं और पेड़ घेरकर खड़े हो जाते हैं।" प्रमुख बतलाता है। उसके स्वर में खीझ है।

"हूँ। ठेकेदार भी मुझे बतला रहा था। कल तुम्हारे बड़े साहब ने एस. पी. साहब को फोन भी किया था।" दरोगा कहता है।

"मेरी शिकायत पर छोटे साहब यहां आये थे, जांच के लिए। हमने उनसे बहुत कहा फिर पुलिस भेजने के लिए।" प्रमुख स्पष्ट करता है।

"पहले तो हमने इन्हें धमकाकर ही छोड़ दिया था, लेकिन आज खबर लेता हूँ इस हरामजादे लीडर की। एक तो आदिवासी, उस पर से लीडरी।" कहकर दरोगा अपने रिवॉल्वर को टटोलकर देखता है।

दरोगा का माथा सिकुड़ता है। प्रमुख एक बार चेहरा घुमाकर दरोगा की ओर देखता है। दरोगा की आंखें जीप की सीध में स्थिर-सी हैं। बारिश और तेज हो जाती है। प्रमुख दरोगा से कुछ कहने को होता है, पर चुप रहता है। ड्राइवर गाड़ी चलाने में पूरी तरह व्यस्त है। पीछे बैठे हुए लोग भी अब चुप हैं। दूर, सामने एक आदिवासी गांव दिखलाई पड़ता है।

एक आदिवासी, टीलेनुमा जगह से, दूर से आती हुई जीप को देखता है और वह तेजी से, टीले से उतरकर, पगडंडी से होते हुए गांव की ओर दौड़ पड़ता है। गांव पहुंचकर वह हांफते हुए, अपनी भाषा में पुलिस जीप के आने की सूचना देता है। अन्य आदिवासी भी वहां जमा हो जाते हैं। दूर से आती हुई जीप की ओर भयभीत दृष्टि से देखते हैं। जीप नजदीक आती जा रही है। वे लोग मुखिया की झोपड़ी के सामने आते हैं। एक आदिवासी झोपड़ी के भीतर जाकर मुखिया को बाहर लेकर आता है। उनमें धीमे स्वर में कुछ बातचीत होती है। मुखिया भी कुछ भय और कुछ हिंसा के साथ जीप की ओर देखता है। जीप अब काफी नजदीक आ चुकी है। इसके पूर्व कि उनके पास आकर जीप रुके, मुखिया सहसा वहां से जंगल की ओर भाग खड़ा होता है। जीप में बैठे दरोगा से हड़बड़ी में कुछ कहता है। दरोगा होंठ-दांत भींचे, ड्राइवर को मुखिया के पीछे जीप दौड़ाने का इशारा करता है।

गांव को छोड़कर तेजी से जीप मुखिया के पीछे जंगल में घुस जाती है। बारिश अब भी तेज है। मुखिया लगातार भाग रहा है और उसके पीछे जीप दौड़ रही है। कुछ और आगे जाने पर जीप को रास्ता नहीं मिलता है। वह

रुक जाती है । दरोगा और अन्य लोग, जीप के रुकते ही, कूदकर बाहर आते हैं और मुखिया के पीछे दौड़ते हैं । घने जंगल में घनघोर वर्षा में, ऊंचे पेड़ों के बीच, कुछ समय तक यह दौड़ जारी रहती है । दरोगा निशाना साधकर अपने रिवॉल्वर से मुखिया पर फायर करता है । मुखिया लड़खड़ाता है, गिरने को होता है, फिर संभलकर दुगुने वेग से दौड़ने लगता है । दरोगा दूसरा फायर करता है और अचानक एक कटी डाल की तरह मुखिया जमीन पर गिर पड़ता है । सभी लोग दौड़कर उसके पास आते हैं । मुखिया का शरीर तड़फड़ाने लगता है । उसके मुंह से अजीब विकृत आवाजें निकलती हैं । काफी रक्त बहने लगता है । दरोगा उसकी ओर हिंसक दृष्टि से देखता है । तीसरा फायर बिल्कुल नजदीक से करता है । एकबारगी आदिवासी नेता का शरीर स्थिर हो जाता है ।

"मर साले ! अब किसी की हिम्मत नहीं होगी पेड़ों से चिपकने की । चलो, छोड़ो इसकी लाश यहीं । जंगली जानवर खायेंगे ।" दरोगा क्रूरता से कहता है ।

सभी लोग नेता की लाश वहीं छोड़कर लौटते हैं । तब तक जंगल के बीच किसी तरह रास्ता खोजता ड्राइवर जीप लेकर उनकी ओर आता है । नजदीक पहुंचने पर वह जीप रोकता है । सब जीप के भीतर अपनी जगह पर बैठते हैं । जीप मुड़ जाती है । प्रमुख एक बार उस ओर देखता है । लाश उसी तरह वहीं पड़ी है । वीभत्स हो चुका चेहरा ! फैली स्थिर आंखें ! खुला मुंह ! खून से लथ-पथ निश्चेष्ट शरीर । प्रमुख घृणा से थूकता है । जीप विपरीत दिशा में आगे बढ़ जाती है ।

गांव से गुजरकर जीप डाक बंगले की ओर तेजी से लौटने लगती है । जीप के गुजरते ही छिपे हुए सारे आदिवासी एक जगह एकत्रित होते हैं । जीप को दूर जाते हुए देखते हैं । कुछ लोग अपने नेता को खोजने जंगल में चले जाते हैं । लाश पर सबसे पहले उसी आदिवासी की नजर पड़ती है, जिसने जीप के आने की सूचना दी थी । वह चिल्ला-चिल्लाकर, जंगल में लाश खोजते, बिखरे हुए अन्य आदिवासियों को वहां बुलाता है । एक बलिष्ठ आदिवासी लाश को एक गठरी की तरह अपने कंधे पर झुला लेता है । लाश का आधा हिस्सा पेट और शेष हिस्सा पीठ की ओर झूल रहा है । वे लोग गांव पहुंचते हैं । तब तक शाम हो चुकी है । बारिश भी थम चुकी है । लाश

को एक ऊँची जगह पर रख दिया जाता है । गांव के सभी आदिवासी स्त्री, पुरुष, बूढ़े, बच्चे लाश को घेरकर खड़े हो जाते है । उनके चेहरों पर अनेक तरह के भाव हैं । भय, आतंक, प्रतिशोध और हिंसा के मिले-जुले भाव ।

आधी रात का समय है । चांदनी रात है । एक ट्रक खड़ा है । कुछ लोग पेड़ गिरा रहे हैं और कुछ गिरे पेड़ों को काटकर, उठाकर ट्रक पर लाद रहे हैं । पूरा जंगल चुप, धुंधला और रहस्यपूर्ण-सा लग रहा है । प्रमुख एक ओर चुपचाप खड़ा बीड़ी पीते हुए यह सारा कार्य देख रहा है । उसकी बगल में एक ठेकेदार खड़ा है । सारा कार्य चुपचाप और तेजी से हो रहा है ।

एक आदिवासी झाड़ियों की ओर से यह दृश्य देखता है और अनाहट अपने को छिपाते हुए पीछे की ओर दौड़ पड़ता है । उसके देखने और भागने की भनक तक किसी को नहीं लगती है ।

"कहीं ये आदिवासी फिर तो नहीं आ जायेंगे ?" ठेकेदार पूछता है ।

"उंहु !" प्रमुख कहता है, "आपको तो पता होगा ठेकेदार जी कि इनके नेता को मार डाला गया है । यों भी अभी सब आदिवासी हंड़िया पीके सोये होंगे । दिन के समय साले सूंघते हुए पहुंच सकते हैं, इसीलिए आज रात में पेड़ गिराने का काम रखा है ।"

"अच्छा किया जो इनके नेता को मार डाला ।" ठेकेदार कहता है । निश्चिंत स्वर में ।

"साले पेड़ों को हाथ ही नहीं लगाने देते । जंगल पर अपना जन्मजात हक समझते हैं ।" प्रमुख के स्वर में तैश है ।

"बड़ी मुश्किल है," ठेकेदार बोलता है, "इधर ये आदिवासी पेड़ काटने का विरोध करते हैं, रुकावटें डालते हैं, उधर साहब लोग और पुलिस-दरोगा अपना-अपना हिस्सा मांगते हैं, तगादा करते हैं । आखिर ठेकेदार किसकी सुने, क्या करे ?"

प्रमुख कुछ नहीं कहता है । उसकी आंखें चोर की तरह जंगल में चारों ओर घूरती रहती हैं । नगाड़ों की हल्की ध्वनि दूर से सुनाई पड़ती है । प्रमुख कुछ सचेत होता है । ध्वनि की दिशा में अपलक देखने लगता है । ध्वनि धीरे-धीरे बढ़ने लगती है । "यह कैसी आवाज ?" ठेकेदार पूछता है ।

प्रमुख कोई जवाब नहीं देता है । नगाड़ों की तेज होती ध्वनि के साथ उसके चेहरे पर चिंता बढ़ने लगती है । वह सहसा फुर्ती से एक पेड़ पर चढ़

जाता है । चांदनी रात में दूर-दूर तक जंगल में देखता है । कुछ दूर पर उसे अपनी ओर आती कतारबद्ध छोटी-छोटी रोशनियां दिखलाई पड़ती हैं । वह आंखें फाड़े उस ओर देखने लगता है । फिर जल्दी में पेड़ से उतरता है । उसके चेहरे पर चिंता गहरी हो जाती है । वह पेड़ काटने वालों को मना करता है । सबों को कटे पेड़ ट्रक पर लादने के काम में लगा देता है । सब दुगुने वेग से इस काम में लग जाते हैं । प्रमुख उन्हें ताकता है । ठेकेदार भी जल्दबाजी मचाता है । प्रमुख का एक ध्यान निकट आती रोशनियों और बढ़ती ध्वनियों की ओर है और दूसरा ट्रक पर लकड़ी की लदनी की ओर । अचानक रोशनियां कुछ करीब आकर थम जाती हैं । प्रमुख खड़े होकर उधर देखता है । उसके चेहरे पर क्रूरता है, कठोरता है । ठेकेदार तथा अन्य सभी लोग अपना काम रोककर उधर ही देखने लगते हैं । उनके चेहरों पर आशंका है, आतंक है । वे सहमे-से दिखलाई पड़ते हैं । "यह क्या हंगामा है ?" ठेकेदार पूछता है । उसकी आवाज डरी-सी है । "लगता है, इनकी नीयत ठीक नहीं है ।" प्रमुख कहता है, फिर वह फुर्ती से एक पेड़ के सहारे टिकाकर रखी अपनी बन्दूक की ओर बढ़ जाता है । उसका चेहरा तमतमा उठता है । वह बन्दूक की नली ऊपर की ओर करके एक हवाई फायर करता है । फायर की आवाज जंगल में ध्वनित और प्रतिध्वनित होती है । इसके साथ ही नगाड़ों से धमक फूटती है । मशालों और तीर-धनुषों से लैस आदिवासी, मुंह से जोरों की आवाजें निकालते हुए आगे बढ़ जाते हैं । प्रमुख ठेकेदार और अन्य लोगों की ओर तीरों की बौछारें होने लगती हैं । दो-एक जमीन पर गिर पड़ते हैं । शेष सारे लोग भाग खड़े होते हैं । उस हड़बोंग में प्रमुख आदिवासियों की ओर फायर करता है । दो-एक आदिवासी भी गिरते हैं, लेकिन शेष आदिवासी पूरी तरह आक्रमण कर देते हैं ! प्रमुख को एक तीर लगता है और वह मुंह के बल जमीन पर लुढ़क जाता है । ठेकेदार तथा अन्य लोग अब भी जान बचाकर बेतहाशा जंगल में जहां-तहां भाग रहे हैं । प्रमुख के शरीर को रौंदते हुए आदिवासी कुछ दूर तक उन भागते लोगों का पीछा करते हैं । उन पर ताबड़-तोड़ तीर चलाते हैं । पूरे जंगल में भयानक शोर फैल जाता है । कुछ आदिवासी वहां खड़े ट्रक में आग लगा देते हैं । आग सुलगने लगती है । लपटें ऊंची उठने लगती हैं । आस-पास का जंगल दहकने लगता है ।

इस घटना के दूसरे दिन वन-विभाग के बड़े साहब के कार्यालय में

अधिकारी बैठे हैं जिनमें वह अधिकारी भी शामिल है, जिसे रक्षक दल के प्रमुख की शिकायत पर जांच के लिए भेजा गया था। एस.पी. तथा अन्य पुलिस अफसर भी वहां हैं। वह दरोगा भी वहां उपस्थित है, जिसने आदिवासी नेता को मौत के घाट उतार दिया था। कुछ पत्रकार हैं।

"लेकिन यह सब हुआ क्यों ? एक पत्रकार पूछता है।"

"आप जानते ही हैं," बड़ा साहब कहता है, "ये आदिवासी जंगलों पर अपना एकछत्र आधिपत्य समझते हैं। मनमाने ढंग से पेड़ गिराते हैं और लकड़ी काटते हैं। वन-विभाग के रक्षक जब उन्हें मना करते हैं और इन आदिवासियों से, पेड़ों की, जंगलों की रक्षा करने की कोशिश करते हैं, तो आदिवासी उन पर आक्रमण कर देते हैं। इसमें हमारे अनेक बेकसूर रक्षक मारे जाते हैं।"

"इस बार कितने लोग मारे गये ?" दूसरा पत्रकार पूछता है।

"इस बार तो रक्षक दल के कुछ सदस्यों के साथ दल-प्रमुख भी बेमौत मारा गया। उसके परिवार के लिए सरकार की ओर से बीस हजार रुपये हर्जाना की व्यवस्था हुई है।" बड़ा साहब स्पष्ट करता है।

"तो पुलिस की एक बड़ी टुकड़ी भेजी है, जंगल में कानून और व्यवस्था की रक्षा के लिए।" एस.पी. सूचना देता है।

थोड़ी-सी अन्य औपचारिक बातों के बाद बैठक समाप्त हो जाती है। पत्रकार आंकड़े, सूचनायें लेकर चले जाते हैं। वन विभाग के अफसर और पुलिस अधिकारी चाय-पान-सिगरेट में जुटते हैं।

घटना के तीसरे दिन पुलिस गाड़ियों का एक काफिला जंगल में जाता हुआ दिखलाई पड़ता है। केवल गाड़ियों की घरघराहट ही सुनाई पड़ती है। शेष जंगल मौन है, स्तब्ध है। गाड़ियों का यह काफिला जंगल में गुम हो जाता है। अचानक जंगल में गोलियां चलने की आवाजें उभरती हैं। आवाजें निरंतर तेज और तेज होती जाती हैं। इन आवाजों से सारा जंगल गूंजने लगता है। कांपने और थरथराने लगता है। साथ ही नगाड़ों की ध्वनि भी उभरती है और नगाड़ों से फूटती धमक तीव्र और तीव्रतर होते हुए पूरे जंगल में छा जाती है।

❑❑

(कहानियां : सन् 1988)

3

रोजमर्रा

"कब तक लौटियेगा ?" पत्नी ने पूछा ।

"तीन-चार तो बज ही जायेंगे ।" मैंने जेब में कलम रखते हुए कहा ।

"एक काम कीजियेगा... ।"

"बोलो ।"

"जाते हुए, काली मंदिर से होते जाइयेगा ।"

पत्नी जानती है कि मैं काली-भक्त हूँ ।

"जा तो सकता हूँ, लेकिन फिर बस आगे से पकड़नी होगी--मंदिर के पास ।"

"समय तो होगा ?"

"हां, है । आज तो पहला ही दिन है । निश्चित समय पर पहुंचना होगा, ऐसी तो कोई बात नहीं है ।"

"चाय और लीजियेगा ?"

"नहीं, बस । तो मैं चलूं..."

"मंदिर से जरूर हो लीजियेगा ।"

"ठीक है ।"

मैं घर से बाहर निकला । एक बार याद किया, कुछ छूट तो नहीं रहा । छूट भी क्या सकता है ? रूमाल, घड़ी, पैसे और कलम-सब कुछ तो ले लिया । कॉलेज की नौकरी का पहला दिन होने की वजह से भीतर थोड़ी घबराहट जरूर थी, लेकिन बाहर से मैं अपने को शांत, संयत बनाये रखने की भरसक कोशिश कर रहा था । घर से मंदिर तक पैदल ही चला आया । अधिक दूर भी तो नहीं है, रंकिनी मंदिर । इस मंदिर से और मां काली से, बचपन से ही एक गहरा लगाव-जुड़ाव रहा है । प्रत्येक वृहस्पतिवार को अम्मा मुझे मंदिर भेजा करती थी, फल-फूल लेकर । फिर मेरी आदत पड़ गई । अब भी

वृहस्पतिवार को नियमित जाता हूँ। जरूरत पड़ने पर और दिन भी। हर सुख और उपलब्धि के लिए कृतज्ञता व्यक्त करने, हर दुःख और संकट के समय प्रार्थना के लिए। दरअसल मंदिर से होते जाने की बात मेरे अपने दिमाग में आनी चाहिए थी, लेकिन उतावलेपन के कारण यह बात मैं भूला-सा रहा। वैसे कॉलेज में नियुक्ति के बाद मैंने मंदिर में विधिवत् काली की पूजा कराई थी। साक्षात्कार के पूर्व प्रार्थना करने भी गया था। जाने क्यों बचपन से ही मुझे विश्वास रहा है कि काली मां मेरी हर बात सुनती हैं, मानती हैं ?

रंकिनी मंदिर में मैंने मनोयोग से प्रार्थना की कि आज कॉलेज में पहला दिन अनुकूलता और सफलता के साथ बीते। काली के प्रति मैंने पुनः कृतज्ञता व्यक्त की। मेरा एकमात्र सपना पूरा हुआ। बीस वर्षों तक स्कूल की नौकरी के बाद अंततः इसी शहर, जमशेदपुर के ही एक कॉलेज में मेरी नियुक्ति हो गई डिग्री कॉलेज में। यही तो एक सपना था मेरा।

मंदिर से निकलकर मैं सामने वाले बस-स्टॉप पर आ गया। बस की प्रतीक्षा करने लगा। अनायास स्कूल में कल के विदाई समारोह की याद आयी। सहयोगियों, छात्रों और प्रधानाचार्य ने न जाने मेरी कितनी प्रशंसा की। मैं भावुक हो आया था। जब मुझे कुछ कहने को कहा गया तो मेरी वाणी ही मूक हो गई। कहने को हुआ तो गला भर आया। स्वर भर्रा गया। आंखों से आंसू बह उठे। अधिक कुछ कह नहीं सका। कदमा सेकेंडरी स्कूल में नौकरी के बीस वर्ष किसी सिनेमा की रील की तरह तेजी से आंखों के सामने से गुजरने लगे।

इंटर पास करके ही मैं इस स्कूल में शिक्षक बना था। इंटर तक की शिक्षा भी बड़ी कठिनाई और संघर्ष के बीच पूरी हो सकी थी–ट्यूशन करते हुए। अभावों में पलते हुए, कम-से-कम खाते और पहनते हुए। स्कूल में शिक्षक की नौकरी मिलने के बाद ही आर्थिक स्थिति थोड़ी सुधर सकी थी। उन्हीं दिनों मेरे मन में किसी कॉलेज में व्याख्याता बनने का सपना आकार ले चुका था। इंटर पढ़ते समय, कॉलेज के वातावरण, वहां के अध्ययन-अध्यापन और व्याख्याताओं ने मुझे इतना प्रभावित किया कि उन्हीं दिनों मैंने अपने जीवन का लक्ष्य तय कर लिया कि मैं कॉलेज में नौकरी करूंगा। बड़े और परिपक्व छात्रों को पढ़ाऊंगा। ऊंची से ऊंची डिग्रियां हासिल करूंगा। कई-कई पुस्तकें लिखूंगा। मेरी गंभीरता, प्रतिभा, अध्ययनशीलता और विद्वता

को छात्र समाज स्वीकार करेगा ।

स्कूल में नौकरी करते हुए भी मैं हमेशा इसी सपने में खोया-सा रहता था । इसी सपने का रंग-रोगन किया करता था । मैं अच्छी तरह जानता था कि इंटर की शिक्षा कॉलेज में नौकरी के लिए कोई मायने नहीं रखती । मैंने नौकरी के साथ-साथ अध्ययन भी प्रारम्भ किया । कठोर से कठोर परिश्रम किया । पहले बी.ए. किया, फिर एम.ए. में प्रथम श्रेणी प्राप्त की । शोध किया, डॉक्टरेट की उपाधि ली । कई कॉलेजों में साक्षात्कार के लिए गया और अंततः मेरा परिश्रम सफल हुआ । एक कॉलेज में मेरी नियुक्ति हो गई । जिस दिन नियुक्ति-पत्र मिला, लगा कि दुनिया की सबसे बड़ी उपलब्धि मुझे मिल गई । मेरी एकमात्र महत्त्वाकांक्षा पूरी हुई । पत्नी और दोनों बच्चों की खुशी का भी कोई ठिकाना नहीं था । मैं तो जैसे जमीन से ऊपर उठ गया था । हवा में तैर रहा था । कई दिनों तक सहयोगियों, मित्रों, परिचितों और सम्बंधियों की बधाईयों का तांता-सा लगा रहा ।

बस आ गई । मैं बस में एक खाली सीट पर बैठ गया । बस चल पड़ी । मैं चाहता था कि कॉलेज में पहले ही दिन अपने छात्रों को प्रभावित करूं । अपने नये सहयोगियों के बीच अपने लिए एक अच्छी जगह बनाऊं । प्राचार्य मुझसे खुश हों । स्कूल में हमेशा मैं एक योग्य, सफल और मेहनती शिक्षक माना जाता रहा । छात्रों को मुझसे पढ़ने में आनंद आता था । प्रधानाचार्य मेरी प्रशंसा करते रहते थे । अभिभावक मुझे सम्मान की दृष्टि से देखते थे । विदाई के दिन कितने ही प्रिय छात्र फूट-फूटकर रो पड़े थे ।

विदाई समारोह के बाद चाय-पान के समय अपने कमरे में प्रधानाचार्य ने कहा भी था, "मुझे आप पर गर्व है ।"

"धन्यवाद, सर ।"

"आप शिक्षक-समाज के लिए एक आदर्श हैं, एक दृष्टांत हैं ।"

"आपकी कृपा है, सर ।"

"मुझे खुशी है कि आप कॉलेज में जा रहे हैं । वहां आपकी योग्यता, प्रतिभा और परिश्रम का अधिक सार्थक और व्यापक उपयोग हो सकेगा । मैं तो चाहूंगा कि एक दिन आप विश्वविद्यालय में प्राध्यापक बनें ।"

"आपका आशीर्वाद रहा तो वह भी होगा सर ! लेकिन बहुत दुःख है मुझे कि मैं आपको, स्कूल को, यहां के छात्रों को, यहां के परिवेश को

छोड़कर जा रहा हूँ। वर्षों से इन सबसे जुड़ा रहा–गहराई से, आत्मीयता से।"

"यह स्कूल आपका है। इसके दरवाजे आपके लिए हमेशा खुले रहेंगे।" प्रधानाचार्य ने कहा। मेरे भीतर भावावेश का एक ज्वार-सा उभरा। मैंने झुककर उनके पैर छुए। उन्होंने मुझे उठाया। गले से लगा लिया।

बस में बैठे-बैठे भी उस दृश्य को याद कर मेरा मन भर आया। बस साक्ची बस-अड्डे पर रुकी। मैं उतर गया। थोड़ी दूर चलकर कॉलेज के फाटक के पास आया। भीतर चहल-पहल थी। फाटक पर रुककर यूं ही कॉलेज का नाम पढ़ा–जमशेदपुर कॉमर्स कॉलेज। मन में पुलक-सा आ गया। प्रथम दिन–सपने की साकारता का प्रथम दिन।

मैंने नहीं सोचा था कि नगर के इतने पुराने और प्रसिद्ध कॉलेज में कभी मेरी नियुक्ति हो सकेगी। उम्मीद नियुक्ति की थी भी तो किसी नये कॉलेज में–जबकि हर नये कॉलेज में साक्षात्कार में मुझे छांट दिया गया था। मैं जानता था कि जो कॉलेज जितना पुराना और प्रसिद्ध होगा, उसमें जातिवाद, राजनीति, भाई-भतीजावाद और सिफारिशों का उतना ही जोर होगा। फिर भी जब विज्ञापन निकला, मैंने इस कॉलेज में भी आवेदन-पत्र दे दिया था। साक्षात्कार के समय उम्मीदवारों में सबसे योग्य मैं ही था, फिर भी मुझे उम्मीद नहीं थी। नियुक्ति के बाद मुझे पता चला कि कॉलेज प्रशासन के दो दिग्गजों में दो उम्मीदवारों को लेकर तीव्र मतभेद हो गया था और इसका लाभ मुझे मिला। उन दोनों को छोड़कर मुझे नियुक्त कर लिया गया ताकि वह विवाद ही समाप्त हो जाये।

मैं फाटक के भीतर आया। अहाते में छात्रों की काफी भीड़ थी। सैकड़ों की संख्या में छात्र-झुंड के झुंड। बड़ी मुश्किल से छात्रों के बीच अपने लिए रास्ता बनाता हुआ मैं बरामदे में आया। वहां भी छात्रों की भीड़ थी। लगा कोई क्लास नहीं हो रही है। सारे छात्र क्लास-रूम में होने के बजाय बरामदों में सीढ़ियों पर और अहाते में जमा हैं। वहां काफी शोर था। मैं इस शोर का अभ्यस्त नहीं था। थोड़ी असहजता हुई, फिर भी मन में उत्साह बना हुआ था।

यूं ही घूमते हुए मैं क्लास-रूम की ओर चला गया। एक सिरे से सारे कमरे खाली थे। दो-एक कमरों में कुछ छात्र थे भी तो वे बैठकर गप्पें मार रहे थे। कॉलेज-ऑफिस की ओर आया। हर काउंटर पर भीड़ थी। भीड़

की वजह मेरी समझ में नहीं आई। मैं प्राचार्य के कमरे के पास आया, उनसे मिलने के लिए। उनके कमरे के बंद दरवाजे के बाहर छात्रों की काफी भीड़ थी। एक वर्दीधारी प्यून बारी-बारी से एक-एक छात्र को भीतर भेज रहा था। भीतर जाने के लिए छात्रों में धक्कमपेल-सी मची थी। मेरे सामने यह समस्या थी कि मैं भीतर जाऊं तो कैसे ? कोई तो यहां मुझे पहचानता ही नहीं। किसी तरह छात्रों के बीच जगह बनाकर मैं दरवाजे पर खड़े प्यून के करीब आया।

"मुझे भीतर जाना है।" मैंने कहा।

"भीतर तो सबको जाना है। रुकिए अभी। जरा हटकर खड़े होइये। आप से पहले यहां लोग खड़े हैं।"

"इस कॉलेज में मेरी नई नियुक्ति हुई है।" मैंने कहा।

"रुकिए... रुकिए...।" उसने झल्लाकर कहा। शायद मेरी बात उसकी समझ में नहीं आयी।

मैं पसोपेश में खड़ा रहा। दरवाजा खुला और एक छात्र बाहर निकला। मैंने देखा, भीतर प्राचार्य के साथ और लोग भी बैठे हैं। चाय पी रहे हैं। किसी बात पर हंस रहे हैं। बाहर की इस भीड़ का भीतर जैसे उन पर कोई असर नहीं था। दो लड़के बलात् अंदर घुसने को हुए। मैं भी उनके साथ ही भीतर घुसने को हुआ। दरवाजे पर खड़े प्यून ने मुझे पीछे से पकड़कर कुछ कहते हुए रोकना चाहा, लेकिन उसका हाथ झटककर मैं भीतर चला गया। मैं समझ चुका था कि बाहर यदि प्रतीक्षा करता रहा तो मेरी बारी दोपहर तक भी नहीं आयेगी। हालांकि जोर-जबरदस्ती से उस तरह भीतर घुसना काफी अपमानजनक लग रहा था, लेकिन कोई उपाय नहीं था। वह प्यून न तो मुझे पहचानता था, न मेरी बात ही उसकी समझ में आ रही थी।

भीतर आकर प्राचार्य को प्रणाम किया। प्राचार्य ने न मेरी ओर देखा और न ही मेरे प्रणाम का जवाब दिया। मैं खड़ा ही रहा। प्राचार्य भीतर एक छात्र के साथ बातें कर रहे थे। उसका आवेदन पढ़ रहे थे। वहां बैठे हुए लोगों में से किसी एक ने उस छात्र को कुछ समझाया। मुझे लगा, उस छात्र की बात समझने या उसकी समस्या सुनने का प्रयत्न उतना नहीं किया जा रहा है, जितना कि उसे टालने और वहां से हटाने का। मैंने अनुमान लगाया कि वहां बैठे हुए अन्य लोग अवश्य ही व्याख्याता होंगे। वह छात्र असंतुष्ट-सा बाहर चला गया।

"कहिये ।" प्राचार्य ने मुझे देखकर कहा । उनकी आंखों में मेरे लिए कोई पहचान नहीं थी । मुझे अच्छा नहीं लगा ।

"सर, यहां मेरी नियुक्ति हुई है ।" मैंने बताया ।

"किस पद पर ?" बैठे हुए एक व्याख्याता ने पान चबाते हुए उदासीन भाव से पूछा ।

"व्याख्याता पद पर ।" मैंने कहा । कहने में कष्ट हुआ । मैंने नियुक्ति पत्र उन्हें दिया ।

"ओह, अच्छा... अच्छा... हां... हां... याद आया ।" प्राचार्य खुलकर हंसने लगे । मेरी समझ में नहीं आया कि इसमें इतने फूहड़ ढंग से हंसने की बात क्या है ? उन्होंने और लोगों से कहा, "हिन्दी में हमारे यहां इनकी नई नियुक्ति हुई है । मैं तो भूल ही गया था ।"

"यह भी क्या भूलने की बात है ?" मैं सोचने लगा ।

"बैठिये न भई, खड़े क्यों हैं ?" एक शिक्षक ने कहा ।

"जी, धन्यवाद ।" मैं बैठ गया ।

फिर वे लोग अपनी बातों में मशगूल हो गये । मेरी समझ में उनकी बातें नहीं आ रही थीं । लगा, वे गप्पें मार रहे हैं । यूं ही, समय काटने के लिए–चाय पीते हुए, सिगरेट फूंकते हुए, पान चबाते हुए । भीतर के माहौल में, इत्मीनान में और बाहर छात्रों की भीड़-भाड़ में कोई ताल-मेल नजर नहीं आ रहा था । एक छात्र भीतर आया । भीतर आकर उसने अपनी कमीज ठीक की । बाहर की धक्कमपेल में उसकी कमीज चुड़-मुड़ गई थी । उसने सभी लोगों को झुककर श्रद्धापूर्वक प्रणाम किया । लेकिन किसी ने उस पर ध्यान नहीं दिया ।

"क्या है, जी ?" एक सहयोगी ने खीझकर पूछा ।

"सर, मैंने फ्रीशिप के लिए आवेदन दिया था ।"

"तो ?"

"मेरा नाम सूची में नहीं निकला, सर ।" उसके स्वर में पीड़ा थी ।

"तो फ्रीशिप के लिए तुम्हारा सेलेक्शन नहीं हुआ और क्या ?" प्राचार्य ने लगभग झिड़कते हुए कहा ।

"सर, मैं बहुत गरीब हूँ ।" उसने दीन-हीन स्वर में कहा । मुझे उससे सहानुभूति हुई । वह देखने से भी अभावग्रस्त प्रतीत हो रहा था ।

"यहां तो सभी गरीब हैं । सारा देश ही गरीब है ।" प्राचार्य ने मजाक

किया। सभी लोग ठठाकर हंस पड़े। मैं हंस नहीं सका।

"सर, मेरे पिताजी भी गुजर गये। यदि मुझे फ्रीशिप मिल जाती...।" वह गिड़गिड़ाने लगा।

"अब अगले साल अप्लाई करना। इस साल और नहीं होगा।" एक ने डांटा।

"सर, जरा कृपा करें... ।" वह रुआसा हो गया।

"अब जाओ न भाई। कह दिया न कि इस साल और नहीं होगा। अगले साल देखा जायेगा।" दूसरे ने डपटा।

सिर झुकाकर वह छात्र चला गया। मैं तिलमिला-सा उठा। इच्छा हुई कि उठकर उस गरीब छात्र के पीछे जाऊं और उसे सांत्वना दूं। उसका दुःख-दर्द बांटू, लेकिन कुछ सोचकर मैं वहीं बैठा रहा। प्राचार्य ने घंटी बजाई। बाहर वाला प्यून भीतर आया।

"हिन्दी विभागाध्यक्ष आये हैं ?" उन्होंने पूछा।

"कौन ?"

"अरे, डॉ. सुरेश भाई और कौन।"

"पता नहीं।"

"देख आओ जरा।"

"तो यहां का कौन संभालेगा ?" उसने कहा, बाहर की भीड़ की ओर इशारा करके।

"पहले देख आओ न।" प्राचार्य ने साग्रह कहा जबकि वह आदेश दे सकते थे।

"जैसी मर्जी।" वह व्यक्ति बुदबुदाता-सा एक झटके से मुड़कर बाहर चला गया। उसके व्यवहार पर मुझे थोड़ा ताज्जुब हुआ। प्राचार्य से इस लहजे में बात करने की हिम्मत उसे कैसे हुई ? मेरी समझ में नहीं आया। स्कूल के प्यून याद आये। उनकी विनम्रता और शिक्षकों के प्रति उनका आदरभाव याद आया।

अचानक जैसे दरवाजे को एक धक्का-सा मारते हुए एक लम्बा-चौड़ा-सा युवक भीतर आया। देखने में वह किसी गली के गुंडे-सा लग रहा था। उसने किसी का अभिवादन नहीं किया, बल्कि उसे देखकर प्राचार्य कुछ सतर्क-से हो गये। वहां बैठे हुए शिक्षक भी थोड़ा संभल-से गये।

"आओ जी आओ... ।" प्राचार्य ने उसका स्वागत किया ।

"बहुत दिनों बाद दिखाई पड़े ।" एक व्याख्याता ने बड़े आत्मीय स्वर में कहा ।

"बैठो न ।" दूसरा बोला ।

"ठीक है... ठीक है.... ।" उसने जरा कठोर स्वर में कहा, "मेरे एक दोस्त को फ्रीशिप क्यों नहीं मिली ?"

सब जैसे सकते मैं आ गये । दो पल के लिए चुप्पी छा गई ।

"किसको, भाई ?" प्राचार्य ने धीमे स्वर में पूछा ।

"अनिल कुमार को ।" उसने कहा ।

"कौन अनिल कुमार ?" एक ने पूछा ।

"कहा न मेरा दोस्त है । स्टूडेंट्स यूनियन में है ।"

"यूनियन में है तो पहले क्यों नहीं बताया ?" दूसरे ने कहा ।

"तो अब बता रहा हूँ न !"

"अरे, वही अनिल कुमार न, जो सेकंड इयर कॉमर्स में है और जिसके पिताजी का बड़ा प्रेस है मानगो में... ?" तीसरे ने कहा ।

"हां, वही ! देखिए सर, उसको फ्रीशिप मिल जानी चाहिए, बस !" उसने निर्णयात्मक स्वर में कहा, जैसे प्राचार्य को आदेश दे रहा हो ।

"ठीक है भाई, तुम छात्र-नेता हो, तुम्हारी बात तो सुननी ही होगी ।" प्राचार्य ने खुशामदी स्वर में कहा ।

"कल तक उसका नाम निकल जाना चाहिए ।" वह बोला ।

"तुम बेफिक्र रहो, उसको फ्रीशिप मिल जायेगी ।" प्राचार्य बोले ।

जिस तेजी से वह आया, जिस तुर्शी से उसने बात की, उसी झपाटे से वह बाहर निकल गया । जाते समय भी उसने अपने शिक्षकों या प्राचार्य को प्रणाम तक कहने की आवश्यकता नहीं समझी, धन्यवाद देना तो दूर की बात है । उसके जाने के बाद भी कमरे में थोड़ी देर चुप्पी छायी रही । जैसे उसका आतंक अब भी हवा में तैर रहा हो । मुझे सहसा उस दीन-गरीब छात्र की याद आयी जो इस छात्र-नेता के पूर्व कमरे में आया था ।

"अब इन छात्रों में डिसिप्लिन नाम की कोई चीज नहीं रह गई ।" प्राचार्य ने कहा ।

"जी, सर ! देखिए न कैसा व्यवहार कर रहा था ।" एक व्याख्याता ने

कहा ।

"इस देश का क्या होगा ?" प्राचार्य बोले । सब लोग हंस पड़े, जैसे उन्होंने कोई अच्छा-खासा मजाक किया हो । फिर सब सहज हो गये, जैसे थोड़ी देर पहले वहां कुछ हुआ ही न हो, लेकिन मैं बेचैन-सा रहा । मैं चाहकर भी उनकी बातों, हंसी-मजाक में शामिल नहीं हो पा रहा था । प्यून लौट आया ।

"हां, हैं ।" उसने प्राचार्य से कहा ।

"कहां हैं ?" प्राचार्य ने पूछा ।

"स्टाफ रूम में ।"

"क्या कर रहे हैं ?"

"कर रहे होंगे कुछ ।" उसने कहा और बाहर चला गया । मैं उसे जाते हुए देखता रहा ।

"डॉ. शुक्ला !" प्राचार्य ने एक व्याख्याता से कहा, "आप इन्हें स्टाफ-रूम में ले जाइये और डॉ. सुरेश से इनकी भेंट करा दीजिए ।"

"चलिए ।" डॉ. शुक्ला उठे ।

उनके साथ मैं बाहर निकला । सीढ़ियां चढ़कर स्टाफरूम में आया । सीढ़ियों पर छात्रों की आवाजाही जारी थी । मैंने सोचा था कि डॉ. शुक्ला को छात्र रास्ता देते जायेंगे, लेकिन उन्हें भी छात्रों के बीच अपने लिए जगह बनानी पड़ रही थी । मैं तो खैर नया था, लेकिन वे तो यहां के पुराने शिक्षक होंगे । फिर ? इन छात्रों में क्या शिक्षकों के प्रति कोई सम्मान नहीं है ? मैं सोचने लगा । मुझे प्राचार्य के कमरे के उस दृश्य की याद आयी-गरीब छात्र को डांटना-डपटना और छात्र-नेता की खुशामद तथा उसका आंतक । दोनों दृश्यों में कितना अंतर्विरोध !

स्टाफरूम में कुछ शिक्षक थे । कुछ गप्पें मार रहे थे, कुछ यूं ही बैठे थे । डॉ. सुरेश एक अखबार पढ़ रहे थे । लग रहा था, जैसे सब किसी क्लब में बैठे हैं—बेफिक्र । मुझे खाली पड़े क्लासरूम याद आये ।

डॉ. शुक्ला ने मेरा परिचय विभागाध्यक्ष डॉ. सुरेश से कराया । डॉ. सुरेश ने मेरा परिचय वहां बैठे अन्य लोगों से कराने की कोई आवश्यकता शायद नहीं समझी । मैं उनके बगल में बैठ गया । वह थोड़ी देर तक अखबार ही पढ़ते रहे । जैसे कोई नई बात नहीं हुई हो—जबकि विभाग में मेरी नियुक्ति

हुई थी। मैं पहली बार आया था। यों साक्षात्कार के समय मैंने उन्हें देखा था। इंटरव्यू बोर्ड में उन्होंने दो-एक सवाल भी पूछे थे-अटपटे और अशुद्ध। मुझे उस समय पता नहीं था कि वह हिन्दी विभाग के अध्यक्ष हैं। अब आश्चर्य होने लगा कि वह इतना व्यर्थ-सा प्रश्न, वह भी इतने अशुद्ध रूप में क्यों और कैसे पूछ रहे थे ?

"हां, भाई।" डॉ. सुरेश ने अखबार मोड़ते हुए कहा।, नियुक्ति-पत्र मिल गया ?

"जी।"

"मैंने आपको स्ट्रांगली रिकमंड किया था।" उन्होंने एहसान जताते हुए कहा।

"जी, धन्यवाद।"

"बाई द वे, आपका नाम क्या हुआ ?"

"विकास दत्ता।"

"आप बिहार के ही हैं न ?"

"जी।"

"तो इसका मतलब आप कायस्थ हैं।"

"जी...।" मैं चौंका। बात का कोई तुक... तर्क समझ में नहीं आया। देखकर डाउट हुआ था कि आप जरूर कायस्थ होंगे, इसीलिए मैंने रिकमंड किया भी। उन्होंने कुछ निकट आकर धीरे से कहा। वह बड़े आश्वस्त हुए। मेरी असहजता बढ़ती गई। मैं सोच रहा था कि वह क्लास, पुस्तकों और अध्यापन के विषय में बातें करेंगे और वह लगे कुछ और ही अरुचिकर बातें करने।

"मुझे कौन-कौन-सी क्लास लेनी है...?" मैं कुछ कहने को हुआ।

"अरे, छोड़िये भी। मारिये गोली क्लास को ! आज तो आप पहली बार आये हैं। क्लास-वलास फिर होती रहेगी।" उन्होंने उदासीनता से कहा, पर मुझे कुछ चकित होना पड़ा।

"कम-से-कम रूटीन... ?" मैंने कहना चाहा।

"हो जायेगा सब धीरे-धीरे। जल्दी क्या है ? वैसे आपका घर कहां पड़ता है ?"

मैं सोच ही रहा था कि क्या उत्तर दूं, तब तक घंटी पड़ी। उनका ध्यान

कहीं और चला गया।

"यह कौन-सा पीरियड है भाई-सेकेंड या थर्ड ?" उन्होंने पूछा-जाने किससे।

"शायद थर्ड है।" किसी ने जवाब दिया।

जैसा प्रश्न, वैसा उत्तर। मुझे हंसी आयी-प्रश्न पर भी, उसके पूछने के ढंग पर भी और उत्तर पर भी। कुछ छात्र स्टाफ-रूम में चले आये।

"क्या है जी ?" डॉ. सुरेश ने उनसे पूछा, अजीब लहजे में। वह लहजा मुझे बेहद खटका।

"क्लास है, सर !" एक छात्र ने कहा।

"किसकी क्लास है ?"

"आपकी, सर !" दूसरे ने कहा।

"मेरी ! अभी ?" उन्होंने अनजान बनते हुए कहा।

"जी, सर ! आप ही की है।" तीसरा बोला।

"आज छोड़ो... लड़के तो कम ही होंगे।"

"काफी हैं, सर।"

"किताब तो लाये नहीं होंगे ?" उन्होंने फिर टालने की कोशिश की। मैं उनका नाटक देखता रहा।

"क्लास तो होती ही नहीं है सर !, किताब लाकर क्या करेंगे ?" किसी ने कहा।

"अच्छा, खैर। चलो, क्लास में बैठो, आज की यह क्लास तुम्हारे नये शिक्षक लेंगे... जाओ।" उन्होंने जैसे-तैसे लड़कों को वहां से भगाया।

"आप ले लीजिये क्लास। शुरुआत कर ही दीजिये।" उन्होंने मुझसे कहा।

"ठीक है। कौन-सी क्लास है, कहां लेनी होगी, क्या पढ़ाना है ?" उत्सुकतावश मैंने पूछा।

"होगी फर्स्ट इयर या सेकेंड इयर की। यहीं-कहीं बैठे होंगे ऊपर किसी कमरे में। किताब के बारे में उन्हीं से पूछ लीजियेगा।"

उन्होंने जरा हड़बड़ी में उठते हुए कहा।

"हाजिरी... ?"

"अरे, हाजिरी-वाजिरी के चक्कर में नहीं पड़िये।" कमरे से निकलते

हुए उन्होंने कहा ।

मैं भौंचक्क-सा दो सेकेंड वहीं बैठा रहा । मैंने सोचा था कि पहली क्लास में वह स्वयं मुझे ले जायेंगे । छात्रों से मेरा परिचय करायेंगे । खैर, मैं उठा । यूं ही एक रजिस्टर रैक से उतारकर हाथ में ले लिया । एक सहयोगी से पूछा ।

"आप नये आये हैं क्या ?" एक सहयोगी ने पूछा । उनका ध्यान मुझ पर अब गया ।

"जी ।"

"किस विभाग में ?"

"हिन्दी में ।"

"पहले कहां थे ?"

"एक स्कूल में ।"

"ओह !" उन्होंने कहा । फिर जैसे मेरे विषय में कुछ जानने की कोई दिलचस्पी ही उनमें शेष नहीं रही । शायद उन्हें मुझ जैसे स्कूल से कॉलेज में आये शिक्षक को उतना महत्त्व देना गैरजरूरी लगा ।

मैं बाहर आया । ऊपर के सारे कमरे भी खाली थे । सिर्फ एक कमरे के बाहर कुछ लड़के थे । उनकी नजर मुझ पर पड़ी ।

"आ गया बे... आ गया..." जैसे भद्दे शब्द सुनाई पड़े । मैं उनके करीब गया ।

"हिन्दी की क्लास है ?" मैंने पूछा ।

"जी, सर ।"

"चलिये, बैठिये ।"

लड़के भीतर आकर बैठ गये । उनमें मेरे प्रति कोई उत्सुकता नहीं नजर आयी । मैंने पुस्तक के विषय में पूछा । किसी ने एक नाम बताया तो किसी ने दूसरा । विषय के बारे में पूछा । किसी ने गद्य कहा तो किसी ने पद्य । मैं असमंजस में पड़ गया । फिर भी मैंने उन्हें हिन्दी भाषा और साहित्य के महत्त्व पर कुछ बताना प्रारम्भ किया । इस बीच दो-तीन लड़के इत्मीनान से उठकर, बिना कुछ कहे-सुने बाहर चले गये । बाहर से तीन-चार लड़के टहलते हुए आकर भीतर बैठ गये । सबों के हाथों में बस एक कॉपी थी, किसी-किसी के पास वह भी नहीं । मैं कुछ बताता रहा । कुछ सुनते रहे, कुछ अनसुना

करते रहे, कुछ आपस में बातें करते रहे । कोफ्त तो बहुत हो रही थी, लेकिन पहले दिन की बात सोचकर मैंने कुछ नहीं कहा ।

तभी अचानक वही छात्र-नेता क्लास में घुसा, जिसे मैंने प्राचार्य के कमरे में देखा था । मैं उसे देखकर चौंका । साथ में उसी किस्म के दो-तीन लड़के और थे ।

"चलिये, निकलिये आप सब बाहर ।" उसने मेरी उपेक्षा करते हुए सीधे वहां बैठे हुए छात्रों से कहा । कुछ छात्र खड़े हो गये जाने की मुद्रा में ।

मुझे बेहद क्रोध आया ।

"क्या बात है ?" मैंने पूछा छात्र-नेता से ।

"मीटिंग है ।" उसने कहा ।

"कौन-सी मीटिंग ?"

"स्टूडेंट्स यूनियन की ।" वह बोला और फिर लड़कों की ओर मुड़ गया ।

"निकलो सब । हाल में चले आओ, समझे ।" उसने कड़ककर कहा ।

सारे लड़के उठे और एक-एक कर उसके पीछे बाहर चले गये । मैं अपनी जगह बुत बना खड़ा ही रहा । कमरा खाली हो गया । उसका खालीपन जैसे मुझमें भी भरता गया । भारी कदमों से मैं भी स्टाफ-रूम में आ गया ।

स्टाफ-रूम में कई व्याख्याता थे । गप्पें मार रहे थे । हंस रहे थे, किसी ने कोई बात कही और जोरदार ठहाके पड़े । जाने क्यों मुझे लगा कि मेरे विषय में शायद कोई बात कही गई । मैं जान बूझकर उस बात को अनसुना-सा कर, वहां एक कोने में बैठ गया । किसी ने मुझ पर ध्यान नहीं दिया । मुझे यही सोचकर आश्चर्य हो रहा था कि मैंने आज इस कॉलेज में ज्वॉइन ही किया है, फिर भी लोगों में मेरे प्रति कोई उत्सुकता क्यों नहीं है, कैसे नहीं है ? न स्वागत की कोई औपचारिकता और न मिलने, बातें करने की कोई आवश्यकता । मुझे वहां के शिक्षकों का रवैया कुछ अजीब-सा लगा ।

नहीं चाहते हुए भी अनायास मेरा ध्यान उनकी बातों की ओर चला गया । उनकी बातों में शामिल नहीं होते हुए भी मुझे वे सब बातें सुननी पड़ रही थीं । उस समय वहां गाय पर बातचीत हो रही थी । कुछ शिक्षकों के यहां शायद गाय थीं और उनकी समस्याओं का वे विस्तार से बखान कर रहे थे । फिर वहां से बातचीत राजनीति की ओर मुड़ गयी । इस विषय पर दो व्याख्याताओं

में थोड़ी बहस भी हो गई। फिर बातचीत औरतों पर आ गई। यह विषय पता नहीं कहां से टपक पड़ा। शायद किसी विभाग में कोई महिला व्याख्याता हैं। बात उसी से शुरू हुई और सामान्य रूप से त्रियाचरित्र पर विस्तार पाने लगी। फिर इतनी अश्लील किस्म की बातें होने लगीं कि मेरा जी घबरा गया। लेकिन खूब रस लेकर बातें कर रहे थे। एक-से-एक नंगे किस्से बयान किये जा रहे थे। वे फूहड़ ढंग से हंस रहे थे। मुझे लगा कि वे किसी महाविद्यालय के व्याख्याता और प्राध्यापक नहीं, बल्कि कुली-कबाड़ी हैं जो दिनभर की थकान के बाद रात को नशे में बहक रहे हैं, अपना संतुलन खो रहे हैं और गंदी बातों से अपना मनोरंजन कर रहे हैं। मैं वहां से उठ जाना चाहता था, लेकिन डॉ. सुरेश उन बातों में इतना रमे हुए थे कि उन्हें टोकना मुझे ठीक नहीं लगा। जबकि मैं जानना चाहता था कि मुझे और क्या करना है, कौन-सी क्लास लेनी है, क्या पढ़ाना है, कल से मेरे लिए क्या रूटीन होगा ?

मैं सोच रहा था कि अब उठूं और कम-से-कम खुली हवा में दो-चार लम्बी सांसें ले लूं कि तभी नीचे छात्रों का एक जबरदस्त शोर हुआ। शोर सुनकर मैं तो बेचैन हो गया, लेकिन वहां बैठे लोगों के चेहरों पर शिकन तक नहीं थी। वे उन्हीं बातों में मशगूल थे। अब बात औरतों से हटकर पेचिश पर चली आयी थी।

तभी 'मारो... पकड़ो... भागो...' की आवाजें आने लगीं। एक भगदड़-सी मची। स्टाफ-रूम में सारे लोग उठकर खड़े हो गये। थोड़ा कौतूहल शायद उन्हें भी हुआ और वे खिड़की से झांककर नीचे की ओर देखने लगे। अहाते में लड़कों की भीड़ ही भीड़ थी। दो छात्र दलों में जमकर मारपीट हो रही थी। मैंने वैसी मारीपीट पहली बार देखी थी। मेरी आंखें फटी रह गई। मारपीट में वही छात्र-नेता सबसे आगे था।

"मरने दीजिए सालों को, बैठिये।" डॉ. सुरेश ने कहा।

कुछ लोग बैठ गये। लेकिन कुछ अभी भी खड़े होकर मजे से नजारा देख रहे थे। उनमें यह तड़प नहीं थी कि वे लपककर नीचे जायें और लड़कों में बीच-बचाव करके मारपीट रोकें। नीचे अहाते में मारपीट तेज होती जा रही थी। अचानक एक बम-विस्फोट हुआ। फिर छुरेबाजी होने लगी और फिर देखते-ही-देखते गोली चलने लगी। दोनों ओर से फायर किये जा रहे थे। मैं यह भयानक दृश्य देखकर सकते में आ गया।

सहसा एक लम्बी चीख सुनाई पड़ी । मैंने ऊपर से साफ--साफ देखा कि अपनी साइकिल निकालकर जाते हुए उस गरीब छात्र को गोली लगी, जिसे मैंने प्राचार्य के कमरे में देखा था, जिसे फ्रीशिप नहीं मिली थी और गोली चली भी उसी छात्र-नेता की पिस्तौल से जिसे पहली बार मैंने प्राचार्य के कमरे में देखा था और जिसने मेरी क्लास में छात्रों को निकाल बाहर किया था । उसने गोली तो शत्रु दल पर चलाई थी, लेकिन वह लगी उस बेकसूर दीन-हीन छात्र को । वह साइकिल समेत वहां गिर पड़ा । दोनों दलों के बीच खून का फव्वारा-सा फूटा । उसका शरीर बुरी तरह तड़फड़ाने लगा ।

"भागिये ! खून हो गया ।" किसी ने कहा और सब लोग स्टाफ-रूम से तेजी से निकलने लगे । मैं जड़वत् खड़ा था । संज्ञाशून्य-सा । समझ में नहीं आ रहा था कि मैं जगा हुआ हूँ या किसी भयंकर दुःस्वप्न से होकर गुजर रहा हूँ ।

"विकास जी, भागिये, यह सब तो यहां लगा ही रहता है ।" डॉ. सुरेश ने हड़बड़ी में निकलते हुए मुझे खिड़की पर ही टंगे हुए देखकर कहा । आनन-फानन सारे लोग नीचे की ओर भागे ।

थोड़ी देर बाद मुझे होश आया । मैं भी नीचे की ओर दौड़ पड़ा । जो जहां था, वहीं से भागा जा रहा था । सीढ़ियों पर भी भगदड़ थी । केवल "खून... खून" जैसे शब्द सुनाई पड़ रहे थे । लोग बदहवास-से दौड़ रहे थे । भागे जा रहे थे-अहाते से बाहर ताकि पुलिस वगैरह के चक्कर में न पड़े । मैं भी अजीब-सी मनोदशा में सीढ़ियां उतरने लगा । मुझे पीछे से एक जोरदार धक्का लगा । अपना संतुलन बनाये नहीं रख सका । पैर फिसला और मैं गिर पड़ा । सीढ़ी के एक नुकीले कोने से मेरा सिर टकराया, आंखों के सामने अंधकार-सा छा गया । सिर चकराया । लगा, दो-चार लोग मुझे रौंदते हुए नीचे उतरते गये । बस, फिर तो मैं होश खो बैठा । सिर में चोट अधिक आयी थी ।

जब होश आया, वहां सन्नाटा था । आस-पास कोई नहीं था । मैंने घड़ी देखी-दो बज रहे थे । किसी तरह खुद को समेटते हुए उठा । सिर में तीखा दर्द हो रहा था । मैंने सिर पर हाथ फेरा । हथेली में खून लग गया । मैंने रूमाल से सिर का खून पोंछा । रूमाल लाल हो गया । घिसटता, लंगड़ाता-सा कुछ और नीचे उतरा । रेलिंग के पास आया । नीचे झुककर देखा । वीभत्स दृश्य था । उस गरीब छात्र की लाश स्थिर पड़ी थी । पुलिस आ चुकी थी । एक

ओर प्राचार्य और कुछ लोग खड़े थे । इन्स्पेक्टर से कुछ बातें कर रहे थे । मैं अपलक वहां का दृश्य देखने लगा, उसी तरह बेजान-सा रेलिंग पर झूलता हुआ ।

पुलिस के दो जवानों ने लाश को उठाकर जीप में पीछे की ओर रख दिया । जीप में पुलिस चली गई । उसके पीछे प्राचार्य भी अपनी गाड़ी से निकल गये । उनके साथ खड़े लोग भी उनकी गाड़ी में चले गये । प्राचार्य के चेहरे पर मुझे कोई चिंता, तनाव या दुःख नहीं नजर आया । वह कुछ इस सहज भाव से चले गये, जैसे एक रूटीन दिन समाप्त हुआ हो । अहाते में अब कोई नहीं था ।

मैं दीवार का सहारा लेकर धीरे-धीरे नीचे आया । मेरा सारा रक्त जैसे किसी ने निचोड़ लिया था । शरीर बिल्कुल शक्तिहीन प्रतीत हो रहा था । मैं जैसे एक जीवित शव की तरह अहाते में आया । चारों ओर घोर सन्नाटा था-वीरान । मैं आंखें फाड़े उस जगह की ओर देखने लगा, जहां उस गरीब छात्र की लाश पड़ी थी । वहां जमीन पर ढेर सारा खून था । एक मरियल-सा कुत्ता कहीं से आकर उस खून को सूंघ रहा था । ऊपर चीलें फड़फड़ाते हुए चक्कर काट रही थीं । मेरे भीतर एक खौल-सा उठा । फिर सिर चकराया । जी बुरी तरह मिचलाने लगा । मैं अपना सिर थामकर वहीं बैठ गया । फिर किसी तरह उठा और अपने को संभालते हुए बाहर फाटक तक लाया । एक बार सिर उठाकर फाटक पर देखा-जमशेदपुर कॉमर्स कॉलेज । सुबह कॉलेज में प्रवेश करते हुए भी मैंने इस नाम को इसी तरह देखा था । लेकिन कितना फर्क था तब के देखने और अब के देखने में । मैं यंत्रवत् आगे बढ़ गया ।

शाम के कोई चार बजे तक घर पहुंचा । पत्नी मेरा हुलिया देखकर स्तब्ध रह गई । उसे काटो तो खून नहीं । उसके मुंह से दो-एक सेकेंड के लिए कोई शब्द ही नहीं निकला । वह स्थिर खड़ी मुंह फाड़े मुझे घूरती रही ।

"क्या हुआ... ?" मुश्किल से वह कह पायी ।

मैं हंसा, दर्द से ।

"वही... जो वहां रोज होता है ।" मैंने कहा ।

वह कुछ समझ नहीं सकी । मैं भीतर आ गया । कुर्सी पर निढाल-सा बैठ गया । पूरी शाम होश और बेहोशी के बीच झूलता-सा रहा । रात को कुछ खाया । उस निरीह छात्र की चीख मेरे जेहन में चक्कर काटती रही, टकराती

रही, टूटती रही, उभरती रही । भगदड़, गोली, खून, लाश और सन्नाटा-यही सब कुछ मेरे अस्तित्व को बार-बार घेरता रहा । मैं अंदर से पूरी तरह टूट-फूट-कर भी बाहर से शांत, स्थिर-सा पलंग पर लेटा रहा । पत्नी पास आयी ।

"अब कैसा लग रहा है ?"

"कल सुबह मुझे उठा देना ।" मैंने धीरे से कहा ।

"क्यों, कहां जाना है ?" वह चौंकी ।

"स्कूल ।"

"क्या ?" वह अवाक् रह गई ।

मैंने आंखें मूंद लीं । स्कूल के प्रधानाचार्य की स्पष्ट और आत्मीय आवाज मुझे फिर सुनाई पड़ी ।

"यह स्कूल आपका है । इसके दरवाजे आपके लिए हमेशा खुले रहेंगे ।"

❑❑

(कहानियां : सन् 1989)

4

आतंक

अजय ने स्कूटर स्टार्ट करते समय अपनी घड़ी देखी । रात के लगभग साढ़े नौ बजने वाले थे । वह स्कूटर पर सवार हो गया । उसने नीता को भी बैठ जाने का इशारा किया । रेस्ट्रां के अहाते से बाहर निकलकर, सड़क पर आते ही उसने रफ्तार बढ़ा दी । उसका अनुमान था कि वे लोग साढ़े दस बजे के लगभग अपने घर पहुंच जायेंगे । दिन के समय ट्रैफिक की वजह से अधिक वक्त लगता, लेकिन रात के सन्नाटे में वह अच्छी रफ्तार से स्कूटर चला सकता था । घर से चलने के पहले भी उसका अनुमान यही था कि दस से साढ़े दस के बीच वे घर लौट आयेंगे । दरअसल इधर वह कई दिनों तक अपने दफ्तर के एक आवश्यक कार्य को लेकर बेहद व्यस्त रहा था । पिछले पंद्रह–बीस दिनों से रात आठ बजे के पूर्व दफ्तर से घर नहीं पहुंच पाता था । थक इस बुरी तरह से जाता था कि उसके बाद कहीं निकलने का सवाल ही नहीं उठता था । अजय की इस व्यस्तता के कारण नीता को भी शाम के कुछ जरूरी कार्यक्रम स्थगित करने पड़े थे । दफ्तर के अतिरिक्त कार्य का बोझ उतरते ही अजय ने यह कार्यक्रम झटपट बना डाला कि इस शनिवार को आधे दिन से दफ्तर से छुट्टी के बाद वे लोग शाम को हाईवे पर निकलेंगे... शहर से दूर... एक आउटिंग... एक लम्बी ड्राइव । हाईवे टॉकीज में एक अंग्रेजी फिल्म देखेंगे और हाईवे रेस्ट्रां में डिनर लेंगे । शहर से लगभग बीस–बाईस किलोमीटर दूर ये नये बने थे । शहर में इन दोनों की खासी चर्चा थी । अजय कभी–कभी, नीता के साथ उधर जाने के मूड में था ही । यह संयोग की बात थी कि दफ्तर के उस विशेष काम का बोझ उतरा भी तो ठीक शुक्रवार को । शनिवार यों भी दफ्तर आधे दिन के लिए ही लगता है । उसने सारा कार्यक्रम अपने मन में पहले तय कर लिया । फिर एक सरप्राईज की तरह नीता को बताया कि वे लोग शाम को हाईवे निकलेंगे । फिल्म और डिनर के बाद रात

को घर लौटेंगे ।

"लेकिन लौटने में तो काफी रात हो जायेगी ?" नीता ने कहा ।

"कितनी रात होगी, अधिक-से-अधिक दस बजेंगे ।" अजय बोला ।

"ऐसा क्यों न करें," नीता ने सुझाव दिया, "केवल फिल्म देखकर ही लौट आयें । डिनर लेकर लौटने में देर होगी । दूर का मामला है । वह भी रात का समय ।"

"देखा जायेगा । यों तुम रात के खाने की कोई तैयारी मत करना । ओ. के. ।" अजय ने उत्साह के साथ कहा और कुछ हड़बड़ी में दफ्तर चला गया ।

नीता को भी लगा, "कार्यक्रम अच्छा ही है ।" इधर काफी दिनों से वे लोग शाम को कहीं नहीं निकल पाये थे । अजय के लिए, कई दिनों के अतिरिक्त कार्यभार के दबाव के बाद, कुछ रिलैक्स करना जरूरी ही था । शाम को शहर से बाहर उतनी दूर जाना और रात को लौटने की बात को लेकर नीता थोड़ी असहज-सी जरूर थी, लेकिन फिर उसने मन को समझा लिया । वह अपने सवालों और संदेहों से अजय के उत्साह में बाधा नहीं डालना चाहती थी ।

अजय ने स्कूटर की रफ्तार थोड़ी और बढ़ाई । एक बार नीता की इच्छा हुई कि वह रफ्तार कम करने के लिए कहे । परन्तु उसने कहा नहीं, यह सोचकर कि जल्दी घर पहुंच जायेंगे । यों फिल्म अधिक लम्बी नहीं थी । रात के साढ़े आठ बजने से पहले ही समाप्त हो गयी थी ।

"चलो, डिनर भी लेते ही चलें ।" अजय ने कहा था ।

"लौटने में देर नहीं होगी ?" नीता ने शंका व्यक्त की ।

"डिनर में कितना समय लगेगा ? अधिक से अधिक आधा घंटा ।" अजय बोला ।

उसका उत्साह बना हुआ था ।

"जैसा चाहो ।" नीता ने अजय की इच्छा पर छोड़ दिया ।

फिल्म देखने के बाद काफी लोग उस रेस्ट्रां में आ गये थे, स्नैक्स या डिनर के लिए । थोड़ी भीड़ हो गयी थी । डिनर लेने में उन्हें एक घंटे से अधिक ही समय लगा । फिर भी अजय निश्चिंत-सा था । शहर से वहां अधिकांश लोग अपनी गाड़ियों में आये थे । स्कूटर वाले बहुत कम थे । अजय का अंदाज था कि लौटने में बीस-बाईस किलोमीटर का फासला घंटे भर में

तय कर लिया जा सकता है । अजय को उस खुली और खाली सड़क पर ड्राइव करना अच्छा लग रहा था । पिछले दिनों का दफ्तरी दबाव काफी कम हो चुका था । अगले दिन रविवार को वह भर नींद सो लेना चाहता था । इसीलिए उसने जान-बूझकर शनिवार को शाम का कार्यक्रम बनाया था । शनिवार की शाम शहर से बाहर निकलकर वह अपनी मानसिक थकान मिटाना चाहता था और रविवार को नींद पूरी करके वह शारीरिक रूप से तरोताजा हो जाना चाहता था ।

स्कूटर को एक हल्का-सा झटका लगा । थोड़ा संतुलन बिगड़ा । रफ्तार कुछ कम हुई और हैडलाइट बुझ गयी । सामने का रोशन हिस्सा अचानक गुम हो गया । एकाएक अंधकार... गहरा... अजय ने स्कूटर नहीं रोका । दो-एक बार हैडलाइट के ऊपरी हिस्से में मुक्के से हल्का प्रहार किया । लाइट जल गयी । उसने रफ्तार फिर बढ़ा दी । रोशनी के दायरे में सड़क साफ और सूनी दिख रही थी । उसके आगे बस घना अंधेरा । इस बीच कुछ गाड़ियां उन्हें क्रॉस करके निकल गयी थीं ।

"कैसी लगी फिल्म ?" अजय को जैसे अचानक ही पूछना याद आया ।

"अच्छी लगी ।" नीता ने कहा ।

अजय भी कुछ कहने को ही हुआ कि सहसा स्कूटर रुक गया । न कोई धक्का लगा, न आवाज हुई, न रुकते-रुकते रुका । बस एकाएक रुक गया । अजय उतरा । नीता को भी उतरना पड़ा । अजय ने स्कूटर को सड़क के किनारे खड़ा कर दिया । उसकी समझ में नहीं आया कि अचानक स्कूटर को हो क्या गया है ? उसने कई किक मारे । कोई फर्क नहीं पड़ा ।

"क्या हुआ ?" नीता ने पूछा ।

"पता नहीं । अच्छा-खासा चल रहा था और... ।"

"कहीं पेट्रोल तो नहीं खत्म हो गया ?"

"उंहु ! सुबह ही तो लिया था... दफ्तर जाते समय ।"

अजय ने किक मारना जारी रखा । सड़क बिल्कुल सूनी थी... अंधकार... सड़क के दोनों ओर झाड़ियां... दूर तक फैले धुंधले खेत... फिर जंगल की छाया... आस-पास कहीं कोई रोशनी नहीं... किसी गाड़ी के दूर से आने का आभास तक नहीं । अजय ने किक मारना बंद कर दिया... उसे चिंता होने लगी ।

"टॉर्च नहीं है न ?" नीता ने पूछा ।

"नहीं ।" अजय ने फिर कोशिश शुरू की ।

"स्टार्ट होगा भी कि नहीं ?" नीता के स्वर में भी चिंता उभर आयी ।

"कोशिश तो कर ही रहा हूँ ।" अजय के स्वर में हल्की झुंझलाहट थी । "अब इन मशीनी चीजों का... ।" अजय कहते-कहते रुक गया । किक मारना छोड़कर जेब से माचिस निकाली, तीली जलाई । स्कूटर के दो-एक पुर्जे देखे । सब सही-सलामत थे । तीली की रोशनी में नीता को अजय के चेहरे पर परेशानी दिखाई पड़ी । अजय ने फिर दम लगाकर एक साथ कई जोरदार किक मारे । स्कूटर स्टार्ट नहीं हुआ । वह थका-हारा-सा एक ओर खड़ा हो गया ।

"अजीब मुसीबत है । स्टार्ट ही नहीं हो रहा है ।" वह बोला ।

"यहां से शहर कितनी दूर होगा ?" नीता को जिज्ञासा हुई ।

"कम-से-कम दस-बारह किलोमीटर तो होगा ही ।"

"आस-पास कहीं कुछ भी नहीं दिख रहा है ।"

"थोड़ी दूर पर एक इंजीरियरिंग कॉलेज और हॉस्टल है ।" अजय ने अंधेरे में एक ओर देखते हुए कहा ।

"तब वहीं इसे ठेलकर ले जाया जाये ।" नीता ने सुझाव दिया ।

"वहां क्या करने जायेंगे ?" अजय ने जरा जल्दी में कहा, "वह तो लड़कों का कॉलेज है ।"

"सिर्फ लड़कों का ?" नीता ने जिज्ञासा व्यक्त की ।

"हां, सिर्फ लड़कों का ।" अजय ने जोर देकर कहा ।

"तब फिर ?"

"कुछ समझ में नहीं आ रहा है... देखता हूँ...।" अजय ने फिर से किक मारने शुरू किये । हवा गुम थी । हल्की उमस थी । अजय के चेहरे पर पसीना छलक आया था । उसने तो कल्पना भी नहीं की थी कि स्कूटर इस तरह, रात के समय ऐन जंगल के बीच धोखा दे देगा । स्कूटर पर तो उसे खीझ हो ही रही थी, खुद पर भी गुस्सा आ रहा था । कैसी बेवकूफी कर डाली उसने । शहर से इतनी दूर का कार्यक्रम बना डाला, वह भी रात के समय उस पर नीता को लेकर । कम-से-कम एक बार दिमाग में यह बात तो आनी चाहिए थी । रात... अंधकार... सन्नाटा.. साथ में पत्नी । बिगड़ा स्कूटर और जहन में उभर

रही तमाम प्रतिकूल तथा अपने प्रति ही आक्रामक बातें, इन सबने मिलकर उसे कुछ नर्वस-सा बना डाला था। वह फिर स्कूटर से अलग हटकर खड़ा हो गया। यों वह अपने मनोभाव भरसक नीता से छिपाने की कोशिश कर रहा था। इसी कोशिश में उसने एक सिगरेट सुलगा ली थी, लेकिन नीता समझ रही थी। अंधेरे के बावजूद अजय के तनाव को महसूस कर पा रही थी। वह बहुत आशंकित तो नहीं थी, लेकिन उसे चिंता जरूर सताने लगी थी कि आखिर इतनी रात बीते, वे लोग कहां जायेंगे? नीता ने फिर एक बार गौर से अपने चारों ओर देखा। वही अंधकार... सन्नाटा... झींगुरों की आवाजें... झाड़ियों के बीच हल्की सरसराहट। दूर तक न कहीं रोशनी, न कोई आदमी। बुरे फंसे, कुछ खीझ उसे खुद पर भी हो रही थी कि अजय ने जैसा कार्यक्रम बना डाला। उस पर गंभीरता से सोचने की जरूरत उसने क्यों नहीं समझी? जबकि मामला शहर से दूर जाने का था, वह भी शाम के वक्त। यह ठीक है कि अजय उत्साह में था, लेकिन उसे तो थोड़ी समझदारी से काम लेना चाहिए था। कई दिनों की थकान के बाद, अजय को कुछ मनोरंजन की आवश्यकता थी, लेकिन उसके लिए एकमात्र उपाय यही तो नहीं रह गया था।

दूर से हल्की रोशनी दिखलाई पड़ी, जो करीब आ रही थी। इंजन की आवाज भी क्रमशः उभरने लगी। लगा, कोई गाड़ी आ रही है। गाड़ी ही थी, एक कार। पास आते ही अजय ने हाथ हिलाकर कार रोकनी चाही, लेकिन वह रुकी नहीं। तेजी से क्रॉस कर गयी। नीता ने भी सोचा था कि वह हाथ उठाकर रोकने की कोशिश करेगी। शायद कुछ मदद मिल जाये या कोई रास्ता ही निकल आये, लेकिन गाड़ी की रफ्तार इतनी ज्यादा थी कि न नीता हाथ उठा पायी और न अजय रोक पाया। गाड़ी के निकल जाने के बाद भी पल भर तक उसका हाथ उठा ही रह गया। वह भौंचक्क रह गया। फिर एकाएक वह जैसे अधिक हताश हो उठा। उसे लगा, शायद किसी गाड़ी वाले से मिलने वाली मदद का अंतिम भरोसा भी खत्म हो गया। वह फिर स्कूटर की ओर बढ़ा, जैसे एक आखिरी कोशिश के इरादे से। वह फिर किक मारने लगा। नीता को कुछ नहीं सूझा तो पास आकर उसने स्कूटर का हैंडिल थाम लिया। वह अजय की परेशानी शेयर करना चाहती थी, लेकिन समझ नहीं पा रही थी कि वह क्या करे और कैसे करे?

अचानक नीता ने ध्यान दिया कि काफी दूर एक धीमी-सी रोशनी उभरी। दूसरे पल खत्म हो गयी। नीता ने उसी ओर ध्यान लगाया। अजय अब भी किक मारने में लगा हुआ था। रोशनी दुबारा उभरी। नीता को लगा, जरूर कोई गाड़ी आ रही है। यों रोशनी के साथ कोई आवाज नहीं आ रही थी। इस बार उसने ठान लिया था कि वह खुद आगे बढ़कर, बल्कि सड़क के बीच खड़े होकर भी गाड़ी रोकेगी। रोशनी पहले की अपेक्षा निकट तो आ रही थी, लेकिन जैसे वह जल-बुझ रही थी। वह दो कदम आगे आयी। इस बार कुछ आवाजें उसे सुनायी पड़ी, कुछ लोगों की बातचीत का धीमा स्वर। उसे थोड़ी आशंका हुई, लेकिन थोड़ी तसल्ली भी। उसने मुड़कर अजय की ओर देखा। अजय भी उसी ओर देख रहा था।

"लगता है, कुछ लोग इधर ही आ रहे हैं।" अजय के करीब आकर वह बोली।

"पता नहीं कौन हैं।" अजय के स्वर में आशंका स्पष्ट थी।

"इतनी रात में... ?" नीता कुछ कहने को हुई।

"उसी इंजीनियरिंग कॉलेज के लड़के होंगे और इधर कौन आयेगा ?"

"तब तो कुछ मदद मिल जायेगी।" नीता ने आशा व्यक्त की।

"न... न...।" अजय ने जैसे प्रतिवाद किया।

"क्या ?"

"क्या ठिकाना, कैसे लड़के हों ?" अजय का स्वर कड़वा था।

"कोई और भी हो सकते हैं।"

"सुनो, तुम यहां इस पत्थर पर चुपचाप बैठो।" अजय ने कुछ जल्दी में आदेश-सा देते हुए कहा।

नीता ने कुछ और भी कहना चाहा, पर जान-बूझकर चुप रही। अजय की मानसिक स्थिति को वह समझ रही थी। चुपचाप आकर पत्थर पर बैठ गयी। अजय गुमसुम स्कूटर की ओर ताकता खड़ा रहा। उसका सारा ध्यान निकट आती रोशनी और स्वर की ओर ही था। वह जैसे वहां की हवा को सूंघकर जानने की चेष्टा कर रहा था कि कहीं कोई खतरा तो नहीं है। उसके पास कोई हथियार तक नहीं था। जाने क्यों, उसे बार-बार यही लग रहा था कि कॉलेज के ही लड़के होंगे। वह उनके प्रति असावधान नहीं होना चाहता था, साथ ही उन्हें यह एहसास भी नहीं दिलाना चाहता था कि वे किसी गंभीर

संकट में फंसकर मदद के ही इंतजार में हैं। कई विरोधी बातें एक साथ उसके भीतर उठ रही थीं। वह मानसिक रूप से एकाएक अस्त-व्यस्त-सा हो उठा था। अचानक उसने पुनः किक मारने शुरू कर दिये। जैसे वह उनके आने से बेखबर अपने स्कूटर में ही व्यस्त हो। अब रोशनी साफ दिख रही थी। रोशनी में पीछे तीन-चार लोगों की धुंधली आकृतियां भी दिख रही थीं। नीता को लगा, अजय का अनुमान शायद ठीक है। डील-डौल से कॉलेज के ही लड़के लगते हैं। अब लड़के उनके काफी करीब आ चुके थे। उनके टॉर्च की रोशनी अजय और नीता पर बारी-बारी से पड़ी। सहसा उनकी बातचीत थम गयी। जैसे अचानक ही उनके सामने एक अप्रत्याशित स्थिति आ गयी हो। वे ठिठक-से गये। इस बार रोशनी स्कूटर पर केन्द्रित हो गयी। उनके चेहरे अंधेरे में स्पष्ट नहीं थे। अजय उन्हें कनखियों से देखते हुए भी किक मारता जा रहा था—मानो इसी बहाने वह उन लड़कों से सामना करने का साहस जुटा रहा हो। नीता चुप थी। पल भर के लिए जैसे पूरा परिवेश स्तब्ध और स्थिर हो गया था। दूसरे पल टॉर्च वाला लड़का आगे आया।

"क्या हुआ, सर ?" उसने पूछा। उसका स्वर सभ्य-शिष्ट था।

इस संबोधन से अजय की तनी हुई नसें कुछ ढीली हुईं। नीता उठकर सहज होने की कोशिश में बोली, "स्कूटर खराब हो गया है।"

"ओह !" दूसरे लड़के ने गंभीर स्वर में कहा।

"आपने प्लग देखा ?" तीसरे ने पूछा। उसकी आवाज फटी-सी थी।

"नहीं, प्लग तो नहीं देखा। कल ही साफ किया था।" अजय बोला।

"काफी समय से तंग कर रहा है। देर हो रही है। शहर भी पहुंचना है।" नीता ने कहा।

"देखो न यार, क्या बात है ?" चौथे लड़के ने कहा। उसकी आवाज रूखी और तेज थी। भारी भी।

अजय कुछ अलग हट कर खड़ा हो गया। उसने सिगरेट सुलगा ली। तीली की रोशनी में उसने कोशिश की कि लड़कों के चेहरों और भावों को ध्यान से पढ़ सके, लेकिन संभव नहीं हुआ। चारों लड़के टॉर्च की रोशनी में स्कूटर से जूझने लगे। अजय उनका काम देखने के बहाने पास ही खड़ा रहा। देखा, नीता कुछ अलग हटकर खड़ी थी। वह नहीं चाहता था कि नीता इतनी जल्द इतना सहज होकर उनकी बातों में शामिल हो जाये, लेकिन नीता

ने पहल कर ही दी । वह उन लड़कों से मदद तो लेना चाहता था, लेकिन एक दूरी और गंभीरता भी बनाये रखना चाहता था ताकि वे लड़के अपनी सीमा में संयम से रहें ।

"आप लोग इंजीनियरिंग कॉलेज के हैं न ?" अजय ने पूछा-जान बूझकर हालांकि अब कोई संदेह नहीं रह गया था ।

"हां !" रूखी आवाज वाले ने सपाट ढंग से कहा, बिना अजय की ओर देखे ।

"वहां मेरी जान-पहचान के एक-दो लोग हैं ।" अजय ने झूठ कहा । नीता इस झूठ को समझ गयी । लड़कों ने अजय की इस बात पर कोई प्रतिक्रिया व्यक्त नहीं की, जैसे उन्होंने सुना ही न हो । वे लोग स्कूटर को लेकर ही उलझे रहे ।

"इसमें तो करंट ही नहीं आ रहा है ।" किसी ने कहा ।

"लेकिन यह तो बिल्कुल ठीक चल रहा था ।" अजय बोला

"लगता है, कोई बड़ी गड़बड़ी आ गयी है ।" किसी और ने कहा ।

"क्या ठीक होने का कोई चांस नहीं है ?" नीता पूछे बिना नहीं रह पायी ।

"उंहू ।" अंधेरे में एक और आवाज उभरी ।

"इधर आस-पास कोई मैकेनिक वगैरह.... ?" अजय ने पूछना चाहा ।

"मैकेनिक यहां कहां... वह भी इतनी रात में ।" फटी आवाज वाले लड़के ने कहा, मानो अजय की बात की बेवकूफी का मजा ले रहा हो ।

"खैर, आप लोग जाइये । मैं कुछ उपाय करूंगा ।" अजय ने कहा और वह पुनः स्कूटर के पास आ गया ।

"क्या करेंगे, सर ?" एक लड़के ने कहा, "यह तो स्टार्ट होने से रहा ।"

"कोई ट्रक वगैरह आ जाये तो उसी में लादकर... ।" अजय कुछ और बोलने को हुआ ।

"ट्रकें इधर से नहीं जाती हैं ।" रूखी आवाज वाला लड़का बोला ।

"तब रात भर यहीं पड़े रहना होगा क्या ?" नीता बोली ।

"आप लोग हमारे हॉस्टल चलिए ।" गंभीर आवाज वाले लड़के ने कहा ।

"हॉस्टल !" अजय कुछ चौंका ।

"एक गेस्ट हाउस है, उसी में एक रात रह लीजिये । सुबह देखा जायेगा ।"

"लेकिन गेस्ट हाउस में... ।" अजय ने असुविधा के साथ कहा ।

"कोई तकलीफ नहीं होगी, सर ! विनम्र स्वर वाले ने कहा, "किसी स्टूडेंट के पेरेन्ट्स वगैरह आते हैं तो वहीं ठहरते हैं ।"

अजय को उसकी बात में एक प्रकार से बनावटीपन का एहसास हुआ । जैसे वह विनम्रतापूर्वक उन्हें मूर्ख बनाने की कोशिश कर रहा हो । उस स्वर के अर्थ को अजय ठीक-ठीक समझ नहीं पाया ।

"यही एक उपाय है ।" दूसरा लड़का बोला, कुछ इस अंदाज में कि इतनी रात में अब स्कूटर ठीक करने का ख्याल छोड़ना ही बेहतर होगा । जैसे इस मुसीबत से जल्द मुक्त होना चाहता हो ।

"हां ! वही ठीक रहेगा ।" नीता सहजता से बोली ।

"लेकिन मैं चाह रहा हूँ कि.... कि किसी तरह हम लोग शहर पहुंच जायें ।" अजय का असमंजस बना ही हुआ था । वह नीता को लेकर, उतनी रात में उन लड़कों के साथ कॉलेज कैम्पस में जाने के लिए खुद को मानसिक रूप से तैयार नहीं कर पा रहा था, दूसरी ओर उसे अपनी लाचारी का भी गहरा एहसास हो रहा था ।

"शहर तो आप किसी हालत में नहीं जा पायेंगे ।" तीसरे ने कहा, "रात बढ़ रही है और आपके साथ मैडम भी हैं ।"

नीता का प्रसंग आखिर आ ही गया, जबकि अजय उसे टालने की कोशिश में था । बावजूद इसके कि वह अच्छी तरह समझ रहा था कि इतनी रात में स्कूटर से भी बड़ी समस्या नीता को लेकर है । लड़कों ने ही मानो उसे इस समस्या की तीव्रता का एहसास करा दिया । कुछ पल के लिए वहां चुप्पी छा गयी । लड़कों को लग रहा था कि उनका सुझाव ही ठीक है । नीता भी महसूस कर रही थी कि और कोई विकल्प नहीं है । अजय की असुविधा और असमंजस को भी वह समझ रही थी, लेकिन यह सच है कि गेस्ट हाउस में रात बिताने की बात को लेकर वह बहुत आशंकित भी नहीं थी । उसे यही लग रहा था कि सड़क पर रात गुजारने का खतरा मोल लेने से तो वही बेहतर होगा । अजय कुछ तय नहीं कर पा रहा था, वह दुविधा में था । शंकित भी । लेकिन अपनी दुविधा या शंका को वह उन लड़कों के सामने जाहिर नहीं

करना चाहता था। इस पसोपेश से अजय को बाहर निकालने के लिए नीता अजय के करीब आयी।

"चलो अजय, इतनी रात में और किया भी क्या जा सकता है ?"

उसने अपेक्षाकृत धीमे स्वर में, अजय को समझाते हुए–से कहा। अजय चुप था। उसकी नजरें स्कूटर पर गड़ी रहीं। मानो वह गड़बड़ी का पता लगाने की गहरे सोच में हो, जबकि वास्तव में उसकी उलझन अब कुछ और ही थी। धीमे स्वर में कहे जाने के बावजूद लड़कों ने नीता की बात साफ सुन ली थी।

"चलिये, मैडम ! कब तक यहां खड़े रहियेगा ?" किसी ने कहा, कुछ जोर देकर। नीता की बात से ही उसे जोर देने का सही अवसर भी मिला था।

"चलो यार, स्कूटर ले चलो।" भारी देह और भारी आवाज वाले लड़के ने जैसे फैसला सुनाते हुए कहा।

इस निर्णयात्मक स्वर से अजय की असुविधा बढ़ी। उसे लगा कि नीता को लेकर उनके साथ जाने की उसकी हिचक लड़कों की पकड़ में आ गयी है। उसकी परेशानी यह सोचकर कुछ और बढ़ी कि अब मजबूरन उनके हॉस्टल जाने की घड़ी भी आ ही गयी, जबकि इसके लिए अब भी वह अपने को तैयार नहीं कर पाया था। लड़के स्कूटर का बिखरा सामान समेट रहे थे और उसकी असहजता बढ़ रही थी। वह जैसे एकाएक कई विषम और विपरीत परिस्थितियों में फंस चुका था। नीता के साथ गेस्ट हाउस में उस रात रहने को लेकर वह किसी भी तरह खुद को आश्वस्त नहीं कर पा रहा था। लड़कों के व्यवहार से भी वह निश्चिंत नहीं हो पा रहा था। जिस तरह अंतिम फैसला उन लड़कों ने खुद ही ले लिया कि वे दोनों उनके कॉलेज के गेस्ट हाउस में रात रुकेंगे। उससे वह स्वयं को कुछ उपेक्षित और अपमानित भी अनुभव कर रहा था। वह कुछ सोच नहीं पा रहा था कि वे लड़के किस तरह के होंगे ? गेस्ट हाउस ले जाने के पीछे उनकी मंशा क्या हो सकती है ? सबसे बढ़कर जो विवशता उसे भीतर से मथ रही थी, वह थी लड़कों की बात मानने के सिवाय किसी अन्य उपाय का सरासर अभाव। वह अब भी दूर–दूर सड़क पर देख रहा था–शायद कोई रोशनी दिख जाये। कोई गाड़ी आ रही हो, लिफ्ट मिल जाये तो वह जंगल में स्कूटर छोड़कर भी नीता के साथ शहर भाग जाना चाहता था। लड़कों के इस बंधन से वह किसी भी

तरह छूट जाना चाहता था। छूटने के लिए कोई जोर–जबर करने की हालत में वह कतई नहीं था। ऐसी स्थिति भी नहीं थी। बस कुल मिलाकर एक ही बात उसे थोड़ी तसल्ली दे रही थी कि यदि लड़के चाहते तो उसी समय किसी भी हद तक जा सकते थे। वे चार थे, वह अकेला था। लेकिन दूसरे ही क्षण उसके जेहन में यह बात कौंध जाती कि वहां ले जाने के पीछे कहीं उससे भी बदतर नीयत न हो। इस द्वन्द्व को झटकने के प्रयास में उसने सिगरेट सुलगा ली। नीता ने उसे सिगरेट जलाते समय नजर गड़ाकर देखा, वह भी निश्चिंत नहीं थी, लेकिन उतना सशंकित भी नहीं थी। वह अजय को समझाना चाहती थी, लेकिन वैसा मौका ही नहीं था। लड़के पास थे। वह नहीं चाहती थी कि अजय उसे लेकर और अधिक उलझन में रहे। उसे थोड़ा डर भी था कि लड़के खीझकर, उन्हें उस हालत में वहीं छोड़ चलते बने तो और दुर्गति होगी। कुछ भी हो, उस समय लड़कों के साथ होने का एक खतरा तो था ही। वह स्पष्ट अनुभव कर रही थी कि अब स्थिति अजय के वश में नहीं है। न स्कूटर ठीक हो सकता है और न वे शहर पहुंच सकते हैं।

लड़कों ने स्कूटर को स्टैंड से उतारकर आगे बढ़ाया।

"लाइये, मैं ले चलता हूँ।" अजय ने आगे बढ़कर कहा, जैसे उसने अपने को एक झटके से किसी भी संभावित स्थिति के हवाले कर दिया हो।

"ठीक है, हम लोग ले चलते हैं।" एक लड़के ने स्कूटर को आगे बढ़ाया और दूसरे ने उसे पीछे से ठेलना शुरू किया। शेष दोनों लड़के स्कूटर के दोनों ओर चल रहे थे। अजय और नीता उनसे दो कदम पीछे चलते रहे। नीता ने एक लम्बी सांस ली, वहां से हटकर अपेक्षाकृत एक सुरक्षित स्थान की ओर जाने के एहसास के साथ।

"इतनी रात में आप लोग इधर क्यों आये ?" रूखी आवाज वाले लड़के ने थोड़ी रूखाई से पूछा। अजय कुछ कहने को होकर रुक गया। वह तय नहीं कर पाया कि क्या कहना ठीक होगा ? उसे लड़के के पूछने का स्वर प्रतिकूल लगा।

"हम लोग असल में हाईवे में फिल्म देखने गये थे। वह तो खैर, जल्द ही खत्म हो गयी थी, लेकिन वहीं रेस्ट्रां में डिनर लेकर लौटने में कुछ देर हो गयी।" नीता ने स्थिति स्पष्ट की।

"स्कूटर ने धोखा नहीं दिया होता तो हम लोग अब तक अपने घर पहुंच

चुके होते ।" अजय ने कहा । स्वर में कुछ खीझ और बैचेनी-दोनों थी ।

"खैर, अच्छा हुआ कि हम लोगों ने देख लिया ।" एक लड़के ने कहा ।

"आप लोग इधर कैसे... ?" अजय ने जानना चाहा । वह अब भी उन्हें टटोल रहा था ।

"यूं ही घूमने निकले थे ।" दूसरे ने कहा, सपाट ढंग से, सच और झूठ से परे । उससे अजय किसी नतीजे पर नहीं पहुंच पाया । उसने सिगरेट सुलगायी । तीली की रोशनी में, अजय के चेहरे पर तनाव की रेखायें नीता को साफ दिखीं । वह अजय को तसल्ली देना चाहती थी कि इतना घबराने की कोई बात नहीं है, पर वह कुछ बोली नहीं । उसे लगा कि इस तरह की बात बोलने के बावजूद अजय की स्थिति में कोई फर्क नहीं आयेगा । अजय गुम-सुम था... मस्तिष्क चौकन्ना... मन में गहरी उधेड़बुन... आंखें अंधेरे को चीरने की कोशिश में... कान सजग । वह लड़कों की आपसी बातचीत को समझने के प्रति पूरी तरह सचेत था । उनकी बातों से उसे इतनी जानकारी जरूर मिली कि दो-एक दिन पहले कॉलेज में, छात्रों के दो गुटों के बीच मारपीट हुई थी । उसमें एक गुट में ये चारों लड़के भी शामिल थे । भारी आवाज वाले लड़के को चोट भी आयी थी । लड़के अपेक्षाकृत तेज चल रहे थे । नीता की वजह से वह कुछ पीछे छूट रहा था । अजय ने अपनी चाल तेज की, लड़कों की बातचीत से और भी कुछ भांपने और सूंघने के लिए ।

"उस साले को मैं छोड़ूंगा नहीं ।" भारी और रूखी आवाज वाले लड़के ने कहा ।

"फारगेट इट, यार" दूसरे ने कहा ।

"क्यों, बदमाशी वे करें और पिटें हम ।" तीसरा तैश में बोला ।

"उन सालों को बताना जरूरी है कि हम भी गुंडई में पीछे नहीं हैं ।" अजय को इस वाक्य ने एक झटका-सा दिया ।

"मार पीट शुरू तो हमने की थी ।" चौथे लड़के ने कहा ।

"की तो... उससे क्या... देखना तुम लोग, उनकी क्या गत बनाता हूँ ।" पहले लड़के की आवाज काफी तेज-तीखी थी ।

अजय को लगा, वह अब कुछ-कुछ इन्हें समझ पा रहा है । लड़के उतने शरीफ भीतर से नहीं हैं, जितना दिखते हैं, या कि नीता ने उन्हें समझ रखा है । अब वह यह सोचने लगा कि कैसे वे लोग लड़कों के चंगुल से निकल

भाग सकते हैं ? वह तय कर पाये, इसके पहले ही कॉलेज कैम्पस आ गया था। वे लोग भीतर आये। लड़कों ने गेस्ट हाउस के सामने स्कूटर को स्टैंड पर लगाया। अजय ने रुककर टटोलती नजरों से गेस्ट हाउस को देखा कि वह कितना सुरक्षित है ? गेस्ट हाउस अंधेरे में डूबा और बंद था। अजय को लगा, कोई पेरेंट्स इस समय वहां होते तो अच्छा रहता। नीता ने भी अपने चारों ओर देखा। दूर तक फैला कैम्पस... ऊंचे-ऊंचे पेड़... तरह-तरह की आलीशान बिल्डिंगें। खामोशी... हॉस्टलों की किन्हीं खिड़कियों से आती धीमी रोशनी। विपरीत और जटिल स्थिति के बावजूद नीता को नीम अंधेरे में डूबा वह कैम्पस अच्छा लगा। शायद इसके पीछे एक आश्रय पाने की हल्की आश्वस्ति भी थी।

इस बीच दो लड़के जाकर, किसी चौकीदार जैसे व्यक्ति को बुला लाये। वह हाथ में लाठी और टॉर्च लिए हुए था। वह नींद में झूमता-सा चला आ रहा था। उसने अजय और नीता की ओर देखा भी नहीं और निर्विकार भाव से गेस्ट हाउस का ताला खोलकर चला गया।

"आइए, सर !" एक ने कहा। लड़के आगे बढ़े, नीता पहले बढ़ने को हुई, लेकिन अजय ने उसे टोककर अपने पीछे कर दिया। किसी ने बत्ती जला दी। एक होटलनुमा कमरा था जिसमें—दो पलंग, एक मेज, कुर्सी, एक ड्रेसिंग टेबल, पानी का जग, गिलास, भीतर एक और बंद दरवाजा बाथरूम का। भीतर गर्मी थी, गुमगुमाहट। किसी और ने पंखा चला दिया। थोड़ी राहत मिली। अजय ने बारी-बारी से रोशनी में लड़कों के हाव-भाव परखे। उसे लगा, एक ने दूसरे को आंख मारकर इशारे से कुछ कहा। तीसरे की नजर नीता पर थी।

"यहां रह लीजिए रात भर। सुबह स्कूटर का कोई उपाय किया जायेगा।" चौथे ने कहा।

"स्कूटर क्या बाहर ही रहेगा ?" अजय ने पूछा।

"उसे कौन ले जायेगा ?" तीसरा बोला।

"आप लोगों को घर जैसा आराम तो नहीं मिलेगा, फिर भी... ।" दूसरे ने कहा।

"यह भी क्या कम है ? इतनी रात में एक शेल्टर तो मिला।" नीता बोली।

"हां ।" अजय को विवशतापूर्वक नीता की बात का समर्थन करना पड़ा ।

"लगता है, बहुत दिनों से सफाई नहीं हुई ।" पहले लड़के ने कहा ।

"कोई बात नहीं । एक रात तो रुकना है ।" नीता ने कहा ।

"गर्मी बहुत है, खिड़कियां खोल दी जायें ।" दूसरा बोला ।

"रहने दीजिए ।" अजय ने जल्दी में कहा ।

"हवा तो आयेगी ।" कहते हुए दूसरे ने खिड़कियां खोल दीं ।

"आप लोग किस हॉस्टल में हैं ?" अजय ने पूछा ।

"हॉस्टल थ्री में ।" पहला बोला ।

"आप कहां काम करते हैं, सर ?" दूसरे ने पूछा ।

"बैंक ऑफ इंडिया में ।" अजय ने बताया ।

"चलो, यार ।" तीसरे ने कहा । अजय को उसके स्वर में झुंझलाहट का अनुभव हुआ ।

"आप लोगों को तकलीफ दी इतनी रात में हमने ।" अजय ने यह बात सहजता से कहने की कोशिश तो की, लेकिन उसका स्वर कुछ कृत्रिम ही था ।

"आप लोग नहीं मिलते तो हमें बहुत मुसीबत झेलनी पड़ती ।" नीता ने कृतज्ञ भाव से कहा ।

"ठीक है, हम लोग चलते हैं, फिर मिलेंगे ।" चौथे ने कहा, नीता की ओर गौर से देखते हुए । इसे अजय ने लक्ष्य किया । वह असहज हुआ, लेकिन उसने स्वयं को संयत रखा ।

कमरे में बत्ती जलने के बाद अजय ने उनके चेहरों पर थोड़ी नजर गड़ाई थी । एक लड़का थोड़ा शिष्ट लगा, जो बार-बार उसे 'सर' संबोधित कर रहा था । दूसरा-थोड़ा चुप रहने वाला जान पड़ा, लेकिन जैसे भेदिया नजरों से उन्हें देखता रहा हो । तीसरा चेहरे से चतुर, चालाक और कुछ-कुछ काइयां जान पड़ा । छोटी-छोटी गोल-पीली आंखें, उन्हें बारी-बारी से घूरती-सी । चौथा-खास दबंग और बदमाश लगा । गैंग- लीडरनुमा । उनके जाते समय भी उनकी पीठ को जैसे चीरकर अजय की आंखें उनकी नीयत को टटोल रही थीं । वे लोग ज्यों ही बाहर हुए, अजय ने जरा हड़बड़ी में दरवाजा भीतर से बंद कर लिया । एक चैन की सांस ली, फिर भी बंद दरवाजे पर कान

लगाकर उनकी बातें सुनने की चेष्टा करने लगा। अचानक ही उनमें से किसी ने जोर से ठहाका लगाया। मैडम को पुकार, बाकी की दबी-दबी-सी हंसी भी साफ सुनाई पड़ी। फिर धीरे-धीरे उनकी बातचीत का स्वर दूर होता गया। अजय दरवाजे से हटकर कमरे के बीच आया। चेहरा तना-सा था।

"सुनो," नीता ने पुकारा, "जरा पलंग के गद्दे-चादरें झाड़ लें।"

अजय ने कुछ जवाब नहीं दिया। बस एक बार नीता की ओर देखा और किसी गंभीर चिंता में डूब-सा गया। अचानक ही टॉयलेट का दरवाजा खोलकर भीतर झांकने लगा।

"क्या हुआ ?" नीता ने पूछा।

"कुछ नहीं।" अजय बोला, अनमना-सा।

"कुछ सोच रहे हो क्या ?" नीता ने जानना चाहा।

"उंहु" अजय ने कहा, लेकिन उसके चेहरे पर सोच की रेखायें गहरी और स्पष्ट थीं।

"अब अधिक मत सोचो। रात किसी तरह यहीं बिता लेंगे। सुबह देखा जायेगा।" नीता ने जैसे उसे आश्वस्त करने के प्रयास में कहा।

"हूँ।" अजय अपने में ही बंद था।

नीता ने अकेले ही गद्दे और चादरें झाड़ीं। इस बीच अजय ने खिड़कियों को देखा, उनके रॉड हिलाये, दूर बाहर झांका... अंधकार... पक्षियों के दो-एक स्वर मात्र... अंधेरे और सन्नाटे को और गहरा तथा रहस्यपूर्ण बनाने वाले स्वर। अचानक हॉस्टल की ओर से किसी के जोर से बोलने की आवाज सुनाई पड़ी। अजय आवाज की दिशा में आंखें गड़ाये रहा। आवाज जिस तेजी से उभरी, उसी तरह एक झटके से थम गयी।

अजय मुड़ा।

"सोचता हूँ, खिड़कियां बंद कर दूं।" वह बोला, जैसे खुद से ही।

"क्यों ? खुली रहने दो न। बाहर की हवा आयेगी।" नीता बोली।

लगा, अजय को नीता की बात अनुकूल नहीं जान पड़ी। वह पसोपेश में खिड़कियों के पास ही खड़ा रहा। फिर आकर कुर्सी पर बैठ गया, सिगरेट सुलगायी, बालों में हाथ फेरे। रूमाल से माथे का पसीना पोंछा। नीता ने अजय को गौर से देखा।

"अजय, कुछ अधिक ही परेशान लग रहे हो।" वह पलंग पर बैठते

हुए बोली ।

"तुम सो जाओ ।" अजय बोला ।

"और तुम ?"

"मुझे नींद नहीं आ रही है ।"

"लेकिन मुझे बहुत नींद आ रही है ।" नीता पलंग पर लेट गयी ।

अजय उठकर चहलकदमी करने लगा ।

"बत्ती बुझा दो न !" नीता बोली ।

"नहीं, रहने दो ।" अजय का स्वर कुछ तेज था ।

"मुझे रोशनी में नींद नहीं आती है ।" नीता सहज थी ।

"यह घर नहीं है, नीता ! यहां हम सोने नहीं, सिर्फ रात काटने आये हैं ।"

अजय का स्वर तीखा था, "यह मत भूलो कि हम लोग लड़कों के एक इंजीनियरिंग कॉलेज में हैं !"

"वह तो मैं भी जान रही हूँ ।" नीता कुछ उठकर बोली ।

"जान रही हो तो यह समझने की भी कोशिश करो कि बत्ती का जलना क्यों जरूरी है ?" अजय के स्वर में झुंझलाहट थी ।

नीता ने फिर कुछ नहीं कहा । लेट गयी । आंखों को एक हाथ से ढंक लिया । अजय ने टॉयलेट का खुला दरवाजा बंद कर दिया । कुर्सी पर तना-सा बैठा रहा । नीता सोने की कोशिश में करवटें बदलती रही । बाहर धप्प से कुछ गिरने की आवाज आयी, जैसे कोई कहीं से कूदा हो । फिर एक सरसराहट-दबे पांव चलने की-सी । अजय दरवाजे की ओर लपका । दम साधे आहट लेने लगा । दुबारा कोई आवाज नहीं आयी । पल भर बाद खिड़कियों के बाहर एक अस्पष्ट हलचल-सी हुई । अजय तेजी से इस ओर आया । खिड़कियों के रॉड के बीच सिर घुसाकर, आंखें फाड़े बाहर देखने लगा । उसे महसूस हुआ, एक मानवाकृति-सी खिड़की के बाहर से गुजरी है । अजय के शरीर में सिहरन दौड़ गयी ।

"कौन... कौन है..." उसने दबी और डरी-सी आवाज में पूछा । बाहर कोई आवाज नहीं हुई । उसने एक बार मुड़कर नीता को देखा । लगा, सो गयी है । एक झटके से उसने खिड़कियां बंद कर दीं । यद्यपि खिड़कियां उसने आहिस्ता से बंद करना चाहा, लेकिन कुछ आवाज हो ही गयी जिससे नीता की आंखें खुल गयीं ।

"खिड़कियां क्यों बंद कर दीं ?" नीता ने पूछा ।

"इन्हें बंद रखना ही ठीक होगा ।" अजय बोला ।

"क्यों ?"

"लगता है । नीता, तुम परिस्थिति को समझ नहीं रही हो ।"

"इसमें नहीं समझने की बात क्या है ?"

"देखो, इस कॉलेज के लड़के शहर भर में बदनाम हैं । आये दिन ये लोग मार-पीट, तोड़-फोड़ और छेड़-छाड़ करते ही रहते हैं ।"

"तो ?"

"तो क्या ?" अजय खीझ गया, "हमें चौकस नहीं रहना चाहिए ? हमें यहां लाकर रखने के पीछे जाने उनकी क्या नीयत हो ?"

"लेकिन ऐसी कोई बात तो अभी तक... ।" नीता कुछ कहने को हुई ।

"अभी-अभी मुझे लगा, खिड़की के पीछे कोई छिपा हुआ था ।"

"यह तुम्हारा भ्रम भी हो सकता है, अजय !"

"लगता है तुम बेकार में बहस करने के मूड में हो ।" अजय के स्वर में रुखाई थी ।

"तो तुम्हीं बोलो, क्या करना चाहते हो ?" कुछ पल की चुप्पी के बाद नीता ने कहा ।

"यही कि सोने का चक्कर छोड़ो और चौकस रहो ।" अजय ने थोड़े रोष के साथ कहा ।

नीता पलंग पर उठकर बैठ गयी । उसे लगा, जब अजय इतने टेन्स में है तो उसे सोना नहीं चाहिए । हालांकि उसे अजय के इतने तनावपूर्ण होने की कोई ठोस वजह नहीं नजर आ रही थी । वह पलंग पर ही, घुटनों पर अपनी ठोड़ी टिकाये बैठी रही । कुछ क्षणों के बाद उतरी और टॉयलेट की ओर बढ़ गयी । अजय चौंका ।

"कहां जा रही हो ?"

"टॉयलेट ।"

"रुको !"

"क्यों ?"

"पहले जरा भीतर से चैक कर लूं ।"

अजय तेजी से टॉयलेट में घुसा । नीता ठिठकी रही । अजय बाहर

निकला और नीता को भीतर जाने का इशारा किया। टॉयलेट से लौटकर नीता फिर पलंग पर बैठ गयी। अजय बेचैन-सा चहलकदमी कर रहा था।

"अजय, एक बात पूंछूं ?" नीता ने शांत स्वर में कहा।

"क्या ?" अजय के स्वर में अनिच्छा का आभास था।

"सड़क पर ये लड़के नहीं मिलते तो क्या होता ?"

"तुम क्या कहना चाहती हो ?"

"तुम्हीं सोचो न, सड़क पर क्या कोई खतरा नहीं था ?"

"तो तुम सोचती हो, मैं व्यर्थ ही शक कर रहा हूँ ?"

"नहीं, कहना सिर्फ यह चाहती हूँ कि इतना टेन्स होकर भी क्या होगा ?"

"मेरी समझ में नहीं आता है कि ऐसी हालत में तुम इतना एट ईज कैसे हो, स्ट्रैंज !" अजय के स्वर में कटुता थी।

"तो क्या करूं मैं ?" नीता के स्वर में हल्का आक्रोश उभर आया, चीख-चीखकर लोगों को इकट्ठा कर लूं कि मुझ पर हमला होने वाला है, बचाओ !... या कि अपना सिर दीवार से फोड़ दूं। नीता उखड़-सी गयी।

"प्लीज नीता..." कुछ चुप्पी के बाद अजय ने अपेक्षाकृत धीमी आवाज में कहा, "देखो, मुझे लगता है कि हमारे साथ कुछ भी हो सकता है। जिस तरह से लगभग जोर देकर ये लड़के हमें यहां ले आये। जैसी आवाज मैंने कुछ देर पहले सुनी, जिस तरह किसी की छाया देखी, उससे साफ लग रहा है कि कोई भी अनहोनी हो सकती है। मुझे अब अफसोस हो रहा है, हमें यहां नहीं आना चाहिए था।" अजय जैसे और बहुत कुछ कहने को होकर भी एकाएक रुक गया। उसे दरवाजे के बाहर फिर कोई आवाज सुनाई पड़ी। वह दरवाजे के पास जाकर खड़ा हो गया।

नीता कुछ कहने को तो हुई, परन्तु उसने खुद को रोक लिया। वह बात बढ़ाना नहीं चाहती थी। उसे लगा, माना कि इस कॉलेज के लड़के बदमाश हैं, लेकिन क्या यह सच नहीं है कि उनकी वजह से रात काटने की एक ढंग की जगह तो मिली ! आखिर किसी बात को लेने का एक पॉजिटिव ढंग भी तो होता है ! फिर उसे अजय पर थोड़ी दया आयी। आखिर वह परेशान है तो उसे लेकर ही न। लेकिन इस परेशानी का क्या कोई अंत है ! नीता ने अपना सिर झटका। कुछ भी नहीं सोचना तय किया। लेट गयी। आंखें मूंद

लीं। थोड़ी ही देर में नींद उस पर हावी होने लगी। उसने करवट ले ली। खुद को नींद के हवाले कर दिया।

अजय ने चहलकदमी बंद कर दी। कुर्सी पर बैठ गया। सिगरेट सुलगाई। सिगरेट समाप्त होने तक वह काफी चौकन्ना-सा रहा। फिर उठकर बारी-बारी से दरवाजे और खिड़कियों के निकट आकर बाहर की आहट लेने की कोशिश की। बाहर की निस्तब्धता का उसे अनुभव हुआ। टॉयलेट में घुसा। मुंह पर पानी के छींटे मारे। आंखों की जलन कम हुई। नीता पर नजर पड़ी, वह गहरी नींद में थी। आकर कुर्सी पर बैठ गया। कुर्सी की पीठ से सिर टिकाया। आंखें मूंद लीं। दोनों पैर सामने की मेज पर फैला दिये। पल भर के लिए इच्छा हुई कि वह भी पलंग पर लेट जाये, लेकिन दूसरे ही पल उसने अपनी उस इच्छा को झटक दिया। वह किसी भी हाल में सोना नहीं चाहता था। उसकी आंखें अवश्य मुंदी हुई थीं, लेकिन मन-मस्तिष्क सचेत था। कोई आवाज हुई और उसने एकदम से आंखें खोलीं। देखा, नीता करवट बदल रही है। आवाज पलंग की थी। थोड़ा निश्चिंत-सा हुआ। दुबारा आंखें मूंदकर उसी मुद्रा में कुछ और पसरकर बैठ गया। उसे लगा शायद स्थिति सचमुच उतनी भयानक नहीं है, जितना कि वह समझ रहा है। संभव है कि कुछ देर पहले की वह आवाज और वह छाया उसका भ्रम ही हो। नीता का यह कहना भी शायद बहुत गलत नहीं है कि यदि वे सड़क पर पड़े होते तो और अधिक खतरों से घिरे होते। यों भी खतरे के समय इतना नर्वस हो जाना ठीक नहीं है। उससे किसी स्थिति का सामना करने की ताकत ही कम होती है। काफी रात तो बिना किसी दुर्घटना के बीत ही चुकी है। थोड़ी रात और काटनी है। कहीं एक खट-सी आवाज हुई, लेकिन अजय की आंखें नहीं खुलीं। उसने खोलने की कोशिश भी नहीं की। इच्छा नहीं हुई।

अचानक बाहर कुछ तेज आवाजें उभरीं। इस बार अजय की आंखें फक से खुल गयीं। वह चौंककर उठ खड़ा हो गया। उसे साफ लगा, बाहर कुछ लोग हैं। उनके स्वर सुनाई पड़ रहे थे। अजय सांस रोके दरवाजे से लगभग सटा खड़ा रहा।

"भीतर बत्ती जल रही है।" किसी ने कहा। अजय की धड़कनें तेज हुई। उसे लगा, निश्चय ही यह आवाज गंभीर आवाज वाले लड़के की है।

"डर के मारे साले ने जला रखी होगी।" यह आवाज स्पष्टतः उसी भारी

और रूखी आवाज वाले लड़के की थी ।

अजय को अब कोई संदेह नहीं रहा । लड़कों की आवाजों से ही जाहिर था कि वे शराब पीकर आये हैं । अजय का अनुमान सही था । उसके जेहन में एक साथ अनेक उल्टी-सीधी बातें कौंध रही थीं । बाहर लड़कों की आवाजें पहले से स्पष्ट और तेज आ रही थीं । अजय का जिस्म एकबारगी सुन्न-सा होने लगा था । न वह कुछ सोच पा रहा था, न कर ही पा रहा था । सहसा लगा, खिड़कियों के पास कोई खटका हुआ, जैसे किसी ने बाहर से खिड़की खोलने की कोशिश की हो । अजय की जड़ता टूटी और वह खिड़कियों की ओर लपका ।

"चारों तरफ से बंद कर रखा है । कमबख्त ने ।" एक आवाज उभरी ।

"पट्ठे को शक हो गया होगा कि हम लोग आ सकते हैं ।" दूसरी आवाज आयी ।

"तोड़ दो दरवाजा !" यह उसी गैंग-लीडरनुमा लड़के की आवाज थी ।

अजय के शरीर में बिजली की तेज लहर-सी दौड़ गयी । वह समझ गया कि अब विपत्ति सिर पर खड़ी है । वह लगभग उछलता-सा नीता की ओर आया । उसे झकझोरकर उठाया । नीता नींद से एकदम उठकर बैठ गयी । भौंचक्क । तभी दरवाजे पर प्रहार हुआ । नीता के चेहरे पर भय फैल गया ।

"कौन है ?" उसकी आवाज डरी हुई थी ।

"वही लड़के !" अजय की आवाज में थरथराहट थी ।

"क्या !" नीता स्तब्ध हो गयी ।

"हां !" अजय बोला ।

"अब क्या होगा, अजय...?" नीता की आवाज कांप-कांप गयी । वह भयभीत-सी पलंग से उतर आयी ।

"घबराओ मत, मैं हूँ न ।" अजय ने उसे ढाढस बंधाने की कोशिश की, हालांकि उसके स्वर में लड़खड़ाहट स्पष्ट थी ।

नीता अजय के करीब आ गयी । अजय ने उसे बांहों में लेकर सहारा दिया । दरवाजे पर प्रहार और तेज हो गये । अजय ने आतंकित होकर उस ओर देखा ।

"अजय, अब... ।" नीता फिर कुछ बोलने को हुई ।

"सुनो, तुम टॉयलेट में छिप जाओ ।" अजय ने हड़बड़ी से कहा ।

"और तुम ?"

"मैं उन्हें रोकने की कोशिश करूंगा !"

"नहीं !" नीता की घुटी-सी चीख उभरी ।

"आओ, जल्दी !" नीता की बांह पकड़कर अजय खींचता-सा टॉयलेट की ओर ले गया, "टॉयलेट का दरवाजा अच्छी तरह से भीतर से बंद कर लो ।" उसने घबराहट में कहा ।

अजय ने जबरदस्ती नीता को टॉयलेट के अन्दर करके दरवाजा भिड़ा दिया । उधर से हटकर एक झटके से बत्ती बुझा दी । दरवाजे पर प्रहार और अधिक तीव्र हो गये थे । अजय ने दोनों हाथों से दरवाजे को भीतर से थाम रखा था । दरवाजा काफी हिल रहा था । बस जैसे अब उसके दोनों पल्ले एक झटके से अलग होने ही वाले हों । वह जान रहा था कि दरवाजा खुलने ही वाला है । लड़के पूरा दम लगाकर हाथों-पैरों के प्रहार से दरवाजे को खोलने में भिड़े हुए थे । अजय ने तय किया कि दरवाजे के खुलते ही, वह बिजली की तेजी से उन्हें धक्का देते हुए बाहर भागेगा और 'बचाओ-बचाओ' की चीख-पुकार मचायेगा । इसके पहले कि वे लोग टॉयलेट का दरवाजा तोड़कर नीता पर हमला करें, कोई न कोई बचाव के लिए जरूर पहुंचेगा । लेकिन अजय की सारी योजना धरी ही रह गयी । दरवाजे के पल्ले झटके से खुले और अजय लड़खड़ाकर पीछे की ओर गिरा । नीता ने अब तक दरवाजा बंद नहीं किया था । अजय के गिरते ही वह चीख उठी और दरवाजा भीतर से कस दिया । टॉर्च की तेज रोशनी अजय के चेहरे पर पड़ी । उसकी आंखें चौंधिया गयीं । इसके पहले कि वह उठ पाये, लड़कों ने उसे दबोच लिया । वे उसे मारने लगे । अजय कराहता हुआ निढाल होता गया । अजय की कराहें सुनकर नीता अपने को टॉयलेट में बंद नहीं रख पायी । दरवाजा खोला और बदहवास-सी अजय की ओर बढ़ी । लड़कों ने उसे बीच में ही पकड़ लिया । नीता उनकी गिरफ्त में तड़फड़ाती रही और अजय सिर पर करारी चोट खाकर बेहोश फर्श पर लुढ़क गया । लड़कों ने नीता का मुंह बंद कर रखा था । उसे घसीटते हुए लाकर पलंग पर पटक दिया । नीता छटपटाती रही और लड़के पिशाचों की तरह उस पर झुकते गये । सहसा नीता पूरी ताकत साधकर चीत्कार कर उठी ।

नीता की चीत्कार से अजय की आंखें एकाएक खुल गयीं । वह अब

भी थरथरा रहा था, पसीने से तर-ब-तर, हांफता-सा । उखड़ी-उखड़ी-सी सांसें । वह विक्षिप्त-सी नजरों से आंखें फाड़े चारों ओर देखने लगा । भौंचक्क-सा अपना ही शरीर टटोलने लगा । उसे होश आने में कुछ पल लगे । होश आया तो देखा, वह पूर्ववत् कुर्सी पर बैठा हुआ है । इस बीच शायद नींद के गहरे झोंके में उसके पैर मेज से नीचे आ गये थे । कमरे में बत्ती जल रही थी । दरवाजे और खिड़कियां बंद थीं । नीता पलंग पर गहरी नींद सो रही थी । अजय झटके से उठा, जैसे अचानक तंद्रा टूटी हो, किसी भयानक दुःस्वप्न से वास्तविक जगत में आया हो । इसके बावजूद आतंक की एक कंपकंपी उसकी रगों में दौड़ रही थी । कमरे का दृश्य पूर्ववत् था, लेकिन वह भीतर से आश्वस्त नहीं हो पा रहा था । बेचैनी, घुटन और आशंका के ज्वार उठ रहे थे, जैसे-जो कुछ उसने नींद में देखा और झेला, वह भले ही न बीता हो, लेकिन वह एक पूर्वाभास जरूर है ! इसका अर्थ यह है कि अब भी वैसा कुछ होने की संभावना और खतरा पूरा है । उसके भीतर एक पागल घंटी जैसी लगातार बज रही थी । 'कुछ होने वाला है... होने ही वाला है' जैसी गूंज उसकी नस-नस में पसर रही थी । वह नीता के पास तेजी से आया ।

"नीता...नीता... उठो !" उसने पुकारा, घबराहट के साथ ।

"हूँ ।" नीता नींद में कुनमुनाई ।

"जल्दी उठो !"

"हां... !" नीता की आंखें अचानक खुलीं । वह चौंकी, अजय के आतंकित चेहरे को देखकर उठ बैठी ।

"मुझे लगता है, कुछ होने वाला है ।" अजय बोला । उसका स्वर टूट-टूट रहा था ।

"क्या ?"

"वही, जिसकी आशंका मुझे है ।"

"क्यों, ऐसा कुछ लगा क्या ?" नीता के स्वर में भी चिंता थी ।

"हां ! लगा, साफ-साफ लगा ।" अजय ने जल्दी में कहा, "हमें जल्द कोई उपाय करना होगा ।"

"क्या टाइम हो रहा है ?" नीता पलंग से उतरी ।

"अभी तीन बजने वाले हैं । काफी रात बाकी है । कुछ भी हो सकता है । मुझे लगता है, वे लड़के जरूर आयेंगे, शराब पीकर, बुरी नीयत से ।

दरवाजा तोड़ डालेंगे और तुम्हें... ।" नीता ने बीच में ही कुछ कहना चाहा ।

"सुनो ।" अचानक जैसे अजय को एक बात सूझी, "यदि हम लोग यहां से भाग चलें तो ?"

"और भागकर कहीं इससे भी अधिक खतरे में पड़ गये तो ?" नीता बोली ।

अजय ने कोई जवाब नहीं दिया । वह बिल्कुल मौन हो गया । उसका मस्तिष्क बेहद सक्रिय था । उसने चौकन्ने भाव से एक बार पूरे कमरे को देखा । सहसा उसे दूसरी बात सूझी ।

"सुनो, एक काम करते हैं । इस पलंग को खींचकर दरवाजे पर जाम कर देते हैं ।"

"उससे क्या होगा ?"

"यह दरवाजा कमजोर है । वे लोग इसे तोड़कर भी भीतर घुस सकते हैं । पलंग अड़ा रहेगा तो जल्दी खोल नहीं पायेंगे । तब तक हम चीख-चिल्ला सकेंगे ।" अजय ने अपनी योजना बताई ।

"लेकिन... ।" नीता कुछ और कहने को हुई ।

"यही ठीक रहेगा । आओ, जल्दी करो ।" अजय बेहद सक्रिय हो गया । मानो लड़कों के पहुंचने के पहले ही वह अपनी सुरक्षा का पूरा और पुख्ता प्रबंध कर लेना चाहता हो । अजय की हालत को देखते हुए नीता ने रोक-टोक उचित नहीं समझी । दोनों ने मिलकर, दोनों पलंग एक साथ दरवाजे से सटाकर लगा दिया । पहली बार अजय के चेहरे पर तसल्ली की एक क्षीण रेखा उभरी । नीता अजय के करीब आयी । उसके कंधे पर हाथ रखा । उसके माथे पर छलक आया पसीना अपने आंचल से पोंछा । अजय ने एक बार उसकी ओर देखा ।

"अजय, एक काम करो न, थोड़ी देर पलंग पर लेटो ।" नीता बोली ।

"नहीं, मैं सोऊंगा नहीं ।" अजय ने जल्दी से कहा ।

"सोने के लिए नहीं कह रही हूँ । सिर्फ लेटो । बस कमर सीधी कर लो ।"

"नहीं ।" अजय अड़ा रहा ।

"प्लीज अजय, मेरी बात मानो । पांच-दस मिनट ही सही । दो घंटों में तो सुबह हो जायेगी । आओ... प्लीज !" नीता ने उसका हाथ पकड़कर कहा ।

बहुत समझा-बुझाकर नीता किसी तरह अजय को पलंग पर लेटने के लिए तैयार कर सकी। उसके सिरहाने बैठ गयी। अजय अपलक उसकी ओर देख रहा था। नीता ने उसके चेहरे को अपनी दोनों हथेलियों में लेकर हल्के से उसके होंठ चूम लिए। अजय की आंखों में तरलता फैल गयीं।

"नीता, तुम ठीक हो न?" अजय ने नीता का हाथ थामकर पूछा।

"मैं बिल्कुल ठीक हूँ, अजय। मुझे कुछ नहीं हुआ है। बस तुम थोड़ी देर के लिए अपनी आंखें मूंद लो। प्लीज... !"

अजय ने कोई प्रतिवाद नहीं किया, लेकिन उसकी आंखें खुली थीं। नीता ने उसकी आंखें बंद कर दीं। सिर सहलाने लगी। अजय की आंखें सहज बंद रहीं। माथे की नसें ढीली होने लगीं। धीरे-धीरे उसके चेहरे पर मासूमियत छाने लगी। नीता को अजय से गहरी सहानुभूति हुई। उस पर ममता जगी। जब उसने देखा कि अजय का तनाव विस्फोटक स्थिति तक पहुंचने लगा है, तब उसने महसूस किया कि अजय की मन:स्थिति को पूरी तरह शेयर करने की जरूरत है। तभी उसने जोर देकर अजय को पलंग पर लिटा दिया। थोड़ी ही देर में अजय सो गया। नीता आहिस्ता से पलंग से उतरी और कुर्सी पर बैठ गयी। नींद अब उसकी आंखों में नहीं थी। फिर भी उसने आंखें मूंद लीं।

दरवाजे पर दस्तक हुई-हल्की। नीता की आंखें सहज भाव से खुलीं। उसके चेहरे पर कोई चौंकने जैसा भाव नहीं था। दस्तक दुबारा हुई। नीता ने घड़ी देखी, उठकर पहले खिड़कियां खोलीं। सुबह का स्वच्छ, कोमल और पारदर्शी प्रकाश दिखलाई पड़ा। पक्षियों का कलरव सुबह की रोशनी के साथ ही जैसे भीतर आया। ठंडी, ताजी और सुखद हवा का झोंका भी। नीता अजय के करीब आयी।

"अजय, उठो।" उसने शांत स्वर में कहा।

"हां।" अजय की आंखें झटके से खुलीं। चेहरे पर चौंक। वह एकदम से उठ बैठा। फटी आंखों से चारों ओर देखने लगा।

"घबराओ नहीं। देखो, सुबह हो गयी है। शायद लड़के हमें जगाने आये हैं।" नीता उसी स्वर में बोली, सहज और शांत।

अजय ने खिड़कियों से बाहर देखा, सुबह हो गयी थी। बाहर फिर दस्तक हुई। सुबह के एहसास और स्पर्श ने जैसे अजय को सहसा सामान्य

कर दिया। वह पलंग से उतरा। दोनों ने मिलकर उन्हें यथास्थान लगाया। अजय ने दरवाजा खोला। दो लड़के सामने खड़े थे, मुस्कराते हुए सहज, स्वस्थ और स्फूर्त्त। रात भर में उनके चेहरे कितने बदल गये थे। अजय की दृष्टि उन सौम्य चेहरों पर ही टिकी रही।

"गुड मॉर्निंग सर।" एक ने उत्साह से कहा।

"वेरी गुड मॉर्निंग।" अजय बोला। स्वर में उदासी उभर आयी।

"लगता है, आप लोग गहरी नींद में थे।" दूसरा बोला।

"हां... शायद... काफी गहरी नींद में... सॉरी, प्लीज कम इन।" अजय ने कहा—गहरे सोचते से, स्वागत करता हुआ।

"थैंक्यू," लड़के भीतर आये, "आपका स्कूटर ठीक हो गया है सर।" पहले ने सूचित किया।

"अच्छा!" नीता एकबारगी खुश हो आयी, "सरप्राइज।"

"यहां कैम्पस के बाहर एक मोटर मैकेनिक रहता है। सुबह हम उसे बुला लाये। उसी ने ठीक किया।" दूसरे ने कहा।

"ओह, थैंक्स, थैंक्यू वेरी मच।" अजय ने उत्फुल्लता से कहा, हालांकि उसके बीच पश्चात्ताप की एक रेखा भी उभर आयी थी।

तभी उन्हें विश करता हुआ तीसरा लड़का आया। उसके हाथ में स्कूटर की चाबी थी।

"लीजिए चाबी।" उसने अजय की ओर बढ़ाई।

"सो काइंड ऑफ यू।" अजय का स्वर आर्द्र था।

"सॉरी...।" अजय के मुंह से अनायास निकल गया।

"सॉरी किस बात की" दूसरे ने हंसकर कहा।

अजय कोई जवाब नहीं दे सका। उसका मन उदास और भारी हो रहा था। इस बीच नीता टॉयलेट से वाश लेकर आयी।

"अजय, तुम भी वाश ले लो।" उसने कहा।

"ओह... हां... जस्ट ए मिनट...।" अजय ने लड़कों से कहा और जरा जल्दी में टॉयलेट की ओर बढ़ गया, जैसे वह टॉयलेट में बंद होकर अपना चेहरा छिपाना चाहता हो।

"आपका चौथा साथी कहां है ?" नीता ने स्नेह से पूछा।

"आ ही रहा होगा।" पहले ने बताया।

"रात में कोई दिक्कत तो नहीं हुई, मैडम ?" दूसरे ने पूछा ।

"बिल्कुल नहीं ।... रियली यू आर सो नाइस ।... शहर में इस कॉलेज के लड़कों को न जाने कितना बदनाम किया जाता है ?" नीता ने कहा ।

"वो तो ऐसा है, मैडम !" तीसरे ने कहा, "दो-चार भी बिगड़े हों तो पूरा समुदाय बदनाम हो जाता है ।"

"सच है ।" नीता बोली ।

अजय टॉयलेट से लौट आया । उसके चेहरे पर रात की कोई काली रेखा नहीं थी । चेहरा रोशन था, सुबह की तरह । उस रोशनी में कुछ छिपी हुई-सी रेखायें तो अफसोस की, ग्लानि की, पछतावे की थीं । अपनी ही आंतरिक कमजोरी की थीं ।

उसी समय चौथे, ऊंची कद-काठी और भारी-रूखी आवाज वाले लड़के ने प्रवेश किया । उसके हाथों में एक ट्रे थी । ट्रे में कॉफी के प्याले । प्यालों से उठती खुशबू, जो उस लड़के के व्यक्तित्व को एक भिन्न, बल्कि कल रात के बिल्कुल विपरीत, एक नया और चमकदार आयाम दे रही थी । उसने विश किया ।

"लीजिए कॉफी ।" उसने कहा ।

"अरे, आप लोगों ने सुबह-सुबह यह इंतजाम भी कर दिया । थैंक्यू ।" नीता बोली ।

"यू आर वेलकम, मैडम ।" चौथे ने शालीनता से कहा ।

वे लोग कॉफी पीने लगे । नीता सहजता से उन लड़कों से उनके कॉलेज, कोर्स और पढ़ाई की बातें करने लगीं । अजय भी भाग लेना चाहता था, लेकिन अपने प्रति उसकी हीनभावना उसे संकुचित और बौना बना रही थी ।

"आप लोग आइये न कभी हमारे यहां ।" नीता उन लड़कों से बोली ।

"ह्वाईनॉट ।" पहले ने कहा ।

"यह मेरा कार्ड । इसमें घर का पता है ।" अजय ने कार्ड पर्स से निकाल कर दिया ।

"कब आयेंगे, बोलिए ?" नीता ने आत्मीयता से पूछा ।

"किसी भी वीक-एण्ड में ।" दूसरा बोला ।

कॉफी पीकर सब बाहर आये । अजय ने स्कूटर स्टार्ट करके देखा पहली किक में ही स्टार्ट हो गया । उसने स्टार्टर बंद किया । लड़कों के पास आया ।

उनसे हाथ मिलाये । बहुत कुछ कहना चाहा, लेकिन भीतर के आवेग ने कुछ कहने नहीं दिया । बड़ी मुश्किल से वह शब्द जुटा पाया ।

"सॉरी, आई एम रियली सॉरी ।" अजय का स्वर भर्रा गया। आंखों में पनियाली चमक उभरी ।

"आप बार-बार सॉरी क्यों कह रहे हैं सर !" तीसरे ने कहा ।

"इटज आवर प्लेजर ।" चौथा बोला ।

अजय ने लड़कों के कंधे थपथपाये । फिर स्कूटर स्टार्ट किया । नीता पीछे बैठ गयी । स्कूटर आगे बढ़ गया । नीता ने वेव किया । लड़के आंखों से ओझल होने तक उन्हें वेव करते रहे । अजय को मुड़कर उन लड़कों की ओर देखने का साहस नहीं हुआ । स्कूटर हाईवे पर आ गया । वही जंगल, वही सड़क, वही फासला, लेकिन दूर-दूर तक दिखता खुला चौड़ा रास्ता । अजय को लगा, स्कूटर नहीं बिगड़ता तो जिन्दगी में शायद आगे का रास्ता इतना साफ और चमकदार नहीं दिखलाई पड़ता ।

❑❑

(हंस, सन् 1991)

5

जो शेष है

जानकीनाथ की नींद खुली । उन्हें थोड़ा आश्चर्य हुआ–इतनी सुबह हो गई और किसी ने उन्हें अभी तक जगाया भी नहीं । खिड़की से बाहर धूप चमक रही थी । सिरहाने रखी हुई जेब-घड़ी टटोलकर निकाली और समय देखा, छह बजकर दस मिनट हो रहे थे । प्रायः वह पांच-सवा पांच बजे उठने के आदी रहे । उनकी इच्छा होती है कि कुछ पहले ही उठकर थोड़ा टहल आयें, लेकिन यह काम नियम से हो नहीं पाता है । उठने में देर-सबेर हो ही जाती है । कई बार उन्होंने पत्नी और बच्चों से कहा भी, उन्हें जरा सबेरे ही उठा दिया जाये, लेकिन इतनी सुबह कोई उठता ही नहीं और उठता भी है तो उन्हें गहरी नींद में सोता देख उठाया नहीं जाता । जानकीनाथ को देर रात तक नींद नहीं आती, इसलिए सुबह जल्दी और अपने आप नींद खुल नहीं पाती है ।

वह आज का दिन, दिनांक याद करने लगे । उन्हें कुछ अजीब भी लगा । अब इतने एकरस दिन बीतने लगे कि दिन और दिनांक भी याद करना पड़ता है । जब तक स्कूल की नौकरी में थे, दिन रूटीनी होने के बावजूद इतनी तेज गति वाले होते थे कि दिन और दिनांक भूलना संभव नहीं था । अब तो उनके जीवन में सब कुछ जैसे ठहर-सा गया है–दिन और दिनांक भी । अब उन्हें याद करना पड़ता है, पूछना पड़ता है । कभी-कभी उन्हें जानकर आश्चर्य होता है कि आज फलां दिन और दिनांक है, जबकि उनके भीतर उन सबका पूर्णतः गलत अनुमान रहता है । अब तो अच्छा है कि लोग घड़ी देखकर समय, दिन और दिनांक सब कुछ एक साथ जान लेते हैं । कितना कुछ बदल गया है ?... बदलता ही जा रहा है... एक अरसे से उनके भीतर यही अनुभव घना होता रहा है ।

अचानक ही उन्हें याद आया कि आज पांच सितम्बर है । उन्होंने हिसाब लगाया । ठीक ही तो, पांच सितम्बर ही है, यानी शिक्षक-दिवस । उनकी

अपनी अस्मिता और अस्तित्व का दिन । उनका मन कुछ खुला-खिला, लेकिन फिर मुरझा भी गया । पिछले वर्ष तो इस दिन तक वह शिक्षक थे । पिछले नवम्बर में उन्होंने अवकाश प्राप्त किया था । पिछले वर्ष स्कूल में शिक्षक-दिवस-उत्सव के कुछ दृश्य धुंधले से उनके भीतर उभरे-मालायें... भाषण... तालियां... किलकारियां... सांस्कृतिक कार्यक्रम... ।

पत्नी देख गई कि वह उठ चुके हैं । उन्होंने चाय लाकर उनके हाथों में दी । दो-एक मिनट बैठी, फिर चली गई । जानकीनाथ सोचना तो चाहते थे घर के बारे में, बच्चों के बारे में, पत्नी के बारे में, अपने स्वास्थ्य के बारे में, आजकल इन सबकी सोच निरन्तर ही उनमें बनी रहती है, लेकिन आज सोच की धारा कुछ भिन्न हुई जा रही थी । अरसे बाद फिर अपनी नौकरी, स्कूल, शिष्यों, सहयोगियों की सोच उभरने लगी थी । यह सोच उन्हें दुःखी कर जाती है । हालांकि वह जानते हैं कि प्रत्येक व्यक्ति नौकरी से अवकाश प्राप्त करता है । नौकरी छूट जाती है । परिवेश अलग हो जाता है, परन्तु अपने अवकाश लेने की स्थिति के साथ अब भी मानसिक रूप से जुड़ नहीं पाये हैं । यों उनके घर-परिवार में कोई विकट समस्या नहीं है । पारिवारिक स्थिति अच्छी न भी हो तो व्यवस्थित अवश्य है । अवकाश लेने के बाद भी जिस तरह बहुत से मध्यम्वर्गीय लोग जीवन में कष्ट पाते हैं, वैसा भी नहीं है । फिर भी बीता सब कुछ वर्तमान में उपस्थित नहीं होने का क्लेश तो दे ही जाता है । आज सुबह से उनका मन कुछ अधिक उदास हो रहा है । शिक्षक-दिवस उन्हें कहीं से थोड़ा आहत-सा करने लगा है । जोवन भर वह शिक्षक रहे और आज शिक्षक-दिवस होते हुए भी उससे अछूते एवं असंपृक्त हैं-यह अनुभूति उन्हें कचोटने लगी ।

अपनी आदत के अनुसार वह नाश्ते के बाद बरामदे में आरामकुर्सी पर पसर गये । उन्होंने समाचारपत्र हाथ में लिया । कुछ पृष्ठ उलटे । किसी भी समाचार पर टिके नहीं । कुछ विस्तार से पढ़ने की इच्छा नहीं हुई । उन्होंने उसे मोड़कर रख दिया । हालांकि वह चाह रहे थे कि अपने को व्यस्त रखें, किसी अनावश्यक सोच को उभरने न दें, पत्नी से बातें करें, बच्चों के बीच बैठ जायें, किसी मित्र से मिल आयें । बाजार ही सही, सब्जी-भाजी या कोई और आवश्यक वस्तु लेने जायें । अपनी इस चाह के बावजूद उनका मन बार-बार पीछे जाना चाहता था... यहां से दूर... इस शहर की आपा-धापी,

भाग-दौड़ से दूर उस शांत, धीमे और ठहरे हुए से कस्बे में–जहां की व्यस्तता भी कोई व्यस्तता जैसी नहीं लगती थी । यों कि वहां भी घर-गृहस्थी, बच्चों की पढ़ाई, ट्यूशन और स्कूल की नौकरी, अन्य किस्म के व्यक्तिगत, पारिवारिक और सामाजिक कार्य थे, व्यस्तता की कमी नहीं थी, लेकिन कोई घबराहट नहीं होती थी । और यहां इस शहर में निकट के बाजार से लौटने में ही घबरा-सा जाते हैं । सड़क पर भीड़, भागते-से लोग, तेज गति से दौड़ती गाड़ियां–थोड़ी दूर जाकर भी कोई कार्य कर आओ तो अनुभव होता है कि वह काफी थक चुके हैं । कभी-कभी वह सोचते भी हैं कि कुछ अजीब-सी बात हुई उनके साथ तो... बल्कि उल्टी बात । लोग भले ही शहरों में जीवन भर नौकरियां कर लें, लेकिन कम-से-कम अवकाश लेने के बाद किसी शांत-एकांत-से स्थान में रहना चाहते हैं ताकि थका मन, थका तन थोड़ी राहत पा ले, परन्तु उनके साथ तो बात विपरीत हो गई । इतनी लम्बी नौकरी उन्होंने उस छोटे-से कस्बे में की । वहीं बच्चे बड़े हुए । बेटियों की शादियां की और अब अवकाश लेने के बाद जब कि उन्हें उस स्थान की, उस वातावरण की, वहां के लोगों की अधिक आवश्यकता थी तो भाग्य उन्हें इस शहर में खींच लाया–बड़े बेटे के पास, जो यहीं नौकरी करता है और अपने परिवार के साथ बसा हुआ है । यहीं उसने यह मकान भी बनवा लिया ।

बड़े बेटे की छोटी बेटी स्कूल जा रही थी । उसने आज स्कूल की पोशाक नहीं पहन रखी थी और काफी सजी-धजी थी । उन्होंने उसे रोककर थोड़ा प्यार किया । पूछने पर उसने बताया कि आज उसके स्कूल में शिक्षक-दिवस मनाया जायेगा, उत्सव होगा, नाच-गाना । आज स्कूल की पोशाक न पहनने की छूट है । वह गोद से उतरकर भाग गई । उनके मन में एक बाल-सुलभ इच्छा-सी जगी कि वह भी स्कूल जायें और कम-से-कम वह कार्यक्रम देखें । उन्होंने अपने को समझाया कि यह भी कोई इच्छा है ! उत्सव स्कूलों में होते हैं–स्कूल के शिक्षकों के लिए, बच्चों के द्वारा । इसमें बाहरी व्यक्ति के लिए क्या संभावना है ? हो तो सकती है, किसी बहाने से–यह कहकर कि बच्ची को लेने आया हूँ । वह तो ठीक है, बहाना चल भी सकता है, परन्तु वह कार्यक्रम देख ही सकेंगे, यह कैसे सोचा जा सकता है ? फिर इसकी आवश्यकता भी क्या है ? परन्तु वह किसी भी तर्क से स्वयं को समझा नहीं सके और कुर्सी से उठ गये । पत्नी से कहा कि थोड़ा बाजार

की ओर से हो आयेंगे। न हो तो डॉक्टर से ही मिल आयेंगे। वह निकल पड़े। सोचा, धीरे-धीरे आराम से टहलते हुए स्कूल पहुंचेंगे। कभी उस स्कूल में वह गये भी नहीं, देखा भी नहीं उसे। उन्हें अब भी अच्छी तरह स्मरण है कि पिछले वर्ष बच्चों में अपेक्षाकृत अधिक उत्साह दिखलाई पड़ा था।

उन्हें अच्छी तरह याद है कि बच्चे सुबह से ही उत्फुल्ल थे। दोपहर को स्कूल के सभी शिक्षकों के पैर छू-छूकर स्कूल भर के बच्चों ने आशीर्वाद लिया। शिक्षकों को तिलक लगाया। मालायें पहनाई। आरती उतारी, शंख फूंके गये। घंटे बजे। एक पवित्र और दिव्य-सा परिवेश निर्मित हो गया था, जैसे कोई गुरुकुल हो। शिक्षकों के गुणगान में कितने प्यारे और आदर्शपूर्ण, सुरुचिपूर्ण कार्यक्रम बच्चों ने प्रस्तुत किये थे! समस्त शिक्षक अभिभूत थे। आज के समय में भी बच्चों ने पिछली परम्परा का निर्वाह किया और गुरुओं के प्रति श्रद्धा एवं सम्मान दर्शाया। यह उन्हें अनिवर्चनीय सुख दे रहा था। शिक्षकों की ओर से प्रधानाचार्य ने बच्चों के प्रति शुभकामना व्यक्त की थी।

अपनी पोती के स्कूल की ओर वह कुछ इस तरह बढ़ते जा रहे थे, जैसे उन्हें वहां निमंत्रित किया गया हो। हालांकि वह अच्छी तरह जानते थे कि शहरी स्कूलों का परिवेश पूरी तरह बदल चुका है। यहां उन्हें निमंत्रित करने का कोई प्रश्न ही नहीं उठता। अब शहरों में शिक्षा व्यवसाय है। उसमें ग्लैमर है। अंग्रेजियत है। शिक्षा के नाम पर लूट है। शहर के सभी प्रसिद्ध स्कूल सामान्य लोगों के लिए नहीं है। इन स्कूलों में अपने बच्चों को प्रवेश दिलाने के लिए हैसियत चाहिए, पैसा चाहिए, टीम-टाम का जीवन चाहिए, अंग्रेजी चाहिए—घर में, स्कूल में, समाज में। उस पर पैरवियां, अनुदान देने की क्षमता चाहिए। यहां तो प्रत्येक अभिभावक को तोला जाता है। इस बात की जांच की आती है कि कौन कितना दे सकता है? स्कूल को बढ़ाने के लिए कितने साधन और संभावनायें जुटा सकता है। घर-घर में मां-बाप परेशान हैं। हर जगह प्रवेश-चर्चायें, किसकी कितनी पहुंच है? इसका लेखा-जोखा और यह सब कुछ इसलिए कि एक हिन्दुस्तानी साहब और मेम तैयार हो। आगे चलकर वह इसी हिन्दुस्तान के विरुद्ध एक मानसिकता उत्पन्न करने में समर्थ हो जायें। इस देश में रहकर भी इसे हीन मानें।

वह सोचते जा रहे थे। जानबूझकर नहीं, ऐसी सोच प्राय: उन्हें घेर लेती है। उस कस्बे में वह शिक्षक थे, कोई शिक्षा के व्यवसायी नहीं, ट्यूशनों के

ठेकेदार नहीं, अध्यापन के व्यापारी नहीं । उन्होंने केवल बच्चों को पढ़ाया । किसी को समाज के तथाकथित अभिजात्य वर्ग में शामिल करने की होड़ नहीं थी वहां । कोई ऊंचा अफसर, मंत्री या धनाढ्य नहीं बना वहां का छात्र, लेकिन इस तरह की अनैतिक सौदेबाजी भी नहीं रही–शिक्षकों, शिक्षण–संस्थाओं और अभिभावकों के बीच । इस तरह के विचार उन्हें हमेशा परेशान करते थे । वह सोचते भी थे कि अब उन्हें क्या चिंता है कि कहां क्या हो रहा है ? जो हो रहा है, होने दो ।

उन्होंने हमेशा की तरह अपनी सोच को झटकने की चेष्टा की । इस चेष्टा में वह झटका सिर को ही दे पाते हैं, सोच को नहीं, फिर भी झटकते हैं । क्षणभर के लिए सही, सोच को झटकने की भ्रामक अनुभूति पाते हैं । उन्हें सामने स्कूल की भव्य, आलीशान, चमचमाती, तिमंजिली, आधुनिक इमारत दिखलाई पड़ी । अपनी अंग्रेजियत का भरपूर अनुभव कराता हुआ एक विशाल बोर्ड । स्कूल का नाम जैसे इस समूचे देश को, औसत लोगों को, यहां की भाषाओं को, यहां की परम्परा को जीभ चिढ़ा रहा हो, अंगूठा दिखा रहा हो । वह इमारत के सामने ठगे, लुटे और भौचक्क–से खड़े रह गये । उन्हें अपनी आकृति काफी बौनी लग रही थी । स्कूल का बड़ा–सा फाटक, फाटक पर संतरी, फाटक के बाहर कारों, स्कूटरों, बसों की कतारबद्ध पंक्तियां, भीतर बच्चों की किलकारियां... उन्हें उल्टे पांव लौट जाने की इच्छा हुई । वह लगभग निश्चित थे कि उन्हें भीतर नहीं ही जाने दिया जायेगा । संतरी की एक जोरदार कड़क उन्हें वहीं ठिठका देगी । अपमानित होने से अच्छा है कि वह लौट ही जायें । लेकिन भीतर जाने की उत्सुकता ने उन्हें वहीं रोक रखा । उन्हें खेद हुआ कि यदि उन्हें आना ही था तो ढंग के कपड़े पहनकर आते । साथ में चश्मा और छड़ी ले आते, जो विशेष रूप से उन्हें छात्रों ने विदाई के अवसर पर भेंट में दी थी । कम–से–कम नकली अभिजात्य उनमें भी आ जाता । संतरी को रोकने में हिचक होती । अब किया ही क्या जा सकता है ? या तो हिम्मत बटोरकर इमारत में प्रवेश कर जायें या फिर लौट ही जायें । इस तरह खड़े होने में तुक ही क्या है ? वह धीमे–धीमे, झिझकते, सहमते आगे बढ़े । कम–से–कम आश्वस्ति की बात यह भी कि बच्ची यहां पढ़ती है । उसका नाम, वर्ग उन्हें पता है । वह कह सकते हैं कि बच्ची को लेने आये हैं । वह सड़क पारकर फाटक के निकट आये । उन्होंने देखा कि लोगों के

आने-जाने के लिए फाटक की बगल में एक छोटा गेट है, वह उसमें प्रवेश कर गये, संतरी से दृष्टि चुराकर। संतरी ने उन्हें टोक ही दिया। उसने समझा वह ड्राइवर या नौकर हैं और बच्चों को लेने अंदर जा रहे हैं। उसने रोका नहीं। उसकी आंखों के इस भाव से उन्हें अजीब-सी अनुभूति हुई। वह आगे बढ़ गये। दोनों ओर सुंदर लॉन, पार्क, झूले, पौधे, फव्वारे, रंग-बिरंगे फूल-किसी प्रदर्शनी के-से दृश्य। सुंदर, रंगीन, आकर्षक और मोहक फूलों की सुगंध। बीच के विशाल पक्के रास्ते से वह आगे बढ़े। झिझक और हिचक उनका पीछा नहीं छोड़ रही थी। अपने ड्राइवर या नौकर होने की अनुभूति से वह पृथक नहीं हो पा रहे थे। वह स्वयं को कोसने लगे। आज जाने क्या हो गया उन्हें ? इस तरह अपना अपमान कराने चले आये। संतरी उन्हें वहीं रोक देता तो ठीक था। खैर, अब किया ही क्या जा सकता है ? जब वह मूर्खता पर ही उतर आये हैं। वह मुख्य भवन में प्रविष्ट हुए। बड़ा-सा पोर्टिको। एक ओर स्टाफ के लोगों की कारें, स्कूटर। भवन के भीतर भी काफी चहल-पहल थी, लेकिन केवल निचले हिस्से में। ऊपर की मंजिलें सूनी-सूनी लग रही थीं। शायद कार्यक्रम नीचे था। नीचे ही इनका हॉल भी होगा। हॉल नहीं, ऑडीटोरियम। स्कूल में उन्हें अधिकांश शिक्षिकायें ही दिखलाई पड़ी। सजी-धजी आधुनिकायें, पोशाकों का प्रदर्शन, मॉडलों की भांति। सेंटों की सुगंध। अंग्रेजी सीत्कारें। भवन के भीतर उन्हें यह अनुभव ही नहीं हो रहा था कि यह स्कूल इसी देश में है। इसी देश के एक शहर में, जहां भुखमरी है, बेरोजगारी है, गरीबी है, प्राकृतिक विपदायें हैं, आंदोलन है, अकाल है। वह हतप्रभ-से भटकते रहे। उन्हें एक सज्जन मिले, पता नहीं कौन ? उन्हें रोका, कहा कि "सभी नौकरों को कल ही बता दिया गया था कि आज फंक्शन है। छुट्टी दो बजे होगी।" जानकीनाथ ने कोई जवाब नहीं दिया। स्पष्ट था, उस सज्जन ने भी उन्हें नौकर समझा था। नौकर, जो अपने साहब के बच्चे को ढूंढ रहा है। वह एक खंभे से टिककर खड़े हो गये। सज्जन चले गये। उनके शब्द भीतर विष की तरह उतरते रहे। थूक के घूंट निगल-निगलकर उन्होंने अपना विष दबाया। उन्हें लगा, अब उन्हें लौटना ही चाहिए। लौटना ही होगा। वह पुनः स्वयं को कोसने लगे। क्यों आये ? क्या मिला ? अब क्या शेष है होने को है ? अब किस बात की प्रतीक्षा है उन्हें ? अचानक वह स्वयं को अवश और दुर्बल अनुभव करने लगे। उन्हें

उस परिवेश से पृथक हो जाने की बेचैनी घेरने लगी। कहीं एकांत में दो मिनट वह बैठना चाह रहे थे।

उन्होंने पीछे मुड़कर देखा। सीढियां, ऊपर जाने की। शायद वहां एकांत हो। उन्हें कहीं बैठे पाकर कोई न टोके। तन-मन की दुर्बलता को समेटते हुए वह धीरे-धीरे सीढ़ियां चढ़कर ऊपर आये। उन्हें लगा, ऊपर कोई नहीं है। बरामदा पूर्णतः सूना। शायद सारे बच्चे नीचे जा चुके थे, कार्यक्रम देखने। उनकी इच्छा हुई कि वह किसी क्लासरूम में चले जायें। बेंच पर बैठकर सुस्ता लें। उन्होंने सीढ़ियों के बायीं ओर के पहले क्लासरूम को देखा। दरवाजा भिड़ा-सा था, बंद नहीं। ताला नहीं। उन्होंने जरा हड़बड़ी में दरवाजा खोल दिया। वह भीतर का दृश्य देखकर स्तब्ध खड़े रह गये। स्कूल के ही बच्चे थे। वह तो उन्हें बच्चे ही मानेंगे, शायद सीनियर क्लास के। एक लड़का और लड़की एक-दूसरे की बांहों में खोये। एक-दूसरे को चूमते हुए। वह अवाक्, जड़। सब कुछ समझते हुए भी हिल-डुल नहीं पा रहे थे। दृश्य की सत्यता अब भी उन्हें संदेह में डाल रही थी। वह आंखें फाड़े मूर्ख की तरह अपलक उन्हें देखते रहे। दोनों ने उन्हें देखा, परन्तु चेहरों पर अपराध-भाव नहीं। अलग हुए और उन्हें अनदेखा करते हुए इत्मीनान से नीचे चले गये।

कुछ मिनट बाद ही उनमें हरकत हुई। वह कहीं गुम हो गये थे। होश में भी बेहोश। सोचने-समझने की शक्ति से पूर्णतः वंचित। यंत्रवत् नीचे आये। उनका कंठ सूख रहा था। उन्होंने दायीं ओर देखा, स्कूल कैंटीन। अनायास उधर बढ़ गये, एक गिलास पानी के लिए। उनका दिमाग सुन्न था।

कैंटीन में भीड़ नहीं थी। उन्होंने काउंटर पर जाकर पानी मांगा। काउंटर पर बैठे व्यक्ति ने उन्हें हिकारत से देखा। उनमें इसकी कोई प्रतिक्रिया नहीं हुई। मूर्तिवत् खड़े रहे। नौकर ने पानी दिया। पीकर गिलास मेज पर रखने के लिए वह आगे आये। एक मेज को घेरकर चार-पांच बच्चे बैठे थे। सब गप्पों में मगन। अंग्रेजी वाक्यों और उच्चारणों की प्रतियोगिता-सी। उन्होंने आश्चर्य से देखा कि वे सभी, सिगरेट फूंक रहे हैं मजे में। कश पर कश। धुआं उगलते। उनकी उपस्थिति से अनजान। उन्हें जैसे अस्वीकार करते हुए वह बाहर आ गये। पोर्टिको की ओर बढ़े। वहां उन्हें वाद्ययंत्रों की तेज आवाज सुनाई पड़ी। थोड़ा शोर। तालियों की गड़गड़ाहट। वह क्षण भर ठिठके रहे, अनिश्चय की मुद्रा में। फिर अनायास ही पैर भीतर की ओर मुड़ गये। उन्हें

थोड़ी दूर पर वह हॉल मिला जहां कार्यक्रम हो रहा था। भीतर भीड़ थी। बच्चे शिक्षक-शिक्षिकायें, कुछ बैठे, कुछ खड़े। दरवाजे तक भी भीड़ थी- बिखरी हुई। वह दरवाजे के पास ही खड़े हो गये। भीतर देखा। मंच पर कुछ छात्र-छात्रायें। अत्याधुनिक विदेशी वाद्य यंत्र, संगीत का तीव्र शोर। अंग्रेजी धुनें। वह उदासीन-से देखते रहे। क्षणभर बाद एक छात्र मंच पर से नीचे आया। फिर एक छात्रा आयी। सामने बैठे कुछ आधुनिक किस्म के शिक्षक-शिक्षिकाओं को वे खींचकर मंच पर ले गये। धुन तेज हो गई। नृत्य की गति बढ़ी। सभी मिलकर नाचने लगे। हॉल में शोर। सीटियां, तालियां, तभी मंच पर तेज रोशनियों का रंगीन चकाचौंध खेल प्रारम्भ हुआ-डिस्को। वह पीछे मुड़ गये। लॉन पार किया। फाटक, फिर सड़क, अपनी दिशा में आये। तन भारी, मन भारी, ऐसा क्यों? जाने क्यों? कुछ समझ में नहीं आया उन्हें। अपने से बातें करने की भी इच्छा नहीं हुई। लगा, गले-छाती में कुछ गड़-सा रहा है। कुछ फंसा हुआ है। शिथिल, थके-हारे-से घर लौटे। अपने कमरे में पलंग पर पसर गये। पत्नी आई। खाने के लिए पूछा। उन्होंने मना कर दिया। जी ठीक नहीं होने की बात कह दी। वह एकांत चाहते थे। सोचना चाहते थे। रोना चाहते थे। लेकिन कुछ भी नहीं हो पा रहा था। इतना अवश-विवश शायद ही उन्होंने स्वयं को कभी अनुभव किया था। उन्होंने घड़ी देखी, दो बजने ही वाले थे। अलमारी खोली। नींद की गोली, कभी-कभी जब दो रातों तक नींद नहीं आती, तब वह नींद की गोली लिया करते थे, लेकिन आज अपने इस असामान्य व्यवहार के विषय में भी सोचने की आवश्यकता नहीं हुई उन्हें। वह सो जाना चाहते थे। उठकर सब कुछ भूल जाना चाहते थे। उसे मात्र एक दु:स्वप्न की तरह झटक देना चाहते थे। नींद की गोली खाने के बावजूद वह काफी देर तक आंखें फाड़े छत की ओर देखते रहे। आलीशान भवन, कारें। किलकते बच्चे। आधुनिकायें, संगीत का शोर। आलिंगनबद्ध किशोर युगल। सिगरेट का धुआं। सब कुछ भीतर बार-बार बन-मिट रहा था, जैसे अब भी घट रहा हो। धीरे-धीरे पलकें भारी हुई। उन्हें नींद आ गई।

उनकी नींद खुली, तब तक संध्या हो चुकी थी। वह अलसाये-से उठे। तन-मन भारी-सा लगा। वैसे भरसक दोपहर को सोने की चेष्टा नहीं करते हैं। सो जायें तो रात को और भी नींद कम आती है, लेकिन आज की बात

ही कुछ और थी। यदि वह सो नहीं जाते तो सारी शाम उन्हें तनाव में बितानी पड़ती। वह बरामदे में आकर बैठ गये। पत्नी ने चाय लाकर दी। तबीयत के बारे में पूछा। कुछ देर बगलवाली कुर्सी पर बैठी रही। कुछ घरेलू बातें करने की चेष्टा की, लेकिन जब अनुभव किया कि वह कुछ अधिक ही चुप-चुप हैं तो उठकर चली गई। जानकीनाथ निढाल-से आरामकुर्सी पर पसरे रहे। उन्हें काफी दुर्बलता लग रही थी। जैसे वह एक लम्बी बीमारी से उठे हों या कोई भयंकर स्वप्न देखकर जगे हों। उन्होंने आंखें मूंद लीं। अच्छा किया जो गोली खा ली, उन्होंने सोचा। एक तो नींद आ गई, उस पर मन-मस्तिष्क शिथिल हो गया। न कुछ याद करने की इच्छा हो रही थी, न कुछ सोचने की, लेकिन दृश्य अभी तक आंखों में मरे नहीं थे। गुजरा हुआ, फिर से गुजरने की क्षीण चेष्टा में जुटा हुआ था। अब सिर्फ कुछ दृश्य, कुछ ध्वनियां ही शेष थीं। धुंधले और अस्फुट। गले में कुछ फंसे होने, आंखों में कुछ चुभने और छाती पर एक दबाव का थोड़ा-बहुत असर अब भी वह अनुभव कर रहे थे। मन-मस्तिष्क की शिथिलता उन्हें सक्रिय होकर फिर से उभरने नहीं दे रही थी, परन्तु वह सामान्य भी नहीं हो पा रहे थे। उनको लगा, बल्कि दोपहर से लगातार लगता रहा कि वह थक चुके हैं। शहर में, यहां की संस्कृति के लिए वह बेमेल सिद्ध हो चुके हैं। शहर अब मात्र शहर है—आधुनिक, पश्चिमी। कहीं से भी भारतीय नहीं। जो स्कूल जितना अधिक पाश्चात्य-संस्कृति में रंगा हुआ है, उसकी उतनी ही पूछ है। कहां मर-खप गई हमारी अपनी संस्कृति ? क्यों मर रही है इस तरह ? कौन है इसके लिए उत्तरदायी ? क्या सिखला रहे हैं बच्चों को ?

उन्होंने अपनी बढ़ती सोच पर रोक लगा दी। सोचा, भीतर चले जायें। बच्चों से बातें ही करें। जी बहला लें या कुछ पढ़ें। वह उठकर भीतर आने को थे कि बाहर एक गाड़ी रुकी। वह फिर से बैठ गये। सोचा, बेटे से मिलने कोई आया होगा। अब भीतर जाकर भी क्या करेंगे ?

एक युवक, पहले तो नहीं देखा था। पुलिस की पोशाक में। वह कुछ हैरान हुए, वह आकर उनके सामने खड़ा हो गया। वह चौंके, क्या चाहिए इसे ? किससे मिलना है ? क्यों आया ? कई प्रश्न उभरे।

"मास्टर जी !" युवक ने कहा। जानकीनाथ का पूरा शरीर एकबारगी झनझना उठा। कस्बे का संबोधन। वहीं का स्वर, वही आत्मीयता। वही

आदर, वह आंखें फाड़े युवक को देखते रहे । युवक के चेहरे पर शांति थी... मुस्कान... ।

"कौन ?" अस्फुट-सा स्वर उनके मुंह से निकला । अब भी शरीर में सिहरन... आश्चर्य... !

"मास्टर जी, मैं मुरली... ।"

"मुरली ?" वह पहचान की तड़प से घिर गये–पुलक और असमंजस के मध्य ।

"मुरलीमोहन, मास्टर जी, गिरिजाशंकर जी का बेटा ।" कहते हुए उसने झुककर पैर छुए ।

"ओह... !" वह और कुछ कह नहीं सके । कांपते-से उठे । थरथराते हाथों से उसे बांहों में लिया । माथा चूमा, आशीष दिया । उनकी अब तक रुकी-थकी आंखें बह चलीं । लगा, सारा दबाव, घुटन, पीड़ा, अवसाद, शिथिलता, तनाव, द्वंद्व, दुर्बलता बह रही है । वह हल्के और आप्लावित हो रहे हैं । उन्होंने मुरली को दो-तीन मिनट तक बांहों में घेरे रखा, फिर उसे पास बिठाया । उसने बताया कि डी.एस.पी. के पद पर इसी शहर में उसकी नियुक्ति हुई है । उसे इस बार घर जाने पर पिता से जानकीनाथ जी के विषय में मालूम हुआ । पता भी मिला, आशीष लेने चला आया ।

वह मुग्धभाव से अपने प्रिय छात्र मुरली को देखते रहे । उसे इस तरह देखना, उस कस्बे में, उस स्कूल में उस परिवेश में, फिर से जीना था । मुरली ढेरों बातें बताता रहा । अपने पुलिस-जीवन के अनुभव सुनाता रहा । उसकी बातें सुनते हुए भी वह खोए-से रहे–अपने को टटोलते-से । उन्हें लगा, अब भी सब कुछ समाप्त नहीं हो गया है । कुछ है, जो शेष है । जो शेष है, वह यदि ऐसा ही है तो उसे फिर से अपनी पूर्णता में कभी न कभी लाया और पाया जा सकता है । उनकी आंखें अब भी भीगी थीं, लेकिन उनमें चमक थी । जीवन था ।

❑❑

(लोकमत समाचार : सन् 1991)

6

जोहार, गोपू दा !

मि. गोपेशर हेम्ब्रम ने कपड़े बदल लिए और टाई को गले में डालते हुए ड्रेसिंग टेबल के सामने आकर खड़े हो गये । उन्होंने टाई बांधी और करीने से कंघी की । स्वयं को शीशे में भरपूर देखा । अब वह एक ऊंचे और योग्य अफसर जान पड़ रहे थे । उनके होठों पर एक हल्की मुस्कान उभरी । उन्हें लगा, अब उनका रंग भी कुछ साफ होता जा रहा है । वह आदिवासी 'लुक' दिनोंदिन कम हो रहा है । अब वह आदिवासी रहे भी कहां । गोरी, सुंदर, गैर-आदिवासी पत्नी और गोरे-चिट्टे बच्चों ने तो उनकी अपनी रंगत भी बदल डाली । 'थैंक गॉड', उनके बच्चे बेटा और बेटी दोनों-साफ रंग के हुए । पत्नी जब भी गर्भवती हुई, उन्हें यही चिंता सताती रही थी कि कहीं बच्चों पर उनके अपने काले रंग का प्रभाव न पड़ जाये । बच्चों ने केवल रंग ही नहीं, बल्कि नैन-नक्श भी अपनी मम्मी का ही पाया था । इससे उन्हें दिली खुशी हुई । यही तो वह चाहते थे । बच्चों के बड़े होने पर, उनका रूप-रंग देखकर कोई नहीं कहेगा कि वे किसी आदिवासी के बच्चे हैं । और उनके बड़े होने तक तो शायद उनके अपने रक्त तक का रंग बदल चुका होगा । संस्कार तो अभी ही बदल चुके हैं । पहनावा, बोलचाल, तौर-तरीका और रहन-सहन देखकर कोई नहीं कह सकता है कि उनका परिवार एक आदिवासी परिवार है । समाज के गैर-आदिवासी उच्चवर्ग की संस्कृति को उन्होंने पूरी तरह आत्मसात कर रखा है । ऊँचा पद, पहुंचे हुए लोगों से सम्पर्क, क्लब, पार्टियां, अब ऐसा क्या बचा है उनके जीवन में जो उन्हें आदिवासी बनाये रखता ? उन्होंने तो एक-एक दिन, एक-एक पल संघर्ष किया है ताकि अपने को वह इस आदिवासी पहचान और पिछड़ेपन से बाहर निकालें । सफलतापूर्वक उन्होंने अपने को इससे मुक्त कर लिया है । अब किसी भी गैर-आदिवासी की नजरों में उनके लिए वह हिकारत नहीं नजर आती जो पहले, बहुत पहले दिखलाई

पड़ती थी। वह अपनी जाति-बिरादरी से छिटककर इन्हीं के समाज और संस्कृति में घुल-मिल चुके हैं। उन्हें पीछे मुड़कर देखने की भी इच्छा नहीं होती। सगे-सम्बंधियों तक को उन्होंने मिलने-जुलने से मना कर रखा है। अब तो किसी आदिवासी को देखकर ही उन्हें चिढ़ होती है। उसकी ओर वह उसी दृष्टि से, हिकारत और तिरस्कार के साथ देखते हैं, जिस दृष्टि से कभी उन्हें गैर-आदिवासी देखते थे। समर्थ होने पर भी, उन्होंने एक भी आदिवासी को दफ्तर में नियुक्त नहीं होने दिया ताकि वह भाईचारा न जतला सके और दूसरों में यह एहसास जिन्दा न रखे कि ऊँचा अफसर होने पर भी, आखिर मि. गोपेश्वर हेम्ब्रम हैं तो एक आदिवासी ही।

"कहां खो गये हो, अपने आप में डूबे हुए हो क्या ?" पत्नी सुमिता ने आकर टोक दिया।

"ओह, पता नहीं...।" वह शीशे के सामने से हट गये। पत्नी हंस रही थी। गौर वर्ण। तीखे नैन-नक्श, गदराया शरीर। शरीर पर पारदर्शी-सा गाउन। उन्होंने पत्नी को आगे बढ़कर बांहों में भर लिया।

"क्या बात है ?" पत्नी मुस्कराई ?

"कुछ नहीं, यूं ही।" उन्होंने तृप्त भाव से पत्नी को निहारते हुए कहा।

"दफ्तर नहीं जाना है।"

"हां.... हां....।" उन्हें ख्याल आया। सुमिता बांहों से अलग हुई।

"डाइनिंग टेबल पर नाश्ता तैयार है।" सुमिता बोली।

"चलो, मैं जूते पहनकर आ रहा हूँ। गाड़ी आई ?" उन्होंने पूछा।

"नहीं, बच्चों को छोड़ने गई है।" सुमिता ने सूचित किया।

मि. हेम्ब्रम डाइनिंग टेबल पर आ गये। सुमिता भी साथ ही बैठी। नौकर ने रसोई से आकर प्लेटें, चम्मच, छुरी-कांटे और गिलास डाइनिंग टेबल पर सजा दिये थे। सुबह के नाश्ते में ढेर-सी चीजें थीं। कस्टर्ड, कार्न फ्लेक, पोच, टोस्ट, दूध। सब कुछ पौष्टिक, स्वादिष्ट। दोनों ने नेपकिन्स डाल लिए। धीरे-धीरे बातें करने लगे, सभ्य-शिष्ट ढंग से।

"इंटरव्यू कल ही है न ?" सुमिता ने पूछा।

"हां, क्यों ?"

"मि. दूबे का छोटा भाई कैंडीडेट है न ! कल मिसेज दूबे याद दिला रही थीं किटी पार्टी में।"

"उसका तो होना ही है। दूबे मेरा मित्र है, सहयोगी है। उसके भाई को तो लेना ही होगा।"

"शायद उसकी क्वालिफिकेशन कुछ कम है।"

"सब चलता है। होगा तो वही, जो मैं चाहूंगा। इंटरव्यू बोर्ड का चेयरमैन तो मैं ही हूं न। सब कुछ तो मेरे हाथ में है।" मि. हेम्ब्रम के स्वर में हल्का अहंकार था।

"वह तो शायद सिंपली इंटरमीडिएट है।"

"हां, दूबे बता रहा था। पढ़ने-लिखने में उसका मन लगता नहीं है। वैसे तो हमने इस क्लर्क के पद के लिए क्वालीफिकेशन रखी है कम-से-कम ग्रेजुएशन।"

"तब तो दिक्कत होगी ?"

"दिक्कत क्या होगी ? सरकारी दफ्तर है। सब चलता है, और फिर मैं हूँ न।"

"हां, हो जाये तो अच्छा है। साथ के उठने-बैठने वाले हैं।"

"होना ही है, डार्लिंग।" मि. हेम्ब्रम ने प्यार से सुमिता की ओर देखकर कहा।

बच्चों को स्कूल छोड़कर गाड़ी आ गई। मि. हेम्ब्रम ने अपना नाश्ता पूरा किया।

"गाड़ी भेज देना, मुझे जरा निकलना है।" सुमिता ने कहा।

"शॉपिंग ?" मि. हेम्ब्रम ने उठते हुए पूछा। मुस्कराकर।

"नहीं। आज एक महिला आश्रम जाना है। रुटीन विजिट/जस्ट ए फॉरमालिटी। दोपहर तक गाड़ी फिर दफ्तर चली जायेगी।"

"ओ.के.।" मि. हेम्ब्रम ने कहा। अपना ब्रीफकेस लिया और बाहर निकले। उनके पीछे नौकर कुछ आवश्यक फाइलें लिए आया। वह बाहर खड़ी चटख लाल रंग की मारुति में बैठ गये। नौकर ने फाइलें रख दीं। सुमिता ने पोर्टिको में खड़े होकर उन्हें वेव किया। मि. हेम्ब्रम मुस्कराये। कितनी स्मार्ट है सुमिता ! कार आगे बढ़ गई। वह सुमिता के बारे में ही सोचने लगे।

कुछ वर्ष पूर्व उनका विवाह हुआ था। प्रेम-विवाह, अंतर्जातीय और अंतर्प्रांतीय। उन्होंने तो स्वप्न में भी नहीं सोचा था कि उनका विवाह कभी किसी गैर-आदिवासी से हो सकेगा। वह भी इतनी सुंदर और स्मार्ट युवती

के साथ। सुमिता पहले उनकी स्टेनो थी। तब यह सुमिता सिन्हा थी। सुमिता को वह बहुत पसंद करते थे। लेकिन वह यह बात नहीं भूल पाते थे कि वह एक आदिवासी हैं। वह जानते थे और महसूस भी करते थे कि गैर-आदिवासी लड़कियां आदिवासी लड़कों को कुछ हेय दृष्टि से देखती हैं। यों उनके पास सब कुछ था—डिग्री, पद, पैसा और रुतबा, लेकिन उनका आदिवासीपन इन सबके आड़े आता था। उनमें आत्मविश्वास काफी था। अपने को किसी भी तरह से वह पिछड़ा हुआ साबित नहीं होने देते थे। योग्यता और कार्यकुशलता में वह अपने दफ्तर में किसी से कम नहीं थे, लेकिन सुमिता को लेकर उनमें एक तरह की हीन भावना उत्पन्न हो जाती थी। सुमिता को डिक्टेशन देते हुए वह सोचते थे—काश ! ऐसी ही किसी युवती के साथ उनका विवाह हो पाता तो वह समाज को दिखा देते कि एक आदिवासी युवक भी ऐसी लड़की के योग्य हो सकता है। फिर तो वह आदिवासी और गैर-आदिवासी दोनों समाजों के सामने एक मिसाल कायम कर पाते। इससे अन्य आदिवासी योग्य और समर्थ युवकों को प्रेरणा मिलती। वे भी अपने दब्बूपन और पिछड़ेपन से मुक्त हो पाते। गैर-आदिवासी समाज में उन्हें भी प्रवेश मिलता।

कुछ समय तक वह सुमिता सिन्हा को लेकर कशमकश की स्थिति में रहे, फिर उन्होंने सहसा एक निर्णय ले लिया और साहस कर सुमिता सिन्हा के सामने विवाह का प्रस्ताव रखा। प्रस्ताव रखने के पूर्व ही, उसके ठुकराये जाने की स्थिति को सहने के लिए, उन्होंने मानसिक रूप से स्वयं को तैयार कर लिया था, लेकिन वैसी स्थिति नहीं आई। सुमिता के माता-पिता के साथ दो-चार मुलाकातें, थोड़ी बातचीत, थोड़े शंका-समाधान के बाद कोर्ट मैरेज हो गई।

विवाह के बाद इन कुछ वर्षों में ही उनका जीवन जैसे आमूल-चूल बदल गया। सुमिता को राज्य सरकार की ओर से महिला कल्याण अधिकारी का एक महत्त्वपूर्ण पद मिल गया, गैर-आदिवासी होकर एक आदिवासी से विवाह करने के एवज में। बंगले में ही उसका दफ्तर भी खुल गया। जीप मिली, ड्राईवर मिला। अच्छी तनख्वाह, कार्य विशेष कुछ नहीं। कागजी खानापूर्ति ही अधिक। उस पर सोशल वर्कर होने की ख्याति अलग। सुमिता से विवाह के बाद ही जैसे वह एक ही छलांग में समाज के उच्चवर्ग में शामिल हो गये। इसमें कोई शक नहीं है, इस समाज में उन्हें शामिल कराने और उसमें

खपाने में सुमिता की भूमिका काफी महत्त्वपूर्ण रही। सब कुछ होते हुए भी सुमिता उनके जीवन में नहीं होती, तो वह इस वर्ग और स्तर तक तो नहीं ही पहुंच पाते।

गाड़ी दफ्तर के सामने लगी। वह उतरे, चौकीदार ने उन्हें एक लम्बी सलामी दी। इसके पूर्व वहां एक आदिवासी चौकीदार था। पता नहीं, कब और कैसे उसकी नियुक्ति हो गई थी? उनके यहां आने के कुछ समय पूर्व से वह यहीं था। वह तो उसकी ओर देखते भी नहीं थे, जबकि वह उन्हें आते-जाते सलामी ठोकता था। शायद दो वर्ष पहले की बात है, उन्हें पता चला कि वह व्यक्ति दफ्तर के लोगों के बीच यह बात काफी जोर देकर कहता था कि वह भी आदिवासी है और इस दफ्तर का सर्वोच्च अधिकारी भी आदिवासी है। कहां वह और कहां वह अपना चौकीदार! आदिवासी है तो क्या हुआ, उनसे उसका सम्बंध। एक दिन कोई अर्जी लेकर वह उनके पास आया था। उसका काम वह कर सकते थे परन्तु खीझ से उन्होंने उसकी अर्जी फेंक दी। वह गिड़गिड़ाने लगा, "साहब, आप आदिवासी होकर भी एक आदिवासी भाई का ख्याल नहीं रखियेगा तो... ।"

"ओ...यू....शट अप....बास्टर्ड !" वह एकबारगी अंग्रेजी में उखड़ गये, "आई डैम केयर ब्लडी आदिवासीस, गेट आउट !" वह चिल्ला उठे, चौकीदार कुछ समझ नहीं सका। वह हक्का-बक्का खड़ा था। उसके पास तो यही एक अंतिम अस्त्र था। बड़े साहब आदिवासी हैं, कुछ तो रहम करेंगे, लेकिन उस अस्त्र को साहब ने जिस बेहरहमी से तोड़-फोड़ डाला, उसे देख-सुनकर उसका खून सूखने लगा था। साहब की चिल्लाहट सुनकर उनका पी.ए. अंदर आ गया था और उसने चौकीदार को निकाल बाहर किया। इस घटना के बाद से ही वह चौकीदार उनकी आंखों में बुरी तरह गड़ने लगा था। आखिर उन्होंने उसे बर्खास्त करके ही दम लिया। जब उसकी जगह एक नये गैर-आदिवासी चौकीदार को नियुक्त कर दिया गया। तभी वह निश्चिंत हो पाये थे।

वह अपने चैम्बर में आये। चैम्बर के बाहर उनके नाम का बोर्ड लगा था—सिर्फ गोपेश्वर, मुख्य प्रशासकीय पदाधिकारी। उन्होंने जान-बूझकर हेम्ब्रम हटा दिया था। पहले जब मात्र प्रशासकीय पदाधिकारी थे, तब कमरे के बाहर उनके पूरे नाम का बोर्ड था—गोपेश्वर हेम्ब्रम। जब वह मुख्य के

पद पर आसीन हुए, वही बोर्ड यहां भी लगा दिया गया था । वह काठ का बोर्ड था । अभी कुछ ही समय पहले उन्होंने कांसे का नया बोर्ड बनवाया हेम्ब्रम हटाकर । उन्होंने सुमिता से भी कहा कि चाहे तो वह अब भी सुमिता सिन्हा ही लिखे या फिर सिर्फ सुमिता । बच्चों के साथ भी उन्होंने हेम्ब्रम नहीं लगाया । सिर्फ रिंकी, पिंकी । यह हेम्ब्रम शब्द उनकी कनपटियों पर घूंसा-सा मारने लगा था । इसे उखाड़ ही फेंका उन्होंने । गोपेशर से गोपेश्वर हो गये । अब उन्हें अच्छा लगता है कि लोग सिर्फ नाम देखकर सोच ही नहीं पाते हैं कि इतना बड़ा अफसर एक आदिवासी है । जब मिलते हैं, कुछ कह तो नहीं पाते हैं, लेकिन उनकी आंखों में एक विस्मय भाव जरूर होता है और मि. हेम्ब्रम अपनी अंग्रेजी से, विदेशी सिगार से, साहबी लटकों-झटकों से, थोड़ी ही देर में उस भाव को समाप्त कर देते हैं ताकि लौटते समय उन चेहरों पर यह भाव तैर जाये कि पूरे साहब हैं । लगता ही नहीं है कि आदिवासी हैं । लोगों के चेहरों पर कुछ ऐसा ही भाव देखकर वह गहरे आत्मसंतोष का अनुभव करते हैं ।

चैम्बर में बैठकर उन्होंने सिगार सुलगा लिया । उनके सहयोगी मि. दूबे ने कमरे में प्रवेश किया और 'हाई' कहकर कुर्सी खींची ।

"हाई दूबे, बैठो ।"

"बैठूंगा, लेकिन बस दो मिनट ही ।"

"इतनी जल्दबाजी क्यों ?"

"जरा दौरे पर जाना है ।"

"कब तक लौटोगे ?"

"दो-तीन दिन तो लग ही जायेंगे । मैंने सोचा, अपने भाई मुरली के बारे में याद दिला दूं । मैं तो रहूंगा नहीं, कल ही इंटरव्यू है ।"

"जानता हूँ यार, मैं तो हूँ न । मुरली से कहो, अब चैन की मुरली बजाये ।" मि. हेम्ब्रम ने कहा । दोनों एक ही साथ हंस पड़े, "तो तुम आज पार्टी में नहीं आओगे ?" उन्होंने पूछा ।

"कैसे आ सकूंगा, दौरे पर थोड़ी देर बाद ही निकलना है । ओ.के. बाई ।" दूबे उठा ।

"बाई.... ।" उन्होंने कहा ।

दूबे के जाने के बाद कुर्सी पर जरा पीछे पसरकर वह ढीले होकर बैठ गये । सिगार बुझ गया था, उसे फिर से सुलगा लिया । वह दूबे के विषय में

सोचने लगे। उनके आने से पूर्व ही दूबे यहां था। जब उनका स्थानांतरण यहां हुआ, दूबे ने काफी आत्मीयता दिखलाई। यहां उनका कोई परिचित था नहीं। दूबे के साथ ही वह ठहर गये थे। बंगला उन्हें बाद में मिला। दूबे से मित्रता जारी रही। दूबे से मिलने से पूर्व वह जानते भी नहीं थे कि सरकारी खजाना व्यक्तिगत हितों के लिए किस तरह खुला रहता है ? बस, इसके लिए थोड़े लचीलेपन और निर्लज्जता की आवश्यकता होती है। यह उनमें नहीं थी। दूबे ने उन्हें सिखाया। सिखाना जरूरी भी था क्योंकि वह अकेले कुछ कर नहीं सकते थे, जब तक कि काउंटर पार्ट की साझेदारी न हो। पहले तो उन्होंने यह पाठ सीखने से ही अस्वीकार किया क्योंकि पुराने संस्कार और आदर्श आड़े आते थे। इन सबको समझने और भोगने लायक मन-मस्तिष्क की बनावट ही नहीं थी, लेकिन दूबे जैसे लोग पीढ़ी-दर-पीढ़ी यह सब करते आये थे। उन्हें यह सब घुट्टी में मिला था। हेम्ब्रम जैसे सीधे-सहज आदिवासी युवक को अपने तंत्र में शामिल करने में मि. दूबे को विशेष कठिनाई नहीं हुई। थोड़ी हिचकिचाहट, थोड़े संकोच, कुछ द्वंद्व और दुविधा के बाद, विवाहोपरांत मि. हेम्ब्रम इस मैदान के एक मंजे हुए खिलाड़ी बन गये। फिर उनकी प्रोन्नति होती गई। सरकारी खजाना लूटने की संभावनायें और प्रशस्त हुई। अब उनसे दो मिनट मिलने की कीमत सौ रुपए से कम नहीं है। कोई हस्ताक्षर हजार के नीचे नहीं कराया जा सकता था। नियुक्तियों की बोली पांच हजार से दस हजार के बीच चढ़ती-उतरती है। जैसा पद, जैसा उम्मीदवार, वैसा नजराना। इसीलिए उनके बंगले में ऐशो-आराम के शाही साधन उपलब्ध हैं। मि. हेम्ब्रम की असीमित ऊपरी आमदनी और सुमिता सिन्हा की सुरुचि-संपन्नता, दोनों के योग से उनका बंगला आधुनिकता का एक 'मॉडल' है।

दोपहर को मि. हेम्ब्रम लंच पर घर नहीं जा सके। राजधानी से एक सचिव आ गये थे निरीक्षण के लिए। एक आवश्यक बैठक भी हुई। उन्होंने ड्राईवर से कहकर लंच दफ्तर में ही मंगवा लिया। शाम तक वह सचिव के साथ व्यस्त रहे। सचिव को पटना रवाना कर ही वह घर लौटे। घर पर सुमिता तैयार थी। मि. हेम्ब्रम ने वाश लिया और वह भी तैयार होने लगे। पार्टी शहर के एक विख्यात व्यापारी ने दी थी। शहर के कई वी.आई.पी. उसमें आने वाले थे। मि. हेम्ब्रम ने अपना सबसे बढ़िया और कीमती थ्री-पीस सूट पहना। आंखों पर सुनहरे फ्रेम का चश्मा चढ़ाया। स्वयं को पहले शीशे में देखकर ही मुग्ध

हुए, फिर सुमिता से पूछा, "डार्लिंग, हाऊ आई एम लुकिंग ?"

वेरी "हैंडसम !...."

"ऐसे क्या देख रहे हो ?" सुमिता ने कहा ।

"आज तुम सच गजब ढहा रही हो ।" मि. हेम्ब्रम ने अपनी बांहें सुमिता की ओर बढ़ाई ।

"बच्चे जगे हुए हैं ।" सुमिता ने हंसकर कहा ।

दोनों बच्चों को नौकर के हवाले कर, वे पार्टी में आ गये । यों तो वे प्रायः पार्टियों में जाते रहते थे, लेकिन इस बार की पार्टी का रंग ही कुछ और था । रांची के सबसे शानदार और सबसे महंगे होटल में पार्टी हो रही थी । अपने-अपने क्षेत्र के एक-से-एक बढ़कर नामी-गिरामी लोग वहां थे । पूरी चकाचौंध । हद दर्जे की चमक-दमक । पॉप म्यूजिक पर थिरकते जोड़े । शराब के दौर पर दौर । हंसी-कहकहे, अभिजात्य रंगीनी । सब कुछ पॉश, वायवी, स्वप्निल । मि. हेम्ब्रम ने शराब का गिलास हाथ में लिया । कुछ घूंट लिए । सब कुछ कितना सुखद लग रहा था उन्हें ! कहां-से-कहां पहुंच गये थे । एक मामूली गांव में पैदा होने वाला एक आदिवासी बच्चा, आज इस फाइव स्टार होटल में झूम रहा है । यदि गांववाले, घरवाले, इस जगह, इस रूप में उन्हें देख पाते, तो क्या पहचान भी पाते ? डैम इट । मि. हेम्ब्रम ! फारगेट यूअर डर्टी पास्ट । बस, इस सुनहरे वर्तमान में जिओ । उन्होंने स्वयं से कहा । उन्होंने उस भीड़ में सुमिता को ढूंढा । नजर नहीं आई । सब अपने में मस्त । अपने में डूबे हुए, अचानक उनकी दृष्टि सुमिता पर पड़ी । एक बहुत ही सुंदर युवक के साथ बातें कर रही थी । काफी घुल-मिलकर । आत्मीयता से । कितनी फब रही थी उनकी जोड़ी ! क्या सुमिता उनकी बगल में उनके साथ ऐसी ही लगती है । जेहन में एक प्रश्न उभरा । इसके पूर्व कि वह इसका उत्तर स्वयं ही ढूंढ पाते, सुमिता उस युवक को एक बांह से पकड़कर खींचती हुई-सी उन्हें ढूंढकर उनके पास ले आई । परिचय कराया, "माई हसबैंड मि. गोपेश्वर और इसे तुम नहीं जानते, यह मेरा क्लास-फेलो रहा है, सौमित्र अब एक बिजनेस एक्जीक्यूटिव है ।" दोनों ने हाथ मिलाये । नये गिलास उठाये गये । चियर्स के साथ, हल्के से गिलासों को टकराकर वे पीने लगे । उन्हें मिलाकर सुमिता चली गई । किसी ने नाचने का प्रस्ताव उसके सामने रखा था ।

"बाई दि वे, मि. गोपेश्वर, आप कहां के रहने वाले हैं ?" सौमित्र ने पूछा ।

"यहीं के ।" मि. हेम्ब्रम ने संक्षिप्त उत्तर देकर टालना चाहा ।

"आई मीन, आप किस पर्टिकुलर प्लेस को बिलांग करते हैं ?"

"चाईबासा, इन डिस्ट्रिक्ट सिंहभूम ।" मि. हेम्ब्रम को बताना ही पड़ा ।

"दैट्स व्हाई, मुझे शक हो ही रहा था । इफ यू डोंट माइंड, आपका सरनेम क्या है ?"

"हेम्ब्रम !" उन्हें अनिच्छा से बोलना पड़ा । शिष्टाचारवश ।

"ओह, आई एम राइट देन, आप आदिवासी हैं ।"

नशे की हालत में भी यह वाक्य सुनकर मि. हेम्ब्रम के पूरे शरीर में बिजली की एक लहर-सी दौड़ गई । उनका अस्तित्व थोड़ा लड़खड़ाया, फिर वह संभल गये । "एक्सक्यूज मी ।" उन्होंने कहा और तेजी से एक ओर निकल गये, बिना इस बात की परवाह किये कि इसकी क्या प्रतिक्रिया सौमित्र पर होगी ? भीड़ से कुछ अलग हटकर वह अकेले एक कुर्सी पर बैठ गये । सौमित्र का वाक्य अब भी उनके आस-पास तैर रहा था, 'आप आदिवासी हैं ।' वह उस वाक्य को भूल जाना चाहते थे, लेकिन वाक्य था कि धीरे-धीरे बाहर से उनके भीतर प्रवेश करता जा रहा था । वह उसे भीतर जाने से रोकना चाह रहे थे । उससे लड़ रहे थे । उसे तोड़ने-मरोड़ने की कोशिश कर रहे थे, लेकिन वह वाक्य एक धीमे जहर की तरह उनकी रगों में उतरता जा रहा था । वह अवश हो रहे थे । अवश और असहज । वह लगातार शराब पीते गये, उस वाक्य से पीछा छुड़ाने के लिए लेकिन नशा जितना बढ़ रहा था, उनके भीतर वह वाक्य उतनी ही तेजी से चक्कर काट रहा था । वह कुर्सी पर ही निढाल-से हो गये ।

पार्टी समाप्त हो गई । उन्हें कुछ अधिक नशे में देखकर सुमिता ने ही गाड़ी की स्टियरिंग संभाली । वह गुमसुम थे, उन्हें वह वाक्य अब भी दबोच रहा था । वह सिकुड़ रहे थे, बौने हो रहे थे । नंगे हो रहे थे । घर में भी काफी रात तक उन्हें नींद नहीं आई । वह बेचैन थे, करवटें बदलते रहे । वह वाक्य काली परछाईयों की तरह दरवाजों और दीवारों से उतर-उतरकर उनके शरीर पर रेंग रहा था । उनका दम घुटने लगा । सांस फूलने लगी । वह अपने हाथ-पैर पटककर उन परछाईयों से अपने को मुक्त करने की कोशिश कर रहे थे, लेकिन

वे परछाईयां चारों ओर फैलती जा रही थीं। प्रेतों की तरह नाच रही थीं। अट्टहास कर रही थीं, 'आप आदिवासी हैं।' ध्वनियां-प्रतिध्वनियां। वह विक्षिप्त-से हो उठे। एकबारगी चीख पड़े, "हां... हां... मैं आदिवासी हूँ। आदिवासी हूँ।"

"क्या हुआ ?" सुमिता चौंककर उठी। वह गहरी नींद में थी। देखा मि. हेम्ब्रम बड़बड़ा रहे हैं। पलंग पर छटपटा रहे हैं। सुमिता ने उन्हें झकझोरकर उठाया। वह हांफ रहे थे। पसीने से तरबतर थे। उनका जी मिचलाने लगा। सुमिता उन्हें सहारा देकर वाशबेसिन तक ले आई। वहां उन्हें काफी उल्टी हुई। उसके बाद ही वह कुछ संभल सके। कपड़े बदले, पानी पिया। फिर पलंग पर लेटे। अब वह शांत थे, लेकिन नींद उनकी आंखों में नहीं थी। सुमिता ने समझा वह सब कुछ अधिक नशे के कारण हो रहा था। वह फिर सो गई।

अंधेरे में सिर के नीचे दोनों हाथ रखे, आंखें फाड़े वह अपलक छत की ओर देखने लगे.... अंधेरे में ही चाईबासा का वह ठुमरी गांव उभर आया, जहां वह पैदा हुए थे। ग्रेजुएशन तक जिस गांव से उनका आत्मीय सम्पर्क बना हुआ था। वह तालाब, वह जंगल, वे पगडंडियां। वह मादलों की ध्वनि। पंक्तिबद्ध गांववासियों के वे थिरकते-नाचते पांव। वे गीत, बाबा और मां के चेहरे आंखों के सामने मूर्त हो गये। अकेली संतान हैं वह। भूखे रहकर, खेत बेचकर, झोपड़ी गिरवी रखकर भी बाबा ने उन्हें पढ़ाया था। पहले चाईबासा में, फिर रांची में, तब पटना में। सिर्फ इसलिए कि वह पढ़ने में तेज थे। प्रतिभाशाली और परिश्रमी। शिक्षा पूरी कर नौकरी में उनके आने तक, बाबा जिन्दगी का बोझ और नहीं संभाल सके। उनकी मृत्यु हो गई। मां तो पिछले वर्ष ही मरी, लेकिन वह गये नहीं अपने गांव। मां ने अंतिम सांस तक प्रतीक्षा की होगी। उन्हें गांव गये तो न जाने कितने वर्ष हो गये ? सब कुछ छूट गया। कितना पीछे छूट गया ? बाबा गांव में कहते फिरते थे–देखना अपना गोपू एक दिन साहब बनेगा। तब हम भी चैन की बंशी बजायेंगे। वह तो अकालमृत्यु के ग्रास बने और मां, पिता की मृत्यु के सदमे और बेटे की बेरुखी से तिल-तिल, गल-गलकर मरी और इधर मि. हेम्ब्रम संघर्ष करते रहे, निरंतर, अपने आदिवासी होने की हर निशानी मिटाने के लिए। लेकिन क्या वह मिटा पाये ? क्या कोई भी इस तरह वह सब कुछ मिटा सकता है ? आखिर क्यों वह

अपनी वह पहचान मिटाने में लगे हैं ? जिस पहचान पर ही कभी उन्हें गर्व था कि वह एक आदिवासी होकर भी अन्यों की टक्कर में खड़े हो सके, ताल ठोंककर, एक चुनौती बनकर ? अब क्या हो गया उन्हें ? क्यों हो गया यह सब ? कैसे ?

प्रश्न और प्रश्न उनके सामने उभरते गये । मन-मस्तिष्क इतना थका-हारा-सा था कि किसी का कोई समाधान नहीं मिल रहा था । प्रश्नों के भंवर में वह डूबते जा रहे थे । धीरे-धीरे उन्हें नींद आने लगी । पलकें भारी होकर मुंदने लगीं । बाबा की चिरपरिचित पुकार कानों में गूंज उठी- "गोपू !" जैसे बहुत दूर से और बहुत देर से यह आवाज आ रही हो । मां का ममतामयी चेहरा मूर्त होने लगा । अपने गांव का एक स्पष्ट बिम्ब पुनः आंखों में उभरने लगा । नगाड़ों की ध्वनि नसों में उतरने लगी । उनके होंठ फड़फड़ाये । नथुने फड़के, समूचा शरीर थरथराया । बंद पलकों से राह ढूंढते हुए अब तक रुके-थमे आंसू गालों से होकर गले तक बहने लगे । भीतर का विष इन आंसुओं के साथ ही बाहर निकलने लगा । वह फिर से स्वच्छ होने लगे । स्वच्छ और निर्मल । फिर से वही गांव का भोला-भाला गोपू बनने लगे और मां की हथेलियां उन्हें थपकाने लगीं । वह नींद में डूबते गये, गहरी नींद में ।

सुबह उठे तो वह अनमने-से थे । शरीर शिथिल था, दुर्बल-सा । रुटीनी ढंग से अपने दैनिक कार्य निपटाते रहे । रिंकी-पिंकी और सुमिता से भी सहज ढंग से बातें नहीं कर सके । जाने क्यों आज उन्हें वह सब अजनबी लग रहा था ? बंगला, पत्नी, बच्चे, नौकर-चाकर, गाड़ी, समृद्धि-सब कुछ । कल रात वह अपने गांव-घर में इतना रच-बस गये थे कि उससे उबर नहीं पा रहे थे । यही कारण था कि अपने चिर-परिचित परिवेश से भी वह रोज की तरह जुड़ नहीं पा रहे थे । मन में उदासीनता- सी थी । उदासी की एक परत भी उन पर छाई ही रही ।

"तबीयत तो ठीक है न ?" सुमिता ने पूछा ।

"ठीक ही है ।" उन्होंने कहा ।

वह नाश्ते की टेबल पर भी चुप-चुप ही रहे ।

"मेरी एक मीटिंग है आज ।" सुमिता ने बताया, "गाड़ी की जरूरत नहीं होगी, मेरी जीप ठीक होकर आ गई है ।"

उन्होंने कुछ नहीं कहा। मेरी मीटिंग.... मेरी जीप.... ये शब्द बार-बार कानों में बजने लगे। सुमिता का यह पद, यह पैसा, यह प्रसिद्धि आखिर किसके बलबूते ? क्या सुमिता, उनसे, एक आदिवासी से विवाह नहीं करती तो उसके जीवन में यह सब कुछ इतने आकस्मिक और अप्रत्याशित रूप में हो पाता ? तो क्या सुमिता और उसके घरवाले जानते थे कि उस-जैसे आदिवासी से विवाह करने का क्या अर्थ है ? क्या सुमिता और मि. दूबे जैसे लोगों ने अपने निजी हितों के लिए आज तक उनका उपयोग ही नहीं किया। और वह ? वह क्या करते रहे हैं अब तक ! एक ओर इनके हाथों की कठपुतली बनते रहे। तथाकथित उच्चवर्गीय गैर-आदिवासी समाज में प्रवेश पा जाने के नशे में झूमते रहे और दूसरी ओर अपने ही आदिवासी समाज की उपेक्षा करते रहे। उफ् ! उन्हें क्या हो गया आज ? यह कैसी सोच उन पर हावी हो रही है।

"आज भी शायद मैं लंच पर न आ सकूं।" मि. हेम्ब्रम ने कहा।

"क्यों ?" सुमिता ने पूछा।

"इंटरव्यू लेना है।"

"ओह, आज ही मि. दूबे के भाई का इंटरव्यू है न !" सुमिता ने कहा। बड़ी चालाकी और सफाई से उसने उन्हें याद दिला दिया।

वह उठे और ब्रीफकेस हाथ में लेकर बाहर आये। गाड़ी में बैठ गये। सुमिता दरवाजे तक आई, लेकिन न तो उन्होंने सुमिता की ओर देखा और न उसे वेव करने की इच्छा हुई। वह अपने में ही बंद रहे। गाड़ी में उन्होंने सीट से सिर टिका लिया और आंखें मूंद लीं। उन्हें लगा कोई अदृश्य शक्ति उन्हें उस ओर ले जा रही है, जहां वह जाना नहीं चाहते हैं। वह अवश-से खिंचे चले जा रहे हैं। लुढ़कते जा रहे हैं। यही तो होता रहा है अब तक। इस दफ्तर में मि. दूबे से भेंट होने के दिन से लेकर आज तक। एक अंधी दौड़, एक अंधा सम्मोहन। किस गर्त में पहुंच गये हैं वह ? कहां लाकर पटक दिया गया उन्हें ?

इसी उधेड़बुन में वह दफ्तर पहुंच गये। वहां भीड़ थी। एक पद रिक्त था, क्लर्क का। उम्मीदवार सौ से कम नहीं होंगे। उन्हीं के चेम्बर में इंटरव्यू की व्यवस्था की गई थी। साक्षात्कार प्रारंभ होने में थोड़ा समय और लग गया। एक-एक कर उम्मीदवार भीतर बुलाये जाने लगे। प्रश्न पूछने का नाटक होता

रहा। मि. दूबे का भाई आया, देखने में ही वह घाघ लग रहा था। एक नम्बर का धूर्त, लम्पट, बड़बोला। प्रश्न उससे कुछ पूछा जा रहा था और उत्तर वह कुछ और ही दे रहा था। निश्चित था कि उसका चयन होना ही है। इंटरव्यू बोर्ड के सभी सदस्य इसके विषय में जानते थे। दूबे ने अपने भाई के विषय में सबसे कह रखा था। प्रश्न उससे सीधे ही पूछे गये, लेकिन उत्तर ही वह टेढ़े दे रहा था। मि. हेम्ब्रम को उसका हाव-भाव देखकर झुंझलाहट हो रही थी। वह कुछ उखड़ गये। पहले तो वह चुप थे, शेष सहयोगी ही प्रश्न पूछने की औपचारिकता निपटा रहे थे, लेकिन उसकी हरकतों से चिढ़कर उन्होंने कुछ पेचीदे सवाल पूछे। वह लड़खड़ाने लगा। बगलें झांकने लगा। उसकी स्थिति कुछ दयनीय होने लगी। उन्हें लगा, अब इससे अधिक फजीहत ठीक नहीं है। आखिर मित्र और सहयोगी का भाई है। उसे जाने को कह दिया उन्होंने। वह जितने उत्साह में भीतर आया था, उतना ही पिटा हुआ-सा बाहर निकला। उनके व्यवहार से इंटरव्यू बोर्ड के सदस्य भी कुछ अचम्भे की स्थिति में थे।

अगले उम्मीदवार का नाम देखकर वह चौंके। सुमेरू हेम्ब्रम। यह कौन है ? इसे क्यों बुलाया गया ? उन्हें अपने पी.ए. पर क्रोध आया। अच्छा होता कि वह कुछ पहले ही साक्षात्कार के लिए बुलाये गये लोगों की सूची देख लेते। अब किया ही क्या जा सकता है ? उसे भीतर बुलाने का आदेश दिया।

सुमेरू भीतर आया। उसे देखकर वह स्तम्भित-से रह गये। यह क्या ? यह तो उनका ही प्रतिरूप है। आज से वर्षों पूर्व जब वह इसी तरह विभिन्न दफ्तरों में इंटरव्यू देने जाते थे, उस समय वह ठीक इसी तरह लगते रहे होंगे देखने में। वही कद, वही रंग, वही विनम्रता, वही शिष्टता। वह उसे पल-भर अपलक देखते रह गये। उसने नमस्कार किया और खड़ा ही रहा। मि. दूबे के भाई की तरह खुद ही कुर्सी खींचकर नहीं बैठ गया। उन्हें सुमेरू को बैठने के लिए कहना पड़ा।

प्रश्नों का सिलसिला शुरू हुआ। मैट्रिक से बी.ए. तक लगातार प्रथम श्रेणी में उत्तीर्ण। उन्हीं की तरह। अच्छे विषय, अच्छे अंक, अच्छी जानकारी, प्रतिभा और परिश्रम का संतुलित संयोग। यही गुण उनमें भी था, जो उन्हें एक गांव से उठाकर इस कुर्सी पर बैठा गया। सुमेरू का हर उत्तर स्पष्ट था। सीधा था, आवश्यकता के अनुरूप संक्षिप्त था। वह अपने इस प्रतिरूप को देखकर

मन–ही–मन दुर्बल हो रहे थे, लेकिन उन्होंने स्वयं को संयत रखा। एक प्रश्न भी सुमेरू से नहीं पूछा उन्होंने। चुपचाप सिगार पीते रहे। अन्यों के द्वारा पूछे गये प्रश्न और सुमेरू के सटीक उत्तर सुनते रहे। सुमेरू की जगह खुद को बैठा हुआ और बोलता हुआ महसूस करते रहे। सुमेरू उनमें प्रवेश करता जा रहा था और वह स्वयं सुमेरू बनते जा रहे थे। सुमेरू और गोपेशर एकाकार हो रहे थे। वह कहीं गुम हो गये थे। जाने कब उन्होंने सुमेरू को जाने के लिए कह दिया और वह कब चला गया ? इसका एहसास ही नहीं रहा। सुमेरू चला गया और वह भी मानो उसके साथ ही बाहर निकल गये। वहां होते हुए भी वह अब वहां नहीं थे। अस्तित्व में होते हुए भी अनस्तित्वपूर्ण।

साक्षात्कार समाप्त हो गया। सदस्यों ने उनकी ओर देखा, वह पसोपेश में थे। न कुछ सही सोच पा रहे थे, न कुछ जल्दी निर्णय कर पा रहे थे। अजीब–सी मन:स्थिति थी। उन्होंने सदस्यों से कहा कि वे अपने रिकमंडेशन्स दे दें। वह उन पर विचार करके निर्णय ले लेंगे। सदस्य चौंके। निर्णय तो लगभग लिया ही जा चुका था। मि. दूबे दफ्तर के एक वरिष्ठ अफसर हैं। उनका भाई उम्मीदवार है, फिर निर्णय में यह हिचक क्यों ? उस पर मि. दूबे उनके मित्र हैं, करीबी मित्र। एक सदस्य ने इस स्थिति से बचने के लिए कहा कि वह जो भी निर्णय लेंगे, सबों को वही मान्य होगा। सभी सदस्यों को लगा, यही सही रास्ता है। वे लोग उठकर चले गये। आपस में फुसफुसाहट जारी रही। मि. हेम्ब्रम के मन की थाह वे नहीं पा सके।

मि. हेम्ब्रम ने अपने सचिव को कह दिया कि वह लंच के लिए जा सकता है। ड्राईवर से अपना लंच वहीं मंगवा लिया, लेकिन उन्हें खाने की इच्छा नहीं हुई। थके–हारे–से अपनी कुर्सी पर ही पसर गये। इसके पूर्व कभी उनके सामने ऐसा संकट नहीं आया था। उन्होंने आंखें मूंद लीं। उन्हें लगा वह एक दोराहे पर खड़े हैं। सुमेरू ने ही आज उन्हें इस दोराहे पर लाकर खड़ा कर दिया था। अपने को वह सुमेरू से अलग नहीं कर पा रहे थे। अचानक उन्होंने आहट का अनुभव किया। आंखें खोलीं। सामने वही लड़का खड़ा था–सुमेरू हेम्ब्रम, वह चौंके।

"क्या है.... ?" उन्होंने जरा हड़बड़ी में पूछा। बेरुखी से, अपने मनोभावों को छिपाते हुए। द्वंद्व को दबाते हुए।

"गोपू दा !" सुमेरू ने कहा, मि. हेम्ब्रम का समूचा अस्तित्व एकबारगी

झनझना उठा । वही पुराना संबोधन, वर्षों और वर्षों पुराना । उनकी उगलियां कांप-कांप गईं ।

"कौन हो तुम ?" उनके स्वर में डांट भी थी, कौतूहल भी ।

"चाईबासा से आया हूँ, टुमरी गांव से । आप मुझे नहीं पहचानते होंगे ।"

"क्या काम है ?" वह यथासंभव अपने स्वर को कठोर बनाने का प्रयत्न कर रहे थे, लेकिन उनके भीतर कुछ पिघल रहा था तेजी से ।

"गांव से चला था तो बड़े-बूढ़ों ने मना किया आपसे मिलने को । कहने लगे, वह बदल चुके हैं । अपने समाज से खुद को काट चुके हैं ।"

"तो ?" उन्होंने अपने भीतर के तूफान को रोकने के लिए सिगार सुलगा लिया ।

"लेकिन मैंने सोचा, अपने आदर्श पुरुष से एक बार व्यक्तिगत रूप से मिलूंगा जरूर ।" सुमेरू का स्वर शांत और संयत था ।

"क्या !" मि. हेम्ब्रम स्तब्ध रह गये ।

"गोपू दा, शायद आपको याद नहीं होगा । जब आप कॉलेज में पढ़ते थे और छुट्टियों में जब भी गांव आते थे, हम बच्चों को बैठाकर पढ़ाते थे । कितना कुछ सिखाते थे आप हमें ? आप कहते थे, हम आदिवासियों को हर क्षेत्र में आगे बढ़ना है, हर चुनौती स्वीकार करनी है । जो हमारा हर स्तर पर शोषण करते हैं, उनसे हमें लड़ना है । आप प्रायः कहा करते थे, हमें अपने पिछड़ेपन से बाहर आना है । एक सामाजिक पहचान और प्रतिष्ठा हासिल करनी है हमें । अपने पूरे आदिवासी समाज को निरंतर आगे बढ़ाना है । हमारे आदर्श पुरुष आप ही थे, गोपू दा । आपके उन्हीं आदर्शों को लेकर आदिवासियों की हमारी यह युवा पीढ़ी आगे जा रही है, लेकिन इस बात का ध्यान रखते हुए कि आगे बढ़ने का अर्थ सिर्फ अपने को आगे बढ़ाना नहीं और न ही अपनी जड़ों से कट जाना है । बस, मुझे इतना ही कहना था । मैं चलता हूँ । जोहार, गोपू दा ।"

सुमेरू चला गया । वह अवाक्, अपलक उसकी बातें सुनते रहे । उसे रोकने को उनका अस्तित्व तड़प उठा । वह भीतर से, पूरी ताकत से उसे पुकार रहे थे-"रुको, सुमेरू ! रुको !" लेकिन उनके होंठ सिले-से थे । वह अपनी कुर्सी पर जड़वत् बैठे थे । संज्ञाशून्य-से, उन्हें पता ही नहीं चला, उनका पी. ए. कब कमरे में आया ?

"सर !" पी.ए. ने उन्हें टोका। वह कहीं शून्य में देख रहे थे, स्थिर।

"सर !"

"हां।" उनकी चेतना लौटी।

"बाहर उम्मीदवार आपके निर्णय की प्रतीक्षा में बैठे हैं।" उनके स्वर में अभी भी दुविधा है जबकि मि. दूबे का भाई कैंडीडेट है।

"ठीक है, सर। मैं कुछ देर बाद आऊंगा।" पी.ए. चला गया।

मि. हेम्ब्रम ने सामने रखी साक्षात्कार वाली फाइल खोली। कलम हाथ में ली। मुरली का चेहरा मूर्त हो गया। उसके असंगत शब्द कान के पर्दों से टकराने लगे। सहसा उसके स्थान पर सुमेरू का चेहरा उभरा। "जोहार, गोपू दा !" शब्दों की प्रतिध्वनियां भीतर फैलती रहीं। टेलीफोन की घंटी बजी। दायें हाथ से रिसीवर उठाया। मि. दूबे की आवाज को पहचाना और टेलीफोन रख दिया। टेलीफोन की घंटी दुबारा बजी और वह हाथ में कलम लिए, खुली फाइल की ओर निर्निमेष देखते हुए सुमेरू से पूछते रहे, "तुमने इस तरह आज मुझे दोराहे पर लाकर क्यों खड़ा कर दिया, सुमेरू ? अब मैं क्या करूं ? किधर जाऊं ?"

❑❑

(कंतार, सन् 1992)

7

सूर्योदय

समीर का दम घुट रहा था । एक तो अंधेरा, उस पर गर्मी । पिछले दो दिनों से बिजली नहीं थी । उसने लालटेन की लौ तेज कर, दीवार घड़ी देखी । अभी रात के केवल दस बजे थे । उकताहट के साथ वह पलंग पर उठ बैठा । उसे प्यास महसूस हुई । उतरकर उसने पानी पिया और बेचैन-सा कमरे में टहलने लगा । उसने पत्नी की ओर देखा । वह करवट लिए निचेष्ट-सी पलंग पर लेटी थी । समीर अनुभव कर रहा था, वह सो नहीं रही है । सोना, उस पूरे मोहल्ले में किसी के लिए भी संभव नहीं था । छत पर जाने तक का साहस लोगों में नहीं था । एक आशंका समूचे सेन टोला पर साये की तरह छाई हुई थी । किसी तूफान के पूर्व की स्तब्धता-सी थी । भारी और डरावनी । समीर की घबराहट बढ़ती जा रही थी । उसकी इच्छा हुई, वह चुपचाप छत पर चला जाये और दो-चार लम्बी साफ सांसें लेकर, छाती में फंसी घुटन को बाहर निकाले, लेकिन वह जानता था, कितनी भी सावधानी बरते, पत्नी को इसका एहसास हो जायेगा और वह डर जायेगी । उसने अपना इरादा बदल दिया और खिड़की के करीब आकर बैठ गया । उसने शीशे से आंखें लगा, बाहर देखने की कोशिश की । अंधेरे और आतंक के सिवाय उसे कुछ दिखाई नहीं पड़ा । उसे नींद नहीं आ रही थी । पलंग पर लेटने की इच्छा नहीं हुई । अपने को किसी काम में उलझाने के लिए उसने सिगरेट जलाई । कमरे में धुआं भर जाता, इसलिए अनाहट खिड़की थोड़ी-सी खोली । पहले बाहर की हवा अपने फेफड़ों में भरी फिर सिगरेट का धुआं बाहर फेंका ।

अंधेरे में समीर की नजर, सिगरेट के जलते सिरे पर टिक-सी गयी । ऐसा क्यों होता है ? अचानक अंधेरे में एक सवाल उसके जेहन में कौंध गया । जैसे कि एक-दूसरे के खिलाफ पहले से ही बारूद के तार बिछे हुए हों । बस, एक तीली भर जलाकर सुलगाने की देर कि भयानक विस्फोट होने लगे ।

सामान्य दिनों में जो सहज-सा सम्बंध दिखलाई पड़ता है, वह एक हल्के-से धक्के से इस तरह चरमरा क्यों जाता है ? नफरत की आग के ये गोले, भीतर कहां छिपे रहते हैं कि जरा-सी तकरार से फटने लगते हैं । चिनगारियां उड़ने लगती हैं । हर कोई झुलसने लगता है ।

एक सवाल से कई सवाल । सवालों का सैलाब, समीर उलझता गया । उसने सिगरेट बाहर फेंक दी । उसकी नजर कुछ दूर पर जाकर टिक गयी । वह पेड़ और पेड़ से जरा हटकर ? शाम तक वहां तो कुछ था नहीं । हो क्या सकता है, सिवाय एक वहम के । नहीं, वहम नहीं । कुछ पड़ा है जरूर । कोई बोरा, बोरे में क्या कुछ लिपटा हुआ है ? क्या हो सकता है ? कोई हरकत तो नहीं ? बस कुछ पड़ा है, लेकिन क्या ? कोई विस्फोट सामग्री तो नहीं । समीर कुछ क्षण उसे घूरता-सा रहा । उसे संभव नहीं जान पड़ा कि कमरे में बैठे, थोड़ी-सी खुली खिड़की से उस वस्तु के बारे में कुछ जान सके । शायद यह एक भय है कि किसी बेमतलब-सी चीज पर उसे इस हद तक संदेह होने लगा है । समीर ने सोचा, अपने को इस सवाल के दंश से मुक्त करने के लिए, खिड़की बंद कर दे । पलंग पर लेट जाये । सोने की कोशिश करे । आखिर अंधेरे में, आतंक के इस माहौल में, उसे किस सवाल का क्या जवाब मिल सकता है ?

"तुम वहां क्या कर रहे हो ?" पत्नी का घबराया-सा स्वर उसे सहसा सुनाई पड़ा । देखा उसने, वह पलंग पर उठ बैठी है । चेहरे पर परेशानी है ।

"कुछ नहीं, तुम सो जाओ," समीर ने टालना चाहा, "मुझे नींद नहीं आ रही है ।"

"नहीं, आ रही है तो खिड़की क्यों खोल दी ?" उसकी घबराहट डर की ओर बढ़ रही थी । "सिगरेट पी रहा था, सोचा कि धुआं.... ।"

"बंद कर दो और लेट जाओ । शाम को ही सुना था न कि आमला टोला में दो जनों का खून हुआ है ।" पत्नी के स्वर में डर अब स्पष्ट था ।

समीर कुछ कहना चाहकर भी चुप रहा । एक बार बाहर देखा ! वह वस्तु वैसी ही पड़ी थी । अंधेरे में एक काले धब्बे की तरह । उसने खिड़की बंद कर दी । लालटेन भी बुझा दी । पलंग पर लेट गया ।

उसके पलंग पर लेटते ही, पत्नी ने करवट ले ली, दीवार की ओर । शायद अब वह, थोड़ा निश्चिंत हो गयी थी । शायद उसे नींद आ रही थी ।

पर नींद समीर की आंखों से काफी दूर थी। उसने जोरों से अपनी आंखें भींच लीं। बंद आंखों में लोग बदहवास भाग रहे थे। घर जल रहे थे। गोलियां चल रही थीं। चारों ओर चीख-पुकार मची थी। अल्लाहो अकबर और जय बजरंग बली के नारे आसमान फोड़ रहे थे, उसके कानों में। उसे लगा, आज और अभी इस देश का विभाजन हो रहा है। उसके भीतर कुछ दरकने लगा था। उसने घबराकर अपनी आंखें खोल दीं। अचानक अंधेरे में छत की ओर देखने लगा। न जाने कितनी बार हिन्दुस्तान और पाकिस्तान का विभाजन, जाने कितनी तरह से इस देश में होता रहेगा। एक अंतहीन विभाजन। एक अंतहीन हिंसा। एक दु:खद इतिहास आखिर कब तक वर्तमान को इस तरह दबोचता रहेगा। उसके जेहन में फिर सवाल उभरने लगे। उसने उन्हें झटकने की कोशिश की। इस कोशिश में अचानक उसका ध्यान पेड़ की बगल में पड़ी उस वस्तु की ओर चला गया। धुंधली-सी, काली-सी उस वस्तु पर फिर टिक गया। क्या सचमुच वहां कुछ पड़ा है? कोई लाश ? किसी ने किसी को मार कर, उसे नाले के किनारे तो नहीं डाल दिया ? न वह वस्तु उसकी नजरों के भीतरी दायरे से हट पा रही थी और न वह खुद को वस्तु को लेकर शंका-आशंका से मुक्त कर पा रहा था।

वह आहिस्ता से फिर पलंग से उतरा। पत्नी के शरीर में कोई हरकत नहीं हुई। शायद वह उनींदी हो चुकी थी। दुबारा वह खिड़की के पास आया। शीशे से आंखें लगाये उसने उस ओर देखा। पहले कुछ दिखलाई नहीं पड़ा, लेकिन बहुत जोर लगाने पर उस वस्तु की धुंधली आकृति फिर उभरी। समीर को लगा, अब उस वस्तु को लेकर संदेह और भय पूरी रात उसका पीछा नहीं छोड़ेगा। उसे किसी भी तरह जानना ही होगा कि वह आखिर है क्या ? वह पलंग के पास आकर चुपचाप पल भर खड़ा रहा। शायद पत्नी सो चुकी थी। उसने अनाहट दरवाजा खोला। बाहर झांककर देखा। बरामदे में आया। क्षणभर अपनी सांसें थामें खड़ा रहा। अपने पीछे दरवाजा उड़काया और सड़क पर आया। आस-पास श्मशानी सन्नाटा था। जैसे सेन टोला को सांप ने सूंघ लिया हो। एक अजीब दहशत भरी चुप्पी। हवा में घुली हुई जलन-गंध। उसने हिम्मत करके पेड़ और नाले की ओर देखा। दोनों के बीच पड़ी हुई वह वस्तु और स्पष्ट थी। समीर ने साहस बटोरा। आहिस्ता से दरवाजा खोलकर भीतर गया। एक डंडा हाथ में लिया। दरवाजा भिड़ा कर सधे कदमों से आगे बढ़ा।

चौकन्ना होकर किसी तरह समीर इमली के पेड़ तक आया। पेड़ के मोटे तने की आड़ लेकर उस वस्तु की ओर गौर से देखा। एकबारगी सिहर उठा। वह कोई वस्तु नहीं, व्यक्ति ही था। अब उसे कोई संदेह नहीं रहा। उसकी आशंका सच निकली। किसी ने मारकर लाश वहां फेंक दी थी। उसने डंडे से उस लाश को कुरेदना चाहा, लेकिन ऐसा करने की ताकत उसने अपने भीतर महसूस नहीं की। चारों ओर दमघोंटू स्तब्धता थी। उसका दिल-दिमाग सुन्न-सा होने लगा। वह मुड़ा और लगभग भागता-सा अपने घर में घुसा। डंडे को एक कोने में टिकाकर पहले उसने दम लिया फिर पत्नी को जगाया।

"क्या बात है ?" वह हड़बड़ाकर उठ बैठी।

"वहां नाले के पास एक लाश पड़ी है !" समीर ने फुसफुसाकर कहा।

"क्या.... !" पत्नी के मुंह से हल्की चीख निकल गयी।

"चुप," समीर ने उसके मुंह पर हाथ रखा, "मैं अभी देख आया हूं।"

पत्नी दुबारा चीखने को हुई, लेकिन उसने अपने को बड़ी मुश्किल से जब्त किया। समीर ने जरा जल्दी में उसे पूरी बात बतायी। पलंग पर उसकी बगल में बैठकर ताकि वह पत्नी के भय को संभाल सके।

"किसकी लाश होगी ?" पत्नी ने सहमते हुए पूछा।

"मुझे लगता है, किसी हिन्दू की होगी। शायद बड़ा बाजार के मुसलमानों ने बदला लेने के लिए, किसी हिन्दू को मारकर हमारे मोहल्ले में डाल दिया।"

"अब क्या होगा ?" डर से पत्नी की आवाज थरथरा रही थी।

"कुछ करना होगा ?" समीर ने सोचते हुए कहा।

"क्या करोगे ?" पत्नी की आशंका फिर उभर आई।

"मोहल्ले वालों को इसकी सूचना देनी होगी।"

"अभी !"

"हां, अभी। मोहल्ले में सबसे किनारे वाला घर हमारा ही है। कल को पुलिस को पता चलेगा तो हम भी मुसीबत में फंस सकते हैं।"

"किसको खबर करोगे ?"

"दीपक के यहां या पहले दो-एक और घरों को देख लेता हूं।"

"नहीं-नहीं !" पत्नी एकाएक आतंकित हो उठी।

"डरो नहीं, आखिर अपना ही मोहल्ला है। मैं आता हूं।"

"मैं भी चलूंगी। यहां अकेली नहीं... ।" वह पलंग से उतरने को हुई।

"नहीं, तुम दरवाजा बंद कर भीतर रहो। मैं दो मिनट में आता हूं।" समीर ने कहा। उसने पत्नी को और कुछ बोलने का मौका ही नहीं दिया। तेजी से दरवाजा खोलकर बाहर आया। पत्नी के भीतर से दरवाजा बंद करने तक बरामदे में खड़ा रहा, फिर सड़क पर आ गया।

सबसे पहले वह अपने पड़ोसी पूर्णेन्दु बाबू के घर आया। फाटक खोल कर बरामदे में आया। वहां की आहट ली। भीतर जरा भी रोशनी नहीं थी। दरवाजे पर दस्तक देने को होकर भी वह रुका और उसने अपना स्वर दबाकर दरवाजे के पास खड़े होकर कई बार उनका नाम पुकारा, लेकिन कोई आवाज भीतर से नहीं मिली। उन्हें पुकारने का इरादा एकाएक छोड़कर वह, बाहर आया और पूरी चौकसी के साथ कमल घोष के घर पहुंचा। वहां भी लगभग यही स्थिति थी, पर उसने धीरे-धीरे दरवाजे की बाहरी कुंडी खटखटायी। उसका वह प्रयास भी व्यर्थ हुआ। उसे खीझ हुई। समीर अपने को मुसीबत में फंसा महसूस कर रहा था और टोला के लोग थे कि दम साधे भीतर दुबके हुए थे। बाहर निकलने तक की हिम्मत नहीं जुटा पा रहे थे। इस बार सीधे वह दीपक के घर तक लपका। उसे लगा, भीतर कहीं रोशनी है। यानी कुछ लोग जरूर जगे होंगे। दीपक के पिता असित सेन-गुप्ता रात बहुत देर से सोते हैं, यह बात वह जानता था। "दादा... दादा...।" इस बार उसने दस्तक दी और आवाज भी लगायी। दबी-दबी-सी आवाज।

उसी कमरे के भीतर बैठे असित सेन चौंके। इतनी रात में, इस हालात में कौन आया ? वह अपनी कुर्सी से उठने को होकर भी नहीं उठे। उन्होंने चुप्पी साध ली। दरवाजा खोलने में उन्हें खतरा महसूस हुआ। दस्तक सुनकर उनकी पत्नी भी दूसरे कमरे से वहां आ गयी। दस्तकें बढ़ रही थी। पुकार भी तेज हो रही थी। उसे सुनकर घर के अन्य सदस्य भी वहां जमा हो गये। सब चुप थे। सहमे, किसी संभावित खतरे की टोह लेते हुए।

"कौन हो सकता है ?" उन्होंने पूछा।

"आवाज लेकिन पहचानी लग रही है।" बेटे ने कहा।

"धोखा भी हो सकता है।" बहू बोली।

असित दा कुर्सी से उठे। एक हिचक के साथ दरवाजे की ओर बढ़े। आहिस्ता।

"मत खोलो दरवाजा।" उनकी पत्नी बोली। डरी आवाज में।

सबकी नजरें दरवाजे पर टिकी थीं। अपलक, भीतर दहशत थी। कुछ पल के लिए जैसे सब कुछ थम-सा गया।

"दीपक...दीपक...।" इस बार बाहर से साफ असित दा के बेटे का नाम सुनायी पड़ा।

"यह तो समीर काका लग रहे हैं।" दीपक आगे बढ़ा।

"खोलने जा रहे हो क्या ?" उसकी पत्नी घबरा गयी।

"दादा...दीपक...खोलो...डरो नहीं...मैं हूं समीर....।"

इस बार तेज और साफ आवाज सुनाई पड़ी। हालांकि समीर यथासंभव अपनी आवाज को दबाने की कोशिश में था।

एक झटके से दीपक ने दरवाजा खोल दिया। समीर घबराया-सा भीतर आया। दीपक ने उसके पीछे झटपट दरवाजा लगा दिया। समीर ने देखा, सारे लोग उसे आश्चर्य और आतंक का भाव लिए देख रहे हैं। सबके चेहरों पर जिज्ञासा थी, लेकिन भय भी।

"क्या बात है ?" असित दा ने पूछा। जरा हड़बड़ी में।

"दादा, सेन टोला के बाहर, नाले के पास किसी की लाश पड़ी है।" समीर ने जल्दी से कहा।

सब सकते में आ गये। सबके चेहरे पर हवाईयां उड़ने लगीं। कोई कुछ पूछ तक नहीं पा रहा था। समीर ने संक्षेप में पूरी बात कह डाली। थोड़े क्षणों के लिए वहां गहरी खामोशी छा गयी।

"किसकी लाश हो सकती है ?" असित दा ने जैसे खुद से ही पूछा।

"कहीं अपने टोला के ही किसी व्यक्ति की तो नहीं ?" दीपक की पत्नी शिप्रा को आशंका हुई।

"नहीं, मोहल्ले की नहीं, बाहर की होगी।" दीपक ने अनुमान लगाया।

"हो सकता है किसी ने जान-बूझकर किसी बुरी नीयत से ऐसा किया हो ?" दीपक की मां ने शंका व्यक्त की।

"क्या किया जाये ?" असित दा ने पूछा। वह पसोपेश में थे।

"पता तो लगाना ही होगा कि मामला क्या है ?" दीपक ने अपनी राय जाहिर की।

"हां," समीर बोला, "घर में घुसे रहने से नहीं होगा। कल को पुलिस वाले परेशान कर सकते हैं। लाश की दुर्गन्ध मोहल्ले में फैल सकती हैं।"

"तब चलो, मोहल्ले के और लोगों को भी खबर करते हैं।" असित दा साथ चलने के लिए तैयार हुए।

"आप कहां जायेंगे इतनी रात में?" उनकी पत्नी ने चिंतातुर होकर टोक दिया।

"मैं चला जाऊंगा।" दीपक बोला।

"ठीक है, चलो।" समीर आगे बढ़ा।

दोनों बाहर निकले। पूरे कस्बे, चाईबासा में कर्फ्यू लगा दिया गया था। पुलिस को, देखते ही गोली मारने का आदेश था। ऐसी हालत में बाहर निकलना खतरे से खाली नहीं था। सेन टोला के बाहर, मुख्य सड़क पर, पुलिस गश्त जारी थी। समीर और दीपक ने, जोखिम उठाकर, पुकार कर, स्थिति की गंभीरता को समझते हुए, सेन टोला के कुछ पुरुषों को बाहर इकट्ठा किया। सभी अंधेरे में प्रेतों की तरह लग रहे थे। परस्पर फुसफुसाहट के साथ बातें करने में भी उन्हें डर महसूस हो रहा था। कुछ को यह आशंका थी कि जाने कहीं आस-पास घात लगाकर कुछ मुसलमान छिपे बैठे हों और एकाएक उन पर हमला कर दें। एहतियातन कुछ लाठियां और एक टॉर्च ले ली गई। सारे लोग पूरी सावधानी के साथ कदम-दर-कदम उस इमली के पेड़ और नाले की ओर बढ़े। पेड़ के पास आकर सभी ठिठक गये। सारी नजरें लाश पर जमी थीं। वे निश्चित थे, वह एक लाश है। यह जानना जरूरी था कि लाश हिन्दू की है या मुसलमान की। उन लोगों ने चारों ओर चौकन्ना होकर देखा। आस-पास कहीं कोई आहट नहीं थी। कुछ दूर बड़ा बाजार की ओर यशोदा टॉकिज के आस-पास की कुछ दुकानें जला दी गयी थीं। उनका धुंआ अब भी उठता दिख रहा था। उस लाश के बिल्कुल करीब जाने का साहस किसी में भी नहीं था। दीपक ने कुछ दूर से, एक डंडे से लाश को थोड़ा कुरेदा। उसमें हल्की हरकत हुई। एक धीमी कराह मुंह से निकली। वे एकाएक घबराकर पीछे हट गये। "यह तो जीवित है।" कमल ने कहा।

वे सब बुरी तरह चौंके हुए थे। उसे जीवित पाकर उनके हाथ-पैर भी सुन्न होने लगे। "इसको यहीं छोड़ो और लौट चलो।" पूर्णेंदु बाबू बोले। फिर भी वे लोग पेड़ के इर्द-गिर्द ही बने रहे। न अपने-अपने घरों को लौटते बन रहा था, न उस व्यक्ति के पास जाते ही। उसकी कराह बढ़ रही थी और कुछ स्पष्ट भी होने लगी थी।

"यह तो कोई औरत है!" अचानक समीर ने कहा। सारे लोग सन्न रह

गये। उस हालत में वहां एक औरत का पड़ा होना और भी रहस्य और खतरे की बात थी। खैर, अब उनके लिए वह उतने भय की बात नहीं रह गयी थी। यह अच्छी तरह स्पष्ट हो चुका था कि वह एक औरत है, जो वहां पड़ी है और अभी जीवित है पर यह जानना बेहद जरूरी था कि वह वहां तक पहुंची कैसे ? किसी ने मार-पीट कर उसे वहां डाल दिया या फिर वह बलात्कार की शिकार हुई ? यह स्पष्ट था कि वह अकेली है, असहाय और आहत भी, लेकिन सवाल यह था-है कौन हिन्दू या मुसलमान ?

"अगर यह हिन्दू है तो कुछ करना होगा।" उनमें से एक ने कहा।

"और मुसलमान हो तो ?" किसी ने पूछा।

"तब उसे यहीं छोड़ देना बेहतर है।"

"इस हालत में ?"

"नहीं तो खतरा कौन मोल लेगा ?"

बात थोड़ी उलझ रही थी। समय नहीं था कि उस पर बहस की जाये। रात का समय। दंगे का माहौल। घुप अंधकार, एक डरावना सन्नाटा। फैसला वे कर नहीं पा रहे थे।

"पिताजी को बुला लाता हूं।" दीपक ने कहा। शेष चुप रहे, उनके आ जाने भर से समस्या का कोई समाधान निकल आयेगा, ऐसी संभावना नहीं थी।

"हां, बेहतर होगा।" समीर ने कहा। यह सोचकर कि वह मोहल्ले के सबसे अनुभवी और बुजुर्ग हैं। शायद कोई रास्ता निकल आये।

दीपक चला गया। उसके साथ दो-एक और भी किसी बहाने से खिसक गये। समीर, कमल, पूर्णेदू बाबू आदि वहीं थे। दीपक को लौटने में देर हो रही थी और उनकी बेचैनी बढ़ रही थी। लगा कि एक गश्ती जीप मोहल्ले की ओर मुड़ने को हुई। वे पेड़ के पास दुबक गये। जीप मुड़कर चली गयी। दीपक, अपने पिता के साथ आया। साथ उसकी मां भी थी। समीर को लगा यह दीपक ने अच्छा किया। आखिर यहां मामला एक औरत का है।

"कहां है ?" असित दा ने पूछा और उस औरत के पास आकर टॉर्च जलाया। पत्नी को इशारा किया। वह उस औरत की ओर झुकी। उसकी कराह जारी थी।

"कौन हो तुम ?" दीपक की मां ने धीमे से पूछा। कोई जवाब नहीं मिला। उसकी आंखें बंद थीं। होंठ सूखे। चेहरे पर पीड़ा।

"कहां से आयी हो ?" इस बार दीपक की मां ने उसके कंधे हिलाते हुए पूछा। इस बार भी कोई उत्तर नहीं मिला, बल्कि उसकी कराह बढ़ गयी।

"यह कोई मुस्लिम है।" दीपक की मां अचानक बोली।

"कैसे ?" किसी ने पूछा।

"इसकी पोशाक से ही पता लग जाता है।" मां बोली।

"तब तो भारी मुसीबत है।" पुर्णेंदू बाबू घबरा उठे।

"यह गर्भवती है। इसे प्रसव होने वाला है। शायद समय पूरा हो गया है।" दीपक की मां ने अपनी अनुभवी आंखों से टॉर्च की रोशनी में उसे गौर से देखते हुए कहा। यह बात सुनकर लगभग सब स्तब्ध-से रह गये। एक तो हिन्दू मोहल्ले में मुसलमान औरत और वह भी प्रसव की स्थिति में। स्थिति और भी उलझन पूर्ण तथा खतरनाक हो उठी थी। कहीं उतनी रात में वहां उसे बच्चा हो गया तो मुसीबत और कहीं इस स्थिति में वह मर-खप गयी तो और भी मुसीबत।

"ताज्जुब है कि यह औरत यहां तक पहुंची कैसे ?" असित दा ने कहा।

"हो सकता है कि अपने घर वालों के साथ किसी सुरक्षित स्थान की ओर भागने की आपा-धापी में यह छूट गई हो।" कमल ने अनुमान व्यक्त किया।

"इस हालत में यह भाग भी कहां सकती थी भला ?" दीपक की मां बोली। उसके प्रति थोड़ी सहानुभूति के साथ।

बात फिर उलझ गयी थी। कुछ उसे वहीं उस हाल में, अपनी किस्मत पर छोड़ देना बेहतर समझ रहे थे। कुछ उसके लिए कुछ करना तो जरूरी समझ रहे थे, लेकिन खतरा उन्हें दबोच रहा था। सामान्य दिन होते तो बहुत कुछ किया जा सकता था। किसी मुस्लिम मोहल्ले में उसे पहुंचा दिया जा सकता था या अस्पताल में दाखिल कराया जा सकता था। फिर पुलिस को इसकी सूचना दी जा सकती थी, लेकिन ऐसी विषम स्थिति में कुछ भी करना जोखिम भरा था।

"अजीब मुसीबत है।" पूर्णेंदू बाबू बोले।

"फिलहाल इसके प्रसव का प्रबंध करना होगा।" दीपक की मां बोली। वह उस औरत की नाजुक स्थिति समझ रही थी।

"लेकिन कहां ?"

"किसी के घर में और कहां ?"

"कहीं कुछ उल्टा-सीधा हो जाये तो ?"

"मुसलमानों को पता लग जाये तो हमारे मोहल्ले पर हमला भी तो हो सकता है ?"

सवाल बढ़ रहे थे। शंकायें और आशंकायें बढ़ रही थीं। सारे मर्द, पूरी स्थिति के संदर्भ में उस औरत को लेकर सोच रहे थे, लेकिन दीपक की मां सिर्फ उस औरत की बात सोच रही थी। प्रसव किसी भी क्षण हो सकता था। उन्हें अपनी बेटी और बहू के प्रसवकाल बार-बार याद आ रहे थे। उस औरत को वहां छोड़कर चले जाने की कठोरता वह अपने भीतर उत्पन्न नहीं कर पा रही थीं।

"इसे मेरे यहां उठाकर ले चलिए।" दीपक की मां ने अपना फैसला सुना दिया। इसके बावजूद सब चुप थे जड़ से। किसी को यह साहस नहीं हो रहा था।

"जल्दी कीजिए न।" मां बोली। औरत की प्रसव पीड़ा बढ़ रही थी।

अब और अधिक सोचने का अवसर नहीं था। न वक्त था, समीर, दीपक, असित दा ने मिलकर उसे उठाया। घर के भीतर ले आये। बैठक में ही दीवान पर उसे लिटाया गया। घर के शेष लोग भयभीत-से वहां जुट गये।

"आप सब दूसरे कमरे में बैठिए। मोहल्ले की कुछ औरतों को बुलवाइए।" दीपक की मां बोली। जल्दी में वह एकदम ही सजग और सक्रिय हो गयी थी। बहू की मदद से उन्होंने जल्दी-जल्दी प्रसव प्रबंध शुरू कर दिया। दीपक और समीर बाहर निकले। कुछ अन्य औरतों को स्थिति बता कर वहां इकट्ठा किया गया। उनमें सबसे अनुभवी और उम्रदार दीपक की मां ही थी। सारी तैयारी उनके कहे अनुसार होने लगी। अन्य औरतें आश्चर्य और आतंक के बावजूद उनकी मदद में जुट गयीं। उस औरत की कराहें अब चीखों में बदलने लगी थीं। शिप्रा ने उसका मुंह दबा रखा था, ताकि चीखें बाहर न जायें।

इन्हीं सब में रात के तीन पहर बीत चुके थे। मोहल्ले के सारे लोग जगे हुए थे। इस स्थिति और उसकी गंभीरता तथा भयानकता को भी सब जान चुके थे। सभी दम साधे हुए थे। बैठक का दरवाजा भीतर से बंद कर दिया गया था। मर्द दूसरे कमरे में थे। दीपक और समीर बाहर के बरामदे में थे ताकि बाहर की स्थिति पर भी नजर रखी जा सके।

"देखते-देखते क्या से क्या हो गया ?" समीर बोला।

“वो भी क्या काका, सुना कि मंगला हाट में एक मुस्लिम दुकानदार और हिन्दू ग्राहक में खरीददारी को लेकर थोड़ी झड़प हो गयी थी । वही एक भयानक दंगे में बदल गया ।” दीपक ने कहा ।

“सुना है, काफी लोग मारे गये, दोनों ओर के ?”

“जाने कितनी दुकानें और मकान जला दिये गये ।”

“कोई बता रहा था कि हर कहीं इनका मलवा पड़ा है ।”

“जाने अभी और कितनी लाशें मिलेंगीं ?”

“कितनी हिंसा और हत्या होती है न दंगों में ?”

“एक विक्षिप्तता है यह एक खूनी जुनून ।”

फिर वे दोनों चुप हो गये । जैसे अपने में बंद । एक दहशत में कैद । अपने भीतर इस खून-खराबे की मूल वजहों को टटोलते-से । इधर दूसरे कमरे में असित दा, पूर्णेंदू बाबू, कमल घोष, अमल सरकार तथा दो-एक अन्य मोहल्ले के बुजुर्ग बैठे थे । उनके सामने समस्या यह थी कल को इस औरत को लेकर किया क्या जाये ?

“अच्छा यही होगा कि इसे चुपचाप किसी मुस्लिम मोहल्ले में जाकर छोड़ दिया जाये ।” पूर्णेन्दु बाबू ने कहा ।

“उसमें काफी खतरा है । क्यों न पुलिस या सेना को यह खबर दे दी जाये ।” असित दा बोले ।

“कर्फ्यू लगा है, यह नहीं हो सकेगा । इसको घर के भीतर ही छिपाकर रखना होगा ।” अमल सरकार ने सुझाव दिया ।

“कहीं से इसकी भनक मुसलमानों को मिल गयी तो । वे हमारी नीयत पर शक नहीं करेंगे ? फिर तो हममें से एक को भी जिन्दा नहीं छोड़ेंगे ।” कमल बोला । उसकी कल्पना मात्र से सब सिहर उठे । आगे और कुछ बोलने की किसी की हिम्मत नहीं हुई ।

बैठक में औरतें जी-जान से उसके प्रसव में जुटी हुई थीं । पहले उन्हें थोड़ी हिचक थी । चूंकि वह मुसलमान थी, इसलिए एक दूरी बनी हुई थी । लेकिन उसकी तड़प और चीखों ने उन्हें हिन्दू मात्र नहीं रहने दिया था । वे सब अब औरतें थीं । सिर्फ औरतें, उनमें से अधिकांश ने यह दर्द अपने जीवन में झेला था । वह दर्द जो सृजन की एक भाषा है । उस भाषा की लय उन्हें बांध रही थी । उनकी अपनी लय, लय की इस नई लहर में मिल रही थी ।

जैसे कई नदियां एक समुद्र में मिल रही हों। सृजन के समुद्र में। समुद्र-मंथन जारी था। अमृत की आशा में। रात की उस कालिमा में किसी मोती की चमक की तलाश थी।

चाईबासा, पश्चिमी सिंहभूम जिले का यह मुख्यालय पिछली रात की तरह इस रात भी नहीं सो सका था। पिछले दो दिनों से पूरा कस्बा जैसे ठहर-सा गया था। हर व्यक्ति के भीतर एक डर समा चुका था। हर कहीं सन्नाटा। सहमापन, एक तनावपूर्ण चुप्पी। हरएक की आंखों में संदेह। पूरी हवा में घुली हुई आशंका और आतंक। कस्बे में हर कहीं पुलिस और सेना के जवान तैनात हो चुके थे। जैसे यह कोई आम लोगों का नगर नहीं, बल्कि उन्हीं की छावनी हो। जवानों के बूटों, दौड़ती जीपों और सीटियों के अलावा और कोई ध्वनि नहीं। लगता था, जैसे अभी-अभी एक भयंकर तूफान यहां से गुजर चुका हो। पूरे कस्बे को तहस-नहस करके। जैसे किसी भीषण भूकम्प से जान-माल की भयंकर तबाही हो चुकी हो या फिर कोई युद्ध का माहौल हो, जहां के सारे नागरिकों को मौत के घाट उतारकर शत्रु के सिपाहियों ने उस नगर पर अपना अधिकार कर लिया हो। अधिकांश मुसलमान बस्तियां खाली हो चुकी थीं। सारे हिन्दू अपने घरों में बंद हो चुके थे। पूरे कस्बे में मुर्दनी छायी हुई थी। पूरा नगर एक श्मशान में तब्दील हो चुका था। सब कुछ वीरान और उजड़ा-सा था।

अब सुबह होने में अधिक देर नहीं थी। अचानक शहर के किसी कोने में एक विस्फोट हुआ। जैसे कोई शक्तिशाली बम फेंका गया हो। पूरे कस्बे में सनसनाहट फैल गयी। पुलिस और सेना की गश्त एकाएक तेज हो उठी। गोलियां चलने की ध्वनियां तेज हो गयीं। सहसा चीख-पुकार, भगदड़ शुरू हो गयी। एक बार फिर पूरी रात की खामोशी के बाद अल्लाहो अकबर और जय बजरंग बली के कर्णभेदी नारे गूंजने लगे। पूरा कस्बा फिर एक बार अशांत उत्तेजित और हिंसक हो उठा। जैसे जमीन के नीचे कोई बारूद छिपा हो। बस कहीं कोई छेद हुआ और पूरा बारूद अचानक विस्फोटक हो उठा। या फिर खौलता लावा जो भीतर-ही-भीतर खदबदा रहा था, एकाएक फूट निकला, कस्बे को लीलने के लिए। इस बार यह सब कुछ सेन टोला के आस-पास ही हुआ था।

संयोग ही था कि उस समय उस औरत की मर्मभेदी चीखें उन सब में

घुल-मिल गयी थीं, लेकिन सेन टोला के लोग अब और अधिक आशंकित तथा आतंकित हो उठे थे। उन्हें साफ महसूस हो रहा था कि अब अगला हमला उनके मोहल्ले पर होना है। कुछ लोगों को लग रहा था, उन्होंने एक मुसलमान औरत को पनाह देकर बहुत बड़ी भूल कर दी। एक निश्चित खतरा मोल लिया। कुछ द्वंद्व और दुविधाग्रस्त हो उठे थे। कुछ के भीतर इस विपरीत स्थिति में भी मानवीयता पूरी तरह जग चुकी थी। वे उस औरत के साथ न्याय करते हुए किसी भी प्रतिकूल परिणाम को झेलने के लिए तैयार थे। ऐसे लोग बेशक संख्या में काफी कम थे लेकिन उनकी आवाज में दम था। आने वाले खतरे को सूंघते हुए मोहल्ले के सारे बड़े-बुजुर्ग एक घर में जमा हो गये। सारी महिलायें और बच्चे दूसरे घर में इकट्ठे हो गये। सारे पुरुष और जवान लाठी, बरछे, लोहे की छड़ें लेकर पूरे मोहल्ले के बाहरी कोनों पर तैनात हो गये। किसी भी संभावित हमले को रोकने के लिए। उन लोगों ने सुरक्षा की दृष्टि से जान हथेली पर लेकर पूरे मोहल्ले को घेर लिया था। उसी तरह की सुरक्षा असित बाबू के घर में कुछ महिलायें उस मुसलमान औरत को प्रदान कर रही थीं। बाहर का वातावरण शांत हो चुका था। जितनी तेजी से स्थिति विस्फोटक हो उठी थी, उतनी ही गहरी खामोशी भी छा गयी थी। दमघोंटू खामोशी।

अंततः उस असहाय मुस्लिम औरत ने एक हिन्दू आश्रयदाता के घर में अपनी पहली संतान, एक लड़की को जन्म दिया। लड़की, जो अभी न हिन्दू थी, न मुसलमान। बस, एक इंसान भर थी। किसी भी देश की धरती पर पैदा होने वाले इंसान की तरह। उसके प्रथम रुदन से पूरे मोहल्ले को राहत मिली। एक दिव्य सुख मिला। सृजन-सुख, प्रसव के बाद उस औरत का चेहरा शांत था। मासूम, सेन टोला की हर महिला के चेहरे पर मुस्कान थी, आशंका के बावजूद। हर पुरुष का चेहरा तनावहीन था। आतंक के बावजूद, दीपक की मां ने आहिस्ता से शंख बजाया। एक ओर शंख की ध्वनि फैल रही थी और दूसरी ओर सूर्य की प्रथम किरण की लाली। बच्ची का प्रथम रुदन, चिड़ियों के सनातन कलरव के साथ-घुल-मिल कर एकाकार लयबद्ध और संगीतमय हो रहा था। आतंक, हिंसा, खून-खराबे से बहुत ऊपर, वह संगीत, एक शाश्वत संगीत, स्पष्ट सुनायी पड़ रहा था।

❑❑

(कला, सन् 1993)

8

आदम और हव्वा

बिहार राज्य। राज्य में छोटानागपुर कमिश्नरी। कमिश्नरी में जिला सिंहभूम। पश्चिमी सिंहभूम का मुख्यालय चाईबासा। चाईबासा की एक सघन बस्ती बड़ा बाजार। बड़ा बाजार में बटे हुए मोहल्ले। कुछ मोहल्ले हिन्दुओं के। कुछ मुसलमानों के। सिर्फ एक मोहल्ला ऐसा, जिसे न हिन्दुओं का माना जा सकता था, न मुसलमानों का। एक मिली-जुली-सी आबादी। शायद इसीलिए इसका कोई अलग नाम भी नहीं है। ऐसा नाम जो लोगों को जाति, धर्म या सम्प्रदाय में बांटता है। उसका कुल नाम बस मोहल्ला था। इसी नाम से उसे जाना जाता रहा। न जाने कब से ? बड़ा बाजार के हिन्दुओं और मुसलमानों के शेष नामधारी और अलगाववादी मोहल्लों से अलग-थलग। अपने में एक छोटा द्वीप। अपने में मसरूफ। मुश्किल से पचास-साठ घर। यानी झोपड़ियां। बाहर से पहचानना तक मुश्किल कि कौन-सी हिन्दू की है और कौन मुसलमान की ? सिर्फ झोपड़ियों को ही नहीं, वहां रहने वाले लोगों को भी एक-दूसरे से अलग करना मुश्किल। एक-सा पहनावा। एक-सी बोली। एक ही-सा रहन-सहन। अधिकांश आर्थिक दृष्टि से विपन्न लोग। शायद गरीबी ही उन सबकी एक पहचान थी। एक समाज। एक संस्कृति। छोटे-मोटे काम, मजदूरी या धंधा करने वाले। कुछ फेरी वाले। कुछ ठेले वाले। कुछ फुटपाथिया दुकानदार। कुछ नौकरियों के नाम पर रोजाना रेट पर मजदूर। अपनी रोजी-रोटी की लड़ाई में सभी पस्त। पिटे हुए। उन्हें मौका ही नहीं मिला कि कभी इन सबसे अलग होकर वे अपनी जाति, धर्म या संप्रदाय को पहचानें। शहर में छोटे-मोटे दंगे पहले हुए, पर उस मोहल्ले के अगल-बगल से गुजर गये। मोहल्ला, यानी चाईबासा की दक्षिणी दिशा का आखिरी मोहल्ला। उसके बाद कुछ दूर तक निर्जन-सा इलाका। अगल-बगल सूखे बंजर-से खेत। उन्हें बीच से बांटती और चीरती-सी एक

कच्ची ऊबड़-खाबड़ सड़क और फिर श्मशान । उससे सटा हुआ काली मंदिर । श्मशान, काली मंदिर और आगे नाले की शक्ल में बहती पहाड़ी नदी, रोरो ।

शाम के कोई चार से पांच बजे के बीच का वक्त होगा । खुला आसमान । हल्की ठंडक । यों तो इस मोहल्ले के अधिकांश बच्चे दिन भर खेलते हैं । हुड़दंग मचाते हैं । इसके सिवाय उनके पास कोई काम भी नहीं होता है । बच्चे थोड़े बड़े हुए कि उन्हें किसी काम पर लगा दिया जाता है । किसी होटल में । किसी साइकिल या स्कूटर मरम्मत की दुकान में या किसी के घर में । कहीं भी, जहां उसकी गुंजाइश हो जाये । एक बार किसी काम में जुट जाने के बाद बच्चे तेजी से बड़े होने लगते हैं । देखते-ही-देखते बच्चे से बूढ़े होने तक ही देहरी लांघते जाते हैं । किस पड़ाव पर कौन-सी उम्र साथ छोड़ देती है ? कुछ पता ही नहीं चलता । उम्र के हर पड़ाव पर पहुंचकर भी, उनकी माली हालत, लगभग वही रहती है । केवल उम्र बढ़ती है । अनुभव पकता है । शरीर गलता है । उम्र उनकी केवल तभी तक थमी रहती है, जब तक कि वे कहीं काम करने लायक नहीं हो जाते हैं । उसके बाद उन्हें अपना बचपन जीने की आजादी और अधिकार खोना पड़ता है । बस फिर वे एक सांचे से निकलकर दूसरे सांचे में ढलते हुए, उम्र के आखिरी पड़ाव तक पहुंच जाते हैं । जहां होती है बदहाली । एक टूटी खाट । बीमार जिस्म । हुक्के या बीड़ी का बेबस सहारा । खांसी के दौरे । हकीमी दवाईयां । इन सबसे बढ़कर मौत का इंतजार । उस इंतजार के बीच पूरी जिन्दगी आदमी के बजाय जानवर की तरह जीने की पीड़ा । बार-बार उठती एक हूक कि काश ! उम्र वहीं रुकी रहती । बच्चे ही रह जाते । न बड़े होते, न बूढ़े । अपने आस-पास ऊधम मचाते बच्चों को हसरत की नजरों से देखता बुढ़ापा ।

यानी कुल मिलाकर मोहल्ले में, मोहल्ले की-सी, एकरस, ऊबी, थकी, पिटी और घिसटती हुई जिन्दगी में जो थोड़ी-बहुत चहल-पहल मिलती है, वह उन बच्चों की वजह से, जो शायद अभी तक किसी काम के लायक नहीं हुए या कोशिश के बावजूद जिन्हें कोई काम नहीं मिला । जब भी उनके बीच से कोई किसी काम से लग जाता है तो जैसे किसी डाल से कोई हरी कोमल पत्ती टूटकर जमीन पर गिर पड़ती है, जिसकी नियति सिर्फ सूखना । मोहल्ले में उंगलियों पर गिने जाने लायक कुछ परिवार ऐसे हैं, जिनके बच्चे साधारण

स्कूलों में जाते हैं, या यों कहा जा सकता है कि वे बलात् भेजे जाते हैं। उनके इस तरह भेजे जाने के पीछे शायद उन परिवारों के अपने सपने होते हैं। अपनी इच्छायें होती हैं। अपनी बदहाल जिन्दगी से अपने बच्चों को निकालने और इसी बहाने खुद भी निकल पाने की एक क्षीण-सी उम्मीद होती है। एक कांपती-सी रोशनी जैसी। इस संभावना और आशंका के साथ कि कभी भी वह रोशनी बुझ सकती है। प्रायः बुझती भी है। उसके बुझते ही बच्चों का बचपना भी खोने लगता है, क्योंकि वे किसी-न-किसी काम के खूंटे से बंध जाते हैं। खूंटा सामान्यतः इतना मजबूत होता है कि उन्हें चूसकर, खोखला कर देता है। जल्दी पहचान में भी नहीं आता है कि वह जो सामने खड़ा है, बच्चा है या बूढ़ा।

पूरे मोहल्ले में महज दो ही परिवार ऐसे थे, जो उम्मीद की उस कांपती रोशनी को बचाये रखने के जद्दोजहद में लगे हुए थे। सलमा के परिवार में और समीर के परिवार में अभी वह रोशनी बची थी। उन्हें उम्मीद भी थी कि वह बुझेगी नहीं, क्योंकि ये दो बच्चे एक तथाकथित अंग्रेजी स्कूल में पढ़ते थे। सलमा का बाप चाईबासा बस-अड्डे के पास फुटपाथ पर सब्जी बेचता था और समीर का बाप कचहरी के पास ठेले में फल। दोनों की माली हालत एक-सी ही थी। बड़ा बाजार से आगे सेन टोला के एक सम्भ्रांत परिवार में एक स्कूल चलता है। डॉन स्कूल। यानी अंग्रेजी स्कूल के नाम से वह जाना जाता है। स्कूल का नाम भले ही अंग्रेजी हो, वह स्कूल अंग्रेजी और हिन्दी स्कूल के बीच का ही कुछ बन पाया था। जहां बच्चों को एक सस्ती-सी ही सही, चटख रंग की यूनिफॉर्म पहनना पड़ता हो। टाई लगानी पड़ती हो। पीठ पर स्कूल बैग ढोना पड़ता हो तो स्वाभाविक है कि ऐसे स्कूलों में सलमा और समीर जैसे बच्चों को भेजने की इच्छा हो ही जाती है, ताकि वे जरा सीना चौड़ाकर कह सकें कि उनके बच्चे अंग्रेजी स्कूल में पढ़ते हैं।

सलमा और समीर उस मोहल्ले के अन्य बच्चों से इस मायने में अलग थे कि दिनभर उन्हें औरों की तरह हुड़दंग मचाने का मौका नहीं मिलता था। चूंकि स्कूल पूरा अंग्रेजी सांचे में नहीं ढल पाया था, इसलिए उसने होमवर्क के नाम पर इन बच्चों की शाम नहीं छीनी थीं। स्कूल से लौटने के बाद अपने घरों में, अपने बस्ते फेंककर पेट में कुछ रूखा-सूखा डालकर, दोनों बालू के एक ढेर पर आ जाते और उस पर घर बनाने का खेल खेलते थे। प्रायः स्कूल

से लौटते समय उनके हाथों में कोई डाल, फूल या पत्तियां और झंडियां होती थीं, जिन्हें अपने नये घर में सजाने के लिए उतावले होते थे। हर शाम उनकी आंखों में एक नये घर का नक्शा और मन में उसे बनाने तथा सजाने–सवारने की एक नयी उमंग होती थी। उन्हें यह खेल किसी ने सिखाया नहीं था, बल्कि अन्य खेलों के बीच से यह खेल आप ही निकल आया था। इस खेल में वे दोनों इतना रम चुके थे कि न तो उन्हें मोहल्ले के दूसरे बच्चों के साथ खेलने में रस मिलता और न इस खेल के अलावा कोई अन्य खेल उन्हें रास आता था।

हर शाम वे बड़े मनोयोग से बालू का एक घर बनाते थे। दूसरी शाम जब वे वहां पहुंचते थे, तो उनके घर का कहीं अता–पता नहीं होता था। वह बालू के ढेर में दफन हो चुका होता था। सड़क के किनारे बालू का यह ढेर, कब, किसने और क्यों डाल रखा था ? कोई नहीं जानता था, पर वह ढेर सलमा और समीर के लिए बहुत कुछ था। बेहद आकर्षक। बेहद प्रिय। वहां वे घर इतना रच–बस कर बनाते थे, मानो किसी ने, केवल इसी मकसद से वह ढेर वहां लगा रखा हो। महज उनके लिए। उनके मिटते–बनते घर के लिए। वह ढेर उनके मन–प्राणों में बस चुका था। उनके अस्तित्व का अनिवार्य अंग बन चुका था। उनकी सांसों में घुला रहता था। वे दिनभर इसी इंतजार में रहते थे कि शाम होगी।। वे बालू के अपने अंतरंग ढेर पर आयेंगे। एक घर बनायेंगे। अपने सपनों का घर। अपनी उम्मीदों का घर। अपनी जिन्दगी जैसा एक प्यारा, मासूम और दिलकश घर। उनके कोमल और निश्छल भावों के स्पर्श से घर खुद ही बन जाता था।

पहले उन्हें थोड़ा ताज्जुब होता था कि पिछली शाम जो घर उन्होंने बनाया था, वह कहां चला गया ? किसने तोड़ा ? कब तोड़ा ? क्यों तोड़ा ? हर शाम अपने पिछले घर के मिटे हुए अस्तित्व को देखकर वे मायूस हो जाते थे। कुछ पल ठगे–से खड़े रहते थे। फिर आहिस्ते, एक नये घर के निर्माण में जुट जाते थे। जैसे–जैसे घर बनता और पूरा होता जाता था, उनके भीतर उत्साह और उल्लास भी बढ़ता जाता था। जब तक शाम डूबने लगती, उनके घर लौटने का वक्त होने लगता था, दोनों परिवारों में से कोई पुकारने लगता, तब तक जैसे–तैसे वे एक घर पूरा कर ही चुके होते। इससे उन्हें अपार सुख मिलता। घर के बनने के साथ उस शाम उनका खेल भी समाप्त होता। लौटते

हुए अपने घर को वे प्यार भरी नजरों से देखते। उस पर ढेर स्नेह उमड़ आता। उससे अगली शाम तक बिछोह की पीड़ा होती। कभी-कभी जी नहीं मानता तो वे दूसरे दिन स्कूल जाते वक्त चुपके से एक बार इधर निकल आते। अपने घर को साबुत देखकर उन्हें अपार हर्ष होता।

शुरू में मोहल्ले के कुछ अन्य बच्चों ने भी, इस खेल में उनका साथ देना चाहा, पर बात बनी नहीं। अन्य बच्चों को इस खेल में कोई मजा नहीं आया और फिर उनके होते भी, घर सलमा और समीर को ही बनाना पड़ता था क्योंकि उन्हें अपने खेल को एक ठोस अंजाम देना होता था और वह अंजाम एक मनचाहा घर बनाकर ही दिया जा सकता था। अन्य बच्चों की अरुचि से समीर को क्रोध आता था। उनमें झड़प हो जाती थी। सलमा दु:खी हो उठती थी। जब से उन बच्चों ने इधर आना छोड़ दिया था, वे और डूबकर खेलते थे। यानी बालू पर घर बनाते थे। बालू की दीवारें। बालू का फर्श। बालू की छत। सलमा चाहती थी कि जैसे भी हो लौटने से पहले एक घर जरूर पूरा हो जाये। इससे पिछले घर के बरबाद होने का उनका दु:ख दूर होता था, लेकिन समीर की कोशिश होती थी कि घर तो बने ही, पर छोटा क्यों हो ? बड़ा बने। आंगन हो, बगीचा हो, सड़क हो, पार्क हो। इतना सारा कुछ जुटाने में वक्त लग जाता था। कभी सलमा, कभी समीर की पुकार, शाम के झुटपुटे में गूंजने लगती थी और वे हडबड़ी में किसी तरह घर पूरा करके भागते थे।

दूसरे दिन स्कूल जाते वक्त सलमा समझाती थी कि छोटा घर ही ठीक रहता है। जल्दी बन जाता है। जल्दी बस जाता है। घर बड़ा हो तो किसी की नजर भी लग सकती है। कौन जाने इसी से रात में घर टूट जाता हो, पर समीर बड़े घर के पक्ष में तर्क देता था। उसका कहना था कि घर बड़ा हो तो कोई जल्दी तोड़ नहीं सकेगा। घर न टूटे, इसके लिए वह हर रोज नये-नये उपाय सोचता था। उसके उपाय जान कर सलमा दंग रह जाती थी। उसे भरोसा हो जाता था कि अगली बार उनका घर कोई तोड़ नहीं पायेगा। समीर दिन-रात इसी चिंता में रहता था कि अगली बार वह और बड़ा घर कैसे बनायेगा ? उसमें और कौन-सी नयी चीजें जोड़ेगा ? अपनी सारी कल्पनायें वह स्कूल के टिफिन समय में सलमा को सुनाता था। सलमा अभिभूत हो उठती थी। स्कूल में भी वे अन्य बच्चों से अलग-थलग ही रहते थे। अपने

घर की सोच और सपने में खोये रहते थे। समीर अपनी कॉपी पर घर के नये-नये नक्शे बनाकर सलमा को दिखाता था और सलमा उसी नक्शे पर, अपनी पेन्सिल से अपने घर की साज-सज्जा करती थी। अक्सर स्कूल से लौटते समय वे सेन टोला के वकीलों के आलीशान घरों के सामने रुकते। उन्हें हसरत से देखते। उनके नक्शों को अपने दिलों में उतारते। दिल के नक्शे शाम को बालू के उस ढेर पर आकार लेने लगते थे। नये घर की नई कल्पना उनके भीतर इतनी आलोढ़ित होती थी कि अब पिछले घर के टूटने को लेकर वे अधिक उदास नहीं होते थे। समीर को शक था कि इस खेल को लेकर मोहल्ले के जिन बच्चों से उसकी झड़प हो जाती थी, उनमें से कोई मौका पाकर इसे तोड़ जाता होगा। उनसे बदला लेने की बात भी उसके दिमाग में आती, लेकिन दिल में नये घर की कल्पना इतनी उछालें मारती कि वह यह बात भूल जाता था।

तो शाम के कोई चार-पांच बजे के बीच का वक्त था। खुला आसमान, हल्की ठंडक, दिसम्बर का महीना था। छह दिसम्बर, यानी हिन्दुस्तान के इतिहास का एक काला और कलंकित दिन। उस दिन भी सलमा और समीर अपना घर बनाने में तल्लीन थे। वे इतने मासूम थे, इतने पाक कि उन्हें कुछ मालूम नहीं था कि उनके मोहल्ले में, शहर में, पूरे देश में, कहां क्या अघट घट रहा है ? क्या कुछ टूट रहा है ? कैसा विध्वंस हो रहा है ? एक खूनी खेल जारी है। सचमुच उन्हें पता नहीं था कि इसी देश के एक नगर में दिन के उजाले को रात की कालिमा ने लील लिया है। एक धार्मिक स्थल को सरेशाम नेस्तनाबूद करके वहां दूसरे धार्मिक स्थल की स्थापना का पैशाचिक खेल हुआ है। उन्माद की हद तक पूजा-पाठ के नाम पर एक अमानवीय आर्त्तनाद मचा हुआ है। वे नहीं जानते थे कि सारी दुनिया को शांति, भाईचारा और मानवता का आध्यात्मिक पाठ पढ़ाने वाले अपने ही धर्म को, त्रिशूलों, तलवारों और भालों की नोंक पर रक्तरंजित कर रहे हैं। जिन गुम्बदों को गिराया जा रहा है, उनका हर पत्थर टूटकर कराहते हुए गिर रहा है, बिखर रहा है और मर रहा है। उसके हर कण की मौत के साथ सैकड़ों, हजारों सालों की मान्यताओं, भावनाओं, आस्थाओं और मूल्यों की मौत हो रही है।

सलमा और समीर को इन तमाम बातों का कोई ज्ञान नहीं था। पिछले कुछ दिनों से उनके कानों पर भी मंदिर-मस्जिद विवाद से जुड़ी बातें, अफवाहें

नसों में कोई जहर नहीं उतार पाई थीं। कानों के बाहरी हिस्सों में उन क्रूर दस्तकों की खरोंचे जरूर उभर आयी थी, पर उन पर उन्होंने ध्यान दिया नहीं था। वे इतने रूहानी थे, इतने ईश्वरीय थे कि सिर्फ बच्चे ही थे। सलमा और समीर ही थे। इन्सान भी थे। हिन्दू या मुसलमान नहीं। यह महज संयोग की बात है कि वह छह दिसम्बर की शाम थी। अयोध्या में भावी इतिहास का कोई पन्ना काला किया जा रहा था। देश के दिलों में कोई खतरा कांप रहा था। दोनों बच्चों के कानों की खरोंचे जरा टीस रही थीं और समीर पर एक जुनून सवार था। अपने घर को बड़ा ठोस मजबूत बनाने का जुनून, ताकि इस पर कोई हमला न कर सके। तोड़-फोड़ न सके। सलमा आज कुछ व्याकुल थी। उसका छोटा-सा दिल, जाने क्यों धड़क रहा था ? वह चाहती थी कि अब लौटने का वक्त हो रहा है, इसलिए घर को और बढ़ाया न जाये। समीर जिद में था। सलमा आशंकित थी कि आज घर पूरा नहीं हो पायेगा। यों भी उन्हें साथ खेलने के लिए जाने से मना कर दिया गया था। अपने घर के ही सामने थोड़ी देर खेलने के बहाने वे अपनी जगह भाग आये थे। दोनों में पहली बार आज के घर को लेकर विवाद हुआ। वह गहराया। सलमा रूठकर, कुछ अलग होकर बैठ गयी। उसने समीर को सहयोग देना बंद कर दिया। समीर को पहली बार गुस्सा आया और उसने अपने ही घर को अपनी लात की ठोकर लगायी। वह आधा ढह गया। मनहूस हो उठा। घर का उस तरह टूटना था कि सलमा रो पड़ी और कातर आंखों से अपने घर को देखने लगी। समीर का गुस्सा उसके सर चढ़ गया। वह तेजी से सलमा के करीब आया और उसके बायें गाल पर एक तमाचा जड़ दिया। सलमा से अब वहां नहीं रहा गया और वह रोती हुई मोहल्ले में लौटने लगी। समीर वहीं बैठा रह गया। गुस्से, नकामी और पछतावे में कैद।

इससे पहले कि रोती हुई सलमा अपने घर पहुंचे, मोहल्ले तक आदमखोर चीलों के पंखों पर सवार होकर खबरें पहुंच चुकी थीं कि अयोध्या में गुम्बदों को ध्वस्त कर दिया गया है। एकाएक देश के कोने-कोने में दंगे की आग दावानल की तरह फैल चुकी है। कहीं मंदिर टूट रहे हैं, कहीं मस्जिदें गिराई जा रही हैं। चारों ओर हिंसा मची हुई है। मार-काट, आगजनी और खून-खराबे का आदिम, जंगली, बर्बर खूनी खेल फिर शुरू हो चुका है। इसे लेकर उस मोहल्ले में भी पहली बार सुगबुगाहट थी, सनसनी थी, संदेह था। भीतर

नफरत का अंकुर फूट आया था। उसकी फुनगी पर जहर की एक बूंद लटक रही थी। सलमा के रोने ने, उस आग में घी का काम किया। इसके पहले अनगिनत बार, अनगिनत कारणों से सलमा रोई थी, लेकिन उसका इस बार रोने से सलमा के परिवार के लोगों का दिल फटा जा रहा था, क्योंकि उनके भीतर किसी मस्जिद के टूटे हुए गुम्बदों का मलवा बिखरा हुआ था। मन की मस्जिद पर अब भी चोटें पड़ रही थीं। सलमा के बायें गाल पर समीर के तमाचे की चोट की तरह। सलमा जार-जार रोये जा रही थी, इसलिए नहीं कि समीर ने उसे तमाचा क्यों मारा, बल्कि इसलिए कि उसने अपने ही बनाये घर को तोड़ा क्यों ? उसकी आंखों से एक टूटे हुए अधूरे घर का दर्द बह रहा था। इसलिए उससे खोद-खोद कर, उसे हिला-हिला कर, डरा-धमका कर जब पूछा गया तो उसे बताना पड़ा कि समीर ने उसे मारा है। तब उसके घरवालों के लिए वह सलमा पर समीर की चोट मात्र नहीं रह गयी थी। वह एक मुसलमान पर हिन्दू का प्रहार बन गया चुका था। वे सलमा को लेकर खौलते हुए समीर के घर पहुंचे। वहां पता चला कि अब तक वह खेल कर नहीं लौटा है। समीर की मां पूछती रही कि आखिर बात क्या है ? पर किसी ने कुछ नहीं बताया। उनकी आंखें देखकर वह डर गयी। उनके पीछे हो ली। धड़कते दिल से। वे लोग बालू के उस ढेर की ओर चले। समीर वहीं बैठा, अपलक आधे ढहे घर को देख रहा था। जैसे सोच रहा हो कि ऐसा क्यों किया उसने ? उसकी इच्छा हुई थी कि वह अकेले ही उस घर को पूरा कर ले, लेकिन वह खुद को असहाय पा रहा था। उसे लगा, भले ही वह अकेले जैसे-तैसे घर बना ले, लेकिन सलमा के कोमल हाथों के स्पर्श के बिना वह पूरा नहीं हो सकेगा। वह खुद को अधूरा महसूस कर रहा था। उस अधूरे घर की तरह।

अचानक उसने शाम के झुटपुटे में भी पहचान लिया कि जो लोग उसकी ओर तेजी से चले आ रहे हैं, वे सलमा के घरवाले हैं। सबसे आगे रोती हुई सलमा है और सबसे पीछे घिसटती हुई उसकी अपनी मां। वह तत्काल समझ गया कि उसकी खैर नहीं है। वह तपाक से उठा और मोहल्ले की ओर ही भाग चला। उसके पीछे सलमा के घरवाले दौड़े। समीर के घर के पास ही उसे दबोच लिया गया। उस पर ताबड़तोड़ लात-घूंसे बरसने लगे। समीर रोने-चिल्लाने लगा। समीर की मां चीखने-चिल्लाने लगी। वहां पल भर में

ही मोहल्ले वालों की भीड़ लग गयी। वह देखते-देखते दो पक्षों में बंट गयी। मोहल्ले में पहली बार यह पक्ष विभाजन सायास-अनायास, हिन्दू-मुस्लिम के रूप में हो गया। गाली-गलौज होता रहा। थोड़ी हाथापाई भी, कुछ बड़े-बूढ़ों के हस्तक्षेप से युद्ध विराम हुआ। वह केवल विराम ही था। कोई संधि नहीं, अगले मोर्चे की तड़प बनी रही।

सलमा का बाप बिस्तर पर था। उसे बुखार था। उसे कुछ बताया गया, कुछ नहीं। तेज बुखार की बेहोशी में उसने कुछ सुना, कुछ नहीं। कुछ समझा, कुछ नहीं। समीर का बाप अपने धंधे से लौटा तो यों भी क्षुब्ध था क्योंकि दिनभर कोई बिक्री ढंग की हुई नहीं थी। उस पर कचहरी के अहाते में अयोध्या मामले को लेकर सरगर्मी रही। दो बार कानून और व्यवस्था के नाम पर पुलिस ने उसे भगाया। एक बार कुछ बरमाशों के एक झुंड ने उसके ठेले के फल लूटने की कोशिश की। इसी अफरा-तफरी में वह घर लौटा। समीर की मां ने उसके आते ही रो-गा कर सारा किस्सा सुना दिया। सुनकर पहले तो वह एकबारगी इतना उत्तेजित हुआ कि लाठी लेकर सलमा के घर की ओर लपका। फिर अचानक रुका, सोचा, उसकी आंखों में किसी खूंखार जंगली जानवर की-सी कौंध हुई और वह लौट आया। रोटी खाई, दिनभर कचहरी के अहाते में उसके कानों में तरह-तरह की बातें घुसती-निकलती रही थीं। कुछ बातें ऐसी भी थी कि घुसकर घुमड़ती रहीं। निकल नहीं पायीं। इन मुसलमानों के चलते इस देश में जीना हराम हो गया है। ये अपने मुल्क लौटते नहीं है और हमारे मुल्क में फसाद करते हैं। आखिर इन्हें हिन्दू कब तक बर्दाश्त करें ? एक मंदिर बन जाये तो हर्ज ही क्या है ? एक पुरानी मस्जिद को लेकर हाय-तौबा मच रही है। दिनभर सुनी-सुनायी ये बातें उसके जेहन में प्रेत चक्कर काटती रही थीं। समीर को मारने-पीटने की बात जानकर, उसके सिर पर ये प्रेत इकट्ठे हो रहे थे। समीर सो चुका था, लेकिन प्रेत जगे हुए थे। समीर चुप हो चुका था पर प्रेत रो रहे थे। उसने रोटी खायी। थोड़ी देर लेटकर बीड़ी पीता रहा। उसकी आंखों की हिंसा कौंध बढ़ रही थी। प्रेत एक-एक उठ खड़े हो रहे थे और उसकी नसों पर सवार हो रहे थे। वह चुपचाप उठा। शायद रात के कोई दस बज रहे थे। वह अपना पूरा चेहरा गमछे में लपेटकर बाहर निकला। मोहल्ले में घना अंधेरा था। गहरा सन्नाटा था। उसने चुप-चुप कर हिन्दुओं के घरों में दस्तक दी। कुछ समय तक

परस्पर एक जहरीली फुसफुसाहट जारी रही । एक साजिश ने जन्म लिया । आकार लिया । दैत्याकार में तब्दील हुआ ।

आधी रात के वक्त सलमा की झोपड़ी में आग लगा दी गयी । कुछ अन्य मुसलमानों के घरों को भी आग के हवाले कर दिया गया । देखते-ही-देखते लपटें आसमान छूने लगीं । भगदड़ हो गयी । चीख-पुकार, प्राणों की गुहार । बेशक आग मनुष्य ने ही लगायी थी, लेकिन वह आग पागल हो चुकी थी । मनुष्य के काबू से बाहर जा चुकी थी । वह आग नहीं जानती थी किसे जलाना है, किसे नहीं ? कौन-सा घर हिन्दू का है और कौन-सा मुसलमान का ? उसे घरों और लोगों को जलाकर खाक करने में एक पैशाचिक आनंद मिल रहा था और वह पूरे मोहल्ले को लीलने लगी थी । हिन्दुओं की झोपड़ियां जो बची थीं, अधजली थीं, उन पर मुसलमानों की नफरत ने कहर बरपा रखा था । कोई पक्ष किसी से कम नहीं था । किसी से पीछे नहीं था । एक-दूसरे को खत्म करने की हैवानी होड़ लगी थी । पूरा मोहल्ला भयानक रणभूमि बन चुका था । यहां न कोई मंदिर टूटा, न मस्जिद गिरी, पर मोहल्ला चंद घंटों में उजड़ गया । सारी झोपड़ियां जल गयी । सारे लोग मारे गए, मरे हुए लोगों के चेहरों से यह शिनाख्त भी मुश्किल थी कि उनमें से कौन मंदिर के लिए मरा है और कौन मस्जिद के लिए ? इस आगजनी में, रक्तपात में, दो चेहरे लापता थे, जो अभी इतने मासूम थे कि उनके चेहरों पर संप्रदाय की पहचान उभर नहीं पायी थी । इस वीभत्स नरसंहार के बीच में भी मौन थे । स्तब्ध थे, भयभीत थे, पर उससे कहीं अधिक उनकी आंखों में पीड़ा बसी थी, अपने अधूरे घर की पीड़ा ।

पुलिस और प्रशासन के वहां पहुंचने तक पूरा मोहल्ला खाक हो चुका था । जली हुई झोपड़ियां, बिखरी हुई लाशें । दमघोंटू धुआं, गलती लाशों की दुर्गंध । चारों ओर फैला मलवा । तड़पते पशु । कराहते मनुष्य । यह वही दृश्य था, जो देश के विभाजन के बाद, किसी भी हिन्दू-मुस्लिम दंगे के बाद, किसी भी शहर-मोहल्ले या गली-कूचे में दिखलाई पड़ता था । एक ऐसा घाव, जो रह-रहकर पकता है, टीसता है और जिसमें पीव और रक्त रिसता है । जिसकी बदबू से एक देश और समाज सड़ता है । इस घाव की पहचान हिन्दू और मुस्लिम के नाम पर अलग-अलग की जाती है । जब भी यह खतरा महसूस किया जाता है कि कहीं घाव भर न जाये, उसमें उंगली डाल उसे छेड़ दिया

जाता है । तब कहीं मस्जिदें गिरने लगती हैं । कहीं मंदिर टूटने लगते हैं । कहीं कोई मोहल्ला उजड़ने लगता है । एक श्मशान में बदलने लगता है ।

मोहल्ले के अधिकांश लोग तो मारे जा चुके थे । जो बुरी तरह घायल या जले हुए थे, वे भी अपनी अंतिम सांसें ले रहे थे, उनमें से कुछ ने चाईबासा के सदर अस्पताल में दम तोड़ दिया था । इस कांड से पूरा शहर स्तब्ध था । सकते में आ गया था । सहम उठा था । जिस मोहल्ले में आज तक दंगे का दैत्य प्रवेश नहीं कर पाया था । वह मौका पाकर पूरे मोहल्ले को तबाह कर गया था । उसका अस्तित्व तक मिटा डाला था । रातभर की विनाशलीला के बाद, सुबह मोहल्ला खुद एक शव की तरह औंधे मुंह उलटा पड़ा था । उसके चारों ओर पुलिस की घेराबंदी थी । शहर में सन्नाटा था । मोहल्ले के ऊपर कौओं और चीलों का मंडराता शोर था । कुत्तों में लाशों की छीना-झपटी जारी थी । प्रशासन की ओर से सारी लाशों को ठिकाने लगाने की तैयारी शुरू हो चुकी थी । किसे जलाया जाये और किसे दफनाया जाये ? इस मसले का कोई हल उनके पास नहीं था । इसलिए उन्हें किसी तरह ठिकाने लगाना ही एकमात्र उपाय था । मोहल्ले का जला, टूटा-बिखरा मलवा हटाने का प्रयास किया जा रहा था ।

शहर में अनिश्चितकालीन कर्फ्यू लगा दिया गया था । रेड अलर्ट लागू हो चुका था । देखते ही गोली मारने का आदेश जारी कर दिया गया था । पुलिस और सेना की गश्त जारी थी । दिन दहाड़े भी शहर रात से अधिक खामोश, मनहूस और डरावना लग रहा था । शहर के संवेदनशील क्षेत्रों को एक प्रकार से घेरकर कैद कर लिया गया था । लोग अपने घरों में बंद होकर भी भयभीत थे । मोहल्ले में एक ऐसा हादसा हो चुका था, जिसकी प्रेत गूंज हरएक दिन को अशांत-अस्थिर, आशंकित और आतंकित कर रही थी ।

मोहल्ले की इस तबाही, जलजले, आगजनी, फसाद और खून-खराबे से अलग, इस सब से बेखबर, मोहल्ले के मलवे से दूर सलमा और समीर दूसरे दिन सुबह, बालू के उस ढेर पर, अपना कल का अधूरा घर पूरा करने में तल्लीन थे । आगजनी के वक्त सलमा का चेहरा और बाल झुलस गये थे । मार-काट के समय समीर के हाथों और पैरों में चोटें लगी थीं पर उन्हें उसकी परवाह नहीं थी । दंगे के वक्त भी उनके भीतर दर्द ही था । सिर्फ दर्द, अधूरे घर का दर्द । उस समय मौका पाकर समीर, सलमा की जलती झोपड़ी के

करीब आया था। किसी को पता नहीं चला। रोती-झुलसती सलमा को समीर पर नजर पड़ते ही राहत मिली। वह उसके साथ हो ली। मोहल्ले में गूंजते 'अल्लाहो अकबर' और 'जय श्रीराम' से कहीं अधिक पुकार उनके कानों में अपने अधूरे घर की थी। वे वहां से भाग चले। मोहल्ले से बाहर बालू के उस ढेर पर आ गिरे। दोनों ही हांफ रहे थे। बदहवास थे। जलन और चोट की पीड़ा से छटपटा रहे थे। अपने अधूरे घर के अगल-बगल लेट गये। जैसे वे उसकी रक्षा कर रहे हों ताकि इस बार उसे कोई तोड़ न पाये। उनकी आंख खुलने तक पौ फट चुकी थी। सुबह की स्वच्छता और पवित्रता का शाश्वत संगीत बज रहा था। लाली फैल रही थी। पक्षी अपने कलरव से उनका आह्वान कर रहे थे-उठो, बच्चों, अपना घर पूरा करो। उसमें बसो, उसे बसाओ। वे उठे, अपना घर पूरा करने में जुट गये। जैसे, सिर्फ इसी के लिए वे जिन्दा थे। या कि उन्हें जीवित रखा गया था। पूरे देश में हिंसा और हत्या का तांडव फैला हुआ था। दंगा एक प्रलयंकारी रूप ले चुका था। दुनिया में कहीं मंदिर टूट रहे थे, कहीं मस्जिद, पर सलमा और समीर का घर बन रहा था। बनकर पूरा हो रहा था।

❑❑

(उत्तरशती : सन् 1994)

9

शोकगीत

वे दोनों चुप थे। बहुत थक गये थे। उनकी भूख-प्यास चटख उठी थी। उन्होंने लम्बी उड़ान भरी थी। शहर काफी पीछे छूट चुका था। उन्हें लगा, अब खतरे की कोई बात नहीं है। खतरे से बचने के लिए ही तो वे शहर से जंगल की ओर भाग आये थे। दोनों की ही इच्छा हो रही थी कि कहीं थोड़ी देर के लिए टिक जायें। थोड़ा आराम ही कर लें। एक-दूसरे के मन को समझते हुए, अपनी उड़ान समेटकर चुपचाप वे एक टीले पर आकर बैठ गये। आसपास जनशून्य-सा था। बंजर खेत, खाली-खाली जंगल। सूखे तालाब, केवल हवा का हल्का शोर। जैसे उनसे पूछ रही हो हवा, कहां से आये ? शहर की हवा कैसी है ? उन दोनों ने अपनी गर्दनें उचकाकर दूर-दूर तक नजर दौड़ाई। कहीं दाना-पानी का कोई जुगाड़ नहीं दिख रहा था।

"वो देखो।" अचानक मैना चिल्लाई।

"क्या हुआ ?" तोते ने पूछा।

"उधर कुछ है।" मैना ने इशारा किया।

"लगता है, कुछ मरा पड़ा है। कोई जानवर होगा।" तोते ने अनुमान लगाया।

"आदमी भी हो सकता है।" मैना ने आशंका व्यक्त की।

"तब छोड़ो, मुझे आदमजात से डर लगता है। नफरत हो गयी है।"

"तो क्या हमें देखना भी नहीं चाहिए ? हो सकता है, वह जीवित हो। किसी मुसीबत में हो ?" मैना चिंतित थी।

"चलो तब, देखते हैं।" अनमना-सा तोता बोला।

दोनों उड़कर कुछ दूर पड़ी उस वस्तु के करीब आये। आश्चर्य ! सचमुच वहां एक आदमी पड़ा था। खून से लथपथ। समझना मुश्किल था कि बेहोश पड़ा है या मर चुका है। तोता कुछ दूर ही खड़ा रहा। मैना उसके

करीब आयी ।

"लगता है, किसी जानवर ने इस पर हमला किया होगा ।" वह बोली ।

"नहीं, यह किसी आदमी का ही काम होगा ।"

"किसका ?"

"उन्हीं का, जिन्हें हम शहर में छोड़ आये हैं ।" तोता बोला ।

"तो क्या इसे शहर में मारकर यहां जंगल में फेंक दिया गया होगा ?" मैना सवालों और संदेहों से घिरती जा रही थी ।

"मारा कहीं भी हो, पर इस आदमी को आदमी ने ही मारा है ।" तोते को कोई संदेह नहीं था ।

तोता जरा चौकस भाव से चारों ओर देख रहा था । जैसे वह हवा में कुछ सूंघ रहा हो, पर मैना की नजर उस आदमी पर टिकी थी । वह उसके करीब आयी । उसे उस आदमी पर दया-सी आ रही थी । जाने कौन है बेचारा ? कहां का रहने वाला ? पर यहां लावारिस पड़ा है । न कोई पूछने वाला, न देखने वाला । मैना उसके बहुत करीब आयी ।

"अरे, इसकी तो सांसें चल रही हैं ।" वह चीख उठी ।

"तो चलो, यहां से भाग चलें ।" तोता घबरा गया ।

"क्यों, वो भी इस बेचारे को इस हालत में छोड़कर ?"

"शायद हमारी जान को भी खतरा हो । हो सकता है, इसे मारने वाले दरिंदे आसपास ही कहीं छिपे बैठे हो ?" तोते की आशंका बढ़ रही थी ।

"लेकिन यहां कोई दिख तो नहीं रहा ।" मैना ने आसपास नजर दौड़ाई । वह आदमी को उस हालत में छोड़कर जाना नहीं चाहती थी, जबकि यह पता चल चुका है कि वह मरा नहीं है, जीवित है । मरा होता तो बात और थी ।

"क्या भरोसा, वे कोई आदमी न पाकर हमीं पर हमला कर बैठें । तोता अपने डर की रौ में बोले जा रहा था जिसके सिर पर खून सवार हो जाता है न, फिर वह कुछ नहीं देखता है कि आदमी है या औरत, बच्चा है या बूढ़ा, पशु है या पक्षी । मेरी मानो, चलो, भाग चलें ।" तोता काफी उद्विग्न था ।

"नहीं, हम इस हाल में इसे छोड़ जायेंगे तो यह बेचारा मर जायेगा ।" मैना व्याकुल थी ।

"तो क्या करें ?" तोता खीझ उठा ।

"सुनो, कहीं से इसके लिए दो बूंद पानी ले आओ न ।" मैना पास आकर

गिड़गिड़ाई ।

"कहां से लाऊं ?" तोते ने टालना चाहा ।

"कहीं से भी ।" मैना आर्द्र स्वर में बोली । जैसे वह मना करेगा तो रो पड़ेगी ।

"अच्छा, देखता हूँ, लेकिन तुम संभलकर रहना ।" तोता बोला ।

"हां, तब तक मैं पहरा देती हूँ । शायद कोई सियार, भेड़िया इधर आ जाये ।"

"नहीं, इधर वे नहीं आयेंगे ।"

"क्यों ?"

"वे सब शहरों के आसपास घूम रहे हैं ।"

"तब तो भगवान का शुक्र है ।" मैना थोड़ी निश्चिंत हुई ।

"मैं पानी खोजकर लाता हूँ ।" तोते ने उस आदमी पर गौर करते हुए कहा । उसकी सांसें चल रही थीं । तोते को भी उस पर थोड़ी दया आयी । मैना शायद ठीक कहती है । इसे इस हाल में छोड़ जाना उचित नहीं है । वह उड़ने की मुद्रा में आ गया ।

"जरा जल्दी । हमें हर हाल में इसे बचाना है ।" मैना बोली । वह आतुर थी ।

तोता चला गया । मैना फिर उसके करीब आकर बैठ गयी । वह चौकस थी । जरा भी कोई खटका होने पर सजग हो जाती थी । गनीमत थी कि उसकी सांसें चल रही थीं । उसके चेहरे पर अथाह पीड़ा थी । जाने किन दरिंदों ने इस बुरी तरह मारा इसे । उसने सोचा भी नहीं था कि शहर से इतनी दूर जंगल में भी वही हालत मिलेगी, जिससे पीछा छुड़ाकर वे दोनों शहर से भागे थे । उफ ! कितनी बुरी हालत थी शहर की । शहर का वह भयानक दृश्य याद आते ही उसे रोमांच हो आया । वह कांप-सी उठी ।

इधर कई दिनों से शहर की हालत खराब थी । बल्कि दिनोंदिन और बिगड़ती ही जा रही थी । लूटपाट, आगजनी और खून खराबे का माहौल गर्म था ।

जहां-तहां हिंसा का खूनी खेल जारी था । दिन दहाड़े जघन्य हत्यायें हो रही थीं । चारों ओर अफरा-तफरी और चीख-पुकार मची रहती थी । जले हुए मकानों और दुकानों का मलवा सड़कों पर बिखरा रहता था । रह-रहकर

भयावह सन्नाटा छा जाता था । सूनी सड़कों पर केवल बूटों और जीपों की ध्वनियां गूंजती थीं । बीच-बीच में उस दमघोंटू खामोशी को चीरती हुई, शहर के किसी-न-किसी कोने से, गोलियों की दिल दहला देने वाली गूंज उभरती थी । कभी-कभी सन्नाटे को तोड़ने वाली घोषणायें, खाली सड़कों पर सिर पटकती थीं । तब जैसे बलात् सुलाया गया शहर जागकर खड़ा हो जाता था । भागने-दौड़ने लगता था । बदहवास और बौराया-सा । इसी बीच देखते-ही-देखते घटनाओं और दुर्घटनाओं का ढेर लग जाता था । फिर कुछ वैसी ही घोषणायें । एक पागल हवा की तरह सरसराती घोषणायें । डरा हुआ शहर हांफता-गिरता हुआ पुनः अपने घरों में कैद हो जाता था । ऐसे जानलेवा माहौल में बड़े जानवर तक सहमकर किसी गली कूचे में दुबक जाते थे, फिर उनकी तो नन्हीं-सी जान ठहरी । उन्हें चाहिए ही क्या था ? थोड़ा-सा दाना और पानी, पर इस दहशत के माहौल में वह भी मयस्सर नहीं था ।

"चलो, कहीं और चलें ।" मैना ने घबराकर कहा भी था ।

"कहां ?"

"कहीं भी, किसी और शहर ।" मैना बोली ।

"अभी हर शहर इसी तरह जल रहा है, मर रहा है ।" तोते ने कहा ।

"तो जंगल में ही चलो ।" मैना ने सुझाव दिया ।

"वहां क्या है ?"

"वही तो हमारी अपनी जगह है । वहां कभी-कभी ही आग लगती है, यहां तो हर मौसम जल रहा है ।" मैना की घबराहट बढ़ रही थी ।

"अब जंगल भी जंगल कहां रहे ? जहां भी जाओगी, यह सब पाओगी ।" तोते ने समझाया ।

"फिर भी, मुझे लगता है कि जंगल ही हमारे लिए ठीक है । ये शहर अब रहने लायक नहीं रहे ।" मैना बोली ।

"थोड़े दिन और देख लेते हैं । शायद सब शांत हो जाये ।" तोते ने अपनी उम्मीद नहीं खोई थी ।

"शांत होता भी कहां है । होता भी है तो थोड़ी देर के लिए । पहले से अधिक अशांति पैदा करने के लिए ।" मैना निश्चिंत नहीं हो पा रही थी ।

"फिलहाल यह शहर कुछ शांत लग रहा है । शायद कहीं दाना-पानी मिल जाये ।"

"दाना-पानी तो कहीं भी मिल जायेगा, पर यह शांत नहीं है । अभी केवल चुप है और इसी चुप्पी से मुझे बहुत डर लग रहा है ।" मैना फिर कांप-सी उठी थी ।

"घबराओ मत, यही हालत रही तो हम सचमुच जंगल की ओर चले जायेंगे ।"

तोते ने सांत्वना दी ।

वे दोनों शहर में इधर-उधर भटककर दाना-पानी ढूंढने लगे थे । किसी छत पर, किसी सड़क के किनारे, किसी के आंगन में, पर कहीं कुछ नहीं मिला । मिला भी तो सड़ा हुआ, जला हुआ, बदबूदार । हर जगह तो बदबू फैली थी । ताजे और सूखे खून की बदबू । गीले या सूखे मांस के लोथड़ों की बदबू । जले हुए मकानों और दुकानों की बदबू । इस दुर्गंध से उनका दम घुटने लगा था । सांसों में जहर घुलने लगा था । वे बीच-बीच में घबराकर, सड़कों, घरों और गलियों को नीचे छोड़कर ऊपर उठ जाते थे, लेकिन दूर-दूर तक वह बदबू, जलने की वह गंध और उठता हुआ धुआं उनका पीछा करता था । वे शहर के चारों ओर चक्कर लगाकर थक गये थे । कहीं दाना-पानी नहीं मिला । निराश और निढाल होकर वे एक छत की मुंडेर पर बैठ गये थे और अपने ही शहर को अजीब और अजनबी बनते हुए असहाय आंखों से देखते रहे । जैसे किसी अजगर ने शहर को लपेट रखा हो । जैसे किसी भूचाल ने पूरे शहर को ध्वस्त कर डाला हो ।

मैना शहर के विंध्वस में खोई-सी थी कि तोता अपनी चोंच में कहीं से दो बूंद पानी लेकर आया । उसने उस आदमी के मुंह में पानी डाला । उसमें थोड़ी हरकत हुई । उसकी सांसें कुछ तेज हुईं । वह धीरे-धीरे कराहने लगा ।

"लगता है, इसे बहुत गहरी चोट आयी है ।" मैना आहत भाव से बोली

"वे लोग इसे मरा समझकर ही यहां फेंक गये होंगे, और क्या ?"

"कौन लोग ?"

"वे लोग, यानी इस आदमी के दुश्मन ।"

"इस आदमी का दुश्मन कौन हो सकता है भला ?"

"आदमी और कौन ?" तोते ने दोहराया ।

दोनों टकटकी लगाये उसे देखते रहे । उसकी कराहें बढ़ रही थीं ।

"बेचारा भूखा होगा ।" मैना की ममता उमड़ी ।

"शायद ।"

"कहीं से दो दाना मिल जाता ।" मैना के स्वर में तड़प थी ।

"कहां मिलेगा इस वीराने में ?" तोता हताश था ।

"मैं देखती हूँ, तुम यहीं रुको ।"

"कहां जाओगी ?" तोता सशंकित था ।

"दूर नहीं जाऊंगी, बस, आसपास ही देखती हूँ ।" मैना उतावली थी ।

"लेकिन सावधान रहना, हमें किसी जानवर से उतना खतरा नहीं है, जितना आदमी से ।" तोते ने चेतावनी दी ।

"तुम भी जरा सतर्क रहना ।" मैना बोली ।

"क्यों ?"

"थोड़ी देर पहले मैंने चीलों के एक झुंड को यहां से जाते देखा है ।"

"डरो मत, वे लोग शहर की ओर जा रहे होंगे ।" तोता आश्वस्त था ।

"अच्छा, आती हूँ ।" मैना तेजी से उड़ चली ।

"संभल के ।" तोते ने पीछे से हिदायत दी । जरा ऊंचे स्वर में ।

मैना को जाते हुए तोता अपलक देखता रहा । जब तक कि वह आंखों से ओझल नहीं हो गई । तोता उस आदमी के करीब आकर बैठ गया । उसकी कराह जारी थी । उसका चेहरा बड़ा मासूम लग रहा था । उसे लगा, जरूर इसे धोखे से मारा गया होगा । उफ ! कितनी मार-काट मची है शहर में । तोते का ध्यान शहर की ओर चला गया । न जाने क्या हो गया है लोगों को ? शहर से चलने के पहले किसी छत की मुंडेर पर जब वे बैठे थे, मैना ने भी उससे यही सवाल पूछा था । 'क्या हो गया है इन शहरों को ?'

"कौन जाने, सुना था कि एक ऐसा भी वक्त आता है, जब आदमी जानवर से भी बदतर बन जाता है । शायद वही वक्त आ गया हो ।"

"पहले तो कहा जाता था कि जंगल में खूंखार जानवर रहते हैं और शहर में सभ्य मनुष्य ।" मैना बोली ।

"यही शायद इनकी नई सभ्यता है ।" तोता बोला ।

"कम-से-कम जंगल में कोई किसी पर अकारण हमला नहीं करता है । न इतनी निर्ममता से एक-दूसरे को मारता है ।" मैना विचलित थी ।

"शहर का नियम अलग है । शायद ठीक उल्टा ।" तोते ने समझाया ।

"लेकिन यह भी तो सुना था कि आदमी जंगल से शहर आया है जानवरों

से अधिक समझदार और सभ्य बनने के लिए। फिर ऐसा क्यों हो रहा है कि शहर जंगल से बदतर बन रहे हैं ? मैना की जिज्ञासा शांत नहीं हो पा रही थी।"

"मैंने कहा न, शायद वह वक्त आ गया है, आदमी के जानवर बनने का और शहर में जंगल उगने का।"

"इससे तो बेहतर है जंगल। तभी तो कहती हूँ, वहीं लौट चलो।" मैना अशांत थी।

"परेशान मत हो, ऐसा वक्त आयेगा तो जरूर चले जायेंगे।" तोते ने उसे शांत करना चाहा।

"जाने तुम और किस बुरे वक्त के इंतजार में हो।" मैना बड़बड़ायी थी।

दूर किसी जानवर के चीखने का स्वर गूंजा और तोता जैसे एक झटके से शहर के ध्यान से लौटा। उसने दूर-दूर तक नजर दौड़ायी। मैना का कहीं पता नहीं था। उसे घबराहट होने लगी। उसकी आशंका बढ़ रही थी। उसे लगा, मैना को दाने के लिए जाने ही नहीं देना था। पता नहीं, कितनी दूर चली गयी ? कब लौटकर आयेगी ? कहीं उसे कुछ हो जाये तो ? वह एकाएक चिहुक उठा। उसके भीतर का डर मूर्त्त होने लगा था। जब से इस घायल आदमी की सेवा में वे लगे थे, उन्हें अपनी भूख-प्यास का होश नहीं था। मैना उस आदमी को जिन्दगी देने के लिए तड़प रही थी और वह भरसक मैना का साथ दे रहा था। उसके मन में तरह-तरह की डरावनी कल्पनायें उभर रही थीं। उसकी हालत अजीब हो रही थी। वह उस आदमी को उस हालत में छोड़कर अपनी मैना को ढूंढने भी नहीं जा सकता था। कहीं इस आदमी को बचाने के चक्कर में वह मैना को तो नहीं खो बैठेगा ? उसके मन में इस सवाल के साथ एक तीव्र तूफान उठ खड़ा हुआ था। वह बेचैनी में आसपास ही फुदकता रहा। वह अपना धैर्य खोने को ही था कि उसकी नजर लौटती मैना पर पड़ी। वह एकबारगी शांत हो गया। निश्चिंत और खुश। जैसे कोई बड़ा संकट टल गया हो। कुछ आगे जाकर उसने मैना की अगवानी की।

"कितनी दूर चली गई थीं ?" उसने पूछा। जैसे शिकायत कर रहा हो।

"वह आदमी ठीक है न ?" मैना का पूरा ध्यान उसी की ओर लगा था।

"हां, ठीक है।" तोते ने बताया।

"मुझे बहुत डर लग रहा था कि इस बीच कहीं.... ।" मैना अब भी

घबराहट में थी ।

"दाना मिला ?"

"हां, बड़ी मुश्किल से ।"

वे दोनों उस आदमी के पास आये । मैना सचमुच कहीं से चोंच में दो दाने ले आयी थी । उसे उस आदमी के मुंह में खिलाया । प्यार से, जैसे अपने नादान बच्चे को खिला रही हो । उस आदमी की आंखें खुलीं । पहले उन आंखों में डर के काले साये उभरे, लेकिन इन दोनों पर नजर पड़ते ही, वे साये मिटने लगे । उनमें एक चमक पैदा होने लगी । प्यार की और कृतज्ञता की चमक । विश्वास की और जीवन की चमक । तोता निश्चिंत हो गया । उसे लगा, अब कोई खतरा नहीं है । वह बच जायेगा । मैना की आंखे खुशी से बहने लगी थीं । वे दोनों उस आदमी के बहुत करीब आये । जैसे वे उसके मां-बाप हों या भाई बहन । तीनों के बीच एक मौन संवाद हुआ । तोता और मैना ने उसे सांत्वना दी–अब तुम अच्छे हो जाओगे । शुक्र है भगवान का, जो तुम्हारी जान बच गयी । उस आदमी ने जैसे आंखों से ही कहा–शुक्रिया । बहुत-बहुत शुक्रिया ।

मैना ने मन ही मन अनगिनत बार ईश्वर को धन्यवाद किया । इस घायल व्यक्ति को बचाने के लिए वे दोनों कितना छटपटा रहे हैं और वहां शहर में लोग एक-दूसरे को बेहरमी से मार-काट रहे हैं । कितने बड़े हादसे से बचकर वे यहां तक पहुंचे थे । बाल-बाल बचकर । जब वे छत की मुंडेर पर बैठकर चुप, सहमे-से, खौफजदा शहर को असहाय आंखों से देख ही रहे थे कि कोई ऐलान हुआ था । जैसे कोई भूखा राक्षस किसी बहाने से लोगों को बुला रहा हो । जैसे उन्हें दाना-पानी का प्रलोभन दे रहा हो । इस लोभ के पीछे, पहले बंद कमरे में भूखा-प्यासा, सिकुड़ा-सिमटा बैठा शहर उठकर खड़ा हुआ । दरवाजे-खिड़कियां खोलीं । बाहर झांककर देखा और धीरे-धीरे पूरा शहर घरों से निकलकर खुली सड़कों पर आ गया । शायद कहीं कुछ खाने-पीने को मिल जाये । शहर में चहल-पहल बढ़ी । गहमा-गहमी तेज हुई । उसकी रफ्तार बढ़ने लगी । धक्कमपेल मची । तभी शहर के ऐन बीचोंबीच एक सघन मोहल्ले में जोरदार धमाका हुआ । भयानक विस्फोट । मोहल्ले के घरों की छतों, दीवारों, दरवाजों और खिड़कियों के साथ, उनमें बसे हुए लोगों के भी परखचे उड़ने लगे । गिरते, टूटते-बिखरते सामान और मनुष्यों के बीच फर्क

करना भी मुश्किल था।

फिर एक बार वही भगदड़। चीख-पुकार। आपा-धापी। अपनी जान बचाने की बदहवासी में कीड़े-मकोड़े की तरह जान गवांते लोग। कटी डालों की तरह गलियों-मोहल्लों में फैलती लाशें। एक-दूसरे को कुचलता-रौंदता वहशी जुनून। शहर एक पागलखाना। शहर एक बारूदी सुरंग। शहर एक मुर्दाघर। जैसे घरों के भीतर कैद लोग तो बेशक इन्सान थे, लेकिन सड़क पर आते ही शैतान में तब्दील होते गये। खुले जबड़े, धारदार दांत। लम्बे, नुकीले नाखून। लपलपाती तलवारें। जिस्मों के आर-पार होते बरछे और बल्लम। आग उगलती बंदूकें। आसमान छूती आग की लपटें। क्षत-विक्षत लाशों से पटा शहर।

इस बार का विस्फोट सबसे भयंकर था। इसमें वे दोनों भी कुछ घायल हो गये थे। तोते के पैर में चोट आई थी। मैना के सिर से खून की पतली धार बह चली थी। वे बुरी तरह डर गये थे। शहर के ऊपर ही बेबस चक्कर काटते रहे। किसी सुरक्षित जगह की तलाश में, पर आसपास का कुछ भी साबुत नहीं बचा था। टूटे घर, फूटी सड़कें, गिरे खंभे, कटी डालें। उनकी नन्हीं जानें सांसत में फंसी थीं।

"अब मैं यहां एक मिनट भी नहीं रह सकती। मैं जा रही हूँ जंगल।" मैना आतंकित होकर बोली।

"चलो, मैं भी चलता हूँ। अब समझो कि इस शहर से हमारा दाना-पानी उठ गया है। लगता है अब पशुओं तक के लिए इस शहर में कोई जगह नहीं रह गई है, हम तो ठहरे निरीह पक्षी।" तोता बोला। पीड़ा और हताशा के साथ।

"हम तो फिर भी उड़ लेते हैं, उन पशुओं की सोचो जो इस हालत में न कहीं भाग सकते हैं, न छिप सकते हैं।" मैना के स्वर में व्यथा थी।

"वे तो आदमियों की तरह ही बेमौत मारे जा रहे हैं। कुछ लोग तो खास-खास जानवरों को खोज-खोज कर मार रहे हैं। जाने उनसे क्या दुश्मनी है?"

तोते ने आक्रोश के साथ कहा।

"शायद इन लोगों में आदमी और जानवरों को फर्क करने वाली समझ मर चुकी है।" मैना को भी क्रोध आ गया था।

"सुना है, ऐसा ही होता है, आदमजात में । पहले समझ मरती है, फिर आदमी मरता है ।" तोता बोला ।

"तो फिर चलो, अब यहां क्या रखा है ?" मैना बोली ।

"चलो ।" तोते ने हामी भरी ।

तभी दोनों शहर से बाहर निकल आये थे । शहर से दूर, जंगल की ओर । काफी आगे निकलकर दोनों ने लम्बी और गहरी सांसें ली थीं । भीतर का धुआं और विष बाहर फेंका था । तोते ने बड़ी राहत महसूस की थी । हालांकि पहले वह शहर छोड़कर जाना नहीं चाहता था, पर अब उसे लग रहा था, अच्छा ही किया, जो उस नरक से निकल आये । राहत के बावजूद मैना दुःखी थी । इसलिए कि वे शहर आये थे, केवल दाना-पानी के लिए नहीं, बल्कि इन्सानों के बीच रहकर उनकी भाषा सीखने, उनका संगीत सुनने, लेकिन शहरों में तो एक ही भाषा रह गई, प्रतिशोध की भाषा । एक ही संगीत रह गया, प्रतिहिंसा का संगीत । सचमुच, मैना बहुत दुःखी थी । उसने तो यहां तक सोच लिया था, जंगल की ओर आते हुए कि वह अब कभी शहर नहीं लौटेगी । किसी आदमी का मुंह नहीं देखेगी, पर इधर एक घायल आदमी को देखते ही वह उसके उपचार में जुट गई थी । वह उस आदमी के चेहरे से जैसे सटकर बैठ गई । मानों उसमें सांसें फूंक रही हो । प्राणों का संचार कर रही हो ।

तोता इस बात का अंदाजा लगा रहा था कि उस आदमी को कहां-कहां चोटें आयी हैं ? वे कितनी गहरी हैं ? कब तक ठीक हो सकती हैं ? उसे अब भी आशंका थी कि वे तो जी-जान से इसे बचाने में जुटे हैं, कहीं कोई आदमी आकर इसे मार न डाले । आदमी का क्या भरोसा, कब वह हैवान बन जाये ? इस आदमजात को समझना सचमुच बहुत मुश्किल है । उसे याद है कि थोड़ी देर पहले जब वे शहर से जंगल की ओर आ रहे थे, मैना ने रास्ते में पूछा था ।

"अच्छा, ये लोग जो शहरों में दिन-रात मार-काट मचाये रहते हैं, वे कौन हैं ?"

"वे सब आदमी ही हैं ।" तोता बोला ।

"वही तो, जब सब आदमी हैं, तब वे क्यों एक-दूसरे की जानें क्यों ले रहे हैं ?"

"शायद उनकी जात अलग है ।"

"पर आदमी हैं।"

"शायद उनकी भाषा अलग है।"

"फिर भी आदमी हैं।"

"शायद उनका रहन-सहन और रीति-रिवाज अलग हैं।"

"तब भी तो आदमी हैं।"

"शायद उनकी वेश-भूषा और खान-पान अलग हैं।"

"तो इससे क्या, आदमी ही हैं।"

"शायद उनके धर्म अलग हैं, ईश्वर अलग हैं।"

"इसके बावजूद वे आदमी हैं।" मैना बोली थी। उत्तरोत्तर उसके स्वर की उत्तेजना बढ़ती रही।

"हां, फिर भी जाने क्यों, इस तरह एक-दूसरे से लड़ते हैं ? मेरी समझ में कुछ नहीं आता है।" तोते ने कहा था, जैसे पस्त होते हुए।

"शायद किसी भी पशु-पक्षी की समझ में नहीं आता होगा।"

"कौन जाने उन आदमियों की भी समझ में न आता हो ?"

"छोड़ो, हमें क्या ? हम तो अब अपने जंगल में जा रहे हैं। अपने घर।"

"जाने इस आदमजात ने वहां भी हमारा घर सलामत रहने दिया हो या नहीं।" तोते ने शंका प्रकट की थी।

"क्यों ?"

"अब जंगल भी जंगल कहां रहे ? वहां भी ये लोग शहर उगा रहे हैं, हमें उजाड़ने के लिए। फिर भी जंगल तो जंगल ही है। शहर से बेहतर, आदमी से बेहतर।" तोते ने गंभीरता से कहा था।

उस आदमी को बचाये रखने के प्रयत्न में, उसके ठीक होने की प्रतीक्षा में, वे दोनों चुप और अपने में खोये-से थे कि अचानक ही उन लोगों ने देखा कि उस आदमी की आंखों की चमक बुझने लगी थी। वे दोनों घबरा उठे। टकटकी लगाये उसकी ओर देखते रहे। धीरे-धीरे उसकी पलकें मुंदती जा रही थीं। वे आशंकित हो गये। उनका कलेजा मुंह को आने लगा। एक झटके से उसका सिर एक ओर लुढ़क गया। वे धक-से रह गये। विह्वल स्वर में उसे पुकारने लगे। उनका आर्त्तनाद उस वीराने में प्रतिध्वनित हो रहा था। वह आदमी इस दुनिया से जा चुका था। हमेशा के लिए। पहले वे इस सच्चाई को स्वीकार करने के लिए तैयार नहीं थे। फिर धीरे-धीरे वे खामोश होते

गये। गहरे विषाद में डूबते गये। वे मातम मनाने लगे। उनके मातम में पूरी प्रकृति शामिल थी। दिन डूबने लगा था। शाम की उदासी फैल रही थी। वहां का सब कुछ जैसे थम चुका था। जम रहा था। इसके विपरीत दूर शहर जल रहा था। घर फुंक रहे थे। छातियों पर गोलियां दग रही थीं। पीठों पर छुरे घुप रहे थे और यहां जंगल में एक आदमी की लाश पड़ी थी। अंधेरा उस पर एक कफन की तरह बिछा था। तोता उदास बैठा, मृतात्मा की शांति के लिए प्रार्थना कर रहा था। मैना कातर स्वर में शोकगीत गा रही थी। अंधेरा घना हो रहा था और शोकगीत तीव्र। गीत की गूंज जंगल की सरहद को पार कर शहर के चप्पे-चप्पे पर फैल रही थी। हरएक के दिल की गहराईयों में उतर रही थी। उनके भीतर सिकुड़ी, सहमी-सी मानवता को सहलाकर जगा रही थी। पहली बार शहर के सारे जीवितों के मन में, सारे मृतकों के लिए सहानुभूति और पीड़ा उभर रही थी। सब यही महसूस कर रहे थे कि चाहे कोई भी मरा हो, पर नितांत अपना ही मारा गया है। सबके सिर मौन प्रार्थना में झुके हुए थे। सन्नाटे और अंधेरे को भेदने वाला शोकगीत जारी था। अब भी जारी है।

❑❑

(अब, सन् 1995)

10

खेल

दोनों बच्चे खेल रहे थे। अभी शाम के चार ही बजे थे। गर्मी के दिन। धूप में काफी तेजी थी। इसके बावजूद दोनों कॉलोनी के मैदान में, अन्य बच्चों के साथ खेल में जुट गये थे। उनके लिए छुट्टियों का मतलब है खेल, जिसके लिए वे बेसब्री से इंतजार करते हैं। कोई भी खेल। कैसा भी खेल? बस, खेल।

स्कूलों में गर्मी की छुट्टियां शुरू हो चुकी थीं। लंबी छुट्टियां महीने भर से ऊपर की। अंग्रेजी माध्यम के स्कूलों में पढ़ने वाले बच्चों के लिए ये मौज-मस्ती के दिन होते हैं। पिछली परीक्षायें समाप्त हो चुकी होती हैं। परीक्षाफल आने के बाद ही अगली कक्षाओं का कार्य आरम्भ होता है। तब तक बेफिक्री के दिन। इन दिनों बच्चों के ट्यूशन वगैरह भी बंद हो जाते हैं। यह उनके लिए और भी इत्मीनान की बात होती है। अन्यथा स्कूल खुले हों तो दिन भर दम मारने की भी फुर्सत नहीं। कोल्हू के बैल की तरह जुते रहो। उन दिनों खेल तो बस एक सपना होता है। उस पर, मिल-जुलकर, घर से बाहर मनचाहे खेल खेलना तो और भी दूर का सपना। गर्मी की छुट्टियों में माता-पिता भी बच्चों को घरों में कैद करके नहीं रख पाते। इन दिनों बच्चे अंग्रेजी स्कूलों की पढ़ाई के निरंतर दबावों और तनावों से मुक्त होते हैं, इसलिए वे हर तरह से बंधनहीन और उन्मुक्त हो जाना चाहते हैं।

यही हाल ममता और मनीष का था। दिन भर घर में कभी यह खेल, तो कभी वह खेल। कभी ममता की सहेलियां आ जातीं तो कभी मनीष के दोस्त। फिर शाम शुरू भी नहीं हुई कि घर से भागे और पहुंच गये कॉलोनी के मैदान में, जो बच्चों के शोर-शराबे, किलकारियों, खिलखिलाहटों और धींगा-मशती से भर उठता है। जैसे बहुत-सी रंग-बिरंगी तितलियां इकट्ठी हो गयी हों।

ममता और मनीष को इन दिनों न स्कूल की चिंता थी, न पढ़ाई की। न ट्यूशन की, न होमवर्क की। लेकिन मीरा बेहद फिक्रमंद थी। बेचैन। बच्चों को आखिर रोके तो कैसे रोके ? कैसे उन्हें पढ़ाई में लगाये ? रोको-टोको तो बच्चे रुआसे हो जाते हैं। मनीष मुंह फुला लेता है और ममता की आंखों में आंसू झिलमिलाने लगते हैं। मीरा से देखा नहीं जाता, पर इन छुट्टियों में बच्चों को यह छूट दी नहीं जा सकती। मीरा और नीरज का विचार है, बल्कि योजना है कि इन छुट्टियों में दोनों बच्चों को इस तरह ठोक-पीटकर तैयार कर दिया जाये कि छुट्टियों के बाद उन्हें शहर के सबसे महंगे और विख्यात स्कूल में टेस्ट के लिए बिठाया जा सके।

बच्चे टेस्ट में पास हो गये तो पौ बारह। एक तो इतने प्रसिद्ध और स्टेटस सिंबल के स्कूल में बच्चों को पढ़ाने का गौरव। उस पर लाभ यह कि दोनों बच्चे एक साथ एक ही स्कूल में पढ़ेंगे। साथ जायेंगे, साथ आयेंगे। टेस्ट में लड़खड़ा गये तो उसका भी इंतजाम नीरज ने लगभग कर लिया है। चौंतीस-पैंतीस हजार रुपया कैश रख लिया है घर में, ताकि जिस क्षण भी जरूरत पड़े, बेहिचक हाजिर किया जा सके। बच्चे एक बार उस स्कूल में प्रवेश पा जायें तो समझो, उनका बेहतरीन कैरियर बन गया। छलांगें लगाते हुए आगे बढ़ते जायेंगे। आगे, और आगे। पीछे मुड़कर देखने की भी जरूरत नहीं होगी।

लेकिन ये बच्चे......एक ओर माता-पिता इन चिंताओं में घुल रहे हैं और दूसरी ओर बच्चे हैं कि छुट्टियां और खेलों में मशगूल !

मीरा ने कई बार बच्चों को पास बिठाकर प्यार से समझाया भी, "देखो बेटे, ये छुट्टियां औरों के लिए हैं, तुम लोगों के लिए नहीं। भूल जाओ इन छुट्टियों को। और दिनों से अधिक मेहनत करनी है। जबर्दस्त तैयारी करनी होगी। जानते हो न, छुट्टियों के तुरंत बाद ही किस स्कूल के टेस्ट में बैठना है ? कितना नाम है उस स्कूल का ! उसमें एडमीशन मिल जाने का मतलब क्या है, जानते हो ? जिंदगी में जो चाहो, सो बन जाना ! जो चाहो, सो पा लेना ! समझो, अपना कैरियर अपनी मुट्ठी में। इसलिए चलो, ये खेल-वेल छोड़ो। पढ़ने में मन लगाओ। टेस्ट की अच्छी तैयारी के लिए हम लोग अच्छे ट्यूटरों की तलाश में हैं। इस पर कितना खर्च होगा, कुछ पता है तुम लोगों को ? जानते हो न, टेस्ट में यदि मार्क्स ठीक नहीं आये तो काफी डोनेशन

देकर तुम लोगों को पार लगाना होगा। इसमें हजारों-हजार रुपये लगेंगे। जरा समझा करो।"

"मम्मी, सब तो खेलते हैं, हम क्यों न खेलें ?" ममता रुआसी हो जाती।

"छुट्टियों में नहीं खेलेंगे तो और कब खेलेंगे, मम्मी ?" मनीष थोड़ा नाराज हो उठता है।

मीरा की समझ में नहीं आता कि वह आखिर इन बच्चों को कैसे समझाये ? कुछ भी कहते रहो, बच्चे मानते नहीं। मीरा की इच्छा होती है कि अपना सिर पीट ले। वह नीरज पर भी खीझ जाती है। इधर मैं दिन भर फिक्र के मारे मरी जा रही हूं और उधर जनाब हैं कि सुबह उठकर दफ्तर भागे तो शाम या रात तक लौटे। कुछ कहो भी तो बस, हूं-हाँ। इस हूं-हाँ से क्या बच्चों की पढ़ाई हो जायेगी ? टेस्ट के लिए वे अच्छी तरह तैयार हो जायेंगे ? टेस्ट में पार लग जायेंगे ? ऐसे में वह स्कूल तो बस, एक सपना ही बनकर रह जायेगा। आखिर कुछ तो करना ही पड़ेगा। अकेली मैं क्या करूं ? ठीक है, उन्हें दफ्तर से फुर्सत नहीं, तो मुझ पर भी घर के काम-काज का बोझ कम नहीं है। छोड़ देती हूं मैं भी। टेस्ट में बैठें, न बैठें। पास हों, न हों। मेरी बला से। यह क्या मेरी अकेले की जिम्मेदारी है ?

सोचने को बहुत कुछ सोच लेती है मीरा, पर उसका जी नहीं मानता। आखिर बच्चों के कैरियर का सवाल है। पास-पड़ोस के बच्चे तेजी से आगे निकले जा रहे हों तो अपने बच्चों को पिछड़ने कैसे दिया जा सकता है ? वह खुद अनपढ़ होती तो कैरियर वाली बात न समझती, पर जब उसे पता है कि अच्छे कैरियर पर ही अच्छी जिंदगी निर्भर करती है और अच्छे स्कूल पर अच्छा कैरियर, तो वह कैसे अनदेखी करे ? ऐसा जोखिम तो उठाया ही नहीं जा सकता। बच्चों को अभी से पढ़ाई, कैरियर और भविष्य की दौड़ में शामिल होना सिखाना ही पड़ेगा। इसकी उपेक्षा किसी कीमत पर नहीं की जा सकती।

इस कैरियर के लिए ही तो काफी मोटी रकम खर्च करके किसी तरह बच्चों को हिंदी स्कूलों से निकालकर अंग्रेजी स्कूलों में भर्ती कराया था। पहले नीरज एक सामान्य कम्पनी में सामान्य पद पर था और वह रहता भी था एक सामान्य मोहल्ले में। वहां बच्चों का हिंदी स्कूलों में पढ़ना चल सकता था। पर अब नीरज बड़ी कम्पनी में बड़े पद पर आ गया है और रहने भी लगा है

पॉश कॉलोनी में। यहां आकर अपनी आन-बान के लिए भी बच्चों को अंग्रेजी स्कूलों में डालना जरूरी हो गया था।

लेकिन बच्चे शायद अभी तक खेलों को लेकर हिंदी स्कूलों की मानसिकता से उबर नहीं पाये हैं, जबकि मीरा और नीरज की जद्दोजहद यह है कि जल्द से जल्द उस मानसिकता से बच्चों को और उस वर्ग से खुद को पूरी तरह मुक्त कर लें। इसीलिए मीरा बार-बार बच्चों को समझाती है।

आज की शाम भी, जब बच्चे खेलने जाने के लिए समय से काफी पहले ही तैयार होने लगे, उसने उन्हें समझाने और रोकने की भरसक कोशिश की। लेकिन बच्चों का ध्यान उसकी बातों पर हो, तब तो! उनकी चिंता यह कि कहीं हम लेट न हो जायें! तब तक टीमें बन गयीं तो? और मीरा की चिंता यह कि कहीं ऐसा न हो कि इधर वह उन्हें समझाती रहे और वे किसी दोस्त या सहेली की पुकार सुनकर भाग छूटें।

बच्चे चंद ही मिनटों में मैदान में खेलते बच्चों के बीच इस तरह घुल-मिल जाते हैं कि अपने बच्चों को अलग से पहचानना भी मुश्किल हो जाता है। ऐसी स्थिति में मीरा बेतरह झुंझला उठती है। इच्छा होती है कि सीधे मैदान में जाये, डांट-डपटकर दोनों को घर हांक लाये और पढ़ाई के लिए बलात् बैठा दे, पर वह जोर-जबर नहीं करना चाहती है। ऐसा करना उसके लिए संभव भी नहीं। उसे यह याद रहता है कि अब उसके बच्चे हिंदी स्कूलों में नहीं, बल्कि अंग्रेजी स्कूलों में पढ़ते हैं और डांट-डपट, मार-पीट उसके एथिक्स के खिलाफ़ है।

इसलिए मीरा बच्चों को केवल समझाना चाहती है। बल्कि चाहती है कि समझाने की जरूरत ही न पड़े। बच्चे खुद ही समझ जायें। उसके हिसाब से दोनों बच्चे समझने की उम्र में आ चुके हैं। मनीष छठी कक्षा में है और ममता चौथी में। अभी से उनके भीतर अपने कैरियर और भविष्य की चिंता पैदा हो जानी चाहिए।

लेकिन बच्चों को चिंता है तो इन छुट्टियों में सिर्फ खेलों की। वे जानते हैं कि खेलों के लिए ये छुट्टियां सर्वोत्तम होती हैं। ये हाथ से छूटीं तो फिर विंटर वेकेशन की प्रतीक्षा करनी होगी। लेकिन उस वक्त यह मौज-मस्ती कहां, जो अभी है! विंटर वेकेशन के बाद तो वार्षिक परीक्षा की घनघोर तैयारी में जुटना पड़ता है। उसका असर छुट्टियों पर भी रहता ही है। वे

छुट्टियां तो मानो एक दबाव में ही बीतती हैं। केवल स्कूल ही बंद रहते हैं, बाकी सारा रुटीन वही का वही। पढ़ाई, ट्यूशन, होमवर्क। यह भी पूरा न पड़े तो स्कूलों में स्पेशल कोचिंग के लिए जाओ। तब चैन कहां ? खेलें कैसे ? खेल का असली आनंद तो गर्मी की छुट्टियों में ही मिलता है। एक बार खेल में डूब जाओ तो क्या गर्मी, क्या धूप ! न समय का पता लगे, न मौसम का !

बच्चों के पास अपने तर्क हैं और अपना दृष्टिकोण भी–मम्मी–डैडी का क्या हैं, बक–बक करते ही रहते हैं। हर समय पढ़ो–पढ़ो ! तो फिर हम खेलें कब ? इससे तो अच्छे हम हिंदी स्कूल में ही थे। स्कूल में खेल, घर में खेल, फिर बाहर भी खेल। इन अंग्रेजी स्कूलों में गेम्स पीरियड होते हैं, उनमें वह आजादी कहां ? वह मौज–मस्ती कहां ? वहां भी डिसिप्लिन। खेल कम, खेल के तौर–तरीके सीखने–सिखाने की सिरखपाई अधिक। पढ़ाई होती रहेगी, जब होनी है। हम तो खेलेंगे, बस !

खेल के मामले में दोनों बच्चे सौ फीसदी एक मत, एक स्वर।

नीरज जब शाम को दफ्तर से घर लौटा तो देखा, मीरा कुछ मायूस है, चुप–चुप।

"क्या बात है ?" उसने पूछा।

"बात क्या होगी, आपको कुछ सोच–फिक्र है ?" मीरा की नाराजगी फूट–सी पड़ी।

"किस बात की ?"

"कमाल है ! बच्चों की, और किस बात की ?"

"क्या हुआ बच्चों को ?"

"होगा क्या, सुबह से शाम तक खेलों में रमे रहते हैं। ऐसे में पढ़ेंगे कब? टेस्ट की तैयारी कैसे होगी ? टेस्ट में पास कैसे होंगे, सोचा है कभी ? यहां मारे फिक्र के मैं दुबली हुई जा रही हूं, पर आप हैं कि......।"

"फिक्र नहीं, ऐसी बात नहीं है, मीरा ! पर मेरे पास समय कहां, तुम्हीं बोलो। आजकल दफ्तर में इंस्पेक्शंस चल रहे हैं। यह भी मुमकिन नहीं कि छुट्टी ले लूं और बच्चों को लेकर बैठूं।" नीरज ने अपनी मजबूरी बतायी।

"कुछ–न–कुछ तो चलता ही रहता है हमेशा आपके दफ्तर में। मैं उन्हें समझा नहीं पा रही हूं और आपके पास समय नहीं है, आखिर रास्ता क्या है ?" मीरा की खीझ कायम थी।

"तुम्हीं बोलो, क्या उपाय किया जाये ?"

"अब उपाय भी मुझे ही सोचना पड़ेगा ! तो आप क्या करेंगे ?" मीरा झुंझला उठी ।

"एक काम करो, बच्चों को लेकर मां के यहां चली जाओ । इसी बहाने घूमना-फिरना भी हो जायेगा और पढ़ाई-लिखाई भी ।" नीरज ने सुझाव दिया ।

"वाह, क्या सुझाव है !" मीरा भड़क उठी, "वहां नाना-नानी के लाड़-प्यार में बच्चे पढ़ेंगे ? भैया के बच्चों के साथ मिलकर दिन-रात ऊधम नहीं मचायेंगे ? पढ़ने के लिए कहूंगी तो उल्टे मुझे ही डांट पड़ेगी कि क्या उनके पीछे पड़ी रहती हो । खामख्वाह ! ऐसे में हो चुकी टेस्ट की तैयारी !"

"हां, तुम्हारी बात भी सही है । सुनो, मुझे लगता है कि बच्चों पर कुछ कड़ाई करनी होगी । केवल समझाने से काम नहीं चलेगा । ठीक है, आज मैं जरा डोज देता हूं ।"

"डोज दीजिए, लेकिन जरा हिसाब से । या तो कभी देंगे नहीं, या फिर ओवर डोज दे देते हैं । बच्चों पर इसका गलत असर पड़ता है । याद रखिए कि अब हमारे बच्चे अंग्रेजी स्कूलों में पढ़ते हैं । इंटेलिजेंट और सेंसिटिव हैं । कोई हिंदी स्कूलों में पढ़ने वाले नहीं कि कभी कान ऐंठ दिये तो कभी झापड़ लगा दिया । आखिर इन्हें अंग्रेजी स्कूलों में डालने के पीछे हमारी कुछ प्लानिंग है । भविष्य के कुछ सपने हैं । हमें सिर्फ उनका कैरियर ही नहीं बनाना है, अपना जीवन भी सुधारना है ।" मीरा ने काफी दूरदर्शिता के साथ कहा ।

"ओ.के. । डोंट वरी । आज मैं उनसे बात करता हूं । वैसे तुम ज्यादा फिक्र मत करो । मुझे उम्मीद है कि वे टेस्ट में निकल जायेंगे और न निकल पाये तो निकाला जायेगा ।"

"कैसे ?"

"पैसे से ।"

"मतलब ?"

"मतलब पैसों के जोर पर । दोनों के नाम से डोनेशन में अधिक से अधिक कितने लगेंगे ? पच्चीस-पच्चीस हजार । यानी पचास हजार । मैंने काफी पैसों का इंतजाम कर लिया है । बाकी भी कर लूँगा । एक मोटी पार्टी हाथ लगी है । ठीक से हाथ आ जाये तो एडमीशन के लिए एक लाख तक

की बोली लगायी जा सकती है ।"

"सो तो ठीक है," मीरा जरा नरम पड़ी, "पर टेस्ट में औसत अंक तो लाने पड़ेंगे न ! डोनेशन भी तभी काम आता है । बच्चे एकदम फिसड्डी निकले तो स्कूल वाले लाख क्या, दो लाख में भी टालमटोल करेंगे । स्कूल का नाम बड़ा है तो नखरे भी हजार हैं ।"

"उसकी चिंता तुम मत करो, वह सब मैं देख लूंगा । तुम बस, उनकी पढ़ाई-वढ़ाई पर थोड़ा ध्यान दो, बाकी मैं संभाल लूंगा । आखिर इस पॉश कॉलोनी में घर लिया है और बच्चों को अंग्रेजी स्कूलों में प्रवेश दिलाया है तो इसीलिए न कि टिपिकल मिडिल क्लास से बच्चों को और खुद को बाहर निकाला जाये । पढ़ेंगे कैसे नहीं ? पढ़ना ही होगा, चाहे इसके लिए कुछ भी करना पड़े । खेल छुड़वाना होगा तो छुड़वाया जायेगा । मुझे क्या मालूम नहीं है कि इस पढ़ाई पर ही उनका जीवन और हमारे सपने निर्भर करते हैं । इसी सबके लिए तो उस स्कूल के टेस्ट में बिठाना है । उसमें पास भी कराना है । चाहे वे इसके लायक हों या न हों । इट हार्डली मैटर्स । यह हमारे लिए एक प्रेस्टीज इशू है ।" नीरज ने काफी गंभीरता से कहा । मीरा आश्वस्त-सी हो गयी ।

मीरा चाय के प्याले समेटकर उठ गई । बात करने के पहले मन में जो गुबार था, वह काफी हद तक निकल चुका था । नीरज सोचने लगा कि बच्चों को क्या डोज दिया जाये और कितना ? वह महसूस कर रहा था कि यह टेस्ट केवल बच्चों के लिए ही नहीं, उसके लिए भी महत्त्वपूर्ण है, बल्कि बच्चों से कहीं ज्यादा । बच्चे कितने महंगे स्कूल में पढ़ते हैं । इससे मां-बाप के स्टेटस का अंदाजा होता है और फिर जब कैरियर के लिए पढ़ाई जरूरी है तो बच्चों को तनिक धकियाना-लतियाना भी जरूरी है । थोड़ा ओवर डोज भी अगर काम कर जाये तो क्या बुरा है ? बच्चे भले ही अंग्रेजी स्कूलों में पढ़ते हैं, पर हैं तो हिंदुस्तानी । जब समझाने की इंग्लिश स्टाइल काम नहीं करती, तब हिंदी ट्रीटमेंट जरूरी हो जाता है ।

बच्चों के लौटने की प्रतीक्षा करते हुए नीरज सोचने लगा कि उन्हें खेलों से खींचकर पढ़ाई में जोतने के और क्या-क्या उपाय हो सकते हैं ? किसी अच्छे ट्यूटर के लिए उसने कई लोगों से कहा था । कुछ ट्यूटरों के फोन नम्बर भी लिए थे । इसकी याद आते ही वह फोन उठाकर नम्बर मिलाने

लगा। निश्चित सफलता दिलाने का दावा करने वाले कुछ ट्यूटरों से संपर्क किया। मोल-भाव हुआ। अंततः काफी मोटी रकम पर एक ट्यूटर तैयार हुआ। इस ओर से निश्चिंत होकर नीरज ने राहत की सांस ली। लेकिन बच्चों को रास्ते पर लाने का काम अभी बाकी था। इसके लिए भी उसने कमर कस ली।

बच्चे खेल से लौटे। खुश-खुश, बोलते-बतियाते। आते-न-आते अपनी मम्मी को घेरकर आज के खेल के रोमांचक अनुभव सुनाने लगे। दोनों में पहले सुनाने की एक होड़-सी लग गई। बच्चों का मन रखने के लिए मीरा उनकी बातें सुनती तो रही, पर चुप थी। न हाँ कहा, न ना। बच्चे अपने में ही मगन थे। मम्मी ने सुना या नहीं सुना, कुछ ग्रहण किया या नहीं किया, इसकी चिंता से मुक्त।

दोनों ने हाथ-मुंह धोया और हल्का नाश्ता करके अपने कमरे की ओर बढ़ चले। सोचा, पढ़ाई का भी थोड़ा नाम कर लें। नहीं तो मम्मी-डैडी पीछे पड़ जायेंगे। वही रोज-रोज की किचकिच। नहीं भी पढ़ना होगा तो किताबें खोलकर बैठ जायेंगे। एकाध घंटे की तो बात है। फिर तो आज टी॰वी॰ पर कई मजेदार सीरियल हैं। मम्मी-डैडी तो खुद ही देखने में डूब जाते हैं। सारे सीरियल समाप्त होने तक डिनर का वक्त हो जाता है। बस, खाओ और सोओ। कल सुबह फिर खेलेंगे। दिन में घर पर, शाम को बाहर। यही तो मजे हैं इन छुट्टियों के।

दोनों अपने कमरे में प्रवेश कर ही रहे थे कि ड्राईंग रूम से नीरज ने पुकारा, "मनीष, ममता, दोनों इधर आओ!"

दोनों अपने कमरे के दरवाजे पर ठिठक गये। उनकी इच्छा हुई कि वे जल्दी से अपने कमरे में प्रवेश कर जायें और किताबों में मुंह छिपा लें, जैसे डैडी की आवाज सुनी ही नहीं।

"सुना नहीं तुम लोगों ने, कम हियर!" नीरज की आवाज कुछ तेज थी। दोनों एक-दूसरे की ओर देखते हुए लौटे। समझ गये कि आज डांट पड़ेगी। खेलने को लेकर। नहीं, पढ़ने को लेकर। वे ड्राईंग रूम के दरवाजे पर आकर खड़े हो गये। अगले आदेश की प्रतीक्षा में। डैडी सोफे पर बैठे थे। तने हुए-से। मम्मी वहां नहीं थीं। शायद जान-बूझकर।

"इधर आकर बैठो दोनों। क्विक!" नीरज का स्वर रूखा-सा था।

बच्चों को लगा, आज खैर नहीं। डैडी काफी सख्त नजर आ रहे हैं। वे आकर चुपचाप सामने वाले सोफे पर बैठ गये। अच्छे बच्चों की तरह।

"सुनो," नीरज ने कड़क आवाज में कहा, "कल से सुबह तुम्हारी कोई सहेली और तुम्हारा कोई दोस्त इस घर में नहीं आयेगा, समझे! और तुम लोगों का शाम का खेल बंद, अंडरस्टैंड!"

"डैडी......" मनीष कुछ कहने को हुआ।

"लिसन टु मी, जैसा मैंने कहा है, वैसा ही होगा! इन छुट्टियों में सिर्फ पढ़ाई होगी। ट्यूशन चलेगा। कल ही शाम से एक ट्यूटर आयेंगे। मैंने अभी-अभी उनसे बात पक्की कर ली है। वे तुम लोगों को खासतौर से टेस्ट के लिए तैयार करेंगे। हमारी बात नहीं मानोगे तो याद रखो, तुम लोगों को अंग्रेजी स्कूलों से निकालकर फिर से उन्हीं फटीचर हिंदी स्कूलों में डाल देंगे, समझे!" नीरज ने काफी ऊँची आवाज में कहा।

मनीष कुछ बोल नहीं पाया, हालांकि उसके भीतर कुछ घुमड़ रहा था। कोई चिंगारी सुलग रही थी। डैडी की इस धमकी से ममता के आंसू छलक पड़े।

"स्टॉप ऑल दिस न्यूसेंस!" इसके पहले कि ममता के आंसू गालों पर लुढ़क आयें, नीरज गरज उठा। फिर अपनी आवाज को थोड़ा संयत करके बोला, "खेलना भी है तो सिर्फ दिन में, पढ़ाई के बाद। वह भी एकाध घंटे। सिर्फ आपस में। इसमें भी मुझे शिकायत मिली तो तुम लोगों को समर कोचिंग इंस्टीट्यूट के हॉस्टल में डाल दूंगा। वहां पढ़ाई में ऐसा पेरा जायेगा कि छठी का दूध याद आ जायेगा। सारे खेल हमेशा के लिए भूल जाओगे। व्हाट आइ से इज फाइनल। जाओ अब अपने कमरे में। कल से जो रुटीन मैंने दिया है, वही फॉलो होगा अंडरस्टैंड! उसे तोड़ा तो तुम लोगों के हाथ-पैर तोड़कर रख दूंगा।" नीरज ने तैश में आकर अंत में हिंदी डोज दे ही दिया। यह सोचकर कि देखा जायेगा, जो होगा।

"जाओ" शब्द के साथ ही मनीष और ममता वहां से उठकर अपने कमरे की ओर बढ़ गये। कमरे में पहुंचकर ममता रुआसी-सी अपने पलंग पर बैठ गयी और मनीष ने मारे गुस्से के कमरे का दरवाजा जोर से बंद कर लिया। मीरा ने यह आवाज सुनी तो वह किचेन से निकलकर उस कमरे की ओर बढ़ गयी। उसने नीरज की सारी बातें भी दूसरे कमरे से सुनी थीं। यों उसे

लगा कि अंत तक आकर थोड़ा ओवर डोज हो गया है, पर उसने ज्यादा चिंता नहीं की। बच्चे समझाने पर नहीं समझ रहे हैं तो डांट-डपट ही सही। वह कमरे तक गयी और उसने दरवाजे पर कुछ तेज दस्तक दी।

"मनीष, दरवाजा क्यों बंद कर लिया ? खोलकर रखो ! पढ़ाई में मन लगाओ दोनों, बहुत हो चुके खेल-वेल !" मीरा की आवाज कुछ तीखी थी। पति का समर्थन करने वाली। नाराजगी भरी।

"मत खोलो, भैया !" ममता भर्राये-से स्वर में बोली।

लेकिन मनीष तमतमाता-सा उठा और उसने भड़ाक से दरवाजा खोल दिया। सारा गुस्सा मानो दरवाजे पर उतारते हुए। वापस आकर कुर्सी पर बैठ गया। दोनों भीतर से जल-भुन रहे थे। मम्मी-डैडी पर गुस्सा आ रहा था। कोफ्त हो रही थी। एक जिद-सी पैदा हो रही थी। हमें खेलने नहीं दिया जायेगा तो हम पढ़ेंगे भी नहीं। टेस्ट में भी जान-बूझकर फेल हो जायेंगे। कर लो, जो करना हो। शाम को सब बच्चे खेलेंगे और हम घर में बंद होकर पढ़ेंगे ! आने दो ट्यूटर को। उसकी ऐसी खबर लेंगे कि वह खुद ही छोड़-छाड़कर भाग जायेगा।

दोनों चुप थे। खौल रहे थे। उनमें मौन संवाद जारी था। भीतर चिंगारियां सुलग रही थीं। तन-बदन में आग फैल रही थी। तीव्र इच्छा हो रही थी कि घर से भाग जायें कहीं। उसी दम। मम्मी-डैडी की पकड़ से बहुत दूर। जहां बस खेलें। खूब खेलें। दिन-रात खेलें। जहां रोकने-टोकने वाला कोई न हो।

कमरे का दरवाजा भले ही खुला हो, मम्मी बेशक आते-जाते किसी बहाने झांक जाती हो कि वे पढ़ रहे हैं या नहीं। पर सच्चाई यह है कि उन्होंने रत्ती भर भी पढ़ाई नहीं की जान-बूझकर। ममता कोर्स की किताब के भीतर कॉमिक्स पढ़ती रही और मनीष कागज पर मम्मी-डैडी के कार्टून बनाता रहा। खासकर डैडी के तो उसने ऐसे-ऐसे कार्टून बनाये कि ममता चाहकर भी अपनी हंसी रोक नहीं पायी। मुंह दबाकर खिलखिला उठती। बेआवाज। उस शाम वे यही खेल खेलते रहे। मम्मी-डैडी को चीट करने का खेल। जान-बूझकर टी॰वी॰ देखने भी नहीं गये। उस शाम दोनों ने मम्मी-डैडी का बहिष्कार-सा कर दिया। हालांकि वे सोच यह रहे थे कि इस कार्टून खेल में ही इतना मजा आ रहा है तो टी॰वी॰ क्या देखना !

रात को मीरा आयी खाने के लिए बुलाने । तभी उसे याद आया कि आज बच्चे टी॰वी॰ देखने नहीं आये । शायद ओवर डोज के कारण । या शायद वे समझ चुके हैं कि उनके लिए खेल और टी॰वी॰ से ज्यादा जरूरी है पढ़ना ।

बच्चों की इच्छा नहीं थी कि वे मम्मी-डैडी के साथ खाने की मेज पर बैठें । वे अभी भी उनके बहिष्कार के ही मूड में थे, पर यह सोचकर चले गये कि न जाने पर फिर डांट-डपट होगी । खाने की मेज पर दोनों चुप थे । उधर डैडी गंभीर । शायद यह सोचते हुए कि उनके डोज का कितना असर पड़ा ? मम्मी ने संवाद बनाना चाहा । स्थिति को सहज बनाने की कोशिश की, पर बच्चे अपनी चुप्पी और मौन से बाहर नहीं आये । प्रकारांतर से बहिष्कार जारी रखा । वे खुद आहत हुए थे, इसलिए मम्मी-डैडी को आहत करना चाहते थे । अपने मौन से । उनके प्रति उदासीनता से । शाम के खेल छीनने वालों को और कुछ तो कर नहीं सकते थे, इसलिए उन्होंने बदला लेने का ही खेल शुरू कर दिया । इसका असर भी खाने की मेज पर नजर आ रहा था । मम्मी-डैडी भी चुप-चुप । वहां की हवा भारी-भारी । उन्हें लगा कि वे अपने इस खेल में सफल हो रहे हैं । जीत रहे हैं। कुछ इसी एहसास के साथ वे खाकर उठे और चुपचाप अपने कमरे की ओर बढ़ गये । मम्मी ने पीछे से 'गुड नाइट' कहा पर उन्होंने जवाब नहीं दिया । क्यों देते, जबकि उन्हें मम्मी-डैडी को इस खेल में हराना था !

दूसरे दिन से एक नया रुटीन शुरू हुआ । सुबह की पढ़ाई के बाद उन्हें एकाध घंटे भर में ही कोई खेल खेलने का मौका मिलता, आपस में ही । बाहर से किसी के आने पर पाबंदी लग चुकी थी । पहले तो इन घरेलू खेलों में कोई आनंद नहीं आता था । जल्द ही दोनों उकता जाते थे । खेल बदल देते थे । थोड़ी देर बाद फिर वही स्थिति । साथ में दो-एक मित्र होते तो ये खेल भी अच्छे लगते, पर अकेले में क्या खेलें, कितना खेलें ? लेकिन धीरे-धीरे वे इन खेलों में मन लगाने लगे । लगाना जरूरी था क्योंकि खेल जरूरी थे । वे इन छुट्टियों को सिर्फ पढ़ाई में बर्बाद नहीं करना चाहते थे । डैडी की डांट के बाद उनमें विरोध का भाव भी जग गया था । वे खेलने के लिए खेलने लगे थे । खेलों में बलात् रमने लगे थे, ताकि वे मम्मी-डैडी को हरा सकें । शाम के खेल छिन जाने से उनके मन में अपनी हार का गहरा एहसास था । वे इस हार को दिन के खेलों से जीत में बदलने की मासूम कोशिशों में जुटे

हुए थे ।

इसके लिए वे अपने घरेलू खेलों की संख्या बढ़ाने लगे और खेल का समय भी । सोच-सोचकर नये-नये खेल निकालने लगे । गुपचुप । मानो एक षडयंत्र के तहत । इस तरह कि मम्मी को पता न चले । इसमें उन्हें किंचित् सफलता भी मिल रही थी और इसे वे बढ़ा-चढ़ाकर महसूस करने की कोशिश कर रहे थे । वे यह दिखाना चाहते थे कि बाहर के खेल छीन लिए गये तो क्या, वे अपने घरेलू खेलों में भी उतने ही मस्त हैं, मगन हैं । मौज में हैं । लेकिन यह सिर्फ उनके ऊपरी दिखावे का खेल था, भीतर से वे दुःखी थे, क्षुब्ध थे । जब कॉलोनी के तमाम बच्चे शाम को घरों से बाहर खेलों में मस्त होते, ऐन उसी वक्त ट्यूटर उन्हें पढ़ाने आता । वे ट्यूटर के पास बैठे जरूर होते, पर उनका मन मैदान में भटकता रहता । खेल के लिए तरसता, तड़पता । उनकी इच्छा होती कि किताबें फेंक-फांककर, ट्यूटर को धक्का मार गिराकर घर से भाग चलें और मैदान में पहुंचकर खेलों में मस्त हो जायें, पर यह संभव नहीं था । वे जी मसोसकर रह जाते । भीतर हूक-सी उठती । कभी-कभी रोना आता । कभी मारे गुस्से के नथुने फड़कने लगते । कान गर्म हो जाते ।

ट्यूटर का ठस्सा बहुत था । डांट-डपट भी काफी करता था । वे सब कुछ सुन लेते थे, सह लेते थे, पर उनका ध्यान पढ़ाई में बिल्कुल नहीं होता था । वह जोर लगाकर पढ़ाना-सिखाना चाहे और ये कतराकर, बचकर, निकल जायें । यह उनके लिए अब एक नया खेल बन गया था । धीरे-धीरे इस खेल में भी रस मिलने लगा । बाद में इसे उन्होंने अपना पूरा और पक्का खेल बना लिया । एक क्षतिपूर्ति के रूप में । ट्यूटर की वजह से उनके शाम के खेल नहीं हो पा रहे थे, इसलिए वे उसी के साथ खेलने लगे । उसे पटकने-गिराने का खेल । लंगी मारने का खेल । वे इंतजार करते कि ट्यूटर आयेगा और उनका खेल शुरू होगा । उन्हें कोई खेल तो खेलना ही था । यही सही ।

ट्यूटर भी परेशान था । सोचता, ये बच्चे इतने बेवकूफ क्यों है ? इनके भेजे में तो जैसे कुछ घुसता ही नहीं । कुछ समझाओ तो समझने की मुद्रा में सिर हिलायेंगे, कठपुतलियों की तरह । लेकिन सवाल पूछो तो शून्य । चुप । जैसे जवाब न देने की कसम खाई हो । डांटो-डपटो तो रुआसे होने के बजाय

मंद-मंद मुस्कायेंगे। ऐसे बच्चों से उसका कभी पाला पड़ा ही नहीं था। अब वह क्या समझे कि वह भले ही पढ़ा रहा हो उन्हें, पर बच्चे तो उससे खेल रहे हैं। कई बार उसकी इच्छा हुई कि इनके पीछे वक्त बर्बाद करने से बेहतर वह पढ़ाना ही छोड़ दे, पर उसने काफी बड़ी रकम अग्रिम ली थी, इसलिए बीच में छोड़ना भी मुमकिन नहीं था। बाद में उसे लगा कि छोड़ने की जरूरत भी क्या है ? सोने के अंडे देने वाली मुर्गियां हैं। काम कुछ नहीं, दाम भरपूर। न पढ़ें, बला से। उसने टेस्ट में पास कराने का ठेका थोड़े ही लिया है।

इधर सुबह के खेलों को विस्तार देने की उनकी योजना काफी सफल हो रही थी, अप्रत्याशित रूप से। उन्होंने खेल के समय को खींचकर दोपहर के भोजन तक फैला दिया था। सुबह की पढ़ाई जैसे-तैसे निपटाकर जो खेल शुरू होते तो दोपहर के खाने तक चलते रहते। कहना होगा कि चलाये जाते। कभी-कभी बलात् भी। मन उकता जाने के बावजूद। दरअसल ये खेल केवल उन दो के बीच नहीं हो रहे थे, बल्कि चारों के बीच चल रहे थे। एक तरफ वे थे और दूसरी तरफ मम्मी-डैडी। यों मम्मी प्यार-व्यार खूब करती थी, पर पढ़ाई के मामले में पूरी तरह डैडी के साथ हो जाती थी। इसलिए उन्होंने मम्मी को भी डैडी की टीम में डाल दिया था। कभी-कभी उन्हें थोड़ा ताज्जुब भी होता कि समय को इतना विस्तार देने पर भी, मम्मी-डैडी अभी तक चुप क्यों हैं ? पर उन्हें पता नहीं था कि वे काफी चिंतित हैं, गंभीर रूप से।

मीरा और नीरज दोनों सोचते–आखिर इन बच्चों का क्या करें ? खेलों से तो इनका पिंड छूट ही नहीं रहा है। शाम के बाहरी खेलों से बामुश्किल अलग-थलग किया तो अब दिन के घरेलू खेलों में ऊब-डूब। ऐसे तो चलेगा नहीं। पंजा कसना होगा। उनका यह नशा तोड़ना होगा। यों उन्हें पता था कि अंग्रेजी स्कूलों में जरा ऊँची कक्षाओं में जाते-न-जाते यह नशा अपने-आप फटने लगता है। फिर एक समय आता है कि खेल जेहन से उतर जाते हैं। वे खेल भूलने लगते हैं। उनकी जिंदगी में एक ही खेल बच जाता है, कैरियर का। शेष खेलों से रिश्ता टूट जाता है। लेकिन उस सबमें तो अभी देर है। फिलहाल कोई उपाय करना ही होगा।

नीरज का ख्याल था कि एक और डोज दिया जाये। बड़ा और तीखा। लेकिन मीरा को लगा, इस बार डोज देने के बजाय चुपके से कोई उपाय

निकाला जाये । ऐसा उपाय कि उन्हें पता भी न चले और दिन के ये खेल भी छूट जायें। मीरा और नीरज में गुप-चुप मंत्रणा हुई । उपाय यह निकाला गया कि सुबह के ये खेल बंद करने के लिए एक और ट्यूटर लगा दिया जाये । फिर देखते हैं कि ये कब और कैसे खेलते हैं ? आखिर यही किया गया । निश्चित सफलता दिलाने का दावा करने वाला एक और महंगा ट्यूटर लगा दिया गया ।

दोनों ट्यूटर मानो दो खूंटे बन गये जिनसे दोनों बच्चों को बांध दिया गया । खेलना तो दूर, हिलना-डुलना तक बंद । सुबह से रात तक मम्मी-डैडी के सख्त और जालिम पहरे में पढ़ाई का कारखाना चालू रहता । यह बच्चों के लिए नहले पे दहला वाली बात हो गयी । सुबह-शाम के दो यमदूतों के सामने उन्हें बिठाकर रोज उनकी और उनके खेलों की बलि चढ़ा दी जाती । यह उनके खेलों को रोकने की जबर्दस्त मोर्चाबंदी थी । एक सफल रणनीति । इस बार मम्मी-डैडी की रक्षापंक्ति इतनी मजबूत थी कि बच्चे चाहकर भी उसे भेद नहीं पा रहे थे। छटपटा रहे थे, तड़फड़ा रहे थे, खेलने के लिए । पर पढ़ाई का अजगर सुबह मुंह खोलकर जो उन्हें निगलता तो फिर रात को ही उगलता ।

इस अजगर का पेट कैसे फाड़ें ? बाहर कैसे निकलें ? क्या खेलें ? यह उनकी सबसे बड़ी और गहरी चिंता थी । वे तेजी से उपाय ढूंढ रहे थे । खेलने का कोई वक्त और आलंबन ढूंढ रहे थे । सोचते-सोचते एक दिन मनीष को वह मिल ही गया । टी॰वी॰ । अभी तक शाम की पढ़ाई के बाद टी॰वी॰ देखने की छूट थी । इसी छूट से वे अब अपना नया खेल निकालना चाहते थे । टी॰वी॰ तो वे पहले भी देखते थे, पर उससे खेलें किस तरह और इस खेल में मम्मी-डैडी को छकायें-हरायें कैसे ? यही सोचना था, तय करना था, लागू करना था । यानी नया खेल झटपट शुरू कर देना था ।

इस नये खेल को शुरू करने में उन्हें ज्यादा वक्त नहीं लगा । ज्यादा परेशानी या कठिनाई भी नहीं हुई । टी॰वी॰ से खेलने का उनका अस्त्र था रिमोट । सबसे पहले उन्होंने उसी पर अपना पूर्ण अधिकार जमाया । वे एक सिरे से टी॰वी॰ के सभी चैनलों पर चलने वाले सारे कार्यक्रम देखने लगे । जमकर, डूबकर, भरपूर रस लेते हुए, आनंदमग्न । पहले तो वे सिर्फ अपने मनपसंद धारावाहिक ही देखते थे, पर अब सब कुछ देखने लगे ।

मम्मी-डैडी के टी॰वी॰ चालू करने की देर कि वे ड्राईंग रूम में भाग आते और रात में जब तक उन्हें कई-कई बार रोका-टोका न जाता, तब तक देखते। देखते कम, खेलते अधिक। रिमोट हाथ में लेकर हर पल चैनल बदलते रहते। हर अंट-शंट कार्यक्रम देखते। इससे कभी मम्मी, कभी डैडी खीझते भी, पर उन पर उस खीझ का कोई असर न होता। जिन फिल्मों या धारावाहिकों में हिंसा होती, उनमें उन्हें और भी आनंद मिलता। मम्मी-डैडी के मना करने पर भी बार-बार उन्हीं चैनलों को लगाते और एक हिंसक आनंद उठाते, खूब तालियां बजाते, बेवजह हंसते। किसी दृश्य में कोई हारता-पिटता तो वे जैसे उत्तेजित हो उठते। वे यही महसूस करते कि हारने-पिटने वाले हैं मम्मी और डैडी। जीतने-पीटने वाले हैं वे स्वयं।

इस तरह वे हिंसक-सा खेल खेल रहे थे और इस खेल में उनका पलड़ा भारी था। शत्रुपक्ष कमजोर और विवश हो रहा था। पहले मीरा और नीरज ने सोचा-चलो, दिन भर कोल्हू के बैल की तरह पढ़ाई में जुते रहते हैं तो शाम को थोड़ा मनोरंजन ही सही। इसलिए पहले तो कुछ दिन वे बच्चों के इस खेल को बर्दाशत करते रहे, पर धीरे-धीरे उन्हें यह एहसास होने लगा कि यह बच्चों का महज मनोरंजन नहीं है। खेलने न देने और जबर्दस्ती पढ़ाई में लगाने के विरुद्ध उपजी अपनी खीझ, नाराजगी और भड़ास निकालने में लगे हैं। इनमें तो प्रतिशोध की भावना जग गई है। इसे रोकना बहुत जरूरी है। नहीं तो उनकी यह बदतमीजी बढ़ती ही जायेगी। बाद में तो उन पर काबू पाना तक मुश्किल हो जायेगा। अभी से उन्हें दबाकर रखना और उन पर अंकुश लगाना जरूरी है। यह भी क्या कि उन्हीं के हित में, उन्हीं के कैरियर को लेकर हमने उनके खेल बंद किये तो वे इस तरह की हिंसा पर उतर आये! लगता है, बौरा गये हैं। बिल्कुल बेहूदगी पर उतर आये हैं। इससे तो कई गुना बेहतर थे जब हिंदी स्कूलों में पढ़ते थे। भला सोचकर अंग्रेजी स्कूलों में डाला तो अपने ही माता-पिता के खिलाफ यह खुराफात! ऐसी शैतानी! ये तो बड़ों के भी कान काटने वाले बन रहे हैं।

मीरा हैरान-परेशान रहती। नीरज आग बबूला। इधर बच्चे अपनी जीत के एहसास में डूबे रहते, उधर मम्मी-डैडी चिंता, क्षोभ और क्रोध के उतार-चढ़ाव में। पहले उनके इस खेल को रोकने की कोशिश की गयी, पर जब देखा कि वे अपना यह खेल किसी भी हाल में जारी रखने की जिद में हैं,

तो नीरज ने एक शाम अचानक उठकर टी॰वी॰ बंद कर दिया और मीरा ने रिमोट उनके हाथ से छीन लिया। नीरज ने ऐलान कर दिया, "आज से टी॰वी॰ बंद ! बंद मायने पूरा बंद ! हम देखेंगे न तुम !"

बच्चे हक्के-बक्के रह गये। हिल-डुल तक नहीं सके। उन पर जैसे वज्रपात-सा हुआ। उनके खेल का यही तो एक माध्यम बचा था। एक-एक कर उनके सारे हथियार छीन लिए जा रहे हैं। उन्हें निहत्था कर दिया जा रहा है। उन पर लगातार आक्रमण पर आक्रमण करके, उनका अंग-भंग करके, उन्हें किसी भी खेल के लायक नहीं रहने दिया जा रहा है। लेकिन वे बिना किसी खेल के रहें कैसे ? जियें क्यों ? उनमें गहरी मायूसी और हताशा व्यापने लगी। आखिर ऐसा क्यों हो रहा है ? अपने हर खेल में अंतिम विजय मम्मी-डैडी की टीम की ही क्यों हो रही है ? क्या ऐसा कोई खेल नहीं है, जो वे खेल सकें ? जिसे उन्हें खेलने दिया जाये ?

जितना अधिक उन्हें नहीं खेलने दिया जा रहा था, खेलने की उतनी ही ललक उनमें पैदा हो रही थी। सच तो यह है कि दबावों की वजह से वे सहज-स्वाभाविक खेल भूलते जा रहे थे। दिल-दिमाग में एक ही बात उमड़ती-घुमड़ती रहती थी कि खेल चाहे जो हो, जैसा भी हो, पर ऐसा हो कि उसमें अंतिम जीत उनकी हो। मम्मी-डैडी मात खा जायें, हमेशा के लिए। लेकिन ऐसा कोई खेल उन्हें सूझ नहीं रहा था। मनीष के जेहन में एक घण्टा जैसे अहर्निश बजता रहता था। उसे ऐसा ही जिताने वाला खेल ढूंढने के लिए उकसाता-भड़काता रहता था। ममता इस बात का इंतजार करती थी कि कब भैया को कोई नया खेल सूझेगा ? इसके लिए वह मन ही मन प्रार्थना भी करती थी।

एक दिन, संयोग से, एक नया खेल मनीष के हाथ लगा। अचानक उसे याद आया कि उसने अपने स्कूल के सीनियर छात्रों को आपस में बातें करते सुना था कि टी॰वी॰ देखने का असली मजा तो देर रात के खेल देखने में है। उसे यह जानने की उत्सुकता हुई थी कि उस समय टी॰वी॰ पर ऐसे कौन-से मजेदार खेल दिखाये जाते हैं। उसने अपने एक परिचित सीनियर से उसके बारे में पूछा भी था। सीनियर पहले तो हंसता रहा, फिर बोला, "उन खेलों का मजा बताने में नहीं, देखने में है।" मनीष ने तब भी सोचा था कि वह एक बार देर रात टी॰वी॰ जरूर देखेगा, पर बात आयी-गयी हो गयी थी। वह सब

बात को लगभग भूल चुका था, लेकिन वह बात मरी नहीं थी। उसके मन के भीतर कहीं दबी रह गयी थी। किसी खेल की सघन खोज में वह अचानक ऊपर आ गयी और उसने मनीष के दिल-दिमाग को जैसे अपनी मुट्ठी में जकड़ लिया। वह जल्द से जल्द देर रात टी॰वी॰ देखने का खेल शुरू कर देना चाहता था। इसमें केवल थोड़ी सावधानी और सतर्कता की जरूरत थी। मम्मी-डैडी से छिपकर खेलना था। उसने ममता को बताया। ममता को संदेह था कि यह खेल चल पायेगा। थोड़ी आशंका थी। भय भी था। लेकिन मनीष खेल झटपट शुरू कर देने के लिए बेचैन था। इस खेल में उसे कुछ रहस्य और रोमांच की भी संभावना दिख रही थी। ममता को इस खेल में उसका साथ देना ही था।

उनका नया खेल शुरू हुआ। देर रात को। डिनर के बाद वे सोने का बहाना करते हुए आंखें मूंदे, दम साधकर लेटे रहते। मम्मी आकर 'गुड नाइट' कह जातीं। अपनी भाव-भंगिमा से वे मम्मी को आश्वस्त कर देते कि सो चुके हैं। मम्मी-डैडी अपना कमरा बंद करके सो जाते। जब घर में रात का सन्नाटा फैल जाता, वे आहिस्ता से उठते। अनाहट ड्राईंग रूम में आते। चुपचाप टी॰वी॰ चालू कर देते। उसकी ध्वनि बंद कर देते। टी॰वी॰ पर देर रात की फिल्मों और सीरियलों के ध्वनिहीन दृश्य शुरू हो जाते। मूक दृश्य। जैसे-जैसे रात गहराने लगती, वे दृश्य और शरीरी और मांसल होने लगते। वे उन्हें अपलक देखते। उन्हें देखना, बल्कि जीवन में पहली बार देखना, उन्हें इस खेल के अछूते, अकल्पनीय, अजूबे और आकर्षक अनुभव जान पड़ते। देखते-देखते जब ममता की आंखें नींद से बोझिल होने लगतीं और उसका सिर संभाले न संभलता, तब वे टी॰वी॰ बंद करके चोरों की तरह दबे पांव अपने कमरे में आकर सो जाते।

देर रात टी॰वी॰ पर दिखाये जाने वाले खेल बड़े मादक थे। मायावी और मोहक। वे उन्हें देखकर ठगे-से रह जाते। मानो इन खेलों को देखने के खेल ने उन्हें ही मात दे दी हो। वे खेल और हार-जीत के एहसास से परे उन खेलों को बेसुध-से देखते रह जाते। धीरे-धीरे उन्हें इन वर्जित और विकृत खेलों को देखने की आदत-सी पड़ गई। फिर वह आदत एक लत में बदल गई। एक नशा-सा बन गया। इस नशे में वे यह भूलने लगे कि इन खेलों को देखने का खेल शुरू करने का उनका मूल उद्देश्य क्या था? किन्हें मात देने

के लिए उन्होंने यह खेलना शुरू किया था ?

उनका यह खेल भी लंबे समय तक नहीं चल पाया। एक रात मीरा को किचेन के किसी ऐसे भूले हुए जरूरी काम की अचानक याद आई कि उसे उठना ही पड़ा। ड्राईंग रूम की बगल से गुजरते समय उसने बच्चों को टी॰वी॰ देखते देख लिया। वह भौंचक्क रह गयी। एकाएक उसे सूझा भी नहीं कि वह क्या करे ? बच्चे उस वक्त टी॰वी॰ पर क्या देख रहे थे ? कौन-से खेल, यह न वह देख पायी, न समझ पायी। बच्चों की इस करतूत पर वह हतप्रभ रह गई। उसने बड़ी कठिनाई से खुद को जब्त किया। न उनके सामने आई, न कुछ कहा। वह यह भी भूल गयी कि किस आवश्यक कार्य से किचेन में जा रही थी। उल्टे पांव अपने कमरे में लौट आई। कुछ घबराहट और व्याकुलता के बावजूद उसने नीरज से कुछ नहीं कहा। सारी रात सो नहीं पाई। करवटें बदलती रही। सोचती रही। बच्चों का यह खेल बंद करने का उपाय ढूंढती रही।

अगले दिन जब बच्चे अपने रुटीन में व्यस्त हुए, उसने स्टोर रूम खोलकर टी॰वी॰ का कैबिनेट निकाला। टी॰वी॰ को उसके भीतर बंद किया और उसमें ताला लगाकर चाभी छिपाकर रख दी। उसने यह कार्य अकेले किया, चुपचाप। किसी को इसके बारे में कुछ भी पता नहीं लगा। नीरज का तो उधर ध्यान ही नहीं गया।

बच्चे जब रात को चुपके से टी॰वी॰ देखने आये तो उसे कैबिनेट में बंद पाकर घबरा गये। समझ गये कि उनकी चोरी पकड़ में आ गई है और उनका यह खेल भी बंद कर दिया गया है। वे अपने कमरे में लौट गये। ममता डर गई कि उन्हें इसके लिए अवश्य दंडित किया जायेगा, पर मनीष बौखला उठा, बौरा-सा गया। उस पर कोई नया खेल ढूंढने की जिद सवार हो गई। एक जुनून-सा चढ़ गया कि मम्मी-डैडी को हराना ही है। हर हालत में। जैसे भी हो। किसी भी खेल के जरिये। वह खेल की खोज में पगला-सा गया।

दोनों बच्चे बिना किसी खेल के खुद को बेहद खाली और खोखला अनुभव कर रहे थे। मात खा जाने की पीड़ा और बेचैनी अलग। अब वे दोनों चुप-चुप रहने लगे। खोये-खोये-से। उदास और मायूस। ममता पूरी तरह हताश हो चुकी थी, पर मनीष को अब भी क्षीण-सी सही, उम्मीद थी कि कोई खेल मिलेगा उन्हें। ऐसा खेल जिसमें अंतिम जीत उन्हीं की होगी।

तभी एक दिन अचानक उसे अपने स्कूल में घटी एक घटना याद आ गयी । एक शिक्षिका ने एक छात्र और एक छात्रा को कैम्पस के किसी एकांत में किसी आपत्तिजनक स्थिति में देख लिया था । शिक्षिका उन दोनों को पकड़कर प्राचार्य के पास ले गयी थी और उन्हें गुपचुप शायद कोई दंड भी दिया गया था । लेकिन पूरी सावधानी बरती गयी थी कि बात कैम्पस के बाहर न फैले और स्कूल की बदनामी न हो । फिर भी कैम्पस के भीतर दबी जबान से इसकी चर्चा चल पड़ी थी । मनीष के कानों तक भी पहुंची थी । उसे जिज्ञासा हुई थी । उसने अपने उसी सीनियर से पूछा था, "क्या कर रहे थे वे लोग ?"

"खेल रहे थे, और क्या !" सीनियर ने शैतानी भरी मुस्कराहट के साथ कहा था ।

"कौन-सा खेल ?"

"वही खेल, जो देर रात टी॰वी॰ पर दिखाया जाता है ।" सीनियर जोरों से हंस पड़ा था ।

यह घटना याद आयी तो मनीष अस्थिर-सा हो उठा । उसकी सारी इंद्रियां सजग हो उठीं । वह मौन था, पर उसका मस्तिष्क एकदम सक्रिय । उसके जेहन में सीनियर का अंतिम वाक्य गूँज रहा था और वह सोच रहा था–तो वह खेल सिर्फ देखा ही नहीं, खेला भी जा सकता है !

मौका मिलते ही उसने खुशी और उत्साह के साथ ममता को बताया, "मिल गया खेल ।"

"कौन-सा खेल ?" ममता भी जानने को बेहद उत्सुक हो उठी ।

"वही, रात को टी॰वी॰ पर दिखाया जाने वाला खेल ।" मनीष ने बताया।

"पर वह खेल हम लोग कैसे खेल सकते हैं ?"

"क्यों ?"

"वह तो बड़े लोगों का खेल है, हम तो बच्चे हैं ।" ममता भोलेपन से बोली ।

"खेल क्यों नहीं सकते हैं ? खेल बड़ों का है तो क्या हुआ ! वे हमें बच्चों के खेल नहीं खेलने देंगे तो हम बड़ों के खेल खेलेंगे ।" मनीष ने तर्क दिया । उसके तर्क में दम था । ममता कुछ और नहीं बोल सकी । उसे भी लगा कि शायद बच्चों के खेल से बड़ों को हराना मुश्किल है । उन्हें हराने के लिए

उन्हीं का खेल सही। खेल भी उनका, हार भी उनकी ।

रात को डिनर के बाद दोनों बच्चे अपने कमरे में आकर लेट गये । खेल शुरू करने के उतावलेपन और उत्साह में वे भूल गये कि मम्मी अभी 'गुड नाइट' कहने के लिए नहीं आई हैं । टी॰वी॰ पर देखने के अपने अनुभव के आधार पर वह खेल उन्होंने अभी शुरू भी नहीं किया था कि मीरा कमरे में आ गयी । बच्चों को उस अजीब स्थिति में देखकर वह धक्क से रह गई । उसे काटो तो खून नहीं । लगा, जैसे एकाएक उसके सोचने-समझने की शक्ति ही चुक गई हो । थोड़ी चेतना लौटी तो वह कांपते-लड़खड़ाते कदमों से बच्चों की ओर बढ़ी । बच्चे उसे देखकर सहम गये । उन्हें लगा, शायद उनसे कोई गलती हो गई है । बड़ी गलती । शायद अक्षम्य अपराध ।

"यह क्या कर रहे हो तुम लोग ?" बड़ी मुश्किल से पूछ पाई मीरा । आवाज कांप रही थी । पूरा शरीर थरथरा रहा था ।

"हम लोग......खेल रहे थे......मम्मी......" मनीष ने भय से सिहरते हुए हकलाकर कहा ।

"कहां देखा यह......?"

"टी॰वी॰ पर......" ममता बोली । वह बेहद डर गई थी ।

मीरा को लगा कि वह खड़ी नहीं रह पायेगी, गिर पड़ेगी । उसके सामने वह रात कौंध गयी, बच्चे चोरी-छिपे टी॰वी॰ देखने में मगन थे । वह बच्चों के पलंग का सहारा लेकर बैठ गयी । उसके मन पर इतना दबाव था कि उसे लग रहा था, जैसे उसका हार्ट फेल हो जायेगा ।

"कपड़े पहन लो ।" उसने कहा । अपने को संभालने की कोशिश की । स्वर को भरसक शांत-संयत रखते हुए । बच्चों ने कपड़े पहने । वे भी सकते की-सी स्थिति में थे । मम्मी की प्रतिक्रिया देखकर उनमें अपराध-बोध जग गया था । यह एहसास भी कि क्यों उन्होंने ऐसा खतरनाक खेल शुरू करना चाहा, जबकि......इसके आगे वे भी कुछ सोच नहीं पा रहे थे ।

दोनों बच्चे लेट गये । मीरा दोनों के बीच लेटी थी । उसने कुछ कहा नहीं, पर दोनों को प्यार किया । मनीष के बाल सहलाये । ममता को थपकियां दीं । थोड़ी देर में दोनों सो गये । मीरा वहीं रही रात भर । बच्चों के साथ । पूरी तरह जागृत। चैतन्य । उसे लग रहा था कि कोई बड़ा हादसा टला है । वह नहीं चाहती थी कि बच्चों ने जो कुछ किया या करना चाहा, उसका बोझ

उनके कोमल दिलों पर बना रहे ।

अगले दिन से उसने बच्चों के साथ पहले की तरह सहज व्यवहार करना शुरू कर दिया । नीरज से अकेले में, गंभीरता से, बात की । नीरज एकाएक यह सब जानकर उखड़ गया, पर मीरा ने उसे संभाला, समझाया, शांत किया, अपने विश्वास में लिया । इस बार कमान उसने खुद संभाली । दोनों ट्यूटर हटा दिये गये । बच्चों को खेलने की आजादी दे दी गई । बच्चों ने खुद ही निर्णय किया कि वे दिन भर खूब पढ़ेंगे, मन लगाकर । केवल शाम को बाहर जाकर खेलेंगे। संगी-साथियों के साथ । बस, घंटे-दो घंटे । टी॰वी॰ बिल्कुल नहीं देखेंगे ।

एक नया रुटीन शुरू हुआ । बच्चे पढ़कर, खेलकर, थककर रात को गहरी और मासूम नींद में सो जाते । मीरा और नीरज को जल्दी नींद न आती । उन्हें बार-बार यही लगता कि लंबी नींद के बाद अभी-अभी तो वे जगे हैं ।

❑❑

(कथन : सन् 1999)

11

दावानल

डाक बंगले की सारी बत्तियां जला दी गई, हालांकि बाहर अभी पूरा अंधेरा नहीं हुआ था। डाक बंगले की रोशनी ने बाहर के झुटपुटे को जैसे अचानक घने अंधेरे में बदल दिया। डाक बंगले के भीतर केवल रोशनी ही नहीं थी, बल्कि वहां की महफिल भी काफी रोशन थी। भीतर के खाने-पीने की खुशबू बाहर भी फैली हुई थी। बाहर इंतजार करते नरसैया को भूख लगी थी। शायद उसकी बेचैनी उसकी भूख को और बढ़ा रही थी। एक आतुर प्रतीक्षा थी कि उसे उसका हिस्सा मिल जाये तो वह चुपचाप वहां से खिसक ले। एक खम्भे से टिककर बैठ गया। जेब से एक बीड़ी निकालकर सुलगाई। उसका पूरा ध्यान इस बात पर था कि ठेकेदार राममूर्ति बाहर निकलें और उसे हिस्से के बाकी रुपये पकड़ा दें तो फिर यहां वह एक मिनट भी नहीं रुकेगा। खाने-पीने की महफिल शुरू होने से पहले ही उसने राममूर्ति के सामने आकर हाथ जोड़े थे। कहा भी था कि शाम हो रही है और अकेले जंगल से होकर उसे दूर गांव जाना है, लेकिन ठेकेदार ने उस पर विशेष ध्यान नहीं दिया। इशारे से रुकने जैसा कुछ कह दिया और वह रुका हुआ था, कई घंटों से। वह जानता था कि ठेकेदार व्यस्त हैं। भीतर मंत्री महोदय के साथ बड़े-बड़े अफसर बैठे हैं। वह सारी महफिल सागवान की कीमती लकड़ी के सौदे को लेकर वहां जुटी थी। सौदा भी शायद हो चुका था। अब सिर्फ लेन-देन ही बाकी था। इसीलिए वह भी रुका हुआ था। इस लेन-देन में उसका हिस्सा था। उसे रह-रहकर ठेकेदार राममूर्ति पर खीझ हो रही थी। उसने उनके लिए इतना काम किया और ऐन हिस्सा देने के वक्त उस पर ध्यान तक नहीं दे रहे हैं। वह बीच में नहीं होता तो क्या इतनी कीमती लकड़ी का सौदा हो पाता ?

उसे याद है कि उसके पड़ोसी गांव का आंजनेयलु, जो उससे अच्छी तरह परिचित था और राममूर्ति के यहां काम करता था। एक दिन उससे मिलने

गांव आया और कहा कि ठेकेदार राममूर्ति उसे डाक बंगले में बुला रहे हैं। वह चौंका। उसकी समझ में बात नहीं आई कि एकाएक राममूर्ति जैसे जाने-माने ठेकेदार को आखिर उससे क्या काम हो सकता है ? पहले कभी एक बार कहीं उनको देखा-भर था। नाम उनका लेकिन उसने काफी सुन रखा था। वह इस इलाके में जंगल के सबसे बड़े ठेकेदार माने जाते हैं, इतना भर वह जानता था। उसे मिलने में संकोच का अनुभव हो रहा था, लेकिन आंजनेयलु उसे अपने साथ ले जाने के लिए खड़ा था। बार-बार कहने पर उसके साथ ठेकेदार से मिलने के लिए चल तो पड़ा, लेकिन उसे हिचक थी, थोड़ी घबराहट भी। उसने आंजनेयलु से बहुत पूछा था, लेकिन वह बता नहीं पाया कि राममूर्ति ने क्यों बुलाया है ? बस, यही कहता रहा कि शायद कोई काम है। कुछ बात करना चाहते हैं। वह डाक बंगले पहुंचने तक अपने में उलझा रहा। उस दिन वह इसी डाक बंगले के बरामदे में एक आरामकुर्सी पर फैलकर बैठे थे। उसने उन्हें झिझकते हुए नमस्कार किया।

"आओ भई, क्या नाम है तुम्हारा ?" उन्होंने पूछा।

"नर...नरसैया !" वह बोला।

"अन्नप्पा गांव के हो ?"

"जी...जी, साहेब !" उसने जरा जल्दी में कहा।

"बैठो।" राममूर्ति ने सहज भाव से कहा। उसका संकोच कुछ कम हुआ और वह नीचे बैठ गया।

"आंजनेयलु ने मुझे बताया कि वह तुम्हें जानता है, इसीलिए मैंने तुम्हें यहां बुलवाया। मुझे तुमसे कुछ जरूरी बातें कहनी हैं।" वह बोले।

"कौन...कौन-सी बात, साहेब ?" उसने हिचकिचाते हुए पूछा।

"तुम्हारे गांव के पास सागवान का एक छोटा जंगल है न ?" ठेकेदार ने कहा।

"हां, साहेब, है। नरसैया बोला। वह जंगल उसकी आंखों में उभरा उसने मन-ही-मन उसे नमन किया।"

"वह लकड़ी बहुत कीमती है, जानते होगे ?"

"सुना है, साहेब।"

"उसको तुम लोग काटने क्यों नहीं देते हो ?" राममूर्ति ने सीधे पूछा। नरसैया को बात की कुछ भनक लगी।

"साहेब, उस जंगल से अन्नप्पा गांव के लोगों का बहुत पुराना सम्बंध है। हम लोगों का विश्वास है कि वहां अन्नप्पा देवता का घर है। वह जंगल तो हमारे लिए एक मंदिर है, साहेब ! वहां हम लोगों का पूजा-पाठ, व्रत-त्योहार, शादी-ब्याह सब होता है।" नरसैया ने समझाने का प्रयास किया।

"यह तुम लोगों का अंधविश्वास है।" राममूर्ति ने कहा। स्वर में झुंझलाहट थी।

"लेकिन आस-पास के सारे गांव के लोग यही मानते हैं, साहेब। सैकड़ों साल से ऐसा मानते आये हैं। हमारे बड़े-बुजुर्ग कहते हैं, जिस दिन वह जंगल नहीं रहेगा, यह पृथ्वी भी नहीं रहेगी।" नरसैया ने उस जंगल के प्रति अपना गहरा विश्वास व्यक्त किया।

"यह सरासर बेवकूफी है।" राममूर्ति पहले तो खीझ उठे, फिर जरा संयम से समझाया, "तुमको मैंने एक काम से बुलाया है। सरकार ने मुझे उस जंगल को काटने का ठेका दिया है। वहां के सागवान के सारे पेड़ गिराने हैं। इस काम में हमें तुम्हारी मदद चाहिए।" राममूर्ति ने मतलब की बात कही।

"नहीं, साहेब।" नरसैया कांप गया।

"क्यों ?"

"वह तो देवता का घर है, साहेब ! गांव के लोग किसी कीमत पर उसे उजड़ने नहीं देंगे।" नरसैया के स्वर में घबराहट स्पष्ट थी।

"इसीलिए तो तुम्हारी मदद चाहिए।"

"हमको क्या करना होगा, साहेब ?" घबराहट के बावजूद उसने पूछा, राममूर्ति को टटोलने के लिए कि वह उससे क्या चाहते हैं ?

"देखो नरसैया, बात यह है कि पहले जब भी उस जंगल को काटने की कोशिश की गई, गांववालों के प्रबल विरोध के चलते वह संभव नहीं हुआ। गांव के लोगों ने हर बार काटने वालों को वहां से खदेड़ दिया था....।"

"हमको याद है, साहेब !" नरसैया ने बीच ही में कहा। उसकी आंखों में वे दृश्य कौंध गये। काटने वाले गांव वालों के विरोध के आगे टिक नहीं पाये थे। अपनी जान हथेली पर लेकर भाग खड़े हुए थे।

"हां, लेकिन इस बार सरकार ने मुझे उसे हर हाल में काटने का आदेश दिया है। मैं चाहूं तो उसे जबरदस्ती भी कटवा सकता हूँ, पर मैं चाहता हूं कि इसमें सारे गांव वालों का सहयोग हमें मिले। उनकी भी सहमति हो।"

राममूर्ति ने अपना मंतव्य स्पष्ट किया ।

"ऐसा तो नहीं होगा, साहेब ! उस जंगल को कोई नहीं काट सकेगा । अन्नप्पा देवता नाराज हो जायेंगे !" नरसैया आशंकित हो उठा ।

"काटने का काम हमारा है । तुम केवल अपने गांव वालों को समझा-बुझाकर तैयार करो । तुम्हारे गांव वाले उस जंगल पर अपना सबसे अधिक अधिकार मानते हैं । वही विरोध भी अधिक करते हैं । वे तैयार हो जायें तो आसपास के गांव वालों को मनाने में कोई मुश्किल नहीं होगी ।" राममूर्ति ने उसे बहकाने का प्रयास किया ।

"नहीं, साहेब ! हमसे यह पाप नहीं होगा ! देवता का कोपभाजन बनना पड़ेगा । हमारा सर्वनाश हो जायेगा !" नरसैया सिहर उठा । बेहद डर गया ।

"बात को समझो पहले ।" राममूर्ति ने पहले फटकारा, फिर अपने को संभाला । वह अपना यह खेल बिगाड़ना नहीं चाहते थे । अपना हर दांव आजमाकर देखना चाहते थे, इसीलिए जरा नरमी से पूछा, "देशी पीओगे ?" उन्हें लगा कि अपनी बात सही तरीके से नरसैया के गले में उतारने के लिए, पहले उसका गला तर करना बेहतर होगा ताकि उसका डर कुछ कम हो और दिमाग की नसें ढीली पड़ें ।

"नहीं, साहेब...रहने दीजिए.... ।" नरसैया संकोच से बोला । हालांकि उसे पीने की इच्छा थी । पिए हुए अरसा हो गया था । उसकी जीभ पर देशी का स्वाद फैल गया । राममूर्ति उसके मनोभाव ताड़ गये और आंजनेयलु से कहकर अपने लिए बियर और नरसैया के लिए देशी मंगवाई । नरसैया ना-नुकुर करते हुए भी पीने बैठ गया । राममूर्ति ने पहले कुछ शराब उसके भीतर जाने दी, फिर उसे समझाया, "देखो नरसैया, वह जंगल तो हमें हर हाल में काटना ही है । आज नहीं तो कल । गांव वालों के लाख विरोध के बावजूद । अच्छा होगा कि तुम उन्हें समझाओ ।"

"कैसे समझायें, साहेब... ?" नरसैया ने पूछा । उसके स्वर में नरमी थी । हल्का-सा बदलाव भी था । उसे देशी रास आ रही थी । भीतर की गांठें खुलने लगी थीं । राममूर्ति ने, पूरी बोतल उसके सामने कर दी । उसने भी तबीयत से पीनी शुरू कर दी । न जाने कितने सालों बाद वह एक पूरी बोतल का मालिक बना था ।

"देखो, तुम्हारे गांव के लोग उस जंगल में अपने देवता का निवास मानते

हैं, इसलिए तुम्हें कोई ऐसी तरकीब सोचनी होगी कि मानो देवता ने ही यह आदेश दिया है कि उस जंगल का कटना उनके ही हित में होगा।"

"ऐसे कैसे हो सकता है, साहेब ?.... यह संभव नहीं है।" नरसैया भी जैसे सोच में पड़ गया। उसके स्वर में पहले वाला विरोध-भाव नहीं था।

"इसे संभव बनाना होगा ! तभी तुमको बुलाया है। तुम आंजनेयलु के परिचित हो, मैं तुम पर पूरा भरोसा कर सकता हूं। यह काम तुमको करना ही है !.... सबको पैसा मिलेगा।" राममूर्ति ने अपनी बात पर जोर दिया और प्रलोभन भी।

"कितने पैसे मिलेंगे, साहेब ?" नरसैया कमजोर पड़ने लगा था। उस पर नशा सवार हो रहा था।

"गांव के हर परिवार को दो-दो सौ रुपये दिलवा दूंगा।"

"दो सौ !" नरसैया चौंका। यह रकम भी उसके लिए बड़ी थी। अप्रत्याशित।

"क्यों, कम है ?" राममूर्ति ने उसे कुरेदा।

"पता नहीं साहेब.... ।"

"कहोगे तो एकाध सौ और बढ़ा दूंगा। चलो, पांच-पांच सौ सही। तुम्हारा इनाम अलग से।"

"हम....हमको....कितना मिलेगा, साहेब ?" उसने झट पूछ लिया। उसकी जुबान लड़खड़ाने लगी थी।

"तुमको....पांच हजार दूंगा।" राममूर्ति ने चारा फेंका।

"पांच....हजार !....लोग तो कहते हैं कि वो....वो जंगल हजारों....लाखों का है ?" नरसैया ने नशे में कहा। उसका संकोच जाता रहा। उसमें कुछ साहस का संचार हो रहा था। उसे नशे के साथ सौदे का भी आनन्द आ रहा था।

"तुम क्या चाहते हो ?" राममूर्ति ने उसे टटोला।

"दस...दस...हजार।" वह बोल गया। हड़बड़ाकर। लड़खड़ाकर। उसे अंदाज भी नहीं था कि दस हजार रुपये वास्तव में होते कितने हैं ? सौ रुपये का एक साबुत नोट देखे भी अरसा हो गया था। रोज कमाना, रोज खाना। प्राय: एक वक्त खाकर ही गुजारा करना। एक जमाने से अन्नप्पा गांव की यही बदहाली थी। कभी सूखा तो कभी अकाल। कभी बाढ़ तो कभी महामारी। अन्नप्पा गांव ही क्यों, आसपास के सारे गांवों की लगभग यही

दुर्गति थी । नशे में भी अपनी फटेहाल जिन्दगी को याद करके नरसैया को रोना आया । नशे ने रुलाई को हवा दी । वह रो पड़ा । फूट-फूटकर रोने लगा । राममूर्ति समझ रहे थे कि नशे ने उसे दबोच लिया है । उसकी रुलाई रुकी ।

"ठीक है, दस हजार सही !" राममूर्ति ने कहा । नरसैया नशे में भी भौचक्क था । वह मुंह बाये एक बेवकूफ की तरह राममूर्ति को घूरता रहा । उसकी समझ में नहीं आ रहा था कि वह केवल नशे में है या नींद में भी । राममूर्ति की आवाज उसके कानों में गूंज रही थी । उसके सामने हजारों रुपयों के नोट उड़ रहे थे । वह नोटों से खेल रहा था । उनके बीच लोट-पोट हो रहा था । हंस रहा था, गा रहा था, नाच रहा था । अपने दोनों हाथों से नोट उलीच रहा था । नोट उसे धरती से ऊपर आसमान में उड़ा लिए जा रहे थे । राममूर्ति ने उसकी हालत देखी तो खुश हुए । उन्होंने सोचा भी नहीं था कि वह इतनी कमजोर नस का आदमी होगा । थोड़ा दबाव पड़ते ही बहने लगेगा । आज सुबह ही उन्होंने अपने अधीन काम करने वाले आंजनेयलु से पूछा था कि अन्नप्पा गांव के किसी व्यक्ति को वह जानता है क्या ? आंजनेयलु ने नरसैया का नाम लिया था । नरसैया उनके जाल में फंस चुका था । राममूर्ति को लगा इस बार सागवान का वह कीमती जंगल काटने में अवश्य कामयाब हो जायेगा । ऊपर से दबाव भी निरंतर बढ़ रहा था । वनमंत्री से लेकर आला अफसर तक, पूरा तंत्र इस मौके की तलाश में था । इस काम को अंजाम लेकिन राममूर्ति को ही देना था । वह अनुभवी था । हड़बड़ाहट में कोई गलत कदम इस बार नहीं उठाना चाहता था । जानता था कि कल को वनमंत्री, आयुक्त, वन विभाग के पदाधिकारी-सब बदल जायेंगे, लेकिन उसे तो जंगल की ठेकेदारी में ही रहना है । वह गांव वालों के साथ कोई स्थायी दुश्मनी नहीं मोल लेना चाहता था । इसके पहले जब भी भाड़े के लोगों को वह जंगल काटने के लिए भेजा था, वे गांव वालों के आक्रमण झेल नहीं पाये थे । इस बार उन्होंने अपना तरीका थोड़ा बदल दिया । नरसैया को फंसते देख सोचा-पूरा फायदा उठाना चाहिए । एक जोखिम ही सही । हजार रुपये तत्काल दांव पर लगाने का फैसला किया और जेब से रुपये निकालकर उसकी ओर बढ़ाये । नरसैया सौ-सौ के दस कड़कड़ाते नोटों को आंखें फाड़े देखता रहा । लेने की हिम्मत नहीं जुटा पा रहा था कि वे नोट गंदे न हो जायें । उसने जीवन में पहली बार सौ के इतने नये नोट देखे थे । राममूर्ति ने जबरदस्ती नोट

उसके हाथ में रख दिए। वह उठा। उसने नोट अपनी गंदी धोती में खोंसे और उन्हें सलाम करके, अंधेरे और जंगल की भी परवाह किये बिना गांव की ओर लड़खड़ाता-सा चल पड़ा। कुछ दूर डोलते हुए आगे बढ़ने के बाद उसने धोती टटोली। उसे होश आने लगा था। वह स्वप्न नहीं था। रुपये धोती में बंधे थे। उसने धोती के उस हिस्से को अपनी मुट्ठी में दबोच रखा था। उसमें एक ताकत-सी आ गई थी। उस रात सीधे गांव आकर ही उसने दम लिया था। रात का वक्त था, किसी की नजर उस पर नहीं पड़ी थी। वह रात-भर सो नहीं पाया था। रंगीन सपनों में तैरता रहा था।

अचानक नरसैया ने देखा, राममूर्ति किसी काम से बाहर निकले हैं। बीड़ी फेंककर वह तपाक से उठा। लगा, शायद उसे ही ढूंढ रहे हों। वह तेजी से उनके सामने आया हाथ जोड़े।

"साहेब !" याचना-भरे स्वर में उसने कहा। राममूर्ति की आंखें सिकुड़ीं। माथे पर बल पड़े।

"बैठो अभी !" उन्होंने रूखी और तेज आवाज में कहा। उलटे पांव भीतर चले गये। नरसैया के मन में गुस्से की एक लहर उठी। उसने कोई भीख थोड़े ही मांगी है ! अपना हिस्सा मांगा है ! आखिर इस रुखाई का मतलब ! वे लोग तो खाने-पीने और मौज-मस्ती में लगे हैं, लेकिन वह सुबह से भूखा-प्यासा बैठा है, कुछ तो ख्याल रखना चाहिए। एकबारगी वह उत्तेजित हो उठा था, पर दूसरे ही पल उत्तेजना उसी रफ्तार से नीचे भी आ गई। क्या कहा जाये, बड़ों की बड़ी बात। वह कर ही क्या सकता है, सिवाय इंतजार और अनुरोध के ?

वह कुछ हताश, बरामदे से बाहर आ गया। चहलकदमी करते हुए उस ओर चला गया, जहां डाक बंगले से कुछ फासले पर सागवान के कटे पेड़ों का ढेर लगा हुआ था। उसे ठीक-ठीक तो नहीं मालूम कि वह पूरी लकड़ी कितने की होगी, पर वह हजारों-लाखों की होगी, यह अनुमान उसे था। कुछ दिन पहले तक यह सारी लकड़ी पेड़ थे। जिन्दा पेड़, भरे-पूरे, हरे-भरे एक निश्चित दायरे में, जंगल की शक्ल में। अब लाशों की तरह पड़े हैं। बिखरे, बेतरतीब। नंगे और निर्जीव। उसे जंगल की वह खाली जगह याद आई। सांय-सांय करती-सी, सूनी और वीरान। जैसे बलात् किसी की जिन्दगी उजाड़ दी गई हो। अन्नप्पा देवता का घर टूट चुका था। एक मंदिर मिटा दिया गया था। देखते-ही-देखते वह जंगल एक बंजर जमीन में बदल गया।

जहां-तहां बिखरे पत्ते। टूटी डालियां। जैसे किसी जघन्य हत्या के बाद, लाशों को ठिकाने लगाने के बावूजद, खून के धब्बे और मांस के लोथड़े बिखरे हों। नरसैया के भीतर एक हूक-सी उठी। हाहाकार भर गया। एकाएक उसका कलेजा मुंह को आने लगा। आखिर इस संहार में उसने भी एक अहं भूमिका निभाई है। पता नहीं, इस या उस जन्म में उसे कितना कठोर दंड भुगतना पड़ेगा ? उसके इस पाप की सजा कहीं उसके बच्चों को न मिले ! वह चिहुंक उठा। उसे अपने पाप का प्रायश्चित अवश्य करना होगा। उसने तत्काल फैसला किया कि पूरे पैसे मिल जाने के बाद वह सपरिवार तिरुपति जायेगा और बालाजी भगवान से क्षमा मांगकर, मंदिर की हुंडी में एक मोटी रकम भी डालेगा। उसे अपने इस फैसले से थोड़ी राहत मिली। मन पर बोझ कुछ कम हुआ। उसने कटे पेड़ों की ओर हाथ जोड़कर माफी मांगी। उनसे आंखें चुराता-सा वहां से हट गया।

वह फिर बाहर से बरामदे में आया। जंगल का गाढ़ा अंधकार अब चारों ओर फैल चुका था। एक बार तीव्र इच्छा हुई कि वह अपने गांव लौट जाये, लेकिन दूसरे ही पल उसने उस सोच को झटक दिया, इसलिए कि आज यहां से खाली हाथ लौट जाने का मतलब है, अपने हिस्से के रुपये हमेशा के लिए खो देना। राममूर्ति की बेरुखी से उसका शक बढ़ रहा था। उसने सोचा, किसी भी तरह वह ठेकेदार का ध्यान अपनी ओर आकर्षित करने की कोशिश करेगा ताकि वह दे-दिलाकर उसकी छुट्टी करे। इसी इरादे से वह अपना मन थोड़ा मजबूत कर, दरवाजे की ओर बढ़ गया। भीतर झांककर देखा, खाना-पीना चल रहा था। नौकर उन्हें खिलाने में व्यस्त थे। उसने तो सोचा था कि जंगल कटने के साथ ही उसे रुपये मिल जायेंगे, लेकिन राममूर्ति ने कहा कि रुपये सौदा पूरा होने के बाद ही मिलेंगे, पहले नहीं। पिछले कई दिनों से वह जंगल काटा जा रहा था। पेड़ बेरहमी से गिराये जा रहे थे। सारी लकड़ी ट्रकों में लादकर डाक बंगले से कुछ अलग हटकर एक खाली जमीन पर जमा की जा रही थी। वहां से पता नहीं, सौदा हो जाने के बाद और कहां-कहां ले जाने के लिए। उसे आंजनेयलु से पता चला था कि आज डाक बंगले में बड़े लोग आने वाले हैं, सौदे के लिए। इसीलिए वह सुबह से यहां पहुंच चुका था और अब रात होने वाली थी। राममूर्ति के व्यवहार से स्पष्ट था कि उसका वहां आना उन्हें अच्छा नहीं लगा। अब तक उसके पेट में एक दाना नहीं गया

था और न उसके हाथ एक रुपया ही आया था। ठीक दरवाजे के सामने राममूर्ति बैठकर शराब की चुस्कियां ले रहे थे।

"क्या बात है ?" अचानक पीछे से एक चौकीदार ने उसे टोका।

"ठेकेदार....साहब से....काम है।" थोड़ा सकपका कर वह बोला।

"क्या काम है ?"

"उन्होंने मुझे बुलाया है।" वह जल्दी से झूठ बोल गया। उसके झूठ का कुछ असर हुआ। चौकीदार भीतर गया और उसकी ओर इशारा करके उनके कान में कुछ कहा। राममूर्ति ने एक झटके से उसकी ओर देखा और वह तपाक से उठकर बरामदे में आये।

"क्या बात है ?" उन्होंने फटकारकर पूछा।

"साहेब....वो रुपये....।" नरसैया अपनी बात पूरी नहीं कर पाया।

"जाओ बाहर ! देखते नहीं यहां खाना-पीना चल रहा है ! जाओ.. .।" राममूर्ति ने झिड़कते हुए, उसे एक हल्का धक्का भी देते हुए कहा। वह अपना-सा मुंह लेकर वहां से हट गया। उसे रोना-सा आ गया। खामख्वाह वह इन बड़ों के चक्कर में पड़ गया। पहले जैसी भी उसकी जिन्दगी थी, ठीक थी। जब से राममूर्ति ने उसे पैसा और प्रलोभन देकर अपने काम में लगाया, उसकी जिन्दगी अजीब उलझनों और परेशानियों से भर गई। अपना अपराधबोध। गांववालों को धोखा देने का भय। सबसे बढ़कर अन्नप्पा देवता के रुष्ट हो जाने की आशंका। वह उदास और हताश होकर बरामदे के एक अंधेरे कोने में पसर गया। नींद और भूख, थकान और तनाव से वह शिथिल हो रहा था। शक्तिहीन और जर्जर-सा। उसने कल्पना भी नहीं की थी कि ऐन रुपये देने का वक्त आयेगा तो ठेकेदार इतना रूखा पड़ जायेगा। गलती उसकी भी है। उसकी बातों में नहीं आना चाहिए था। उसकी अपनी ही मति मारी गई थी। आज यह सोचकर कितनी टीस उठती है कि जिस गांव में वह जन्मा, पला और बढ़ा, जिस गांव की मिट्टी ने उसे दाना-पानी दिया, जिस सागवान के जंगल में निवास करने वाले अन्नप्पा देवता ने उसे संरक्षण दिया, सुरक्षा दी, जिस देवता के साये में उसकी शादी हुई, संतानें हुई, उसी देवता के साथ ऐसा जघन्य अपराध करने के लिए आखिर वह तैयार कैसे हो गया ? उसकी आत्मा कांप गई। उस अंधेरे और एकांत में, आशंका और पश्चात्ताप से भरा, वह अपने भीतर बंद होने लगा। उसने आंखें मूंद लीं और बंद आंखों

में पिछली बातें तैरती रहीं । दृश्य बनने-मिटने लगे ।

राममूर्ति से हजार रुपये पेशगी पाने के बाद काफी समय तक वह इसी उधेड़बुन में था कि गांव वालों को जंगल काटने के लिए कैसे राजी किया जाये ? राजी करना आसान नहीं था, लेकिन पेशगी के अलावा शेष नौ हजार रुपये उसकी आंखों के सामने रंग-बिरंगी तितलियों की तरह नाच रहे थे । उसके मन का भय भविष्य की सुखद कल्पनाओं के सामने फीका पड़ चुका था । वह अब भी जैसे नशे में था । उसका नशा उसके विवेक पर हावी हो रहा था । उसने तय कर लिया था कि काम पूरा हो जाने पर वह सब कुछ बेचकर, गांव छोड़कर अपने परिवार के साथ बैजाग, विजयवाड़ा या गुंटूर किसी भी शहर में बस जायेगा । कोई छोटा-मोटा कारोबार शुरू करेगा । उसका जीवन आमूल-चूल बदल जायेगा । उसकी सारी बदहाली दूर हो जायेगी । उसकी इसी सोच और सपने ने उसे बेचैन कर रखा था । वह उतावला था । हर रोज उसे कोई खुराफात सूझता था, फिर उसे वह खुद ही खारिज कर देता था । कई बार राममूर्ति ने आंजनेयलु को उसके पास भेजा था । काम जल्दी निपटाने की हिदायत दी थी । चूंकि पेशगी के हजार रुपयों का एक बड़ा हिस्सा खर्च हो चुका था, इसलिए पीछे हटने का भी कोई रास्ता नहीं बचा था । वह पीछे हटना चाहता भी नहीं था । आगे ही बढ़ने के लिए व्याकुल था । आगे नौ हजार रुपये किसी मृगतृष्णा की तरह दिखलाई पड़ रहे थे ।

बहुत सोच-समझकर, एक दिन गांव की किसी समस्या को लेकर बैठी पंचायत जब समाप्त हो गई और लोग गपशप करने लगे, तब उसने मौका देखकर अपनी बात छेड़ी, "भाई, एक अजीब बात सुनने में आई ।" उसने बात शुरू की ।

"कौन-सी बात ?" एक ने पूछा ।

"कहते भी नहीं बनता है.... ।" उसने थोड़ा अभिनय किया ।

"बताओ तो सही ।"

"किसी ने बताया है कि इस गांव की दरिद्रता तब तक दूर नहीं होगी, जब तक सागवान का जंगल वहां से नहीं हटेगा ।" उसने हिम्मत बटोरकर अपनी बात रखी ।

"यह कैसी बात है ।" दूसरा चौंका ।

"बताया किसने तुम्हें ?" तीसरे ने तैश में पूछा ।

"एक ज्योतिषी ने ।" नरसैया बोला ।

"क्या बकवास करता है !" गांव के मुखिया ने उसे फटकारा ।

"विश्वास तो हमको भी नहीं हुआ लेकिन वह ज्योतिषी बहुत जोर देकर बोल रहा था । हमने सोचा कि इस बात को मन में छुपाकर रखने से अच्छा है, सबको बता दें ।" नरसैया ने जरा झिझकते हुए कहा ।

"वह ज्योतिषी सिरफिरा है ।" एक बुजुर्ग ने रोष में कहा ।

"ऐसे मक्कार ज्योतिषी से मिले क्यों ?" चौथे ने कहा ।

"हम उससे अपने भाग्य के बारे में पूछ रहे थे । हमको क्या मालूम था कि वह हमारे गांव और देवता के बारे में ऐसा कुछ बोलेगा ?" नरसैया ने सफाई दी ।

"कहां रहता है वह ज्योतिषी, बताना तो ?" एक युवक ने जैसे चुनौती दी ।

"अब वह कहां मिलेगा....जाने कहां से आया था.... ।" नरसैया जरा घबराया ।

"तुमको कहां मिल गया वह ?" दूसरे ने पूछा ।

"हाट में मिला था और क्या !"

"हाट में तो हमने किसी ज्योतिषी को नहीं देखा ?" पहले ने संदेह व्यक्त किया ।

"नहीं देखा तो हम क्या करें !" नरसैया थोड़ा तुनक गया, "एक पेड़ के नीचे बैठा था । लोग उससे कुछ-न-कुछ पूछ रहे थे, सो हमने भी अपने बारे में पूछा था ।" नरसैया ने फिर जरा संभलकर कहा । वह भीतर से पूरा चौकन्ना था कि कहीं उसका झूठ पकड़ा न जाये ।

"उसे कैसे मालूम कि हमारे गांव में एक सागवान का जंगल है और उसमें अन्नप्पा देवता का घर है ?" तीसरे ने जानना चाहा ।

"वही तो आश्चर्य की बात है न, हमने जैसे ही उससे कहा कि ज्योतिषी जी, हमारे भाग्य के बारे में कुछ बतलाइए कि वह कब बदलेगा तो उसने कहा कि तुम्हारा नाम नरसैया है और तुम अन्नप्पा गांव के हो ।" नरसैया को अपना झूठ फैलाने का मौका मिला ।

"अच्छा ! अपने आप तुम्हारा नाम और गांव का नाम भी बता दिया ?" चौथे ने चकित होकर पूछा ।

"और नहीं तो क्या हम झूठ बोल रहे हैं ।" नरसैया ने कृत्रिम क्रोध में कहा ।

"होते हैं भाई, एक से बढ़कर एक ज्योतिषी होते हैं । सब कुछ बता देते

हैं। क्या अगला, क्या पिछला।" दूसरा बोला।

"अब बंद भी करो यह सब।" मुखिया ने खीझकर कहा। शेष लोग चुप हो गये।

"विनाशकाले विपरीत बुद्धि।" बुजुर्ग बड़बड़ाया। शेष की उत्सुकता बढ़ रही थी।

"उसने कहा क्या ?" पहले ने पूछा और रुकी हुई बात फिर आगे चल पड़ी।

"कहने लगा कि तुम्हारे गांव पर कोई कोप है।"

"कोप ! कैसा कोप ?" कई लोग चौंके।

"बोल रहा था कि इस गांव की दरिद्रता का कारण है, सागवान का जंगल।" नरसैया का झूठ रंग ला रहा था।

"लेकिन वहां तो हमारे देवता का घर है।"

"अब वहां देवता का घर नहीं है।"

"क्या ?" सब जैसे स्तब्ध रह गये।

"अब चुप भी रहते हो या नहीं।" मुखिया ने धमकाया।

"ठीक है, आप लोग नहीं सुनना चाहते हैं तो नहीं बतायेंगे। हम जानते थे कि हमारी बात पर कोई विश्वास नहीं करेगा। मत करो, नहीं करने से कोई सच झूठ थोड़े ही बन जायेगा। हमको क्या है। कुछ हो जायेगा तो मुसीबत सबके सिर पड़ेगी। मत सुनो, हम जाते हैं।" नरसैया उठने को हुआ।

"अरे जा कहां रहे हो भई, पहले बात तो पूरी करो। हमारे गांव की बात है तो हम नहीं सुनेंगे क्या !" किसी ने उसे पकड़कर जबरदस्ती बैठा दिया। अन्य लोगों ने उसकी हाँ में हाँ मिलाई। मुखिया को चुप हो जाना पड़ा।

"बात हम बताने तो जा रहे थे, लेकिन.... ।" नरसैया को मुखिया का रवैया अखर रहा था।

"हां-हां, बताओ, क्या-क्या कहा उसने....?" कई आवाजें एक साथ उठीं।

"यही कहा कि अन्नप्पा देवता अब वहां नहीं रहते हैं। वे तो कब के वहां से जा चुके हैं। वहां केवल दुष्ट प्रेत रहते हैं। इसीलिए गांव की ऐसी दुर्गति है।" नरसैया ने उन्हें झूठ के जाल में लपेटा। उसकी यह बात सुनकर सब सकते में आ गये। उनकी प्रतिक्रिया जानने-समझने के लिए वह चुप्पी लगा गया। लोग एक-दूसरे से ही बातें करने लगे। संदेह, सवाल, आश्चर्य, कौतूहल और आशंकाओं से भरी बातें। बातें बहुत स्पष्ट नहीं थीं, पर स्वर

समझा जा सकता था। उनका यह स्वर नरसैया के अनुकूल था। उसे आंतरिक खुशी हुई। उसके झूठ ने असर दिखाया था। हालांकि वह यह सिलसिलेवार सोचकर नहीं आया था। कई दिनों से कुछ ऐसी ही बातें उसके भीतर चक्कर काट रही थीं। अस्पष्ट और अमूर्त। आज उपयुक्त अवसर पाकर स्वतः आकार लेने लगी थीं। उसकी मनगढ़ंत बातें खुद ही एक किस्से के सांचे में ढलती जा रही थीं।

"ऐसा नहीं हो सकता।" युवक ने जरा ऊंची आवाज में कहा।

"कौन जाने उसी की बात सच हो।" नरसैया ने भी हिम्मत के साथ जरा जोर देकर कहा।

"ऐसा सोचना भी पाप है, हाँ।" बुजुर्ग का स्वर कांप गया। शायद किसी अनिष्ट की आशंका से।

"उसने कोई उपाय नहीं जताया ?" तीसरे ने जानना चाहा।

"उपाय यही बताया कि जब तक वह जंगल कटेगा नहीं, हमारे गांव में सुख-शांति नहीं आयेगी।"

"लेकिन उस जंगल को काटने की हिम्मत कौन करेगा ?" चौथे ने शंका व्यक्त की।

"अब यह काम तो सरकार ही कर सकती है, और कौन करेगा ?" नरसैया ने बात को अपनी ओर मोड़ने का प्रयास किया।

"काटने की कोशिश तो पहले भी की गई थी, लेकिन हमीं ने विरोध करके ऐसा नहीं होने दिया था।" पहले ने कहा।

"होने तो अब भी नहीं देंगे।" युवक ने जोश में कहा, पर किसी ने उसकी बात पर ध्यान नहीं दिया।

"पहले की बात और थी। तब वहां अन्नप्पा देवता रहते थे। अब दुष्ट प्रेतों ने वहां अड्डा जमा रखा है। वहां से उन दुष्टों को भगाने में ही हमारी भलाई है।" नरसैया का छल सफल होता जा रहा था।

"उन दुष्टों को भगायें कैसे ?"

"और क्या उपाय है, सिवाय उस जंगल को काटने के।" अब नरसैया का साहस बढ़ता जा रहा था।

"सचमुच गांव में गरीबी, भुखमरी और बीमारी कितनी बढ़ गई है ? यह सब किसी प्रेत की छाया नहीं तो और क्या है ?" दूसरे ने अपने मन का संदेह

प्रकट किया।

"तुम लोगों का दिमाग खराब हो गया है। अनाप-शनाप बक रहे हो सब।" मुखिया नाराज हो उठा।

"हमने भी वहां रात को कुछ छायाओं को डोलते देखा है। विचित्र आवाजें भी सुनी हैं।" बताने पर कोई मानेगा नहीं, उलटे हमें ही बुरा-भला कहा जायेगा, इसलिए चुप था। एक और ने उस संदेह को पुख्ता बनाया। यह सुनकर सब चुप हो गये। गंभीर, चिंतित, भयभीत। कुछ पलों के लिए वहां एक रहस्यपूर्ण खामोशी छा गई, जैसे उस जंगल में प्रेत यहां भी उतर आये हों।

"तब तो जल्दी कोई उपाय करना पड़ेगा, नहीं तो हम सब मारे जायेंगे।" किसी ने कहा। उसके स्वर में डर कांप रहा था।

"अब ये फालतू बातें बंद करो और उठो यहां से। जाओ सब अपने घर," मुखिया ने कठोर और कर्कश स्वर में कहा, "बात सिर्फ जंगल काटने की नहीं है। अपने देवता को काटना चाहते हो। वह भी किसी ऐरे-गैरे के कह देने पर। सत्यानाश हो जायेगा। प्रलय आ जायेगा। अन्नप्पा देवता वहां आज से नहीं, सैकड़ों सालों से रहते हैं, समझे। उन्हीं की कृपा से हम सब इस बुरी हालत में भी बचे हुए हैं, नहीं तो कब के मर-खप चुके होते। क्यों इन बातों से अपना पाप बढ़ाते हो ? अन्नप्पा देवता के विरुद्ध सोचना और बोलना महा पाप है। नर्क में भी जगह नहीं मिलेगी।" मुखिया जैसे फट पड़ा था।

दुबारा वहां और भी गहरी खामोशी छा गई। श्मशानी सन्नाटा। कुछ डरावनी। मुखिया का स्वर जैसे वहां गूंज रहा था। हवा की सरसराहट के साथ फैल रहा था। जितने लोग वहां थे, सबके भीतर उतरकर उनकी आत्मा को झकझोर रहा था। केवल नरसैया ही उस स्वर से अनाहत् था। कुढ़ रहा था। अन्य लोगों के भीतर का संस्कार मुखिया की बातों से जग चुका था। वे एक-एक कर, मन-ही-मन, अन्नप्पा देवता से बार-बार क्षमा मांगते हुए उठकर चले गये। नरसैया को बुरा लगा कि बनती बात एकदम से बिगड़ गई, लेकिन उसे तसल्ली थी कि उसने कुछ के दिलों में शक-संदेह के बीज रोप दिये। उसे भरोसा था कि एक-न-एक दिन उनमें अंकुर अवश्य फूटेंगे।

नरसैया उठकर बरामदे में ही बेचैन-सा चहलकदमी करने लगा। उसका शक गहरा हो रहा था कि कहीं ठेकेदार उसे अंगूठा ही न दिखा दे। यदि ऐसा होगा तो वह कहीं का नहीं रह जायेगा। उसके सारे मंसूबे धरे-के-धरे रह

जायेंगे। वह बेमौत मारा जायेगा। रुपये हाथ में आ जाते तो अपराध और पाप को भी ढोने की ताकत मिलती। वह ताकत ही उसे न मिले तो...नहीं, उसे इतना ढीला और कमजोर नहीं होना चाहिए। कमर कसनी होगी, जबरदस्ती भी अपना पैसा वसूल करना होगा। उसने एक संकल्प-सा संजोकर फिर दरवाजे से झांककर देखा। भीतर का दृश्य बड़ा अजीब था। मंत्री महोदय शायद अधिक नशे के कारण जूठी प्लेटों के बीच ही सिर टिकाये पड़े थे। कुछ अफसर सोफों में लुढ़के थे। एक अफसर उल्टियां कर रहा था। भीतर गंदगी थी, बदबू थी, शराब का भभका था। नरसैया ने देखा राममूर्ति कमरे में ही टहल रहे थे। उसे लगा, मौका अच्छा है। चूकना नहीं चाहिए। वह हिम्मत करके भीतर आ गया। राममूर्ति के करीब आया।

"साहेब !" उसने पुकारा।

"क्या है ?" वह गरजे। पल-भर के लिए वह सहमा, फिर संभला।

"हमारा पैसा दीजिए।" उसने साहस बटोरकर कहा।

"कौन पैसा ?" राममूर्ति के मुंह से शराब की गंध आ रही थी। शब्द लड़खड़ा रहे थे।

"हमारा बाकी पैसा !"

"जा भाग यहां से, सूअर की औलाद !" राममूर्ति ने ऊंची आवाज में कहा और उसे एक जोर का धक्का दिया। वह गिर पड़ा। उसकी आंखों में अंगारे भर गये। मन में एक उबाल आया। खून में गर्मी की एक लहर उठी और वह तड़पकर उठा। आव देखा न ताव, सीधे राममूर्ति की छाती पर उसकी कमीज मुट्ठी में कस ली।

"निकाल हमारा पैसा !" वह बोला। दम लगाकर, फटे स्वर में।

"पैसा चाहिए !" राममूर्ति ने हिंसक दृष्टि से देखते हुए कहा।

"हां, चाहिए।"

"पैसा !" राममूर्ति के चेहरे पर क्रूरता थी।

"हां...हां, पैसा"

"तो ले, साले !.... हरामजादे !" राममूर्ति एकाएक उस पर टूट पड़े। लातों और घूंसों की बौछार लगा दी। दुबला-पतला और भूखा-थका नरसैया उस अप्रत्याशित हमले को झेल नहीं पाया। नीचे गिर पड़ा। राममूर्ति ने उसे लातों से कई ठोकरें मारीं। जी भरकर उसे मां-बहन की गालियां दीं। जम

कर पीटा। कमजोरी के कारण वह बेहोश हो गया। राममूर्ति के इशारे पर चार नौकर उसे उठाकर डाक बंगले के बाहर फेंक आये। राममूर्ति जानता था कि बेहोश और अधमरे नरसैया को रात में जानवर मारकर नोच खायेंगे। कल सुबह तक उसकी हड्डियां भी नहीं मिलेंगी। उन्हें लगा चलो, एक बला टली।

पता नहीं, कितनी रात गये नरसैया को होश आया। वह दर्द से कराहने लगा। उसके पोर-पोर में पीड़ा थी। अंधेरे में भी उसे अनुभव हुआ कि शरीर में कई जगह खून चिपचिपा रहा है। उसने उठने का प्रयास किया, पर दर्द की एक ऐसी तेज लहर उठी कि वह फिर लुढ़क गया। उसे बेरहमी से अपने पिटने की घटना याद आई। राममूर्ति का पैशाचिक चेहरा आंखों में कौंध गया। तो उसका शक सही था ? इन लोगों ने उसे धोखा दिया। हजार रुपये पकड़ाकर, उसे गुमराह करके, सब्जबाग दिखलाकर, उसके द्वारा अन्नप्पा गांव के लोगों से जबरदस्त विश्वासघात कराया, उसी का उपयोग करते हुए देवता का घर उजाड़ डाला गया और हजारों-लाखों रुपये हजम कर गये। उसके भीतर रुलाई का आवेग फूटा, होंठ कांपे। आंखें छलछला उठीं। पीड़ा से, पश्चात्ताप से। उसे दीन-हीन पत्नी की याद आई। भूखे-नंगे बच्चों के चेहरे आंखों में तैर गये। उसकी आंखें बहने लगीं। थोड़ी देर बाद किसी तरह उठकर बैठा। उसे चक्कर आ रहा था। उसने आंखें फाड़कर अंधेरे में देखा। जंगल का सन्नाटा। मौन खड़े वृक्ष, नीम अंधेरे में ऊंघता डाक बंगला। समझ गया कि सब सो चुके होंगे। गहरी नींद में, वह खड़ा हुआ। घिसटता-सा डाक बंगले के अहाते में आया। किनारे के एक नल से पानी पिया। अपने घाव धोये। अवश-सा बरामदे की एक सीढ़ी पर बैठा। उसका सिर भारी था। आंखें जल रही थीं। सांसें गर्म थीं, उसने अपना सिर बरामदे के खंभे से टिका दिया। उसे यह एहसास था कि कहीं कोई उसे देख न ले। खतरा भी था, लेकिन वह इतना जर्जर था कि हिलना-डुलना भी संभव नहीं लग रहा था। वह कुछ इस भाव से बैठा था कि उस पर दुबारा आक्रमण करके वे मारना चाहें तो मार ही डालें। अब जीकर भी क्या करना है ? जीना भी अपनी लाश को ढोना ही है। उसे थोड़ी तसल्ली थी कि पूरा डाक बंगला सूना था। वह जानता था, बड़े लोग भीतर सो रहे होंगे और नौकर- चाकर पीछे अपनी कोठरियों में।

उसने अपनी आंखें मूंद लीं। मुंदी आंखों में न जाने कितने-कितने दृश्य

गड्डु-मड्डु होने लगे । दृश्यों पर से धुंधलका छंटने लगा । उसे सब कुछ साफ-साफ दिखने लगा कि अन्नप्पा देवता के चले जाने और प्रेतों का उन पेड़ों पर अपना घर बनाने के झूठ को लेकर शक के जो बीज उसने बोये थे, वे थोड़े अंकुराने लगे हैं । अब किसी के घर में कोई मुसीबत आती तो लोग सोच में पड़ जाते कि कहीं यह उन प्रेतों की वजह से तो नहीं, तब वह ऐसी सोच को हवा देता । यह संयोग की बात थी कि उन्हीं दिनों गांव में गरीबी और बीमारी से कुछ अधिक लोग मरे, इससे लोगों का संदेह बढ़ने लगा । कोई खुलकर कुछ नहीं कह पाता था, लेकिन इसे लेकर परस्पर फुसफुसाहट जोर पकड़ रही थी । जब काफी लोगों को लगभग यह विश्वास हो चला कि निश्चय ही अब वहां अन्नप्पा देवता नहीं हैं, बल्कि जंगल प्रेतों का गढ़ बन गया है, तब उसने गांव के मंदिर के पुजारी को बहला-फुसलाकर अपने साथ कर लिया । सौ रुपये का एक नोट उसकी मुट्ठी में दबाया । आगे और भी देने का वायदा किया । अपनी तंगहाली का शिकार पुजारी उसकी पकड़ में आसानी से आ गया । पुजारी के कानों तक भी प्रेतों वाली बात पहुंच चुकी थी, लेकिन वह नहीं जानता था कि वे प्रेत वास्तव में नरसैया की दिमागी उपज हैं । दोनों में गुपचुप मंत्रणा हुई । रात-भर पुजारी द्वंद्वग्रस्त रहा । उसका विवेक उसके प्रलोभन के सामने दम तोड़ रहा था । उसकी भी दरिद्रता पर दानवता हावी होने लगी थी । दूसरे ही दिन गांव में पुजारी ने ऐलान किया कि रात में अन्नप्पा देवता ने सपने में दर्शन दिया और यह संदेश भी दिया कि वे सागवान के जंगल से जा चुके हैं । वहां अब सिर्फ दुष्ट प्रेत रहते हैं । गांव की सारी तबाही के मूल कारण वे ही हैं । आगे और भी विनाश होगा । चूंकि उन प्रेतों से उस जंगल को मुक्त करना संभव नहीं है, इसलिए उस जंगल को कटवा देना ही उचित होगा, तभी समस्त ग्रामीणों की रक्षा होगी ।

मंदिर का पुजारी पुराना था । गांव वालों को उस पर भरोसा था । कोई सोच भी नहीं सकता था कि वह झूठ बोलेगा । भगवान का पुजारी कभी भगवान को धोखा नहीं दे सकता । वे नहीं जानते थे कि भगवान से अधिक ताकत भूख में होती है । भूख ने भगवान के एक भक्त को भी भ्रष्ट बना डाला है । पुजारी पर लोगों का विश्वास इसलिए भी जम गया था कि उसकी बातें नरसैया की उन बातों से हू-ब-हू मिल रही थीं, जो एक ज्योतिषी ने उसे बताई थीं । नरसैया गांव का नायक बन गया था । जंगल के कटने पर गांव वालों

की जो रक्षा होती, उसका पहला श्रेय वे नरसैया को ही देने के लिए तैयार थे। पूरी स्थिति उसके अनुकूल हो चुकी थी। इन बातों का विरोध करने वाले दुविधाग्रस्त थे। चुप थे। अपने में उलझे हुए थे। नरसैया ने देर नहीं की। उसने गांव वालों से कहा कि वह अपने परिचित आंजनेयलु के माध्यम से ठेकेदार से मिलेगा और जंगल काटने के लिए कहेगा। उसका यह नाटक सफल हुआ। राममूर्ति ने युद्धस्तर पर सारी कार्यवाही की। उसने गांव के प्रत्येक परिवार को रुपये दिये। देशी पिलाया। इधर गांव के लोग आंध्र के नव वर्ष उगादि के दिन खा-पीकर नाच-गा रहे थे। जश्न मना रहे थे और उधर सागवान के पेड़ कट रहे थे। मर रहे थे, उनकी लाशें बिछ रही थीं। उन लाशों को ट्रकों पर लादकर ठिकाने लगाया जा रहा था।

नरसैया के मन में आज की रात भी उन कटते पेड़ों का आर्त्तनाद गूंज उठा। उसने बेबस आंखों से कटे पड़े पेड़ों की ओर देखा। वह अपनी रुलाई नहीं रोक पाया। फफक उठा, रो लेने के बाद थोड़ा मन स्थिर हुआ तो उसने जेब टटोली। एक बीड़ी सुलगाई। अंधकार में बीड़ी का सिरा चमकने लगा। उस सुलगते सिरे पर उसकी नजरें टिक गई। वह आग उसकी पुतलियों में समाने लगी। दिल और दिमाग में भरने लगी। उसके शरीर की नस-नस में फैलने लगी। उसका चेहरा तपने लगा। जबड़े भिंचने लगे, मुट्ठियां बंध गई। उसके चेहरे पर एक खूंखार भेड़िया उग आया। वह एक झटके से उठा। बीड़ी पैरों तले रौंदी। रसोई में घुसा, बिना डर या खौफ के। ढूंढकर किरोसिन तेल का टीन उठा लाया। सारा तेल डाक बंगले की खिड़कियों और दरवाजों पर उड़ेल दिया। सारे लोग बेसुध थे। नींद में, नशे में, अंधेरे में कोई प्रेत उनके सर्वनाश में जुटा हुआ है, यह एहसास किसी को नहीं था। नरसैया को भी पता नहीं चला कि कब सागवान के जंगल में रहने वाले उसकी कल्पना के प्रेत उसके भीतर आकार ले चुके थे। उसमें एक पैशाचिक शक्ति समा चुकी थी। वह कुछ भी सोचने-समझने और अनुभव करने से परे अपना काम किये जा रहा था। किसी अदृश्य शक्ति के आदेश पर। उसने पहले एक मशाल बनाई और एक पागल की तरह दौड़ता-भागता, बदहवास-सा उसने पूरे बंगले में आग लगा दी। जब आग सुलग गई, एक ओर खड़े होकर इस विनाशलीला को देखता रहा। देखते-ही-देखते आग ने जोर पकड़ा। लपटें ऊपर उठने लगीं। चारों ओर फैलने लगी। जैसे वे कोई भयानक प्रतिशोध ले रही हों।

डाक बंगले के भीतर जलते-मरते बड़े लोगों की चीखें-चीत्कारें सुनाई पड़ रही थीं। दम तोड़ रही थीं। आग इतनी भयंकर हो चुकी थी कि भीतर से न तो कोई बाहर बचकर आ सकता था और न कोई उन्हें बचाने के लिए बाहर से भीतर जा सकता था। पीछे की कोठरियों से सारे नौकर-चाकर आ चुके थे। आग बुझाने की असफल कोशिशें करते रहे। उनमें से कुछ झुलस भी गये, लेकिन किसी को बचाना संभव नहीं हुआ। उस अंधेरे और आगजनी में किसी की भी नजर नरसैया पर नहीं पड़ी। वह किसी बुत की तरह अपनी जगह स्थिर था। संवेदनारहित, संज्ञाशून्य। लपटें आसमान छू रही थीं। आसपास का सारा कुछ धूं-धूं कर जल रहा था। भीतर की चीखें खत्म हो चुकी थीं। दरवाजे-खिड़कियां टूट-टूटकर गिर रहे थे। पशु-पक्षियों का आर्त्तनाद जंगल में दूर-दूर तक फैल गया था। आसपास के गांवों के लोग दौड़े चले आ रहे थे। पूरी रात यह विनाशलीला चलती रही।

सुबह तक डाक बंगला जलकर राख बन चुका था। भीतर के सारे लोग जलकर मर चुके थे। सिर्फ पीछे की कोठरियां बच गई थीं। सागवान की पूरी लकड़ी सुरक्षित थी। वहां तक लपटें नहीं पहुंच पाई थीं। सुबह तक खबर अन्नप्पा गांव भी पहुंच गई। अड़ोस-पड़ोस के गांव वाले भी जंगल पार करके डाक बंगले पहुंच गये थे। उन्होंने परस्पर सलाह की। उनका देवता अन्नप्पा कट चुका था, मर चुका था, पर जला नहीं था। उन्होंने उसकी रक्षा के लिए सारे पेड़ों को घेर लिया। नौकरों से उन्हें पता चल ही चुका था कि रात यहां कौन-कौन थे। कैसी सौदेबाजी हुई, कितने का वारा-न्यारा हुआ? उन लोगों की आंखों से पर्दा काफी हद तक हट चुका था। गांव के पुजारी के पश्चात्ताप और नरसैया के पलायन से स्थिति स्पष्ट हो चुकी थी। अब वह लकड़ी उनकी संपत्ति थी। उन्होंने उसे अपने अधिकार में कर लिया। अब इसे कोई हाथ भी लगाकर तो देखे! लेकिन अंत तक यह बात रहस्यपूर्ण ही रह गई कि यह आग लगी कैसे? या किस ने लगाई! उस घटना के बाद नरसैया को किसी ने नहीं देखा। पता तक नहीं लगा कि वह जीवित है या जलकर मर चुका है।

□□

(तुलसी प्रभा : सन् 2000)

12

शीर्षकहीन

कभी-कभी ऐसा होता है कि किसी रचना के लिए कोई शीर्षक देना सचमुच संभव नहीं होता है । खासकर तब कि जब यह तय न हो कि उसे किस रूप में लिया जायेगा, या फिर बिल्कुल ही स्पष्ट न हो । अब मैं जो कुछ कहने को हूं, उसे मैं घटना मानूं, आप उसे कहानी समझें, कोई और उसे फैंटसी कहे, तो आखिर शीर्षक तय किस आधार पर हो ? उससे बेहतर है कि उसका कोई शीर्षक रखा ही न जाये । मुझे शक है कि मैं जो कहूंगा, उसे आप सिवाय फैंटसी के शायद और कुछ मानना नहीं चाहेंगे । बहरहाल, आप कुछ भी मानें, पर सब कुछ हुआ वैसा ही है, जैसा कि मैं आपको बताना चाहता हूं । सच तो यह है कि कोई मुझे वही सब कुछ सुनाता, जो मैं आपको सुनाना चाहता हूं तो यकीन मानिए कि मैं भी उसे शुद्ध एक मनगढ़ंत या कोरी कल्पना ही मानता, लेकिन सच्चाई यह कि जब यह सब कुछ मेरे साथ घटा हो, तो मैं खुद इससे कैसे मुकर सकता हूं ? मैं सौ फीसदी यह मानकर ही चलता हूं कि मेरी बात को आप सरासर झूठ मानेंगे, फिर भी चूँकि मैं भुक्तभोगी हूं, मैं सच कहूँगा और सच के सिवाय और कुछ नहीं कहूंगा ।

मुझे याद है कि वह वृहस्पतिवार का दिन था और मुझे एक साक्षात्कार के लिए जाना था । अपने शहर की एक छोटी-मोटी कंपनी में । मैंने उसका विज्ञापन भी एक स्थानीय अखबार में देखा था । वो भी अचानक ही समझिये । अखबार यूँही उलटते हुए उस पर अचानक मेरी नजर पड़ गई थी और मैंने अनमने भाव से ही आवेदन पत्र दे दिया था । मुझे कतई उम्मीद नहीं थी कि साक्षात्कार के लिए बुलाया जायेगा । वृहस्पतिवार को मैं बचपन से ही बड़ा धार्मिक दिन मानता रहा हूं । कारण मुझे ठीक-ठीक याद नहीं है । मैं मंदिर में सिर नवाता हुआ ही मुख्य बाजार पहुंचा, जहां वह कम्पनी थी, यानी उसका कार्यालय था । उसे ढूँढने में ज्यादा दिक्कत भी नहीं हुई । जब मैं कार्यालय

के भीतर पहुंचा, मुझे यह देखकर काफी आश्चर्य हुआ कि मेरे अलावा वहां और कोई उम्मीदवार नहीं था। पहले तो यह शक हुआ कि कहीं किसी गलत जगह तो नहीं आ गया या फिर हो सकता है कि मैं गलत दिन आ गया होऊँ। पूछने पर पता चला कि जगह भी सही थी और दिन भी सही था। मैं इत्मीनान से बैठ गया। जीवन में पहली बार ऐसा हुआ था कि मैं अकेला ही उम्मीदवार पहुंचा था। समय बीतता जा रहा था और मैं अकेला ही बना रहा। इससे मेरी उम्मीद बढ़ती जा रही थी।

बढ़ती उम्मीद के साथ मेरी कल्पना भी बढ़ती जा रही थी। मुझे लग रहा था कि वह नौकरी मिल जायेगी। मिल जायेगी तो स्वाभाविक है कि महीने की एक बंधी तनख्वाह भी मिलेगी। मैं लगभग दिवास्वप्नी हो चला था। मैं साफ देख रहा था कि इससे मेरा खोया हुआ आत्मविश्वास फिर से लौटने लगा है। फाके वाली स्थितिं अब नहीं रही। मां का इलाज ठीक से हो पा रहा है। बहन की शादी के लिए कुछ पैसे बचा पा रहा हूं। छोटे भाई की रुकी हुई पढ़ाई फिर चालू हो गई है। अब लगता है कि शायद निकट भविष्य में मैं भी अपनी शादी की बात सोच सकता हूं। मुझे कालेज में साथ पढ़ने वाली उस लड़की की भी याद आई, जिससे मैं छुप-छुपकर प्यार करता था। मैंने उसे कई खत भी लिखे थे, पर एक भी उसे देने की हिम्मत नहीं हुई थी। सोचा एक बार उसे ढूँढूंगा अवश्य। न जाने कितने-कितने दिवास्वप्नों में लगातार खोता ही जा रहा था।

"हैलो"......एक आवाज मुझे सुनाई पड़ी। मैंने अपने चारों ओर देखा, आसपास कोई नहीं था। मैंने सोचा मेरा भ्रम होगा। मैं फिर अपने ख्यालों में खोने को हुआ, क्योंकि वे ख्याल मुझे सुखद लग रहे थे। सच कहूं तो मैं उन दिवास्वप्नों से निकलना शायद नहीं चाहता था।......"हैलो"......फिर वही स्वर सुनाई पड़ा। इस बार मैं चौंका कि आखिर माजरा क्या है ? कोई दिख नहीं रहा है, फिर कौन किसे बुला रहा है ? "मैं आप ही से कह रहा हूं।" इस बार आवाज बहुत स्पष्ट और करीब से आई थी। शक की कोई गुंजाइश नहीं थी। मैं उठकर खड़ा हो गया। कमरे के चारों ओर गौर से देखने लगा।

"आप खड़े क्यों हो गये, बैठिये न।" मैं एक बारगी चौंक उठा।

"बैठिये तो सही।" स्वर ने कहा। मैं झिझकता-सा बैठ गया।

"मैं आपके बिल्कुल बगल में ही हूं। अपनी बाईं तरफ देखिए।" मैंने

सचमुच उसी ओर देखा, वहां मुझे एक कम्प्यूटर के अलावा और कुछ भी दिखलाई नहीं पड़ा। उधर से मैं अपना ध्यान हटाने को ही था कि वहीं से आवाज निकली।

"मैं कम्प्यूटर ही बोल रहा हूं। आप इस तरह चौंकिये नहीं। मैं आपसे बातें करना चाहता हूं। यहां अकेला काफी बोर हो रहा हूं।"

"तुम बातें कर सकते हो?" मैंने आश्चर्य व्यक्त किया।

"कर सकता हूं और सच कहूँ तो सिर्फ बातें ही कर सकता हूं। इसके अलावा और कुछ करने लायक मैं शायद अब रहा भी नहीं।"

"मैंने अपने जीवन में किसी कम्प्यूटर को बोलते हुए पहली बार सुना है। मैंने कहा।

"हो सकता है लेकिन यह कोई आश्चर्य की बात नहीं है। जब कम्प्यूटर सब कुछ कर सकता है तो बातें क्यों नहीं?"

"तुम्हारा क्या यहां कोई काम नहीं है?" मैंने पूछा। अब मेरी झिझक थोड़ी दूर हो रही थी।

"फिलहाल मेरे पास कोई काम नहीं है और सच कहूँ तो मैं भी आपकी तरह काम की खोज में ही आया हूं।"

"यह तो और भी ताज्जुब की बात है। पहली बार सुना कि कोई कम्प्यूटर काम की तलाश में है, जबकि अब तक यही जानता रहा कि बिना कम्प्यूटर के आजकल कोई काम हो ही नहीं सकता है।"

"क्या तुम कम्प्यूटर जानते हो?" उसने बड़े दोस्ताना अंदाज में पूछा।

"नहीं, कभी इतनी आर्थिक सुविधा जुटी ही नहीं कि सीख सकूं, जबकि यह अच्छी तरह जानता हूं कि इसके बिना आजकल कोई नौकरी मिलती नहीं है।"

"मैं खुद एक कम्प्यूटर हूं, लेकिन मैं भी इन दिनों तुम्हारी तरह बेकार हूं। मैंने भी विज्ञापन देखकर आवेदन दिया था और मुझे भी आज साक्षात्कार के लिए बुलाया गया है।"

"मैं खुश हो रहा था कि शायद आज मैं यहां अकेला ही उम्मीदवार हूं और"......

"और यह नौकरी शायद तुम्हें मिल जायेगी, तुम्हारा इस तरह सोचना स्वाभाविक है। यह भी सही है कि तुम इस नौकरी के मिल जाने पर अपनी

तंगहाली और बदहाली से उबर पाओगे ।"

"यह सब कैसे जानते हो ? मैंने पूछा ।

"यह जानना बहुत मुश्किल नहीं है । तुम समाज के जिस वर्ग से हो, उसकी क्या हालत है, कितनी मुसीबतें हैं ? इन सबका अंदाज मुझे है । तुमने जैसे ही कमरे में कदम रखा, मैं समझ गया कि तुम कितनी उम्मीदें लेकर यहां आये हो । किसी और को यहां नहीं पाकर, मैंने तुम्हारे चेहरे पर बड़ी तसल्ली देखी और यह भी देखा कि तुम किस तरह दिवास्वप्नों में खोते जा रहे हो । मैं यह भी अनुमान लगा सकता हूं कि एक बेहतर जिंदगी की कैसी कल्पना तुम्हारे भीतर करवट लेने लगी होगी ? सच कहूँ तो मुझे अफसोस भी होने लगा कि मैं यहां क्यों आया ? फिर भी दिल से चाहता हूं कि यह नौकरी तुम्हें ही मिले । इन दिनों बेकार मैं भी हूं, लेकिन शायद मुझसे कहीं अधिक इस नौकरी की तुम्हें जरूरत है ।"

मैं उसकी बातें चुपचाप सुनता रहा । थोड़ा आश्चर्य में डूबा, थोड़ी आत्मीयता का अनुभव करते हुए । यह मेरे जीवन का एक अजीबोगरीब अनुभव था । वह जितना सच प्रतीत हो रहा था, उतना ही एक स्वप्न जैसा भी । असमंजस में था कि किसे सच मानूं और किसे झूठ ? कहीं से मुझे नहीं लग रहा था कि मैं किसी मनुष्य से बातें नहीं कर रहा हूं । यदि उसकी ओर न देखूं तो शत-प्रतिशत यही अनुभव हो रहा था कि मैं अपने किसी मित्र या सहकर्मी से बातें कर रहा हूं, बल्कि उसके साथ अपना सुख-दुःख बांट रहा हूं । मैं सच और झूठ के बीच झूल रहा था कि उसने मुझे टोक दिया ।

"क्या सोच रहे हो ?"

"यही कि आखिर तुमने मनुष्य की बोली कैसे सीखी ?"

"मैंने बताया न कि यह कोई बहुत बड़ा चमत्कार नहीं है । मुझमें आदमी की जुबान सीखने की रुचि थी । जो लोग मेरा उपयोग करते थे, उन्हें बोलता हुआ मैं अक्सर सुनता था और उनकी तरह बोलने का अभ्यास भी करता था । यह बात और है कि इसके पूर्व मैंने किसी से इस तरह बातें नहीं की । दूसरी बात यह भी है कि मैं एक पुराना मॉडल हो चुका हूं और तुम शायद जानते होगे कि कम्प्यूटर की दुनिया में पूछ सिर्फ उसकी है, जो एकदम ही नया और अद्यतन है । जरा भी पीछे की चीजें इस दुनिया में महत्त्वहीन और अनुपयोगी घोषित कर दी जाती हैं। चूँकि मुझे भी जीना था, इसलिये मैंने सोचा क्यों न

मैं अपने में एक अलग गुण पैदा करूं ताकि मेरा भी उपयोग बना रहे ।"

"यह तो एक नायाब गुण है । जो एक बार इसके बारे में जान जायेंगे। वे एकदम ही चमत्कृत हो उठेंगे ।"

"संभव है कि ऐसा ही फिलहाल हो, लेकिन मुझे यकीन है कि थोड़े ही समय में मेरा यह गुण भी पुराना पड़ जायेगा । लेकिन तुम घबराओ नहीं । मैं आज के साक्षात्कार में अपने इस गुण का उपयोग नहीं करूंगा ।"

"लेकिन क्यों नहीं करोगे ? लोगों को यह तो जानना ही चाहिए कि तुमने कितना कमाल गुण अपने भीतर पैदा किया है ?"

"तुम्हारी बात ठीक है, लेकिन मैं इसका उपयोग इस बार नहीं करूंगा ।"

"इसकी वजह ?"

"वजह तुम हो । तुम्हारे प्रति मेरे मन में सिर्फ सहानुभूति ही नहीं, वरन अनुराग भी उत्पन्न हो चुका है । मैं गंभीरता से यह चाहता हूं कि कम-से-कम यह नौकरी तुम्हें अवश्य मिल जाये ।"

"फिर तुम्हारी समस्या कैसे हल होगी ?"

"अगली बार सही, किसी और नौकरी के समय इसका उपयोग कर लूंगा ।"

मैं फिर अजीब उलझनों में घिर गया । मुझे नौकरी की सख्त जरूरत थी, इससे मुझे इन्कार नहीं है, लेकिन अपनी नौकरी से कहीं अधिक मेरी इच्छा यह होने लगी थी कि इसमें बोलने का जो अद्भुत गुण है, इसके विषय में दुनिया को अवश्य जानना चाहिए । मुझे विश्वास था कि यह जानने के बाद पूरे विश्व में एक तहलका-सा मचेगा । आखिर उसे भी उसका श्रेय और प्राप्य मिलना ही चाहिए । उसके रास्ते में क्यों एक अड़चन बनूं ?

"मैं जानता हूं, तुम क्या सोच रहे हो, लेकिन तुमसे मेरा अनुरोध है कि इस समय तुम इन सब बातों पर ध्यान मत दो, क्योंकि किसी भी हालत में तुम्हें यह नौकरी हासिल करनी है । ऐसे में किसी को अनावश्यक रूप से अधिक भावुक नहीं होना चाहिए ।"

"क्या तुम खुद मेरे प्रति भावुक नहीं हो रहे हो ?"

"नहीं, मैं तुम्हारे प्रति जो कुछ भी हो रहा हूं, वह भावुकता नहीं है । वह किसी के प्रति सहानुभूति भले ही हो सकती है ।"

"यह भी मेरे लिए कम आश्चर्य की बात नहीं है ।"

"क्या ?"

"तुम एक मशीन होकर भी इतने भावनाशील कैसे हो ? सच तो यह है कि आज तक किसी मनुष्य से भी मुझे इतनी हमदर्दी नहीं मिली । मेरी समझ से यह बिल्कुल परे है कि एक मशीन में इतनी मानवीयता कहां से आ गई ?"

"मशीन बनाया मनुष्य ने ही है पर, उसकी सबसे बड़ी भूल यह है कि वह मुझमें वह नहीं भर पाया, जिसकी सबसे बड़ी आवश्यकता है । कम्प्यूटर में उसने सूचनायें तो भरपूर ठूंस दीं, पर वह उसमें संवेदनायें डाल नहीं पाया । वह यह समझ ही नहीं पाया कि बिना संवेदनाओं के सूचनायें बहुत निर्मम, अधूरी और अमानवीय भी हो सकती हैं, यही वजह है कि आज मशीन ही मनुष्य पर हावी हो रही है, जबकि मनुष्य ही उसका आविष्कारक है ।"

"मेरा प्रश्न कुछ और था ।" मैंने उसे टोका ।

"मैं जान रहा हूं, लेकिन मैं भी क्या करूं, बीच-बीच में मेरी पीड़ा उभर आती है, बहरहाल तुम्हारे प्रश्न का जवाब यही है कि मेरे भीतर जो संवेदनायें आ गई हैं उसकी वजह है, मनुष्य की वह जुबान जो मैंने सीखी है । उस जुबान में ही वह जज्बात भी है । जो इस जुबान को संजीदगी से सीखता है, वह स्वाभाविक रूप से जज्बाती भी हो जाता है ।"

"कुछ-कुछ मैं तुम्हारी बात समझ रहा हूं, लेकिन अब भी तुम्हारी बोली और तुम्हारी भावनायें, दोनों ही मेरे लिए परम आश्चर्य की बातें हैं ।"

"खैर छोड़ो इन बातों को, कुछ अपने बारे में बताओ । अपनी मां, भाई, बहन, पिता, परिवार के बारे में ।"

"क्या करोगे वह सब सुनकर ? कुछ भी नया नहीं है । सब कुछ वही घिसा-पिटा है, जो किसी भी निम्न-मध्यम्वर्गीय परिवार में होता है । वह दुःख, दर्द, अभाव, हारी-बीमारी, ऐसा क्या है, जो मैं तुम्हें सुनाऊं । वह सब फिर से कहना, अपने ही घावों को कुरेदना है ।"

"ठीक है छोड़ो उन सबको । मैं तुम्हारा दिल नहीं दुःखाना चाहता । चलो कुछ और बातें करते हैं । सच बताना क्या तुमने कभी किसी से प्यार किया है ?"

"करने से भी क्या होना-जाना है । इस देश में तो प्यार-वार भी पैसे वालों के चोंचले हैं । किसी गरीब से कोई भी लड़की प्यार नहीं करना चाहती है,

भले ही वह खुद गरीब क्यों न हो ? यह भी आजकल पैसे का खेल हो गया है । सच जानना चाहते हो तो, हाँ मैंने भी प्यार किया है और मेरे प्यार का भी वही हश्र हुआ है, जो इस देश में किसी भी गरीब लड़के का होता है ।"

"तुम्हें इतना निराश भी नहीं होना चाहिए । मैंने तो सुना है कि प्यार किया नहीं जाता है, बल्कि हो जाता है । ठीक है, तुमने किया और वह फला नहीं, इसलिए इस बार करना नहीं, होने दो ।" यह कहकर वह हंस पड़ा । मुझे भी हंसी आ गई। हम दोनों ही कुछ हल्के मूड में आ गये । हमारे बीच कुछ इतनी अंतरंगता से बातें हो रही थीं, मानो हम बड़े पुराने मित्र हों और बरसों बाद फिर मिले हों । इतनी ही देर में जैसे हमारे बीच के सारे भेद-भाव दूर हो चुके थे । शायद हम यह भी भूल चुके थे कि हममें से एक मनुष्य और दूसरा मशीन है । दुनिया की एक बहुत बड़ी घटना हमारे बीच बड़े ही अनायास ढंग से घट रही थी और हमें जैसे इसका एहसास ही नहीं था । शायद हम यह भी भूल चुके थे कि हम वहां एक साक्षात्कार के लिए आये हैं । यदि उसी समय हमें भीतर नहीं बुलाया जाता तो हमें इसकी याद भी शायद नहीं आती । साक्षात्कार के लिए नाम मेरा ही पुकारा गया था, लेकिन मैं उसे भी अपने साथ ही भीतर लेता गया । एक कम्प्यूटर को साथ उठा लाते देखकर वहां बैठे सारे ही लोग हंस पड़े । एक सदस्य ने खुलकर कह भी दिया कि आजकल हर उम्मीदवार कम्प्यूटर जानता है । यह हमें अच्छी तरह मालूम है, इसके लिए इसे यहां उठाकर लाने की बेवकूफी आपने क्यों की ? मुझे तुरंत इसका कोई जवाब नहीं मिला और मैं बगले झांकने लगा । मैंने यह अनुमान भी नहीं लगाया था कि इस तरह भीतर पहुंचते ही मेरा मजाक उड़ाया जायेगा । मैं जरा नर्वस हो गया था । शायद मेरे मित्र से मेरी यह हालत नहीं देखी गई और वह अपने को जब्त नहीं कर सका । उसने छूटते ही कहा कि वह भी इस साक्षात्कार में एक उम्मीदवार है, इसलिए बेहतर होगा कि इसके लिए किसी और को दोषी न ठहराया जाये ।

उसके मुंह से यह सुनना था कि वहां तहलका मच गया । उसे चारों ओर से बुरी तरह घेर लिया गया । वहां एक भीड़ जुट गई । लोग उस पर प्रश्नों की बौछार करने लगे । वह बार-बार एक ही बात कहता रहा कि पहले जो व्यक्ति मेरे साथ आया है, उसका साक्षात्कार लिया जाये, बाद में मैं सबका समाधान दूँगा, लेकिन किसी को धैर्य नहीं था । लोग पागल हो रहे थे । उसका

अनुरोध, उनके आक्रमण के सामने मंद पड़ता जा रहा था। किसी का भी ध्यान मेरी ओर नहीं था, जबकि वह हर संभव प्रयत्न कर रहा था कि वे लोग मेरा साक्षात्कार लें। उसकी आवाज नक्कारखाने में तूती जैसी हो रही थी। मैं अलग-थलग और उपेक्षित खड़ा था। समझ चुका था कि वहां उस तरह खड़े रहने का कोई तुक नहीं है। इसलिये मैंने यही बेहतर समझा कि चुपचाप वहां से खिसक जाऊँ। जाने से पहले एक बार मैं अपने उस मित्र से विदा लेना चाहता था, लेकिन इसकी कोई गुंजाइश नहीं थी, इसलिए मैं वहां से बाहर आ गया। थोड़ी देर बाहर मनहूस और मायूस खड़ा रहा। मुझे लग रहा था कि मैं अपने किसी बेहद अंतरंग को वहां जाहिलों के बीच छोड़कर जा रहा हूं। मेरे मन में अपराध भाव था। एक छटपटाहट भी थी कि उसे किसी भी तरह उनके चंगुल से छुड़ा लाऊँ, लेकिन मैं विवश था, अकेला था। मेरा विरोध करने पर वे मेरे साथ कैसा भी बुरा सलूक कर सकते थे ? मैं मन मारकर अपने घर की ओर चल पड़ा। मेरा तन-मन बड़ा भारी था। बार-बार यही लग रहा था कि उसे उस असहाय हालत में छोड़कर मुझे नहीं आना चाहिए था। मैं सीधे घर नहीं जाकर एक छोटे से पार्क में बैठ गया। काफी देर उन्हीं बातों पर सोचता रहा। सारा कुछ इस तरह बीत गया, मानो मैंने कोई स्वप्न देखा हो। हर बार वह सब कुछ सच से ज्यादा सपना ही लग रहा था। बहुत देर तक सोचने के बाद मैं इस नतीजे पर पहुंचा कि जो कुछ मेरे साथ हुआ, वह तो होना ही था, लेकिन जो कुछ उसके साथ हो रहा है, वह उसके लिए जरूरी भी है, क्योंकि उसने जो अपने में अद्‌भुत और आश्चर्यजनक गुण उत्पन्न किया है, उसे इसी किसी तरह एक पहचान मिलनी थी। उसकी उपलब्धि के बारे में पूरे विश्व को जानना भी चाहिए। मैंने किसी तरह अपने को तसल्ली दी, समझाया, शांत करने की कोशिश की। अपने घर लौट आया। उस रात मैं ठीक से सो नहीं सका। हमारे बीच की वे सारी बातें मेरे कानों में बार-बार गूँजती रहीं। रात भर मैं करवटें बदलता रह गया। धीरे-धीरे मैं उस प्रसंग को भूलने की चेष्टा करने लगा, लेकिन वह सब कुछ मेरे भीतर इतनी गहरी जड़ें जमा चुका था कि भूलना संभव नहीं हो रहा था। सच तो यह है कि उस घटना के बाद मैं जरा उदास रहने लगा था, अकेलापन कुछ अधिक लगने लगा था। जैसे मैंने अपने किसी अंतरंग को कहीं खो दिया है। दिन बीतने लगे थे। नौकरी का कोई जुगाड़ नहीं हो रहा था। कभी-कभी

मन में यह ख्याल आता था कि यदि उस दिन मेरा वह साथी भी साक्षात्कार के लिए नहीं आता तो शायद वह नौकरी मुझे मिल जाती, लेकिन इस बात को लेकर मुझे कोई अफसोस नहीं था। अफसोस यदि सचमुच था, तो इस बात को लेकर कि फिर कभी उससे मुलाकात नहीं हो पाई और न होने की ही कोई गुंजाइश थी। वह घटना मेरे जीवन में कुछ इस तरह बीती मानो किसी दूसरे जन्म या किसी दूसरे ग्रह की घटना हो। बीतते समय के साथ वह घटना मेरे जेहन में धीरे-धीरे धुंधलाने लगी थी कि उसी समय एक दिन मुझे एक पत्र मिला। मैंने पत्र को इस उत्सुकता के साथ खोला कि शायद उसमें किसी साक्षात्कार के लिए फिर कहीं बुलाया गया हो, लेकिन मैं लगभग आसमान से गिरा, जब यह पता लगा कि वह मेरे उसी कम्प्यूटर मित्र का लिखा पत्र है। उस पत्र में उस मित्र ने जो कुछ लिखा, वह ज्यों का त्यों आपके सामने रख देता हूं......

प्रिय भाई,

आशा करता हूं, तुम मुझे नहीं भूले होगे। एक बार याद दिला दूँ कि हम एक साक्षात्कार में मिले थे। उस दिन का एक-एक क्षण और एक-एक बात मुझे अभी तक याद है। थोड़ी ही देर में कितनी अंतरंगता हममें आ गई थी ! पहली बार किसी मनुष्य से इतनी पहचान और मित्रता हुई थी। उस दिन मैंने यही महसूस किया कि मनुष्य की जुबान सीखकर मैंने एक अच्छा काम किया। किसी मनुष्य से बात करने का मेरा पहला प्रयोग बड़ा ही सुखद और सार्थक था, लेकिन उसके बाद साक्षात्कार कक्ष में जो कुछ हुआ, वह बड़ा ही अपमानजनक और दुःखद था। मैंने कल्पना नहीं की थी कि वे लोग हमारे साथ इस तरह पेश आयेंगे। सच कहूं तो वहां मैं अपने उस गुण का इतनी जल्दी इस्तेमाल भी नहीं करना चाहता था, लेकिन जब उन्होंने तुम्हारा मजाक उड़ाना शुरू किया तो मुझसे रहा नहीं गया। उसके बाद तो सारा मामला ही उलट गया। मेरा भी मूड वहां से बिल्कुल ही उखड़ गया। मुझे पता ही नहीं चला कि तुम वहां से कब निकल गये ? मैं समझ सकता हूं कि तुम्हारे पास और कोई विकल्प भी नहीं रह गया था। तुम्हारे जाने के बाद उन लोगों ने मुझे और भी बुरी तरह घेर लिया। वे किसी भी कीमत पर मुझे वह नौकरी देने के लिए तैयार थे। उनकी बातों से यह मंशा भी स्पष्ट हो चुकी थी कि वे भविष्य में मेरा यह गुण लेकर पूरी दुनिया से भारी सौदा करना चाहते थे

ताकि वे रातों-रात अरबों रुपये कमा सकें। मैंने नहीं सोचा था कि मशीन बनाने वाला मनुष्य खुद एक दिन मशीन से भी बदतर हो जायेगा। सूचनायें तैयार करते-करते कोई इतना संवेदनहीन कैसे हो सकता है ? यह अब भी मेरे लिए परम आश्चर्यजनक है। मैंने उस वक्त यही अनुभव किया कि मैंने मनुष्य की जुबान सीखकर शायद सबसे बड़ी भूल की। उसकी जुबान सीखने का सबब भी क्या है ? जब वह खुद अपनी जुबान भूल कर हमारी जुबान अपनाते हुए मनुष्य से स्वयं ही एक मशीन में तब्दील हो रहा हो। खैर, उस दिन बड़ी मुश्किल से मैंने उनसे पीछा छुड़ाया, यह कहकर कि मैं उनके प्रस्ताव पर विचार करूंगा। कुछ की नीयत यह बन रही थी कि जब तक मैं उनकी बात न मान जाऊँ, मुझे कहीं कैद कर रखा जाये, ताकि मैं कहीं भाग न जाऊँ। वे इस बात को लेकर उलझे हुए थे कि मैं मौका निकालकर वहां से भाग चला। मनुष्य की भाषा सीखने के बाद यदि मैं तुम्हें वह नौकरी दिलाने में कामयाब होता तो शायद मेरे सीखने का मकसद भी पूरा होता। तुम्हारे साथ भीतर जाने का कारण यही था कि मैं अपनी ओर से भी पूरा जोर लगाऊं कि वह नौकरी किसी भी हालत में तुम्हें मिल जाये। मेरा दुर्भाग्य कि मेरा वैसा सोचना या करना ही तुम्हारे लिए अपमानजनक और अड़चनकारक बन गया, इसीलिये मैंने यह फैसला किया है कि अब आगे कभी मनुष्य की इस भाषा का उपयोग नहीं करूंगा। यह भाषा अपना अर्थ और आधार खोती जा रही है। चूँकि मैं अपने इस अतिरिक्त गुण के बिना यों भी बहुत पिछड़ा और पुराना हो चुका हूं, इसलिये अब वजूद में बने रहने का भी कोई अर्थ नहीं रह गया है। मुमकिन है कि आगे फिर कभी हमारी मुलाकात ही न हो। मैंने एक कोशिश की थी कि जीने का एक नया अर्थ और आधार तलाश करूं, लेकिन मेरी सबसे बड़ी गलती शायद यह थी कि मैंने उसे गलत जगह, गलत समय, गलत लोगों के बीच तलाशने की कोशिश की। अच्छा दोस्त, अलविदा। मेरा भविष्य तो खैर समाप्त हो चुका है, लेकिन इस भाषाहीन और संवेदनहीन संसार में तुम्हारा क्या भविष्य है ? यह भी समझ में नहीं आ रहा है। सूचना तकनीक के इस युग में, इस देश में, मानवीय सरोकार सबसे ज्यादा उलझ गये हैं, यही मेरी सबसे बड़ी पीड़ा भी है। अंत में बस इतना ही कहना चाहता हूं दोस्त कि हो सके तो इस भयानक मानवीय तंत्र से जरूर लड़ना और लड़कर भी अपने भीतर की शेष मानवीयता को हर कीमत पर बचाने

की कोशिश करना । मेरी शुभकामना ।

तुम्हारा अनाम मित्र

इस पत्र को पढ़कर मैं हतप्रभ रह गया, क्योंकि इसमें एक मशीन द्वारा मनुष्य की वाणी में, मनुष्यता को बचाने की गुहार की बड़ी मार्मिक गूँज सुनाई पड़ी, इसीलिये मैंने सोचा कि यह पत्र मैं आपके सामने जस-का-तस रख दूँ। मेरा वह मित्र अनाम था और मेरी यह कहानी शीर्षकहीन है, क्योंकि जब उसका वजूद और मेरा भविष्य तक अस्पष्ट तथा अनिश्चित है त: ऐसे में किसी शीर्षक का तुक ही क्या है ? बहरहाल जो कुछ जैसा हुआ, मैंने आपको सुना दिया, आगे जो भी फैसला लेना हो, आप खुद ले लें । इसके बाद इस घटना या दुर्घटना, सच या स्वप्न की न तो कोई गति है, न कोई संगति, इसलिये मैं भी आपसे विदा लेता हूं ।

❑❑

(जनसाहित्य : सन् 2001)

13

खिड़की

वह अपने ड्राइंग रूम में बैठा, चाय की चुस्कियां लेते हुए अखबार उलट रहा था कि तभी सामने वाले घर के आगे एक ऑटो रुका और युवा दम्पति उससे उतरकर, घर के भीतर चले गये। उनका चेहरा तो वह ठीक से नहीं देख पाया, पर उसे लगा कि वे बहुत मौजमूड में हैं। उनको लेकर उसकी उत्सुकता तथा उत्साह जैसे उनके साथ ही एकाएक लौट आया। उसकी भेदी नजरें उस घर की ओर पुनः लग गईं, खासकर घर की खिड़की की ओर। उसे लग रहा था कि खिड़की बस अब खुली कि तब। चाय पीना और अखबार पढ़ना भूलकर वह उसी ओर मुड़कर जम-सा गया। दरअसल उसे काफी दिनों से उनका इंतजार था। उनके घर खुलने तथा विशेषरूप से खिड़की खुलने का, जो निश्चय ही उनके बेडरूम की खिड़की थी। उसकी सघन रुचि उस दम्पति में थी तथा उसका तीव्र ध्यान उस खिड़की पर लगा रहता था, जो संयोग से, उसके ड्राईंग रूम के ऐन सामने पड़ती थी, जहां बैठकर, बड़ी आसानी और इत्मीनान से वह खिड़की पर अपनी नजरें जमा सकता था। यदि खिड़की का पर्दा जरा भी सरका हो तो भीतर के क्रियाकलापों का जायजा वह सुविधापूर्वक ले सकता था। यों इस खेल में वह इतना कुशल हो चुका था कि अगर पर्दा ढका भी हो तो भी पर्दे के पीछे की गतिविधियों का सहज अनुमान वह लगा लेता था।

उनके घर की खिड़की प्रायः रात को बंद ही रहती थी, जो स्वाभाविक था, क्योंकि दम्पति नये थे, यानी उनका विवाह शायद कुछ समय पहले ही हुआ था और वे सामने वाले घर में रहने आये थे, तभी से वह उन्हें लेकर व्यस्त हो उठा था। जैसे उसे एक जरूरी काम मिल गया था। समय काटना अब उसके लिए समस्या नहीं रह गई थी। खिड़की खुली और बंद, दोनों तरह से उसकी गहरी जिज्ञासा का केंद्र बन चुकी थी। रात को खिड़की के बंद होने

से उसे खीझ होती थी। खुली ही रहती तो शायद वह रात भर भी बैठा ही रहता कि शायद उसकी नजरों को कोई निवाला मिल जाये। उसकी बड़ी इच्छा होती थी कि काश! रात को भी खिड़की खुली रहती, पर्दा सरका होता, भीतर जीरो पॉवर की सही रोशनी होती तो उसकी रात भी दिन की तरह कटती, पर ऐसा होता नहीं था, पर ऐसा होना शायद अब उसके लिए बहुत जरूरी भी नहीं रह गया था, इसलिये कि खिड़की के उस ओर जो कुछ हो रहा होता, उसका अंदाजा लगाना, बल्कि अपनी भीतरी तथा भेदिया नजरों से सब कुछ देखना-भांपना-सूंघना तक उसके लिए अधिक मुश्किल नहीं रह गया था। वह आसानी से वहां तक पहुंच सकता था, उसमें शामिल भी हो सकता था, तसल्ली की बात यह थी कि सुबह खिड़की खुल जाती थी। कई बार वे पर्दा सरकाना शायद भूल जाते थे और वह एकटक उधर देखने में लीन हो जाता था। मजे क़ी बात यह है कि उसे ऐसा कुछ दिख जाता था, जो उसके देखने को सार्थक बना देता था, इससे उसे बड़ा सुख-संतोष मिलता था। जैसे उसे दिन भर की खुराक मिल जाती थी, जो जाहिर है कि उसकी जिज्ञासा तथा आकर्षण को और बढ़ा देता था।

जब से वे उसके सामने वाले घर में रहने आये थे, उसकी दिनचर्या यही बन गई थी। पति के दफ्तर जाने के बाद, चूँकि उसकी युवा, सुंदर बीवी घर में अकेली रह जाती थी, इसलिये वह मानसिक रूप से अधिक सक्रिय हो उठता था। उसकी नजरें पल भर के लिए भी, खिड़की से हटती नहीं थीं। उसकी अपेक्षा के अनुरूप कुछ खास नहीं दिखने पर भी, उसकी टोही नजरें उसे अपने अनुकूल कुछ ऐसा दिखा ही देती थीं कि वह सिहरन और उत्तेजना से भर उठता था। उसके अनुमान और उसकी कल्पना, दिनरात, बेरोकटोक खिड़की के आरपार होते रहते थे। यह एक दुर्लभ संयोग था कि सामने वाला घर जब खाली हुआ, तो उसमें रहने आया यह नवविवाहित जोड़ा और उनकी खिड़की उसके कौतूहल और आकर्षण का विषय बने। शुरू-शुरू में वह खिड़की खुली हो, उसका पर्दा सरका हो, भीतर की कुछ-कुछ झलकियां मिलती हों, तभी उसे आनंद आता था, पर अब वह इतना पक चुका था, उसके अनुमान इतने पुख्ता, कल्पनायें इतनी पुरजोर हो चुकी थीं कि खिड़की खुली हो या बंद, उसे उनके बीच पहुंचने में कोई कठिनाई नहीं होती थी। यहां तक कि पति घर में मौजूद हो या न भी हो, वह उसकी युवा-सुंदर पत्नी के साथ

खुद को हर स्तर पर जोड़ लेने में माहिर हो चुका था। वह बड़ी आसानी से, पूरे प्रकरण से पति को दरकिनार करके, उसकी जगह स्वयं को स्थापित कर लेता था। दिन भर खिड़की का खुला रहना उसके लिए राहत की बात थी। रात खिड़की के बंद होने के कारण, देर रात तक उसकी कल्पना अपनी उड़ानें भरती रहती थी, पर वह उड़ान उसके ड्राईंग रूम से लेकर उनके बेडरूम तक ही सीमित होती थी। जब से वे लोग उस घर में रहने आये थे, उसने अपने बेडरूम में सोना छोड़ दिया था। वह कोई भी मौका खोना नहीं चाहता था। मौका यदि न भी मिले तो बलात् निकाल लेता था। उसे बेहद खुशी होती थी कि उसके अनुमान इतने सही और उसकी कल्पनायें इतनी सटीक होती थीं।

खिड़की, युवा दम्पति, भीतर-बाहर के क्रियाकलाप, उसके अनुमान-कल्पना के समूचे प्रसंग में रुकावट तब पैदा हुई, जब वे, उस घर में आने के बाद, पहली बार कहीं बाहर गये। उसे कोई संदेह नहीं था कि वे लोग हनीमून पर गये होंगे। वे हनीमून पर कहां-कहां जा सकते हैं, इसका भी काफी कुछ अंदाज उसे था। उसने मानसिक रूप से उनका पीछा भी किया, पर उसे विशेष आनंद नहीं आया, इसलिये कि उस पूरे प्रसंग में कहीं खिड़की नहीं थी और शायद इसीलिये वह खुद भी वहां हो नहीं पा रहा था। उसके लिए खिड़की निहायत जरूरी थी, चाहे बंद हो या खुली। पहले दो-एक दिन वह कुछ मायूस रहा, जैसे उन्होंने जाकर सही नहीं किया, वरन उसके साथ अन्याय किया, पर फिर उसने खिड़की से जुड़ा एक नया अध्याय खोल लिया। उसने बंद खिड़की से उनके बेडरूम में जाना शुरू कर दिया। उनकी अनुपस्थिति में उनका बिस्तर छूना, चादर की सलवटें सहलाना, उस पर लेटना-लोटना, उनके तकिये सूंघना, उसका नया शगल बन गया। उनकी गैरमौजूदगी में उनके बेहद अंतरंग तथा अभिन्न सम्बन्धों की तहों को उघेड़ने में उसे एक नये तरह के रहस्य-रोमांच का अनुभव होने लगा। यह उसके लिए एक सघन शोध का विषय बन गया। इस शोध में वह जितने गहरे उतरता गया, उसकी अतृप्ति उतनी ही बढ़ती गई। यह उसके लिए एक अतिरिक्त अभ्यास की बात थी, इसलिए वह बड़ी बेचैनी के साथ उनका इंतजार कर रहा था कि वे लौटें तो उसका पुराना सहज, संभावनापूर्ण, अभ्यस्त, अनुमानजनक अध्याय पुनः शुरू हो जाये और वह इस अतिरिक्त खोज से निजात पाये। इस खोज को बहुत लंबा खींचना शायद उसके लिए संभव नहीं था। वह अपने

आनंद के लिए इतना श्रम करने के लिए तैयार नहीं था। उस दम्पति के सशरीर घर में और खिड़की पीछे होने की बात ही और थी, इसलिये उसके इंतजार की तीव्रता बढ़ती जा रही थी।

आखिर उसका इंतजार पूरा हुआ। वे आ चुके थे और यह उसके लिए बड़ी तसल्ली की बात थी। उनका घर फिर खुल चुका था तथा वह आश्वस्त था कि खिड़की भी खुलनी ही है। खुलने का उसके लिए मतलब था पुनः दो युवा देहों का अस्तित्व में आना, उनके बीच देह भाषा पुनः प्रवाहित होना। उसे भी उनके साथ ही उसमें प्रवाहित होना था। कभी दोनों के बीच या पीछे, कभी सिर्फ युवा सुंदर पत्नी के साथ या फिर उसके आसपास। वह निश्चिंत था कि वे हनीमून से ही लौटे होंगे, इसलिये स्वाभाविक है कि उनमें अंतरंगता बढ़ी होगी, वे अधिक रोमांटिक हुए होंगे, उनके बीच देह सम्बन्धों के नये अछूते आयामों का विकास हुआ होगा, तथा यह सब उसके लिए बरास्ते खिड़की और भी आनंददायक, आह्लादक, उत्तेजक तथा उत्साहजनक था। चूँकि अब पुराना अध्याय नए रंगरूप में फिर शुरू होने वाला था, इसलिये उसने अपने को उनकी खिड़की की ओर स्थिर कर लिया और अपने अनुमान तथा कल्पना को बेलगाम छोड़ दिया। उसका अंदाज था कि चूँकि घर कई दिनों के बाद खुला है, इसलिये खिड़की भी हर हालत में खुलेगी ही, पर उसे बेहद ताज्जुब हुआ कि दिन भर वह बंद ही रही। उसे काफी कोफ्त हुई। लगा कि उन्हें ऐसा नहीं करना चाहिए था। आखिर इतने दिनों में बंद खिड़की खोलनी ही चाहिए थी ताकि अंदर की दुर्गन्ध बाहर निकले तथा बाहर की स्वच्छ हवा अंदर जाये, नहीं हवा तो कम-से-कम उसकी नजरों को इतनी छूट मिलनी ही चाहिए, खासकर इतने इंतजार के बाद ताकि खिड़की थाम सकें और झांक सकें, पर उसकी सारी खीझ के बावजूद खिड़की नहीं ही खुली। उसे शक हुआ कि कहीं उन्हें यह पता तो नहीं लग गया कि कोई उनकी अनुपस्थिति में उनके घर में किसी भी तरह तथा रूप में घुस कर, उनकी चीजें उलटी-पलटी हों, देखा-सूँघा हो, पर फिर उसे लगा कि उन्हें इतनी फुर्सत कहां कि इसमें उलझें। वे तो अपने में ही व्यस्त-मस्त होंगे। आज ही तो आये हैं, पति को दफ्तर भी आज नहीं जाना होगा, दोनों के बीच हनीमून की सुखद स्मृतियां होंगी, रोमांच-रोमांस होगा, तो जाहिर है कि कम-से-कम आज का दिन वे, अपनी खिड़की के पीछे, अपने बेडरूम में,

उन स्मृतियों को फिर साकार करेंगे, इसलिये उसे भी आज एक नया अंदाज और आस्वाद मिलेगा। इसी उम्मीद में वह सुबह से शाम तक, शाम से रात तक खिड़की के खुलने का इंतजार करता रहा। उसके खुलने की प्रतीक्षा, प्रतीक्षा की उत्तेजना इतनी बढ़ती जा रही थी कि वह तनावपूर्ण होता गया। नतीजा यह हुआ कि उसकी भीतरी भेदिया नजरें भी आज उस बंद खिड़की को अपने भीतर खोलने में कामयाब नहीं हो पा रही थीं, इसलिये उसकी कल्पना, उसका अनुमान भी साथ नहीं दे पा रहे थे और वे बड़ी बेचारगी के साथ खिड़की के बाहर ही चक्कर काट रहे थे।

शाम डूबने के बाद अचानक उसने देखा कि पति ने अपना स्कूटर बाहर निकाला, पत्नी भी बाहर आई और स्कूटर के पीछे बैठ गई। उसने पति की कमर को घेर लिया। स्कूटर आगे बढ़ गया, पर उसकी अपनी कमर में गुदगुदी काफी देर तक होती रही। अब उसके इंतजार का तनाव और भी बढ़ गया। उसे रह-रह कर क्रोध आने लगा कि इतने दिन तो बाहर रहे, मौजमस्ती की, फिर क्या यह जरूरी था कि आज भी किसी पार्क या रेस्ट्रां या सिनेमा जाते ही। खैर जायेंगे कहां, कितनी देर बाहर रहेंगे, लौटना तो है ही। उसने भी तय कर लिया कि जब तक वे लौटकर नहीं आते, वह उनके घर तथा खिड़की से अपनी नजरें नहीं हटायेगा। इस बीच उसने कोशिश की कि वह किसी भी तरह खिड़की के उस ओर जाये, पर संभव नहीं हुआ। उन्हें लौटने में जितनी देर हो रही थी, उसका क्रोध, क्षोभ, उतावलापन भी उतना ही बढ़ता जा रहा था। बार-बार उसकी इच्छा हो रही थी कि वह उनका घर तोड़कर भीतर घुस जाये, खिड़की सपाट खोल डाले, उसमें लगी जाली काट दे ताकि उसे भीतर का जायजा लेने में कोई दिक्कत न हो। दरअसल वह काफी हिंसक होता जा रहा था। आज की खास रात उनके बीच के शारीरिक उत्सव को आकण्ठ मानसिक भोग के लिए आकुल-व्याकुल हो रहा था। उससे बैठा नहीं गया तो वह कमरे में ही चक्कर काटने लगा।

आखिर उसकी बेसब्र प्रतीक्षा पूरी हुई। वे लौटे। उसने देखा कि इस बार पत्नी का सिर बड़े प्रेम से पति के कंधे पर टिका है। पति ने उसे अपनी बांहों में थाम लिया और भीतर ले गया। वह ठीक-ठीक तय नहीं कर पाया कि थाम पति ने रखा था या फिर खुद उसने। खैर, लंबी प्रतीक्षा के बाद उनके बेडरूम में रोशनी जली। अब बारी खिड़की खुलने की थी, जिसे हर हाल

में खुलना ही था, बल्कि खुलना ही चाहिए था । वह सावधान हो गया । उसकी आंखें सक्रिय हो उठीं, उसकी कल्पना तथा अनुमान आदि सजग हो गये, पर उसका दुर्भाग्य कि पूरी रात भी खिड़की नहीं खुली । वह रात उसके लिए कयामत की रात थी । उसके भीतर की क्रूरता, हिंसा लगातार बढ़ती जा रही थी । किसी भी क्षण वह अपने घर से निकल कर उनके घर पर धावा बोल सकता था । उसने लगभग पूरी रात इसी जद्दोजहद में बिताई । उसका सिर भन्ना रहा था, आंखें कडुआ रही थीं, दिल उबाल खा रहा था, लेकिन वह घर से बाहर निकलने की हिम्मत नहीं जुटा पाया । झक मारकर उसे सोना पड़ा । उसने तय कर लिया कि चाहे कुछ भी हो जाये, दूसरे दिन वह इसका बदला लेकर रहेगा । उन्हें ऐसा सबक सिखलायेगा कि जिन्दगी भर याद रखें ।

सुबह उठकर उसने देखा कि सामने वाले घर के बाहर भीड़ जुटी है । वह चौंका । बाहर आया । पूछने पर पता लगा कि कल रात युवा, सुंदर पत्नी ने आत्महत्या कर ली ! यह सुनकर उसके भीतर किसी तरह की हलचल नहीं हुई । उसने लगभग निर्विकार भाव से देखा कि खिड़की अब भी बंद है । गंभीर बीमारी......अस्पताल......जाँच......डॉक्टर.......दवा......रिएक्शन......जैसे कुछ शब्द उसके कानों में पड़े, पर उसने इन पर ध्यान नहीं दिया । लगा कि ऐसी हारी-बीमारी, घटना-दुर्घटनायें तो आये दिन लगी ही रहती हैं, इन पर कितना और कहां तक ध्यान दिया जा सकता है ? वह कुछ व्यस्त भाव से वहां से हट कर अपने घर में घुस गया । चूँकि अब उस खिड़की में उसकी रुचि अचानक खत्म हो चुकी थी, इसलिये उसने अपने ड्राईंग रूम का दरवाजा बंद कर दिया । किसी अन्य खिड़की की खोज में उसने अपने बेडरूम का दरवाजा खोल लिया । एक और संयोग कि किसी अन्य के घर की एक खिड़की उसे ऐन सामने दिख गई । वह उत्सुकतापूर्वक, उत्साह के साथ उस नई खिड़की में प्रवेश करने की तैयारी में जुट गया ।

❑❑

(कथाबिम्ब : सन् 2004)

14

विकलांग

मुझे पहले से ही कुछ ऐसी आशंका थी कि वह लड़का नहीं बचेगा। इसलिए नहीं कि वह मानसिक रूप से विकलांग था, बल्कि शायद इसलिए कि मुझे यह संदेह होने लगा था कि उसे जितना प्यार और उपचार चाहिए, वह नहीं मिल रहा है और न ही उस घर से मिलेगा। ऐसी बात नहीं है कि वह मरने वाला था या उसमें जीने के लक्षण नहीं थे, बल्कि दो-एक बार जब मैं उससे नहीं मिल रहा था। उसके घर के लोगों ने यह मान लिया था कि वह विकलांग है और रहेगा, इसलिए उसको उसकी इस कमी के बावजूद जीने का एहसास दिलाने का कोई प्रयत्न नहीं किया जा रहा था। जब पहली बार उसे देखने के लिए मुझे उसके परिवार के लोगों ने अपने घर बुलाया, तब मैंने देखा कि घर के सबसे बुरे, छोटे से कमरे में उसे रखा गया था, जहां न हवा थी, न रोशनी। मेरे पूछने पर मुझे बताया गया कि चूंकि उसका सब कुछ बिस्तर पर ही होता है, इसलिए कहीं और रखना संभव नहीं है। उस कमरे में घुटन थी, बदबू थी, अंधेरा था। यह सब मुझे अच्छा नहीं लगा। मैंने उन्हें इसके सम्बंध में कुछ जरूरी हिदायतें दीं, पर बाद में भी उन लोगों ने इस पर ध्यान नहीं दिया। इस तरह किसी विकलांग को विकलांग के रूप में स्वीकार कर लेना, हमारे अपने मानसिक दीवालियेपन की ही निशानी है। जो मरीज अपना जीवन खुद जीने में असमर्थ है, उसे जीवन देना पड़ता है, जीना सिखाना पड़ता है, पर ऐसी कोई भी कोशिश घर के सदस्यों में दिखलाई ही नहीं पड़ी। मैंने यह सोच लिया था कि उनके बुलाने पर भी, मैं किसी बहाने से दूसरी बार उनके यहां नहीं जाऊंगा। उसी दिन जाने क्यों मुझे यह एहसास हो गया था कि यह लड़का शायद अपनी मौत कम मरेगा, बल्कि बेमौत का अधिक मारा जायेगा ? आखिर वही हुआ भी।

सोच लेने के बावजूद मैं कई बार उनके यहां गया, जब भी एक डाक्टर

के रूप में मुझे बुलाया गया। दरअसल मुझे जाने क्यों उस लड़के से लगाव-सा हो गया था ? शायद इसलिए भी कि उसकी देखभाल ठीक से नहीं हो रही थी, बल्कि एक तरह से उसकी उपेक्षा ही चल रही थी। जब से मैं उनके यहां जाने लगा था, उससे बातें करने लगा था, उसके भीतर जीवन के प्रति रूचि बढ़ने लगी थी। वह मुझसे कुछ बोलने-बताने की कोशिश करता था, कभी-कभी हंसता भी था। जीने के प्रति उसकी दिलचस्पी को महसूस करते हुए, मुझे उसके पास बैठना, उससे बातें करना, उसे किस्से कहानियां सुनाना, उसे हंसाना अच्छा लगने लगा था। जब भी अपने डाक्टरी के पेशे से मैं बहुत थक जाता था, तो एक परिवर्तन के लिए, उसके मनोरंजन के लिए भी मैं उनके यहां चला जाया करता था। जिसके बारे में यह मान लिया गया था कि वह या तो इसी तरह पड़ा रहेगा अपने बिस्तर पर या फिर किसी दिन मर जायेगा। उसे जीवन देने में मुझे आनंद-सा आने लगा था। जब मैंने उसका अपनी ओर से ध्यान रखना शुरू किया, तो जैसे उसके घर के लोग और भी बेफिक्र हो गये। मुझे उनकी यह मनोवृत्ति जंचती नहीं थी। मैं उन्हें समझाने की भी कोशिश करता था, पर जाने वे किस मिट्टी के बने थे। घर के सारे ही लोग अपने काम धंधों में दिन भर मसरूफ रहते थे। उनकी पूरी की पूरी शाम, देर रात तक टी.वी. के सामने बीतती थी। उस मरीज को सड़ने गलने के लिए अपने हाल बेहाल पर छोड़ दिया जाता था। यह बात मुझे अखरती थी। एक तो उसके प्रति मेरी सहानुभूति, दूसरे घर वालों का उसके प्रति उपेक्षापूर्ण बर्ताव, इन दोनों के चलते मैंने ठान लिया था कि उसे भी घर के बीच, घर की मुख्य धारा में शामिल करूंगा। जिस तरह से उसे हाशिये पर डाल दिया गया था, वह उसके लिए तो घातक था ही, मेरे लिए भी असहनीय था। एक दिन मैंने उन्हें समझाया बल्कि उन पर जोर डाला, दबाव दिया कि कम-से-कम उसे शाम के समय लाकर सबके बीच बिठाया जाये। उससे बातें की जाये, उसका जी बहलाया जाये। यदि ऐसा नहीं किया जाता है तो यह उसके प्रति तो अन्याय है ही, साथ ही यह एक सामाजिक अपराध भी है। पहले तो वे ना-नुकुर करते रहे, टाल-मटोल होता रहा, पर मेरे लगातार कहने-सुनने पर उसे लॉकर ड्राइंग रूम में बिठाया जाने लगा, पर सब अपने मनोरंजन में अधिक डूबे रहते थे। टी.वी. के बदलते चैनलों, बदलती कहानियों, घटती घटनाओं चरित्रों के परस्पर घातप्रतिघातों में उनकी जितनी

गहरी रूचि थी, उसका एक प्रतिशत भी उस लड़के में नहीं था, जो कि उनके अपने घर का एक सदस्य था। उस घर का एक अनिवार्य अंग था। उस घर पर उसका भी उतना ही हक था, इन सबसे बढ़कर अब भी वह एक जीता-जागता मनुष्य था। खुद इन्सान होकर भी एक इन्सान के वजूद को इस तरह लगभग नकारना, मुझे उस मरीज की कम बल्कि परिवार के अन्य सदस्यों की मानसिक विकलांगता अधिक लगती थी। एक तरह से उनके चाहे अनचाहे मैंने उस लड़के के केस को अपना एक व्यक्तिगत केस मान लिया था और ठान लिया था कि उसे उसके अपने घर में अपने ही लोगों के बीच एक सही जगह दिलाकर रहूंगा, पर मुझे अफसोस है कि मैं अंततः ऐसा नहीं कर पाया। शायद पूरी तरह से ऐसा करना मेरे लिए मुमकिन भी नहीं था। जब तक कि मुझे घर के लोगों का सहयोग नहीं मिलता और वह नहीं ही मिला। इसका मुझे उतना दुःख नहीं है। सहयोग मिलता तो शायद उसे मैं एक नया जीवन देने में कामयाब होता, पर यह होना तो दूर जिस दर्दनाक तरीके से उसकी मौत हुई, उसे सोचकर मेरे रोंगटे खड़े हो जाते हैं।

यह मेरी बदकिस्मती है कि कुछ समय के लिए मुझे अपने क्षेत्र में अध्ययन करने के लिए शहर से बाहर जाना पड़ा। मुझे थोड़ी तसल्ली इस बात की थी कि चलो कम-से-कम अब वह शाम को अपने घर के लोगों के बीच बैठने लगा है। यों मुझे शक था कि वे लोग शायद ही अपना मनोरंजन छोड़कर उस लड़के का साथ देंगे। उसका जी बहलाने की कोशिश करेंगे, या उसे यह एहसास दिलायेंगे कि वह भी उन्हीं में से एक है, उसकी बीमारी दूर होगी। एक दिन वह भी उनकी तरह भला-चंगा हो जायेगा। फिर भी मैंने सोचा था कि सबके बीच बैठने से उसकी मानसिकता में परिवर्तन अवश्य आयेगा। उसकी मौत के बाद मेरे काफी कुरेद-कुरेद कर पूछने पर यह पता लगा कि मेरे बहुत जोर देने और किंचित डराने-धमकाने पर उन्होंने उसे अपने बीच लाकर किसी तरह बिठाना तो शुरू किया था, पर वे अपनी ही टी.वी. के मोहक मायाजाल में खोये रहते थे। चूंकि वह लड़का उम्र के हिसाब से जवान हो रहा था, इसलिए जब भी टी.वी. के पर्दे पर कोई ऐसा विज्ञापन आता था, जिसमें नारी को कुछ उत्तेजक और अश्लील रूप में पेश किया जाता था, वह स्वयं भी रोमांचित हो उठता था, तालियां पीटने लगता और हंसने-चिल्लाने लगता था। कई बार वह ऐसा कोई दृश्य देखकर टी.वी. की ओर लपकने

लगता था। उसकी इन प्रतिक्रियाओं के बावजूद, न तो घर के लोगों ने अपना मायावी मनोरंजन छोड़ा, न उसका संग-साथ किसी और तरीके से देने की ही कोशिश की। अपनी सूझ-बूझ से उन्होंने इतना ही किया कि उसे शाम को बैठक में लाना ही बंद कर दिया। एक तरह से उसे फिर से उसके उसी कमरे में कैद कर दिया गया। उनका सोचना था कि टी.वी. के ऐसे दृश्य का उस पर बड़ा प्रतिकूल प्रभाव पड़ रहा था। मैं समझ रहा था कि उनके अपने मनोरंजन में यह खलल उन्हें बर्दाश्त नहीं हो रही थी।

शायद मैं शहर में उन दिनों होता तो उसके साथ ऐसे किसी भी गलत व्यवहार का विरोध करता। उनके अपने संक्रामक मनोरंजन पर रोक लगाने की कोशिश करता या फिर उन्हें उसके साथ समय बिताने के लिए मजबूर करता। मैं यह नहीं कहता हूं कि वे उसके दुश्मन थे या उसकी मौत का इंतजार कर रहे थे। बस उनकी सबसे बड़ी कमजोरी यह थी कि वे उसकी विकलांगता को ही उसकी अंतिम नियति मान चुके थे। उन्होंने यह भी मान लिया था कि वह कभी ठीक नहीं हो सकता है। एक तरह से उसके जीवित होते भी उसके होने के एहसास से धीरे-धीरे अलग होते जा रहे थे। उनसे मेरा मतभेद इसी बात को लेकर था। मेरे तमाम समझाने को वे केवल तसल्ली भर समझ रहे थे। उनकी इसी नासमझी का वह असमय और आकस्मिक शिकार हो चुका था। टी.वी. के जिस घातक प्रभाव से उसे अलग करने के लिए, उसे फिर से उसी कमरे में कैद कर दिया गया था। उस प्रभाव से वे खुद मुक्त नहीं थे और न होना ही चाहते थे। एक काल्पनिक, रोमांटिक, रोमांचक, उत्तेजक, रंगीन और निहायत गैर यथार्थ से भरपूर छोटे पर्दे की तिलस्मी दुनिया में वे इस कदर और इतने गहरे उतर चुके थे कि आंखों के सामने का ठोस यथार्थ उन्हें कहीं से विचलित तथा आंदोलित नहीं कर पा रहा था। इसीलिए मुझे हमेशा यही लगता रहा कि बुनियादी रूप से उनमें और उस लड़के में कोई फर्क नहीं है। लड़का तो एक स्वाभाविक विकार का शिकार था, पर वे जिस अस्वाभाविक और अराजक विकार के शिकार हो चुके थे, वह मेरे लिए अधिक चिंता का विषय था। कई बार मुझे यह भी लगा कि उस लड़के के इलाज से पहले शायद उसके घर के लोगों का इलाज करना ज्यादा जरूरी है।

जो जानकारी मुझे मिली, उससे यह बात खुलकर सामने आ ही गई कि अपने बीच बिठाने का क्रम जब उसका बंद कर दिया गया, तब ज्यों ही शाम

को वे लोग टी.वी. के सामने जुटते और कार्यक्रम शुरू होता तो वह अपने कमरे में छटपटाने, चीखने-चिल्लाने लगता कि उसे भी वहां ले जाया जाये, पर घर के लोग इसे शायद उसे उसके हित में नहीं समझते थे, इसलिए उसे इससे वर्जित रखते। यह सोचकर भी कितनी देर हल्ला करेगा भला ? रो-थककर खुद चुप हो जायेगा और सो जायेगा। ऐसी ही एक रात जब वह चीख-चिल्लाकर शांत हो गया। घर के लोगों का भरपूर मनोरंजन समाप्त हो गया। सब खा-पीकर सो गये, तब वह अपने बिस्तर से लड़खड़ाता उतरा, घुटने के बल रेंगता बैठक में आया। जाने कैसे किस अज्ञात सूझ-बूझ से उसने स्विच ऑन किया, पर उसका दुर्भाग्य कि उसका टी.वी. केवल झिलमिलाकर ही रह गया। शायद इसलिए कि उसका केबल कनेक्शन खुला हुआ था। मैं अनुमान लगा सकता हूं कि इससे उसे निश्चय ही खीझ हुई होगी, गुस्सा आया होगा। उसने क्षुब्ध होकर टी.वी. के पर्दे पर मुठ्ठियों से प्रहार किया होगा। इस पर भी जब वह अपने मिशन में कामयाब नहीं हुआ होगा तो लगभग विक्षिप्त स्थिति में उसके पास पड़ी किसी भारी चीज से पर्दे को तोड़ डाला। शायद उसके मन में यही बात रही होगी कि उसके भीतर वे सारे विज्ञापन वाले उत्तेजक दृश्य मौजूद होंगे जो उसे रोमांचित करने लगे थे, जिसके प्रति उसकी भूख तीव्र हो चुकी थी। पर्दे के टूटने के बाद उसने जैसे उन अश्लील दृश्यों को देखने के लिए अपना सिर उसके भीतर डाल दिया, चूंकि भीतर बिजली का प्रवाह जारी था, वह उसके पूरे शरीर में फैल गया और उसकी भयानक मौत हो गई। अब इसे मैं क्या कहूं मौत या बेमौत की मौत या फिर उसकी हत्या ? वास्तव में किसे विकलांग समझूं, उसे या फिर उसके घर के लोगों को।

उसकी इस दिल दहला देने वाली मौत के बाद बार-बार यह सवाल मेरे मन में उठता रहा कि क्या मनोरंजन का कोई साधन मनुष्य को इतना संवेदनशून्य और अमानवीय बना सकता है ? वास्तविक जिंदगी को दरकिनार करके, काल्पनिक दुनिया को इस हद तक स्वीकार कर लेने से बढ़कर कोई मानसिक विकलांगता हो सकती है क्या ? जाने इसका सही जवाब क्या है, कोई जवाब है भी या नहीं, पर जवाब ढूँढने बैठता हूं तो टूटे हुए टी.वी. के भीतर सिर डाले एक जवान लड़के की विकृत लाश आंखों के सामने तैर जाती है और मैं कांप उठता हूं। ❑❑

(अंतराल : सन् 2005)

15

संवाद...

जब वे डॉक्टर के चैम्बर में घुस रहे थे, तब उन्हें इस बात का अनुमान तक नहीं था कि एक ऐसी बात जानने को मिलेगी, जिससे उनका पूरा वजूद एक बार हिल जायेगा। उन्होंने भीतर आकर डॉ. भट्ट का अभिवादन किया।

...प्लीज, आइए... बैठिए... । डॉक्टर ने कहा, वे दोनों उनके सामने की कुर्सियों पर बैठ गये। वे यानी सौरभ और सौम्या।

...हाऊ आर यू ? डॉक्टर ने पूछा।

...फाइन डॉक्टर, थैंक्यू ।... सौरभ ने कहा।

...अब आपकी तबीयत कैसी है ?... डॉक्टर ने सौम्या से पूछा।

...तबीयत ठीक है, पर वीकनेस बहुत लगती है। यहां तक कि मैं अपना रुटीन वर्क भी ठीक से नहीं कर पाती हूं ।... सौम्या ने बताया।

...नेचुरल, ऐसी हालत में किसी को भी यह फील हो सकता है। आपका केस कुछ कॉमप्लिकेटेड है, यह दूसरा है या तीसरा अबॉरशन ?

...थर्ड... सौरभ ने बताया।

...हूँ, तो इसके पहले दो हो चुके हैं ?

...इसके पहले वाला अबॉरशन भी इसी तरह सेल्फ हुआ था ।... सौम्या ने कहा।

...और पहला ?... डॉक्टर ने जानना चाहा।

सौम्या इस बार चुप रही। सौरभ भी चुप ही था। शायद दोनों ही इस इंतजार में थे कि इसे कौन बताये ?

...पहला फोर्सिप था ।... सौरभ ने कुछ संकोच से कहा।

...कितने साल पहले ? डॉक्टर ने पूछा।

...शायद कोई आठ साल पहले... सौम्या बोली।

...उसकी वजह जान सकता हूं ?

...असल में तब हम कोई ईशू नहीं चाहते थे। दोनों ही मल्टीनेशनल कम्पनियों के कॉरपोरेट सेक्टर में थे। तब हमने अपना कैरियर शुरू किया ही था।... सौरभ ने स्थिति स्पष्ट की।

...तब आपने यही सोचा होगा कि कोई संतान हो जाये, तो आप लोगों की परेशानी काफी बढ़ जायेगी। घर, सर्विस, बच्चा, सब संभलेगा नहीं। शायद आपके प्रमोशन्स रुक जाते, कैरियर बिगड़ जाते, एक कम्पनी से दूसरी और बड़ी कम्पनी में जंप करने की सहूलियत नहीं रहती, इसलिए आप लोग कोई रिस्क नहीं लेना चाहते थे, है न ?... डॉक्टर ने बड़े शांत भाव से ही कहा, पर उनकी मंशा वे समझ गये।

...दरअसल डॉक्टर बात यह है कि... सौरभ ने कुछ कहना चाहा, क्या, शायद वह भी ठीक से नहीं जानता था। आजकल यही हो रहा है, इन मोस्ट ऑफ द केसेस, कैरियर फर्स्ट और उसका नतीजा भी कुछ ऐसा भी मिल रहा है। यह कितनी अजीब बात है न, जब आप नहीं चाहते हैं, बच्चा जन्म लेना चाहता है, जब आप चाहते हैं, बच्चा नहीं आना चाहता।... एनी वे, क्या आपको पहले फोर्सिप अबॉरशन के वक्त यह नहीं बताया गया था कि आगे सेल्फ अबॉरशन्स के चांसेस बढ़ जाते हैं।... डॉक्टर ने पूछा।

...जी बताया तो गया था।... सौम्या ने कहा।

...फिर ?

...वी हैड नो अदर ऑप्शन डॉक्टर। हम उस समय ऐसा कोई रिस्क लेने की हालत में बिल्कुल ही नहीं थे और...। ...सौरभ ने समझाने की कोशिश की।

...क्या रिस्क कैरियर के साथ नहीं लिया जा सकता था ? इस बात पर दोनों चुप रहे।

...वेल, दिस इज थर्ड, सो नाऊ यू शुड फाइनली स्टॉप इट।

...जी !... दोनों एकबारगी चौंक पड़े !

...येस, नो मोर कनसीविंग। नाऊ इट इज बिग रिस्क फॉर हर लाइफ।... डॉक्टर ने सौम्या की ओर देखते हुए सौरभ से कहा।

...बट वी नीड ए चाइल्ड डॉक्टर।... सौम्या भावुक हो गई।

...उसके लिए आप लोगों को कोई और रास्ता ढूंढना होगा।

...कौन-सा रास्ता डॉक्टर ?... सौरभ भी घबरा गया।

...आप चाहें तो किसी बच्चे को गोद ले सकते हैं ।

...और कोई उपाय नहीं है ? हम अपना बच्चा चाहते हैं ।... सौम्या विह्वल थी ।

...मेरा यही ख्याल है । वैसे कनसीव होने के चांस भी बहुत कम ही हैं, हो जाये तो हंड्रेड परसेंट रिस्क है । बच्चा ठहरेगा इसकी कोई संभावना नहीं है, उस पर आपकी जान को खतरा है । मेरी तो यही एडवाइज है कि नाऊ यू शुड क्लोज दिस चैप्टर । फारगेट अबॉउट यूअर ओन चाइल्ड ।... डॉक्टर ने अपनी स्पष्ट राय जाहिर कर दी ।

डॉक्टर के चैम्बर से निकलकर वे अपनी कार में बैठ गये । सौरभ गाड़ी चला रहा था और थकान तथा कमजोरी की वजह से सौम्या पिछली सीट पर अधलेटी-सी थी । दोनों चुप, गंभीर उदास और विचलित थे । अपने घर आकर दोनों ने लंच लिया । फिर लेट गये । एक दूसरे से अपने को बचाते-कतराते-से । संवाद शून्यता की-सी स्थिति थी । दोनों ही अपने भीतर कैद थे । सपने में भी नहीं सोचा था कि एक दिन संतान के अध्याय को इस तरह बंद करने की नौबत आ जायेगी । अपने-अपने कैरियर को बचाने और बढ़ाने के दौरान कई बार उनके जीवन में चुनौतीपूर्ण और जोखिम भरे मसले आये थे, पर उन्होंने अंततः बड़ी कुशलता और सूझ-बूझ से उन्हें सुलझा लिया था । इसकी वजह से दोनों के कैरियर पर कभी कोई आंच तक नहीं आई और शूटरों की तरह वे आगे बढ़ते गये, पर इस समस्या का उनके पास कोई समाधान नहीं था । दूर-दूर तक नहीं । संतान के नाम पर अब केवल एक शून्य उभर रहा था, जिसका दायरा लगातार बढ़ता ही जा रहा था, जिसमें उनका सारा कैरियर और तमाम उपलब्धियां तिरोहित होती जा रही थीं । दोनों के भीतर और बाहर भी सन्नाटा था । वे लेट गये । आज के दिन उन्होंने छुट्टी ले रखी थी । डॉक्टर से उन्हें मिलना था । सौरभ औंधे मुंह लेटा था और उसकी आंखें फर्श पर गड़ी थीं । सूनी फर्श पर । सौम्या चित लेटी थी और उसकी आंखें छत पर स्थिर थीं । सपाट छत पर । चारों ओर सूनापन था । उसे तोड़ने वाली किलकारी की अब कोई गुंजाइश नहीं बची थी । गहराते सन्नाटे को भंग करने वाली खिलखिलाहट की संभावना चुक गई थी । पसरते शून्य को भरने वाले शिशु की किलकारी, उसकी गूंज, गूंज के विस्तार, विस्तार की तृप्ति और परिपूर्णता की स्थिति खत्म हो चुकी थी । हमेशा के लिए मर चुकी थी । पैदा होने से

पहले ही।

शाम को वे दोनों लॉन में बैठे थे। सौम्या चुप और उदास थी। सौरभ शायद थोड़ा संभल चुका था। कुछ सहज दिख रहा था या फिर दिखने की कोशिश कर रहा था। वह बीयर पी रहा था और सौम्या के सामने जूस का गिलास रखा हुआ था।

...प्लीज़ तुम इतना अपसेट मत हो जाओ। वी विल फाइंड आऊट सम वे। हम किसी और डॉक्टर से मिलेंगे, फॉर ए सेकेंड ओपीनियन।... सौरभ ने सौम्या की ओर देखा। समर्थन की अपेक्षा के साथ, पर वह शून्य में कहीं देख रही थी।

...मेरा मन कहता है कि ऐसा नहीं होगा। तुम देखना, हमें इशू जरूर होगा।... पर हाँ उससे अगर तुम्हारी जिन्दगी को खतरा है, तो मैं वह जोखिम किसी कीमत पर नहीं लेना चाहता। बच्चा तो बाद की बात है, पहले हर हाल में तुम हो मेरे लिए। तुम्हारी जान से बढ़कर कुछ नहीं है। आई लव यू... आई रियली लव यू।... सौरभ ने सौम्या के कंधे पर हाथ रखा, पर उसके शरीर में कोई हरकत नहीं थी। वह उसी तरह मौन थी। एकटक किसी ओर देख रही थी।

...डॉक्टर की एडवाइज भी बुरी नहीं है कि हम किसी बच्चे को एडॉप्ट कर लें। अपने बच्चे तो सभी पालते हैं, पर किसी पराये बच्चे को पालने-पोसने में ही समाज सेवा होती है। यही सच्ची मानव सेवा है, बल्कि हमें यही करना चाहिए। किसी अनाथ को गोद लेकर, उसे अच्छी और ऊंची शिक्षा देकर, हर तरह से उसे काबिल और कामयाब बनाने से बढ़कर पुण्य का काम और क्या हो सकता है ? जरूर तुम मेरी बात की कद्र करोगी। है न ?... सौरभ ने सीधे उसकी आंखों में देखते हुए पूछा, पर वहां कोई हलचल नहीं थी। सौम्या की पुतलियां लगभग स्थिर थी। पता नहीं, उसने सौरभ की बात सुनी भी या नहीं। उसकी यह हालत देखकर वह भी कुछ देर चुप रहा। जब यह संवादहीनता उसे अटपटी लगने लगी तो वह कुछ बोलने लगा। उसे लग रहा था, यह चुप्पी और दूरी, किसी बात का समाधान नहीं। बातचीत से कोई रास्ता निकल सकता है–मुमकिन है कि इन सब के लिए तुम मुझे ही दोषी मानती रही हो। मैं मानता हूं कि मैंने ही तुम्हें सज़ेस्ट किया था कि इस अनपेक्षित और असमय के बच्चे से हमारे कैरियर का सारा बैलेन्स खराब

हो जायेगा। सारे सपने अधूरे रह जायेंगे। सच कहो, तब की इन बातों को लेकर तुम मुझसे नाराज हो न ?... सौरभ ने सोचा कि इस बात पर वह कुछ जरूर बोलेगी। हो सकता है कि वह उस पर एक हमला-सा ही कर डाले, पर वह झेल लेगा। कोई ऐसी प्रतिक्रिया नहीं जाहिर करेगा कि उससे बात और बिगड़े, पर वह अपने से बाहर निकली ही नहीं। पता नहीं, वह वहां थी भी या नहीं। सौरभ की बात उसके भीतर जा भी रही थी या नहीं। फिर भी सौरभ ने अपनी बात जारी रखी... मैं कनफेस करता हूं कि कनसीव होने के बाद तुमने जरूर कहा था कि बच्चा होने ही देते हैं, पर तब मैंने तुम्हें समझाया था कि संतान होने का मतलब है, सिंगल ट्रैक वाली जिन्दगी ढोने की मजबूरी, यानी मेरा काम और मेरी कमाई पर निर्भर रह जाना। बच्चा होने पर तुम्हें चाहे-अनचाहे उसकी जरूरतों और जिन्दगी से बंध जाना होगा। जाहिर है ऐसे में तुम्हारी नौकरी नहीं निभेगी। जब कि आजकल डबल ट्रैक के बिना कोई भी गाड़ी पूरी रफ्तार से नहीं दौड़ पाती है। गाड़ी को सुपरफास्ट बनाने के लिए डबल इंजन जरूरी है। एक आगे तो दूसरा पीछे, इससे हम बुरी तरह पिछड़ जायेंगे और दूसरे हमें रौंद कर आगे निकल जायेंगे। मुझे अच्छी तरह याद है कि मैंने तुम्हें मजबूर नहीं किया था, पर तुम मेरी बात समझ गई थीं और अबॉरशन के लिए तैयार हो गई थीं। अगर किसी भी हालत में तब तुम तैयार नहीं होती तो क्या हम ऐसा कर पाते ?... सौरभ ने चाहा कि तब जैसे वह उसकी बात मान गई थी। अब भी मान जाये कि वह एक बेहद जरूरी और अहं फैसला था, जिसे दोनों ने मिलकर ही लिया था। वह दरअसल इस बात की पुष्टि और समर्थन चाहता था, पर सौम्या की चुप्पी नहीं टूटी। वह क्या सोच रही है ? इसकी थाह पाना मुमकिन नहीं था, लेकिन सौरभ को लगा कि यह एक मौका है, सौम्या को किसी गलतफहमी का शिकार न होने देने और खुद की सफाई देने का भी।

...वैसे तुम बुरा मत मानो तो एक बात कहता हूं, माना कि तब हमारे सामने अबॉरशन के सिवा कोई उपाय नहीं था, पर तुम सोचकर देखो कि उस अबॉरशन ने हमें जिन्दगी में कितना कुछ एक साथ दे डाला ? कुछ सालों में कहां से कहां पहुंच गये हम ? यह शानदार फ्लैट, गाड़ियां ऐशोआराम की हाई-फाई चीजें, इतना बैंक बैलेन्स, हमारे फॉरेन टूर्स, तब बच्चा होता तो क्या सारा कुछ धरा-का-धरा नहीं रह जाता ? एक बच्चे को छोड़कर हमने जितनी

जल्दी जो कुछ हासिल कर लिया, वह दूसरों के लिए ताज्जुब और ईर्ष्या का विषय है। यह तो तुम मानोगी न ? सौरभ ने हर तरह से समझाने, मनाने की कोशिश की, पर सौम्या में कोई गति ही नहीं थी, न शारीरिक, न मानसिक।

सौरभ ने जब देखा कि वह संवादशून्य और प्रतिक्रियाहीन-सी स्थिति में है तो उसे लगा कि अब और कुछ भी कहना व्यर्थ है। वह पूरी तरह अपने भीतर कैद हो चुकी है। न वह बाहर निकलेगी, न बहस करेगी, न कोसेगी, न रोयेगी। ऐसा कुछ हो जाता तो उसे थोड़ी तसल्ली हो जाती। किसी तरह उस जलजले को वह झेल लेता, सब कुछ ठीक-ठाक कर देता, पर सौम्या की हालत देखकर वह खुद बेचैन-सा हो रहा था। वह घर के भीतर-बाहर होता रहा, पर सौम्या उसी तरह बैठी रही। देर रात तक, चुप, गंभीर, बंद, शून्य में ताकती। बेआवाज, बेहरकत। बाद में सहारा-सा देकर सौरभ उसे भीतर ले गया।

रात में वे दोनों अलग-अलग कमरों में लेट गये। जब कि सामान्यतः ऐसा होता नहीं था। आज यह स्थिति अपने आप बन गई। बिना किसी सोच-विचार के, अनायास। शायद दोनों को ही लगा होगा, कम-से-कम आज रात यही ठीक रहेगा। यों वे साथ होकर भी कितना साथ हो पाते ? एक बिस्तर पर लेट कर भी अपने-अपने द्वीपों में ही कैद रहते। यह तय था कि सौरभ एकाध पेग लेकर देर-सबेर सो ही जाता, पर सौम्या शायद ही सो पाती। वह सोना चाहती है या नहीं, यह वह शायद नहीं जानती थी। कुछ सोच भी नहीं रही थी। सोचने की ताकत भी जैसे उसके भीतर शेष नहीं थी। वह भीतर से खाली थी। खोखली। पीठ के बल वह लेटी थी। आंखें खुली, छत पर टंगी। कमरे में नीम अंधेरा था। सन्नाटा था। कोई ध्वनि नहीं। जैसे वह किसी ग्लासरूम के भीतर लेटी हो। उसे तो यह एहसास भी नहीं था कि उसकी सांस चल रही है या नहीं। सब कुछ थम-सा गया था। मानो संसारचक्र रुक गया हो। वह किसी अज्ञात कोमा में अनजान, निर्जन, निस्तब्ध जगह आ गई हो। अचानक जैसे इन सब को भेदती-चीरती-सी एक साफ-स्पष्ट, कोमल-पारदर्शी, सम्मोहक और जीवंत पुकार सुनाई पड़ी– मम्मी !... वह गूंज किन्ही तरंगों की तरह चारों और फैलती गई। उसे अनसुना करना संभव नहीं था। सौम्या का शरीर तो अपनी जगह ही सीधा और स्थिर था, पर इस पुकार से उसकी आंखें फैल गई। कान खड़े हो गये। होंठों पर

कम्पन तैर गया । नथुने फड़क उठे ।

...मुझे पहचाना मम्मी, मैं तुम्हारा पहला बच्चा हूं । अपना नाम कैसे बताऊं ? मैं तो अनाम और अजन्मा हूं । मम्मी, यदि मैं ठीक से पैदा हुआ होता तो शायद आठ-दस साल का हो जाता न ? मैं एक लड़का था, यह तो शायद तुम तभी जान गई थीं, फिर तुमने मुझे जन्म क्यों नहीं दिया ? जानती हो मम्मी, यहां सब कहते हैं कि हमारे देश में लड़कियों को पैदा होने से पहले या बाद में मार दिया जाता है । सच, यहां अजन्मी लड़कियां भरी पड़ी हैं । लड़के कम हैं, पर वे भी काफी हैं । मम्मी, सब मुझसे पूछते हैं कि मैं तो लड़का हूं, फिर मुझे पैदा होने से क्यों रोक दिया गया ? वैसे मुझे लगता है, मैं यदि जन्म ले लेता तो शायद तुम लोग खुश ही होते और सुखी होते । मैं स्कूल में पढ़ता, खून मेहनत करता, अच्छा रिजल्ट लाता तो तुम लोगों को कितना गर्व होता ? खैर छोड़ो मम्मी, जो नहीं हुआ उसके लिए क्या सोचना ? पर यहां सब कहते हैं कि जिनकी मम्मी नौकरी करती हैं, वे बच्चा नहीं पैदा करना चाहती हैं । क्या यह सच है मम्मी ? ऐसा क्यों होता है कि किसी मम्मी को बच्चे से अधिक नौकरी जरूरी लगती है ? और भी बहुत-सी बातें पूछने-जानने की इच्छा होती है, पर तुम तक कैसे आऊं ? तुमसे मिलने का बहुत मन करता है मम्मी ! सौम्या के चेहरे पर पसीना छलक आया । उसकी सांसों की गति तेज हो गई । धड़कनें तीव्र हो उठीं । उसका गला सूखने लगा । उसमें हिलने-डुलने तक की ताकत नहीं थी, पर वह अपनी आंखों की पुतलियों से ही कमरे में चारों ओर किसी को अधीरता से ढूंढने लगी ।

...जानता हूं मम्मी कि तुम मुझे ढूंढ रही हो, पर मैं हूं ही कहां ? मैं तो निराकार हूं । मुझे साकार होने का मौका ही कहां मिला ? एक बात बताऊं, यहां मेरे जैसे बहुत सारे बच्चे हैं, इतने सारे कि मैं गिन भी नहीं सकता । कोई नहीं गिन सकता । यहां हमेशा रोना-धोना, चीख-पुकार मची रहती है, पर कोई देखने वाला, चुप कराने, समझाने, संभालने वाला तो है ही नहीं । वे सब लोग तो वहां रहते हैं, जहां आप लोग रहते हैं । जब हमें यहां भेजा गया तो कोई हमें देखने, हमसे मिलने क्यों नहीं आता है ? समझ में नहीं आता है । क्या बताऊं, यहां तो सब के सब अंग-भंग वाले बच्चे ही हैं । सभी विकृत और विकलांग । किसी के हाथ-पैर नहीं तो किसी के सिर-धड़ नहीं । किसी का सब कुछ साबुत है तो कोई चेहरा नहीं । आप लोग हमारे रंग-रूप,

आकार-प्रकार की कल्पना भी नहीं कर सकते हैं। कोई ताज्जुब नहीं कि हमें देखकर आप सब बुरी तरह डर जायें। शायद हम लोग भूत-प्रेत से अधिक डरावने लगेंगे। जाने दो इन सब बातों को। सुनकर तुम्हारा मन खराब होगा। मैंने तुम्हारा हाल जानने के लिए बात शुरू की और अपना ही दुखड़ा रोने लगा। मैं जानता हूं कि तुम्हारी तबियत ठीक नहीं है। डॉक्टर ने कह दिया कि मेरे और कोई भाई-बहन नहीं होंगे। पर तुम चिंता मत करो मम्मी वहां! न सही, यहां तो हैं ही। मैं यहां अकेला नहीं हूं, मेरे दोनों भाई-बहन भी यहीं हैं। दोनों बीमार रहते हैं। उनके शरीर तो और भी आधे-अधूरे हैं। शायद इसलिए कि मुझे तो आप लोगों ने यहां भेजा, पर वे अपने आप आ गये। वे मेरे पास हैं, साथ हैं। न बोल सकते हैं, न सुन सकते हैं। बस पड़े रहते हैं और रोते रहते हैं। जैसे किसी को रात-दिन पुकार रहे हों, किसी का इंतज़ार कर रहे हों। उनमें से एक को मैंने अपना भाई और एक को अपनी बहन मान लिया है। उनकी देखभाल करता हूं मम्मी। मुझे छोड़कर उनका और कोई अपना है भी तो नहीं। अभी दोनों सो रहे हैं। उठते ही तुम्हें पुकारेंगे, मुझे ढूँढेंगे। मैंने सोचा जब तक सो रहे हैं, अपनी मम्मी से बात कर लूं। तसल्ली दे दूं। देखो मम्मी, तुम लोगों के लिए भले ही हम न हों, पर हमारे लिए तुम लोग हो, वही हो, हम तो सिर्फ तुम्हारे हैं। हम भले ही अनाम हों, अजन्मा हों, पर कहलायेंगे तो तुम लोगों की संतान ही न। अच्छा मम्मी, बाई। अपना ख्याल रखना।

आवाज जैसे दूर होती हुई खो गई। मानो उसे पकड़ने के लिए सौम्या एकाएक उठ बैठी। उसे कंपकंपी छूट गई। शरीर थरथरा गया। चक्कर आने लगे। अब तक उसके भीतर रुकी-फंसी चीख बाहर फूट पड़ी। चीख सुनकर सौरभ अपने कमरे से भागा आया। देखा, सौम्या फर्श पर अचेत पड़ी है!

❑❑

(कथाक्रम : सन् 2007)

16

रात गवाह

मैं पहली रात हूं ।

मौसम थोड़ा मनहूस है । ईंट भट्ठे का इलाका है । भट्ठे में काम करने वाले आदिवासी मजदूरों की अस्थायी झोपड़ियां छितराई-सी हैं । अधिकांश मजदूर सो रहे हैं । दिन भर हाड़-तोड़ मेहनत के बाद, आधा पेट खाकर भी नींद में डूबे हुए हैं ।

झोपड़ियों से अलग, भट्ठे की दूसरी ओर मालिक की एक कोठरी है । मालिक दरअसल यहां रहता नहीं है । शहर में रहता है । उसके और भी कई धंधे हैं । कई तरह के शौक भी । औरत उसकी सबसे बड़ी कमजोरी है । जब वह उसे अपनी गिरफ्त में जकड़ने लगती है, वह अपने भट्ठे पर दो-एक दिन के लिए भाग आता है । जब भी वह आता है, किसी न किसी पर उस रात गाज गिरती ही है । उसके सेवक किसी आदिवासी मजदूरिन को बहला-फुसला, डरा-धमका कर उसकी कोठरी में ले आते हैं । रात भर मालिक उस मजदूरिन के साथ भूखे भेड़िये की तरह पेश आता है । कोई इसका मुखर विरोध कर नहीं पाता है । सबको अपनी रोजी-रोटी की चिंता होती है । अपनी जान का डर होता है । अपने भीतर के आक्रोश को किसी तरह दबा कर वे अपने काम में जुटे रहते हैं ।

इधर मालिक की नजर, उसके भट्ठे पर काम करने आई एक नई आदिवासी लड़की पर लगी । लड़की तेरह-चौदह की होगी । सांवला रंग, नैन-नक्श ठीक-ठाक । जवानी की ओर कदम बढ़ाते उसके शरीर में एक कसाव और निखार दिखता है, पर लड़की गूंगी है । सुनती, समझती है, बोल नहीं पाती है । केवल इशारों में बात करती है । उसका बाप मर चुका है । मां अशक्त हो गयी है । गरीबी की मार ने मां को मजबूर कर दिया कि वह अपने गांव की कुछ अन्य औरतों के साथ बेटी को भी इस ईंट भट्ठे में मजदूरी

के लिए भेज दे । काम तो उसे मिल गया, पर वह मालिक और उसके सेवकों की आंखों की भूख बन गयी। मालिक के भीतर कीड़े कुलबुलाने लगे । वह जल्द-से-जल्द उस लड़की को भोग लेना चाहता था, क्योंकि इस मामले में अपने सेवकों पर भी उसे भरोसा नहीं था। यह सच है कि उसके सेवकों की पैनी नजर लड़की की देह पर गड़ चुकी है, पर उन्हें पता था कि अभी देवता ने उसका भोग नहीं लगाया है । उन्हें जो भी प्रसाद मिलेगा, उसके बाद ही, इसलिए वे भी इंतजार में थे ।

मैं समझ रही थी कि आज की रात उस लड़की के लिए एक कहर की रात होगी, क्योंकि मैंने मालिक को अपने एक सेवक से कहते सुना था कि वह उस लड़की को कोठरी पर ले आये । सेवक इस इंतजार में था कि झोपड़ियों में सन्नाटा पसर जाये और अंधेरा कुछ घना हो जाये तो वह लड़की को कोठरी में ला पटके ।

कुछ देर बाद वह उस झोपड़ी के भीतर घुसा, जिसमें कुछ अन्य मजदूरिनों के साथ वह लड़की भी रहती थी । सभी सो रही थीं । सेवक ने टॉर्च जलाया । सोती लड़की पर उसकी नजर पड़ी । वह उसकी ओर बढ़ गया । उसे जगाने के ख्याल से हिलाया । उसका अंदाज था कि लड़की नई है । डर जायेगी और चुपचाप साथ चली आयेगी, पर लड़की की आंखें खुलीं तो वह पहले डरी जरूर, लेकिन उसने एकाएक झकझोर कर साथ की मजदूरिनों को उठाना शुरू कर दिया । वे उठ गयीं । टॉर्च की रोशनी में मालिक के सेवक को देखते ही समझ गई कि आज इस लड़की की खैर नहीं है । वहां जितनी भी थीं, सभी एक-एक कर मालिक की हवस का शिकार हो चुकी थीं, पर सभी सच्चे दिल से चाहती थीं कि कम-से-कम वह लड़की बच जाये । वे सेवक को समझाने-बुझाने लगीं, पर वह कुछ भी समझने के लिए तैयार नहीं था । उसने सबको फटकारते हुए आगे बढ़कर लड़की का हाथ पकड़ लिया और बाहर की ओर खींचने लगा । लड़की सचमुच नहीं जानती थी कि वह सेवक उसके साथ ऐसा सलूक क्यों कर रहा है ? पर उसने उसका भरपूर विरोध किया । पहले तो उसने सेवक का हाथ काट लिया, फिर सेवक की पकड़ से छूटते ही, औरतों के बीच आकर छिप गई । वह ढीला पड़ने लगा । वहां मौजूद औरतों ने भी नहीं सोचा था कि लड़की इस हद तक विरोध कर पायेगी । उन्होंने भी अपने भीतर कुछ बल का अनुभव किया और

लड़की को घेर कर बैठ गयीं। जैसे उसे अपने संरक्षण में ले लिया हो। सेवक को बुरा-भला कहने लगीं। वह भी समझ गया कि मामला थोड़ा बिगड़ गया है, इसलिए बुदबुदाता हुआ बाहर निकल गया। यह सोचते हुए कि दो-एक अन्य सेवकों को बुला लायेगा, लेकिन बाहर निकल कर लगभग भौचक्क होकर उसने देखा कि उस झोपड़ी के सामने आसपास के अन्य कई मजदूर इकट्ठा हो गये थे। शायद भीतर के शोर से वे जग गये थे। सेवक ने सूंघ लिया कि मामला उलझ चुका है। अब यदि वह अपने साथी सेवकों को बुला भी लाता है तो शायद ही बात बनेगी। उल्टे मामला और भी पेंचीदा हो सकता है। उसने तय किया कि वह मालिक के सामने हालात बयान कर देगा, फिर वे चाहें जो करें। उसने डरते-झिझकते घटना मालिक को सुना डाली। मालिक पल दो पल स्थिर जलती आंखों से उसे घूरता रहा। फिर उठकर उसे एक भरपूर झापड़ रसीद किया। सेवक लड़खड़ा गया और उल्टे पांव बाहर भागा। मालिक जलता-कुढ़ता-सा बाहर निकला। झोपड़ियों की ओर नजर फेरी। पता चल गया कि सेवक की बात सही है। भीतर आया। अपने पीछे कोठरी का दरवाजा जोर से बंद किया। खौलता हुआ-सा बैठा। बची-खुची सारी शराब एक साथ पी डाली और पलंग पर लुढ़क गया।

उसे नशे और नींद में डूबते हुए देखकर मुझे बड़ी राहत मिली। कम-से-कम आज की रात वह गूंगी, मासूम आदिवासी लड़की बच गयी। उधर झोपड़ियों के बाहर मजदूर कुछ देर तक झुंडों में बने रहे। भीतर औरतों ने अपने बीच लड़की को लिटा लिया। सब समझ गये कि फिलहाल संकट टल गया है। धीरे-धीरे वहां फिर से अंधेरा और सन्नाटा पसरता गया।

मैं दूसरी रात हूं।

आज की रात ईंट भट्ठे के इलाके में रौनक है। मजदूरों के बीच नाच-गाना, खाना-पीना चल रहा है। वे काफी खुश और मस्त दिखलाई पड़ रहे हैं। उन्हें काम से कुछ जल्दी ही छुट्टी मिल गई। आज आदिवासियों का बाहा पर्व है। शाम से ही सारे लोग उत्साहित हैं। कई झुंडों में नाच रहे हैं। समवेत स्वर में गा रहे हैं। मादलों की ध्वनियां जंगल में दूर-दूर तक गूँज रही हैं। इस बार मालिक की ओर से भी उनके लिए खाने-पीने का कुछ इंतजाम हुआ। इससे उनका उत्साह और भी बढ़ गया। पिछली रात की घटना लगभग सबके दिल-दिमाग से उतरती गयी। वे अपने पर्व के आनंद को कम

नहीं करना चाहते थे। यों भी सभी अपने गांव-घर से दूर चले आये थे। पर्वों को उत्साह के साथ मनाने की कोशिश करते थे। काफी रात तक उनके पर्व का जश्न चलता रहा। कइयों ने तो इतनी पी रखी थी कि जहां-तहां खुले मैदान में ही लुढ़कने लगे थे।

वह लड़की भी खुश थी। उत्साहित थी। मां से अलग होने के बाद पर्व मनाने का पहला मौका था। पहले तो उदास रही, फिर वह भी मनोयोग से उत्सव में शामिल हो गयी। कल रात का भय, सुबह तक काफी कम हो चुका था। साथ ही मजदूरिनों से यह जानकर कि वह पर्व का दिन है, रहा-सहा भय भी समाप्त हो गया। दोपहर तक मां की याद में उदास जरूर रही, पर उसके बाद, वह भी पर्व की तैयारियों में अन्य लोगों के साथ जुट गयी। काम से कुछ राहत मिलने और नाच-गाने, खाने-पीने के समां ने उसे भी अपने रंग में रंग लिया। लेकिन उस बेचारी को पता नहीं था कि मालिक के दो सेवक दूर से ही, उस पर गिद्ध की तरह नजर लगाये बैठे हैं कि वह तनिक भी भीड़ से अलग और अकेली हो, तो उसे दबोच कर मालिक के हवाले कर दिया जाये। यही मालिक का सख्त निर्देश था। मालिक आज की रात, किसी भी हाल में चूकना नहीं चाहता था। इसीलिए उसने मजदूरों को आज कुछ जल्दी छुट्टी देने में कोताही नहीं की। बल्कि अपनी ओर से कुछ खाने-पीने का इंतजाम भी कर दिया। वह चाहता था कि वे लोग उसकी ओर से निश्चिंत हो जायें। बाहा पर्व का अवसर भी उसके अनुकूल था। उसने सेवकों को धमकी दे रखी थी कि आज की रात उन्हें खाली हाथ नहीं लौटना है।

सेवकों को लंबी प्रतीक्षा भी नहीं करनी पड़ी। उन्हें मौका मिल गया और अंधेरे का लाभ उठा कर एक ने झटपट उसे कंधे पर डाल लिया और दूसरे ने उसका मुंह जोरों से बंद कर दिया। वे मालिक की कोठरी की ओर उसे लेकर सरपट भाग चले। लड़की को जब खतरे का एहसास हुआ, वह अपने हाथ-पैर पटकने लगी। उनकी गिरफ्त से छूटने के लिए छटपटाने लगी। पल भर के लिए एक सेवक की पकड़ थोड़ी ढीली हुई कि उसने सेवक का मुंह नोंच लिया। लड़की का यह आक्रमण, उसका मुंह बंद करने वाले सेवक के लिए इतना अचानक और अप्रत्याशित था कि वह चीखता हुआ-सा बैठ गया और अपना जलता-दहकता-सा चेहरा अपने दोनों हाथों

में छुपा लिया। उसे लगा, जैसे किसी ने तेज धारवाली ब्लेड से जगह-जगह उसका चेहरा चीर दिया हो। संतुलन तो उस सेवक का भी बिगड़ा, जिसने उसे कंधे पर लाद रखा था, पर वह संभल गया। इसी बीच मालिक की कोठरी आ गयी। कोठरी के भीतर लाकर उसने लड़की को पलंग पर पटक दिया। लड़की वहां मालिक को देखकर एकाएक भयभीत हो गयी। उसकी आंखों में एक हिंसक चमक थी। वह शराब पी रहा था। एक धारदार छुरी से काट कर फल खा रहा था। लड़की को देखते ही वह उठकर खड़ा हुआ। सेवक हांफता हुआ लौट गया। मालिक ने दरवाजा बंद किया और लड़की की ओर किसी नरभक्षी की तरह बढ़ गया। उस पर झपट पड़ा। सुबह तक लड़की की घुटती-सी चीखें सन्नाटा तोड़ती रहीं और फिर वह बेहोश हो गयी। मालिक के इशारे पर उन्हीं दोनों सेवकों ने, बेहाशी की हालत में लड़की को चुपके से लाकर झोपड़ी में डाल दिया। अभी सारे ही मजदूर बेसुध पड़े थे। देर रात तक चले उत्सव ने उन्हें शिथिल बना दिया था। किसी को पता तक नहीं था कि इस बीच कितना बड़ा हादसा हो गया ?

सूरज की फैलती रोशनी के साथ मजदूर जगने लगे। सबसे पहले साथ रहने वाली मजदूरिनों की नजर उस लड़की पर पड़ी, जो कराह रही थी, जिसके कपड़े तार-तार हो चुके थे। शरीर में जहां-तहां काटने-नोंचने के निशान थे। उन्हें समझते देर नहीं लगी कि रात यह लड़की मालिक की हवस और हैवानियत का शिकार बन चुकी है। वे सकते में आ गयीं। आसपास की औरतें वहां जुट गई। मर्दों के झुंड इधर-उधर फैल गये। लड़की की कराहें बाहर तक सुनाई पड़ रही थीं। कुछएक औरतें उसकी हालत देख कर रोने लगीं। मर्द मौन गंभीर बने रहे। वहां एक मातमी वातावरण था। वे अपने काम पर जाने की स्थिति में नहीं दिख रहे थे। दुःख, क्रोध, क्षोभ, पश्चात्ताप की भावनायें उन्हें जकड़ रही थीं। वे महसूस कर रहे थे कि उनसे भी गलती हुई है। वे असावधान हो गये। पर्व मनाने के उत्साह में यह भूल गये कि मालिक के पास लड़की को बलात् ले जाने की एक कोशिश हो चुकी है। भले ही उसमें कामयाबी न मिली हो। कुछ लोगों का आक्रोश थोड़ा मुखर होने लगा था, पर मालिक और उसके गुंडों से टकराना इतना आसान भी नहीं था। आज काम पर न जाकर विरोध दर्ज करने की बात भी दबी जुबान से उठी, पर वह उभर नहीं पायी। इसी बीच सेवकों ने आकर उन्हें काम के लिए

हांकना शुरू कर दिया। एक-एक कर वे काम में जुटे जरूर, पर उनके भीतर गुस्सा कुलबुलाता रहा। उनके काम की रफ्तार काफी कम थी। सेवकों की डांट-फटकार का भी विशेष असर नहीं था। अधिकांश चुप थे। अपनी चुप्पी से ही वे अपना विरोध जाहिर कर रहे थे। इन्हीं सब बातों को लेकर एक सेवक से कुछ मजदूर उलझ गये। पहली बार सभी औरत, मर्द, एक साथ, एक जगह जुट गये, पर स्थिति की नजाकत को समझते हुए, अन्य सेवकों ने आकर मामले को रफा-दफा कर दिया।

दोपहर को खाने की छुट्टी पर लोगों ने देखा कि वह लड़की अपनी झोपड़ी में उठकर बैठी है। एक कोने में। अकेली। शून्य में ताकती। उससे बात करने की कोशिश की गयी। खिलाने-पिलाने का भी प्रत्यत्न किया गया, पर जैसे वह अपने में बंद थी। आखिर उसे अपने हाल पर छोड़कर उन्हें दुबारा काम में जुटना पड़ा।

मैं तीसरी रात हूं।

मुझे भी ताज्जुब है कि लगभग शाम तक बेसुध और बंद-सी रही उस लड़की में इतना चैतन्य और इतनी ताकत कहां से आयी कि वह उठकर तैयार होने लगी? जैसे उसे कहीं जाना हो, कोई उसका इंतजार कर रहा हो। मुझसे अधिक भौचक्क तो साथ रहने वाली मजदूरिनें थीं। काम से शाम को लौटकर देखा कि वह संवर रही थी। वह चुप है। चेहरा शांत है। औरतों ने अनुमान लगाया कि शायद वह काम और वह जगह छोड़कर अपने गाँव-घर लौटना चाहती है, अपनी मां के पास, लेकिन इतनी शाम को? इतनी दूर? अकेली? उसमें भी तो खतरा है! और फिर घर से लौटना है तो इतना श्रृंगार क्यों? लड़की ने अपनी सबसे अच्छी पोशाक पहनी। किसी मेले-ठेले से कभी खरीदे गये नकली हार-चूड़ियां पहनी। पाउडर-बिंदी लगाई। साथ ही उन औरतों ने उससे कुरेद कर बहुत कुछ पूछा, जानना चाहा, पर वह चुप्पी साधे रही। इशारे तक से किसी से कुछ नहीं कहा। आसपास की तमाम औरतें इसे लेकर उलझती रहीं। अटकलों और अनुमानों के बीच झूलती रहीं। मर्दों के बीच भी उसका यह व्यवहार एक रहस्य बना रहा।

शाम डूबने तक वह अपने ढंग से सज-संवर कर झोपड़ी के बाहर बैठ गयी। उसे समझाने-बुझाने से लेकर डांटने-डपटने तक हर कोशिश की गयी। पर उस पर कोई असर नहीं था। वह उसी तरह चुप थी। शांत थी।

औरतें उसकी इस हरकत से तंग आकर खाना बनाने, खाने-खिलाने में जुट गयीं। अधिकांश मर्द भी बिखरने लगे, लेकिन कुछ मजदूर अभी भी गोलबंद थे। उन्हें किसी खतरे का एहसास हो रहा था। लड़की की जान जोखिम में दिख रही थी। वे इस मामले को लेकर गंभीर थे। किसी उपाय की तलाश में थे। ऐसे चंद मजदूरों को छोड़कर शेष सभी खाने-सोने की तैयारियों में लग गये थे।

धीरे-धीरे वहां सन्नाटा पसरता गया। अंधेरा घना होने लगा। मालिक के सेवक तक सो चुके थे। मालिक की कोठरी में रोशनी जल रही थी। उसका दरवाजा उड़का हुआ था। वह लगातार पी रहा था। अपनी छुरी से काट कर फल चबा रहा था। कल उस लड़की के साथ जो व्यवहार उसने किया था, उससे आज की रात किसी के, उसके हाथ लगने की कोई संभावना बहुत क्षीण है, इसका एहसास उसे था। वह दरवाजे की ओर पीठ करके बैठा था। उसे अपने पीछे खटका-सा हुआ और उसने मुड़कर देखा तो हक्का-बक्का रह गया। दरवाजा पूरा खुला था और उसके बीचों-बीच वहीं लड़की खड़ी थी। पहले तो उसे इस दृश्य पर विश्वास ही नहीं हुआ, पर जब उसे लगा कि यह कोई स्वप्न नहीं, बल्कि सरासर सच है और लड़की साक्षात् खड़ी है तो वह एक झटके से उठा और लड़की को दबोचने को हुआ कि तभी उसे थोड़ा शक हुआ और उसने लड़की को परे हटा कर बाहर की टोह ली। बाहर उसे सन्नाटे और अंधेरे के सिवाय कुछ नजर नहीं आया, पर उसे पता नहीं था कि कुछ आदिवासी मजदूर तीर-धनुष से लैस हो लगभग उसकी कोठरी को घेर कर, दम साधे घात लगाये बैठे हैं !

मालिक निश्चिंत होकर भीतर घुसा। दरवाजा बंद किया और उस लड़की को घेर कर उसे पलंग पर डाल दिया। वह अपने कपड़े उतारने में लग गया और तब तक उस लड़की ने बड़ी सावधानी और फुर्ती से वहां रखी छुरी अपने कपड़ों में छुपा ली, जिस तक कल रात वह चाहकर भी नहीं पहुंच पायी थी। मालिक मारे उत्तेजना के जैसे ही उस पर टूटा लड़की ने पूरी ताकत के साथ, छुरी का प्रहार उस पर किया और मालिक एक लंबी चीख के साथ, पलंग से नीचे लुढ़क गया। लड़की ने छुरी वहीं फेंकी। दरवाजा खोला और तेजी से आकर अपनी झोपड़ी में लेट गयी। आसपास छुपे मजदूरों ने जब मालिक की चीख सुनी और लड़की को झोपड़ी की ओर जाते देखा तो काफी

कुछ उनकी भी समझ में आ गया और वे भी अंधेरे का लाभ उठाकर अपनी-अपनी झोपड़ियों में अनाहट घुस गये ।

मालिक फर्श पर नंगा पड़ा था । चीत्कार कर रहा था ! उसने अपने शरीर के निचले अग्रभाग को दोनों हाथों में दबा रखा था ! वहां से लगातार खून बह रहा था ! उसके शरीर का एक कटा हुआ हिस्सा, एक मरे हुए जंतु की तरह, अलग-थलग पड़ा हुआ था ।

❑❑

(समय साक्षी : सन् 2008)

17

हादसों से गुजरते हुए

सच कह रहा हूं, कई बार मुझे ऐसा लगता है कि निहायत गलत धंधे में आ गया हूं। लोग जब मेरा परिचय किसी से कराते हुए कहते हैं कि यह पत्रकार हैं, तो बस, सुनने में ही अच्छा लगता है, एक पेशे के रूप में नहीं। मुझे तो कतई नहीं। दरअसल मैं पत्रकार बनना चाहता भी नहीं था। सोचा तक नहीं था, पर स्थितियां कुछ ऐसी बनती गयीं कि पत्रकार बन बैठा। अब लगता है कि यह जीवन की एक दुर्घटना ही थी। थोड़ा आरामतलब हूं, आलसी भी हूं। जानता हूं कि एक पत्रकार के शब्दकोश से आरामतलबी और आलसीपन को बाहर ही रखा जाता है, क्योंकि उसके जीवन में शायद इनके लिए सहज रूप में गुंजाइश होती भी नहीं है। वही आलम अपना भी है।

शुरू-शुरू में बड़ा गर्व होता था कि लोग मुझे पत्रकार मानते-समझते हैं, पर इस क्षेत्र की भीतरी जटिलताओं, उलझनों और परेशानियों ने ऐसा ध्वस्त-पस्त बना डाला कि मैं यह सोचने पर मजबूर हो गया कि काश! मैं पत्रकार के सिवा कुछ भी होता। बहरहाल, कुछ और होने या पाने की संभावना दूर-दूर तक दिखायी नहीं पड़ रही है, इसलिए पत्रकार होने या कहलाने को मजबूर हूं। कभी-कभी मेरी यह मजबूरी मुझे बहुत ही सालने लगती है।

अभी कुछ दिन पहले संपादक महोदय ने मुझसे कहा कि मैं गुजरात जाऊं, गोधरा को नये सिरे से हाईलाइट करूं और कोई ऐसी स्टोरी तलाशूं जिससे एक नयी सनसनी पैदा हो जाये।

"सर, अब इसकी क्या जरूरत है ? गोधरा की घटना तो एक बीती बात बन चुकी है। उस पर कोई नई स्टोरी क्या बनेगी ?" मैंने छुटकारे के लिए कहा।

"देखो, पहली बात तो यह है कि राजनीति और पत्रकारिता में कोई स्टोरी

कभी पुरानी नहीं होती। पुरानी बातों को खोज-खोदकर बाहर लाना और विरोधी पक्ष पर हमला बोल देना राजनीति है और पुरानी स्टोरी को ही नये सिरे से रोमांचक बनाकर परोसना ही पत्रकारिता है। जब गड़े मुर्दे फिर से उखाड़े ही जा रहे हैं और गोधरा कांड को फिर से जगा ही दिया गया है, तो उसे उठाकर खड़ा करना और एक नयी दौड़ में शामिल करना आखिर हमारा ही काम है। यह ठीक है कि पिछली सरकार ही केंद्र पर काबिज होती, तो शायद इस कांड को जमीन के इतने नीचे धंसा दिया जाता कि यह एक पुरातात्त्विक खोज का विषय बन जाता। लेकिन अब जब सत्ता बदली है, तो यह मामला फिर से सतह पर आ गया है। हमारा काम यह है कि उसे अब किसी भी कीमत पर फिर से डूबने या डुबाने न दिया जाये। इसके लिए यह निहायत जरूरी है कि वहां से कुछ ऐसा ढूंढकर लाया जाये, जिससे यह कमबख्त गोधरा कभी दफन हो ही न पाये। सिर्फ हमारे अखबार की वजह से यह मामला हमेशा सुर्खियों में बना रहे। समझो कि यही हमारी देश सेवा है और यही हमारा व्यापारिक स्वार्थ भी।" संपादक महोदय ने एक भाषण ही दे डाला।

मैं समझ गया कि संपादक के दिल-दिमाग में यह बात घर कर गयी है कि मैं वहां से सच्ची-झूठी कोई ऐसी सनसनीखेज खबर ला सकता हूं, जो उनके अखबार को रातोंरात एक जबर्दस्त उछाल देकर उसे आपसी होड़ के बाजार में, कुछ समय के लिए ही सही, सबसे आगे कर दे। सबसे आगे होने में सबसे अधिक बिकने और टिकने का गणित भी बहुत साफ ही है। मैं जानता था कि अधिक ना-नुकुर करूंगा, तो वह वही रटा-रटाया फार्यूला दोहरायेगा—"ठीक है, मैं मैनेजमेंट से बात करके देखता हूं।" जिसका अर्थ मैं अच्छी तरह समझता हूं। मैं ही क्या, अखबार में काम करने वाले सभी लोग समझते हैं। यह एक तरह से परोक्ष धमकी ही होती है कि जो कुछ कहा जा रहा है, उसे चुपचाप करो, वर्ना...इस 'वर्ना' में काफी विस्तार है, जिसकी जद में कोई भी कभी भी आ सकता है। इसलिए मैंने बात मान लेने में ही अपनी बुद्धिमानी और कुशलता समझी।

फिर भी, अपनी खीझ मिटाने के लिए मैंने कहा, "वहां जाकर करना क्या होगा ? जो कुछ वहां इन दिनों चल रहा है, उससे सभी वाकिफ हैं। सिवाय जोड़-तोड़ और उठा-पटक के और हो भी क्या रहा है ? ले-देकर

एक राजनीतिक उलटफेर ही तो जारी है। ऐसे में कोई नई स्टोरी कहां से लायेगा ? जब वहां की सारी भीतरी कहानियां बाहर हो चुकी हैं और बाहरी कहानियां भीतर जा रही हैं, तो मेरी भूमिका क्या हो सकती है ?"

यह सब कहे बिना मैं नहीं रह पाया, लेकिन रह पाता तो शायद ठीक ही होता। मेरे भीतर एक खलबली मची थी कि वहां से कुछ खोद-खादकर ले भी आऊं और इन महोदय को उसमें न कहानी नजर आये, न सनसनी, तो मैं क्या करूंगा ? वैसे, यह मैं जानता था कि कितना भी अच्छे से अच्छा फीचर क्यों न तैयार कर लूं ? यह महानुभाव उसमें कोई-न-कोई कमी या खोट ढूंढ ही निकालेंगे। यही इनकी मौलिकता और महानता है, जिसकी बदौलत यह अपने से कई सीनियर्स को लंगी मारते हुए, उन्हें लांघकर आज संपादक की कुर्सी हथियाने में कामयाब हो गये हैं।

"देखो, इस तरह समझो कि कुल मिलाकर यह गोधरा कांड है क्या बला ? यह एक बर्निंग ट्रेन है। राजनीति ने इसकी आग को बुझने नहीं दिया है, तो जाहिर है कि हमारा काम इसकी लपटों को बीच-बीच में तेज करते रहना है। इसलिए जाओ और उस ट्रेन की ऐसी भयानक तस्वीरें लेकर आओ और उनसे मेल खाती ऐसी लोमहर्षक कहानियां बनाकर लाओ कि उन्हें देख-पढ़कर लोगों के रोंगटे खड़े हो जायें। चूंकि अभी मामला ठंडा नहीं पड़ा है, इसलिए वह ट्रेन यार्ड में ही कहीं होगी। कोई ताज्जुब नहीं कि वहां की सरकार उस पूरी ट्रेन को ही जलाकर राख कर डाले, ताकि न रहे बांस न बजे बांसुरी।"

"तो आप चाहते यह हैं कि मैं चित्र तो असली खींचूं, पर कहानियां नकली बनाऊं ?" मैंने कहा।

"एक्जेक्टली !" संपादक महोदय उछल पड़े, "मैं जानता था कि तुम समझ जाओगे, व्हाट आइ मीन। मैं जानता था कि यह काम सबसे अच्छी तरह तुम ही कर सकते हो। यों यह काम मैं और किसी को भी दे सकता था, पर मैंने इस के लिए मैनेजमेंट को तुम्हारा ही नाम रिकमंड किया। मैं यह भी जानता हूं कि तुम कहानियां भी लिखते हो। इस मिशन गोधरा में मुझे तुमसे एक पत्रकार के रूप में एक भयावह यथार्थ चाहिए और एक कहानीकार के रूप में विश्वसनीय कल्पना। ठीक है, तुम कल ही निकल पड़ो।" उन्होंने संवाद समाप्त करने की नीयत से कहा।

"निकल पड़ो" पर उनका जोर कुछ अधिक था, जिसे मैंने दोनों अर्थों में लिया–कल मिशन गोधरा पर निकल पड़ो और फिलहाल मेरे कमरे से।

जब मैं बाहर निकला, तो मुझे लग रहा था गोया भीतर मेरी पिटाई हुई हो। संभव है कि मेरे सहकर्मियों को भी कुछ ऐसा ही लगा हो। वे मेरे आसपास जुट आये कि आखिर मामला क्या है, मुझे भीतर क्यों तलब किया गया ?

मैंने संक्षेप में बताया। बेमन से ही, प्रतिक्रियायें कई तरह की मिलीं। कुछ मुखर, कुछ मौन। कुछ ने बधाई दी कि इस खास मिशन के लिए मेरा चुनाव किया गया। कुछ ने सहानुभूति जताई कि कहां फंसा दिया ? कुछ ने अपनी चुप्पी से भी यह व्यक्त कर ही दिया कि क्या इस गंभीर और महत्त्वपूर्ण कार्य के लिए यही एक पट्ठा मिला था, हम क्या मर गये थे ?

बहरहाल, मैं उचटे-उखड़े मन से अपनी सीट पर जा बैठा। शेष कार्य किसी तरह निपटाया। दिल-दिमाग में केवल कुछ शब्द चक्कर काट रहे थे...गुजरात...बर्निंग ट्रेन...गोधरा...भयावह यथार्थ...विश्वसनीय कल्पना... ।

इच्छा हो रही थी, अपना मुंह नोच लूं। न पत्रकार बनता, न इस मिशन गोधरा पर जाना पड़ता। लेकिन अब इससे बचने या भागने का कोई उपाय नहीं था। नौकरी को बचाने के लिए जाना ही था। शाम को कार्यालय से बाहर निकला, तो कुछ इस तरह, जैसे किसी सगे की मौत की सूचना पर मातम में शामिल होने जा रहा हूं।

गुजरात जाने की तैयारी करते समय लगातार गोधरा कांड से जुड़ी हुई पढ़ी-सुनी बातें और देखी हुई तस्वीरें याद आती रहीं। बचपन में सुने हुए विभाजन के समय के किस्से भी याद आते रहे। गोधरा वाली रेलगाड़ी के साथ उन रेलगाड़ियों के बारे में सुनी हुई बातें याद आती रहीं, जिनमें इधर से उधर जाने और उधर से इधर आने वाले लोगों को बहुत-से हादसों से गुजरना पड़ा था।

आखिर मैं किसी तरह गुजरात पहुंच ही गया। सारे रास्ते अपने पेशे पर कुढ़ते हुए, अपने संपादक को मन ही मन गालियां देते हुए, मिशन गोधरा को कोसते हुए।

अब मैं गोधरा कांड से रू-ब-रू था। मेरे सामने जली हुई रेल का एक जला हुआ कोच था। कुछ हिस्सा पूरा जला, कुछ अधजला, बदरंग-बदहाल,

लगभग टूटा-फूटा, टेढ़ा-मेढ़ा। आगे कोई इंजन नहीं, पीछे कोई डिब्बा नहीं। एक क्षतिग्रस्त कोच। एक विवाद, एक हिंसा।

काफी समय तक मेरा मन उलझा रहा। भीतर एक जबर्दस्त उथल-पुथल-सी मची थी, जिसका सम्बंध न तो अपने पेशे के प्रति खीझ से था, न संपादक के प्रति गुस्से से। जो हलचल भीतर थी, उसका सीधा सरोकार रेल के उस जले हुए डिब्बे से था, जो मेरे सामने खड़ा था, जिसे पहली बार मैं अपनी आंखों से प्रत्यक्ष देख रहा था। उस जले हुए कोच ने मेरे चाहने न चाहने से परे मुझे जैसे सुन्न बना डाला था। मैं बस, उसे देखे जा रहा था। अखबारों और टी.वी. चैनलों से उठकर, निकलकर, वह दृश्य मेरे सामने मूर्त खड़ा था। मुझे घूर रहा था। बहुत कुछ कह रहा था। सुना रहा था। रो रहा था। कराह रहा था। वह मेरे सामने स्थिर खड़ा था और मैं उसके सामने। दोनों खामोश, लेकिन जैसे संवाद करते हुए। कुछ था, जो हम दोनों के बीच और मेरे अपने भीतर लगातार घट रहा था, पर मैं उसे समझ या पकड़ पाने की स्थिति में नहीं था।

मैं एक अजीब-सी अवशता और शिथिलता महसूस कर रहा था। मैंने सचमुच नहीं सोचा था कि यह जला हुआ डिब्बा मुझे कुछ ऐसी मनःस्थिति में ले आयेगा। मानसिक और शारीरिक तौर पर मुझे इस कदर कुंद और बंद बना डालेगा।

मैं असमंजस की हालत में चहलकदमी करने लगा। मेरी समझ में नहीं आ रहा था कि मैं अपना काम कहां से शुरू करूं? कैसी तस्वीरें लूं? अगर कुछ ले भी लूं, तो यह कैसे साबित होगा कि वे तस्वीरें गोधरा कांड वाली ट्रेन की ही हैं। आये दिन रेलों में आग लगती ही रहती है। मेरी तस्वीरों को झूठ भी माना जा सकता है। मुझे साबरमती एक्सप्रेस का बोर्ड भी नजर नहीं आया। जाहिर है कि वह उखड़ गया होगा या उखाड़ फेंका गया होगा। मेरी मनोदशा कुछ अजीबो-गरीब थी। न कुछ कर पा रहा था और न ही करने की सोच ही पा रहा था।

यह सच है कि जब यह घटना घटी थी, इसकी जो भी सच-झूठ खबरें पढ़ी-सुनी थीं, उस समय मैंने इसे गंभीरता से नहीं लिया था। देश में आये दिन घटने वाले हादसों और दंगे-फसादों की तरह ही मैंने इसे देखा था। तब उसका कोई गहरा प्रभाव मुझ पर नहीं पड़ा था। लेकिन अब उसी साबरमती

एक्सप्रेस के एक डिब्बे के सामने खड़े होकर मैं विचलित-सा हो रहा था। यह भी मेरी समझ से परे था कि मैं अपने एक निहायत अनचाहे काम की वजह से परेशान हूं या आसपास के अजीब वीरान सन्नाटे और दमघोंटू वातावरण के कारण।

वहां मेरे सिवा कोई नहीं था। सन्नाटे में रह-रहकर गूंजती किसी इंजन की चीख, जो किसी लंबी कराह की तरह लगती। मैं कुछ उतावला हो रहा था। वहां से जल्द-से-जल्द भाग जाना चाहता था। मुझे लग रहा था, जैसे मैं बड़ी तेजी से उस जली हुई रेल की चपेट में आता जा रहा हूं। मुझे किसी चीज के जलने की गंध आ रही थी, जो उत्तरोत्तर तीव्र होती जा रही थी, जबकि निश्चय ही आसपास कुछ जल नहीं रहा था। कान की भीतरी पर्तों में चीख-पुकारें उभर रही थीं, जो बड़ी तेजी से बाहर फूट पड़ना चाहती थीं। मैंने घबराकर अपने कान बंद कर लिए। आंखें मूंद लीं। लेकिन बंद आंखों के भीतर और भी भयानक दृश्य आकार लेने लगे। आग की लपटों में जलते-झुलसते और दम तोड़ते यात्री... चारों ओर मचा हुआ हाहाकार... बचाओ-बचाओ का आर्त्तनाद...

मैं इन सबको देख-सुन तो रहा था, पर कुछ भी सोचने-समझने से परे, किसी को पहचानने में भी असमर्थ। न जाति को, न धर्म को, न सम्प्रदाय को। जो कुछ मेरे भीतर हो रहा था, वह कुल मिलाकर एक भयानक संहार था। मैं अपने भीतर ही कांप रहा था। पता नहीं, यह मेरा भय था या एक निर्मम और जघन्य दृश्य का साक्षात्कार। इतिहास की एक क्रूर, अमानवीय और नग्न सच्चाई के सामने मैं खड़ा था, लेकिन उस तरह खड़ा होना अब मेरे बस में नहीं रह गया था।

मैं सोच रहा था, आखिर यहां कर क्या रहा हूं मैं ? क्या कुछ करने की स्थिति में हूं भी ? क्यों नहीं भागता हूं यहां से ? बेमौत क्यों मारा जाना चाहता हूं ? यहां के प्रेतों की गिरफ्त से अपने को छुड़ाता क्यों नहीं हूं ?

एकाएक, लगभग एक झटके से मैं वहां से हिला, जैसे किसी कोमा से अचानक ही बाहर आ गया होऊं। वहां से हटकर मैं कुछ दूर चला आया। यार्ड में आकर किसी प्लेटफार्म के आखिरी हिस्से में आ बैठा। ट्रेन का वह जला हुआ डिब्बा अब मेरी नजरों के ऐन सामने नहीं था। मैंने अपने को सहेजने-समेटने की भरसक चेष्टा की। खुद को समझाया, संभाला। कुछ

शांत हुआ। तय कर लिया कि फिर मुड़कर भी उस डिब्बे की तरफ नहीं देखूंगा। लौट जाऊंगा। खाली हाथ, न तस्वीरें, न कहानी। न सच, न झूठ। यह सब मेरे बस का नहीं है। नौकरी जाती है, तो जाये।

मैं मन ही मन अपना यह संकल्प पक्का बना रहा था कि पास की कोई आहट सुनाई पड़ी। मैंने चौंकते हुए मुड़कर देखा। आठ-दस साल का एक गरीब, फटेहाल बच्चा दिखायी पड़ा। वह मेरी ओर ही देख रहा था। मैंने भी उसे जरा गौर से देखा। एक फटी हुई काले रंग की निकर और छेदों वाली मटमैली सफेद गंजी। पहले तो मुझे लगा, वह कोई कूड़ा-कचरा बीनने वाला लड़का है, पर उसके हाथ में कुछ नहीं था। शायद वह मुझसे कुछ पैसा मांगना चाहता हो? पर नहीं, न तो उसके चेहरे पर कुछ मांगने का भाव था और न ही उसकी आंखों में कोई याचना। तब? मैं जरा उलझा रहा।

कुछ नहीं सूझा, तो मैंने उससे पूछा, "पानी कहां मिलेगा?"

वह मेरी बात समझ गया और उसने उसी जले हुए डिब्बे की ओर इशारा किया।

मैंने कुछ आगे की ओर सरककर देखा, वहां एक पाइप से पानी गिर रहा था। मुझे बेहद प्यास लगी थी। गला बुरी तरह सूख गया था। भीतर जैसे कोई आग सुलग रही थी और पूरा शरीर जल रहा था। पानी पर नजर पड़ने के बाद मुझसे वहां बैठा नहीं गया। हालांकि उस जले हुए डिब्बे की ओर जाने की मेरी कतई इच्छा नहीं थी, फिर भी मैं उधर चला ही गया। उसे लगभग अनदेखा करते हुए मैंने पानी पिया, चेहरा धोया, सिर भिगोया, लेकिन पोंछा नहीं। यूं ही हवा में सूखने दिया। कुछ सुकून का अनुभव किया। एक सिगरेट सुलगायी।

आगे की बात सोचूं और कुछ तय करूं, इसके पहले ही उस बच्चे पर फिर नजर पड़ी, जो जले हुए डिब्बे के एक ओर के दरवाजे के पास खड़ा भीतर झांक रहा था। जैसे किसी को ढूंढ रहा हो। फिर उसने दरवाजे का हैंडिल पकड़ा और अपना एक पैर पायदान पर रखा। थोड़ा उचककर भीतर देखने की कोशिश की और रुककर पहले अपने आसपास देखा, फिर मेरी ओर। थोड़ी दूरी की वजह से मैं उसके चेहरे को पढ़ नहीं पाया, पर मैंने यह जरूर महसूस किया कि वह भीतर जाने में कुछ हिचक रहा है, या उसे घबराहट हो रही है, या डर लग रहा है। इन सबका एक मिला-जुला भाव

उसमें दिख रहा था ।

मैं उसके भीतर जाने या जाना चाहने के मकसद को नहीं समझ पाया । कोई अनुमान लगाना भी आसान नहीं था, पर उसके प्रति मेरी दिलचस्पी अचानक बढ़ गयी । यह सोचकर कि शायद वह मुझे अपनी ओर देखते देख कुछ संकोच कर रहा हो, मैंने जान-बूझकर उसकी ओर से नजरें हटा लीं, ताकि वह जो कुछ करना चाहता है, कर सके । उसकी ओर से मेरी नजर हटते ही वह एकाएक उचककर डिब्बे के भीतर घुस गया ।

उसकी इस हरकत से मैं जैसे अचानक सक्रिय हो गया । शारीरिक और मानसिक दोनों रूपों में । मेरे भीतर का पत्रकार जाग गया और उसने मेरे कथाकार को भी झकझोरकर उठा दिया । दोनों ही सजग और सावधान हो गये, जैसे भयावह यथार्थ और विश्वसनीय कल्पना का सही वक्त आ चुका हो ।

मैं उठकर खड़ा हो गया । मैंने अपना कैमरा निकाल लिया । मुझे लगा कि अगर मैं बाहर से इस जले हुए डिब्बे के भीतर गुजरते हुए उस बच्चे की तस्वीरें लेने में कामयाब हो गया, तो उससे नायाब चीज और कुछ नहीं हो सकती । एक भयानक हादसे के परिणाम और प्रमाण से गुजरता बच्चा स्वयं ही सब कुछ कह देगा । मैं इस मौके को हाथ से नहीं जाने देना चाहता था ।

मैं अपना कैमरा साधकर उसे बाहर से ही ढूंढता रहा, पर एक बार भी वह मुझे साबुत नहीं दिखा । उसकी एक झलक भर दिख जाती थी । फिर वह गायब हो जाता था । जैसे वह मुझे चकमा दे रहा हो । कभी किसी टूटी खिड़की से उसका चेहरा दिखता, कभी किसी टूटे-फूटे बर्थ पर उसका हाथ । कभी किन्हीं चीजों को हटाकर रास्ता बनाता उसका एक पैर नजर आता, तो कभी किसी मलवे को लांघते हुए दूसरा पैर । एक बार, पल भर के लिए टूटे कांच के भीतर से बाहर की ओर झांकती उसकी अजीब-सी आंखें दिखीं और मुझे लगा, इन आंखों की ही तस्वीर ले लूं । मगर जब तक मैं क्लिक करूं, वह वहां से भी हट गया ।

मैं भीतर की आहटों के पीछे बाहर भागता-दौड़ता रहा, पर उसकी एक भी तस्वीर नहीं ले पाया । अपनी इस असफलता पर मुझे खीझ होने लगी । मुझे गुस्सा आने लगा । एक बार इच्छा हुई कि भीतर जाकर उसे एक झापड़ लगाऊं । लेकिन इससे मेरा ही काम बिगड़ता । मैं चाहता, तो उसे कुछ पैसे

देकर अपनी जरूरत की तस्वीरें कंपोज करके भी ले सकता था। मेरे भीतर का पत्रकार ऐसा ही कुछ चाह भी रहा था, पर मेरा लेखक कुछ ज्यादा ही संवेदनशील हो रहा था। उसकी कल्पना एक ऐसे यथार्थ को पकड़ना चाहती थी, जो जितना भयावह हो, उतना ही सच और विश्वसनीय भी। इन दोनों के बीच के द्वंद्व को मैं बखूबी झेल रहा था। मैं उस जले हुए डिब्बे की वास्तविक पृष्ठभूमि में न जाने क्या कुछ खोये हुए को तलाशते उस बच्चे को अपने कैमरे में कैद करना चाहता था, पर इसका एक भी माकूल मौका मुझे नहीं मिल पाया था। इसकी वजह से मैं बुरी तरह से अपसेट हो रहा था। आखिरकार मैं हताश हो गया। थक-हारकर एक जगह पटरियों पर ही बैठ गया।

उस बच्चे की यात्रा या खोज अब भी जारी थी, पर मुझ में अपनी खोज जारी रखने की हिम्मत नहीं बची थी। मैंने अपनी हार मान ली। अपना कैमरा बंद कर दिया। जो एक सजगता, सावधानी और सक्रियता एकाएक जगी थी, वह फिर सिमटती-मिटती गयी। मैंने लौटने का निश्चय कर लिया। उस बच्चे को उसकी हालत पर छोड़ते हुए। अब दिन भी ढलने को ही था। सारा दिन यूं ही निकल गया। न कोई तस्वीर ले पाया, न कोई कहानी बना पाया। इससे बड़ी असफलता और क्या हो सकती थी ? अब वहां मेरे लिए कुछ भी नहीं बचा था। एक इतिहास मेरे सामने मूर्त होते-होते फिर मुर्दा बन चुका था।

मैं उठकर खड़ा हो गया। दो-चार कदम आगे बढ़ गया, पीछे लौटने के लिए, पर तभी अचानक मैंने देखा कि डिब्बे के दूसरे छोर के दरवाजे से एक बूढ़ा उतर रहा है—कमजोर, दुबला, रोगग्रस्त, जर्जर, मरणासन्न। मैं सन्न रह गया। यह कौन है ? इसे तो भीतर जाते मैंने नहीं देखा, जबकि पिछले कई घंटों से मैं यहीं हूं ?

मेरे सामने सवालों के ज्वार उठ रहे थे। इसके पहले कि मैं अपने ही सवालों के जवाब ढूँढ पाऊं, मेरे जेहन में बिजली-सी कौंधी और उसकी क्षणिक चमक में मैंने गौर किया कि वह बूढ़ा ठीक उसी पोशाक में है, जिसमें वह बच्चा था—एक फटी हुई काले रंग की निकर और छेदों वाली मटमैली सफेद गंजी !

वह मेरी ओर पीठ करके चलता जा रहा था। मेरे सामने सुबह-शाम, वर्ष-महीना, दिन-दिनांक, दशाब्दी-शताब्दी की सारी सीमायें टूटने लगी थीं।

मैं उसकी ओर भागने लगा, जो गोधरा कांड के उस जले हुए साबरमती एक्सप्रेस के डिब्बे में घुसते हुए महज एक बच्चा था और न जाने किसे खोजता-तलाशता उस हादसे से गुजरते हुए एक बूढ़े में तब्दील हो चुका था। मैं किसी भी तरह उस तक पहुंचने के लिए बेचैन-बेसब्र था, पर वह मुझसे लगातार उतनी ही दूरी पर चलता चला जा रहा था। मुझे ऐसा लग रहा था, जैसे उसे कहीं भी नहीं पहुंचना हो, पर ऐसे हादसों से होकर लगातार जिंदगी भर गुजरना उसकी नियति हो।

इस बीच अंधेरा घिर आया। पता नहीं, यह समय का अंधेरा था या समय से पूर्व का। मैं जैसे देश-कालातीत हो रहा था। उसके पीछे दौड़ते-भागते-हांफते और उसे रोकते भी मैं उसे पकड़ नहीं पाया। अंततः वह कहीं लोप हो गया। मैं थका-टूटा-हारा घिसटता रहा, गोया मेरे साथ एक भयानक हादसा अभी-अभी ही गुजरा हो।

मैं एक तरह की नीम बेहोशी में अपने शहर लौटा। दूसरे दिन अखबार के कार्यालय में गया, मानो एक लंबी बीमारी के बाद आज ही अस्पताल से लौटा हूं। किसी की ओर नहीं देखा। किसी से बात नहीं की। किसी के साथ दुआ-सलाम तक नहीं। सीधे संपादक के कमरे में घुसा। उसकी मेज पर कैमरे की रील रखी, जिसमें उसकी अपेक्षा के अनुसार भयावह यथार्थ होना चाहिए था और एक बंद लिफाफा भी रख दिया, जिसमें उसके अनुमान से विश्वसनीय कल्पना होनी चाहिए थी। इन दोनों के मेल से उसे एक ऐसी जबर्दस्त सनसनी फैलानी थी कि रातोंरात मीडिया पर उसका अखबार और वह समाचार छा जाता तथा एक लंबे समय तक छाया ही रहता। वह मुझसे शायद कुछ कह रहा था, पर मैंने सुना-अनसुना किया और बाहर आ गया। अपने सहकर्मियों को देखा-अनदेखा करते हुए दफ्तर से बाहर निकल आया और लंबी-गहरी राहत की सांस ली। सधे हुए कदमों के आगे बढ़ता गया, बिना किसी राह या मंजिल की परवाह किये।

❑❑

(कथन, सन् 2009)

18

बाजार में बगीचा

हम दोनों, यानी मैं और पांडुरंग राव शाम को लगभग नियमित रूप से टहलने जाते हैं। जब से हवाई अड्डे के पास एक वॉकर्स सर्कल बना है, वहां टहलने में मजा भी आता है। काफी लोग वहां टहलने, घूमने, बतियाने, दौड़ने और व्यायाम करने आने लगे हैं। आसपास के मोहल्लों के कुछएक परिचितों से भी वहां भेंट-मुलाकात और दुआ-सलाम हो जाती है। प्राय: मैं ही अपने घर से निकलकर पांडुरंगा के घर जाता हूं। जैसे ही गेट खोलने को होता हूं कि उसकी बेटी की आवाज सुनायी पड़ जाती है-"पिताजी, श्रीनिवास अंकल आ गये हैं।" हालांकि कभी उसकी बेटी पर मेरी नजर नहीं पड़ती है, पर वह न जाने घर के किस कोने से मुझे देख ही लेती है? मेरा अनुमान है कि शायद उसके पढ़ने-लिखने का कमरा उसी ओर कहीं है, या फिर उसकी खिड़की, जिस पर परदा लगा होता है, उसी परदे की फांक से देख लेती है और मेरे आने की खबर अपने पिता को दे देती है। इसलिए मुझे कभी भीतर नहीं जाना पड़ता।

पांडुरंग कुछ हड़बड़ाते हुए बाहर निकलता है। उसे हर दिन किस बात की हड़बड़ी रहती है? यह मेरी समझ में नहीं आता और न मैंने कभी पूछा ही, पर वह बाहर निकलते-निकलते भी अपने खूबसूरत बगीचे को निहारते हुए, कभी कहीं ठिठकते हुए, कभी कोई अनावश्यक घास-फूस हटाते हुए ही निकलता है। फिर हम शाम की सैर के लिए कभी बोलते-बतियाते और कभी चुप-चुप भी आगे बढ़ जाते हैं। मैं सामान्यत: उसे बताता हूं कि मैंने आज दिन भर क्या लिखा, क्या पढ़ा, क्या देखा, यानी टी.वी. और क्या सुना, यानी संगीत। और वह बताता है कि दिन भर वह अपने बगीचे में क्या कुछ करता रहा। कौन-से नये पौधे लगाये, कौन-से नये फूल खिले? आगे वह अपने गुलाब के बगीचे को नया विस्तार देने के लिए क्या सोच रहा है? वगैरह।

एक दिन मैंने उससे पूछ लिया, "तुमने यह जो बगीचे का शौक पाला है, तो किसकी प्रेरणा से ?"

"बस, समझो कि यह भगवान की प्रेरणा है, वर्ना मेरे घर में कई पुश्तों से किसी को इसका खास शौक नहीं रहा ।" उसने बताया ।

"तुम्हारे माता-पिता में किसी एक को तो थोड़ा-सा शौक इसका रहा ही होगा ?"

"कह सकते हो कि मां को थोड़ा-सा था । पर घर-गृहस्थी के चक्कर में उनका यह शौक कभी पनप नहीं पाया ।"

"हो सकता है कि मां का अधूरा शौक ही तुम्हारे माध्यम से पूरा हो रहा हो ।"

"कौन जाने !"

"पर यह शौक तुम्हें लगा कैसे और कब ?"

"एक बार हम लोग सपरिवार विजयनगरम् गये थे । किसी रिश्तेदार की शादी में । उन दिनों वहां फूलों की एक प्रदर्शनी लगी थी । अपने कुछ सम्बंधियों के साथ मैं भी उसे देखने चला गया था । प्रदर्शनी मुझे इतनी भा गयी कि जब तक हम विजयनगरम् में रहे, हर दिन किसी न किसी बहाने मैं वहां जाता रहा । मुग्ध होता रहा, मुझ पर जैसे एक नशा सवार हो गया था । वह किसी जादू से कम नहीं था मेरे लिए । मैं कुछ इस कदर उस पर मोहित और सम्मोहित था कि मैंने तय कर लिया कि अपने घर में भी एक बड़ा ही सुंदर बगीचा लगाऊंगा । बस, वहां से लौटते ही मैंने अपने को इस काम में लगा लिया । शुरू में, जब तक नौकरी थी, मुश्किल होती थी । पूरा समय नहीं दे पाता था, पर रिटायरमेंट के बाद तो यह शौक पागलपन की हद तक बढ़ गया ।"

"लेकिन तुम्हारा यह शौक बड़ा ही शानदार है और बहुत क्रिएटिव भी । तुम्हारा यह बगीचा तो समझो कि हमारी पूरी कॉलोनी की एक आन-बान-शान है ।"

"बस, कुछ अपना शौक, कुछ लगन, कुछ मेहनत और समर्पण । इन सबकी वजह से ही यह बगीचा चर्चा में आ गया । और सबसे बढ़कर तो ईश्वर की कृपा है । शायद उसकी यही इच्छा रही होगी कि मेरे माध्यम से इस शहर में, इस मोहल्ले में, इस घर में एक सुंदर बगीचे का निर्माण हो, उसकी सेवा

हो और वह सबको मुग्ध बना दे ।"

"इसमें कोई शक नहीं है, पांडुरंगा कि तुमने एक तरह से अपना जीवन ही इसमें लगा दिया है । पर मुझे जो बात सबसे अधिक प्रभावित करती है, वह है गुलाब का बगीचा । कई लोगों के घरों में सुंदर बगीचे होते हैं, पर उनमें सिर्फ गुलाब के नहीं, सब तरह के फूलों के पौधे होते हैं । वे भी कम आकर्षक नहीं होते, पर तुमने तो सिर्फ गुलाब का एक नायाब बगीचा तैयार करके एक अनोखा काम कर दिखाया है । इतने किस्म के गुलाब तो किसी पार्क वगैरह में भी नहीं दिखते हैं ।"

"इसके लिए बहुत परिश्रम करना पड़ा, श्रीनिवास ! पहले तो लगता था, नहीं, यह मेरे बस का नहीं है । पर जैसे किसी दैवीय कृपा से सब जुटता गया । देश-विदेश के गुलाबों का चारा मिलता गया । बस, एक दिन यह मेरे मन मुताबिक तैयार हो ही गया । वैसे तो अभी बहुत कुछ करना बाकी है, पर कठिनाई यह है कि सब कुछ मुझे अपने ही संसाधनों से करना पड़ता है । कहीं से कोई मदद नहीं मिलती है । अन्यथा इसे मैं और विस्तार तथा निखार दे सकता था ।"

"तुमने कभी यहां की स्टील कम्पनी की प्रदर्शनी में भाग नहीं लिया न ?"

"कई बार कुछ मित्रों और सम्बंधियों ने इसके लिए मुझसे कहा तो था, पर मैं उसमें विशेष रुचि नहीं ले सका । इसे महज मेरा आलस भी कह सकते हो ।"

"लेकिन तुम्हें उसमें भाग लेना चाहिए । मुझे लगता है कि गुलाबों की इतनी वैराइटी तो कम्पनी की नर्सरी में भी नहीं होगी ।"

"जानता हूं, पर न जाने क्यों मुझे यह भी लगता है कि यह तो एक तरह से मेरी पूजा-आराधना है । इसे क्यों सार्वजनिक रूप से किसी प्रदर्शनी में ले जाऊं ? यह तो एक तरह से दिखावा ही हुआ न ! और फिर यह सब निर्भर करता है अपने स्वभाव पर भी । इसे लेकर मैं महत्त्वाकांक्षी नहीं हूं ।"

"बात, पांडुरंगा, दिखावे और महत्त्वाकांक्षा की नहीं है । बात यह है कि जो भी श्रेष्ठ है, उसका सुख और आनंद सबको मिले, तो यह उसकी सफलता और सार्थकता दोनों है । जो तुम्हें तुम्हारे इस शौक को जानते हैं, वे तो इसे देखकर मोहित होते हैं, पर अभी इसी शहर में ऐसे हजारों लोग होंगे, जो इस शानदार बगीचे को देखने से वंचित होंगे । यह तो शहर की एक खूबसूरत थाती है । तुमने वास्तव में एक छोटा-मोटा इतिहास रचा है । बागवानी की दुनिया

में एक मिसाल कायम की है। इसे तो कभी न कभी सार्वजनिक होना ही चाहिए। इसकी प्रदर्शनी होनी ही चाहिए। तुम्हारी पूजा, भक्ति, साधना और आराधना की सराहना और लोग भी करें, यह भी उतना ही जरूरी है।"

"अरे, यार, तुमने तो पूरा लेक्चर ही दे दिया ! मैंने कभी इतनी गहराई और विस्तार से इसके बारे में सोचा ही नहीं। बस, इसके पीछे एक व्यक्तिगत भावना ही थी। जैसा मेरा एक घर, वैसा ही मेरा एक बगीचा। अब तुम इतना कह रहे हो, तो सोच रहा हूं कि अगली बार जब भी कम्पनी में फूलों की प्रदर्शनी लगे, तो मैं भी उसमें भाग लूं। बस, कठिनाई एक ही है कि सारा कुछ खुद ढोकर वहां तक ले जाना मेरे बस की बात नहीं है।"

"तुम्हें क्यों ले जाना पड़ेगा ? कम्पनी के लोग खुद आकर अपनी गाड़ियों से सारे गमले ले जायेंगे और प्रदर्शनी के बाद घर पहुंचा भी जायेंगे।"

"लेकिन अगर रास्ते में कुछ टूट-फूट हो गयी, तो मेरा दिल भी टूट जायेगा। तुम शायद नहीं जानते कि मेरे फूलों में मेरे प्राण बसते हैं।"

"जानता हूं, पर मेरे ख्याल से वे लोग इसका पूरा ध्यान रखते होंगे। अन्यथा दूसरे लोग भी इस डर से कभी इस प्रदर्शनी में भाग न लेते। जब उनका कभी कुछ नहीं बिगड़ा, तो निश्चित रह सकते हो कि तुम्हारा भी कुछ नहीं बिगड़ेगा। और फिर, थोड़ा रिस्क तो लेना ही पड़ता है न ! अभी तुम कह रहे थे कि तुम्हें सारा कुछ अपने संसाधनों से करना पड़ता है। अगर एक बार कम्पनी की नजर में यह बगीचा चढ़ जाये, तो हो सकता है कि उसका भी कुछ उपाय निकल आये।"

"ठीक है, तुम जब इतना कह रहे हो, तो मैं तैयार हूं, पर एक शर्त है।"

"वह क्या ?"

"वह यह कि कम्पनी की उस प्रदर्शनी में मैं भाग ले सकूं, इसका सारा प्रबंध तुम्हें करना पड़ेगा।"

"ठीक है, हो जायेगा। कम्पनी के बगीचे की देखरेख का सारा काम टाउन ऑफिस के जिम्मे है और वहां मेरा एक मित्र काम करता है, इसलिए कोई दिक्कत नहीं होगी।"

"यह तो और भी अच्छा है। फिर तो वह मेरे इस बगीचे की वहां विशेष देखभाल भी कर सकता है।"

"मैं उसे सब समझा दूंगा। मेरे ख्याल से अगले ही महीने फूलों की

वार्षिक प्रदर्शनी आयोजित होने वाली है । मैं इसके बारे में सारी जानकारी ले लूंगा । तुम यह जरूर तय कर लेना कि वहां कौन-से और कितने गमले भेजेंगे ? मेरा सुझाव है कि तुम्हारे पास जो भी सबसे नया और नायाब है, उसे वहां जरूर भेजो, ताकि लोग देखकर दंग रह जायें । देखना, इस बार तुम्हारे फूल प्रदर्शनी के सबसे मुख्य आकर्षण होंगे ।"

"देखते हैं, क्या होता है ?"

"जो भी होगा, अच्छा ही होगा । तुम्हारी इस प्राकृतिक रचना का आनंद इस बार शहर के दूसरे लोग भी ले पायेंगे, सो भी बहुत बड़ी संख्या में ।"

कम्पनी की उस प्रदर्शनी में पांडुरंग राव के गुलाबों की नुमाइश के प्रबंध में मैंने कोई कोर-कसर नहीं छोड़ी और उसने अपने बगीचे को एक बेहतरीन आकार-प्रकार देने में कोई कमी नहीं आने दी । वह तो जैसे दिन-रात इसी में जुट गया था । उसने प्रदर्शनी के लिए विशेष रूप से जो गमले तैयार किये और उनकी साज-सज्जा पर जो कलाकारी दिखायी, वह किसी को भी अचम्भित कर सकती थी ।

मेरे और मेरे टाउन ऑफिस वाले दोस्त के प्रयत्नों से प्रदर्शनी के ठीक बीचोंबीच पांडुरंगा के बगीचे को स्थान दिया गया । वह पूरी प्रदर्शनी का सबसे आकर्षक केंद्र बन गया । उसे देखने भीड़ उमड़ने लगी । हरएक की जबान पर उसकी चर्चा थी । लोगों ने पहली बार इतने सुंदर, इतने रंगबिरंगे और इतने आकार-प्रकार के गुलाब देखे थे । कई लोगों को तो विश्वास नहीं हो रहा था कि यह अपने ही शहर के किसी व्यक्ति का बगीचा है । कम्पनी के कर्मचारियों से लेकर अफसर तक सम्मोहित थे । जैसे गुलाबों का सौंदर्य और उनकी सुगंध लोगों के भीतर गहराई तक बस गयी हो । गुलाब के इस अद्‌भुत बगीचे के चलते लोगों के विशेष आग्रह पर प्रदर्शनी की अवधि दो दिन बढ़ानी भी पड़ी । ऐसा कम्पनी की प्रदर्शनी के इतिहास में पहली बार हुआ था ।

जैसा कि सबका अनुमान था, इस बार प्रथम पुरस्कार पांडुरंग राव के बगीचे को ही मिला । ट्रॉफी के साथ उसने दस हजार रुपयों का चेक भी इनाम में लिया । उसका उत्साह देखने लायक था । यह सब कुछ उसके लिए जितना अप्रत्याशित था, उतना ही सुखद भी । जब प्रदर्शनी के बाद पुरस्कार दिये गये, तब लोगों ने तालियां और सीटियां बजाकर पांडुरंग राव का अभिवादन किया । वह पुरस्कार लेते हुए भावुक हो उठा और लेने के बाद मुझसे गले लगकर

रो ही पड़ा। वह बार-बार इसका श्रेय मुझे दे रहा था। मुझे इस बात की खुशी थी और गर्व भी कि हमारा मिशन सफल हुआ।

प्रदर्शनी के बाद पांडुरंग राव के सारे गमले पूरी तरह सुरक्षित उसके घर पहुंचा दिये गये। उसके साथ-साथ मैं भी निश्चिंत हुआ। अब तो वह और भी मनोयोग से इस काम में जुट गया। लगभग एक दैवी चेतना के साथ। उसे लग रहा था कि ईश्वर ने उसे उसके श्रम और समर्पण का ही पुरस्कार दिया है। उसने अपने गुलाब के बगीचे को खासा विस्तार और निखार भी दिया।

अब शहर के दूसरे हिस्सों से भी लोग उसके बगीचे को देखने और उसके बारे में पूछताछ करने के लिए आने लगे। शहर के लगभग, सारे ही अखबारों में पांडुरंग राव और उसके बगीचे की तस्वीरें छपीं। इससे भी शहर में उसके बगीचे का खासा प्रचार हो गया। वह एक तरह से गुलाबों का एक विशेषज्ञ जैसा बन चुका था। लोग आकर और फोन से भी गुलाबों की नई जानकारी उससे हासिल करने लगे।

उसे इन सब बातों में आनंद भी बहुत आ रहा था। वह सचमुच खुश था। केवल वही नहीं, उसका पूरा परिवार। अब तो परिवार के सारे ही सदस्य उसके इस काम में मदद करने लगे थे। यह उसके परिवार का एक मिशन बन गया था। उसके जीवन का जैसे एक नया अध्याय शुरू हो चुका था। मैं भी उसके इस काम से जुड़ा हुआ था। एक तरह से मैं उसका सलाहकार ही बन चुका था। अपनी यह नई भूमिका मैं बखूबी निभा रहा था। दरअसल हमारी एक टीम बन गयी थी, जिसमें कम्पनी के टाउन ऑफिस वाला हमारा साथी भी शामिल हो चुका था।

कुछ संयोग ऐसा हुआ कि कुछ ही समय के भीतर एक और अच्छा अवसर मिल गया। इस बार कम्पनी को राज्य स्तरीय पुष्प प्रदर्शनी में भाग लेने का आमंत्रण मिला। वह प्रदर्शनी यूं तो हर साल लगती थी, पर इस बार कम्पनी प्रबंधन ने उसमें विशेष रूप से भाग लेने का मन बनाया। प्रबंधन की ओर से पांडुरंगा को एक पत्र मिला कि यदि वह चाहे, तो कम्पनी उसके गुलाबों के बगीचे को राजधानी की उस प्रदर्शनी में भेज सकती है, जिसमें राज्य भर की छोटी-बड़ी कम्पनियां भाग लेती हैं। उसमें कम्पनी को पुरस्कार मिलता है और साथ ही बगीचे के मालिक को पारिश्रमिक।

कम्पनी को तो सिर्फ प्रमाणपत्र मिलता, पर पारिश्रमिक की राशि इक्कीस हजार थी। हमारे टाउन ऑफिस वाले मित्र ने हमें इसकी पूर्व सूचना दे दी थी, इसलिए हम भी मानसिक रूप से इसके लिए तैयार थे। पांडुरंगा काफी उत्साहित था। उसने पत्र का जवाब देकर अपनी सहमति दे दी। चूंकि इसमें कम्पनी की भी प्रतिष्ठा का प्रश्न था, इसलिए कम्पनी ने अपनी नर्सरी के कुछ विशेषज्ञों को भी पांडुरंगा के बगीचे की विशेष देखभाल, रख-रखाव और साज-सज्जा के लिए लगा रखा था। हर दिन कोई न कोई विशेषज्ञ और उसके साथ कुछ माली-मजदूर पांडुरंगा के यहां आ जुटते थे और गुलाबों को तराशने-संवारने का काम होता था। जैसे-जैसे राजधानी में प्रदर्शनी का दिन नजदीक आता जा रहा था, सबकी उत्सुकता भी बढ़ती जा रही थी। कुछ पांडुरंगा का अनुभव और कुछ विशेषज्ञों का ज्ञान, इन दोनों के मेल से वह बगीचा वाकई अद्‌भुत और आकर्षक बन गया था।

उस विशेष राज्यस्तरीय प्रदर्शनी में पांडुरंगा और उसके परिवार के सदस्यों के साथ मैं और कम्पनी में कार्यरत मित्र भी गये थे। वहां की प्रदर्शनी काफी बड़ी थी। लगभग हर कम्पनी ने अपनी ओर से काफी तैयारी कर रखी थी। मगर केवल गुलाबों की वह अकेली प्रस्तुति थी, इसलिए वहां भी उसकी ही धूम मची रही। स्वाभाविक था कि सिर्फ उसकी वजह से कम्पनी को प्रथम पुरस्कार मिला और पांडुरंगा को इक्कीस हजार रुपये। इससे दोनों की प्रतिष्ठा बढ़ी।

वहां से लौटने के बाद शहर में कुछ सम्मान समारोह हुए और पांडुरंगा की बढ़-चढ़कर प्रशंसा की गयी। कहीं उसे प्रशस्तिपत्र मिला, तो कहीं शॉल आदि देकर सम्मानित किया गया। वह पूरे शहर का सम्मान था। पांडुरंग राव की तस्वीरों के साथ उसके साक्षात्कार भी छपे। मुझे भी लगा कि उसने जीवन भर जो सृजन किया है, उसी का समुचित फल अब उसे मिल रहा है।

राज्यस्तरीय प्रदर्शनी के बाद कम्पनी ने उसके बगीचे के रख-रखाव की ओर विशेष और नियमित रूप से ध्यान देना शुरू कर दिया था। बीच-बीच में शहर के और कई बाहर के भी विशेषज्ञ आकर बगीचे को देख जाते थे और अपने सुझाव दे जाते थे। लग रहा था कि अब वह बगीचा एक व्यक्तिगत नहीं, बल्कि सार्वजनिक संपत्ति है, जिसकी जिम्मेदारी जितनी पांडुरंगा पर है, उतनी ही कम्पनी पर भी। इससे कभी-कभी पांडुरंग राव के परिवार को

असुविधा होती थी, पर वे लोग अपने बगीचे के भविष्य की संभावनाओं को देखते हुए उसे सह लेते थे।

इस बीच एक और बड़ी सफलता यह भी हाथ लगी कि कम्पनी को राष्ट्रीय प्रदर्शनी में भी कई पुरस्कार मिले । इस तरह की राष्ट्रीय प्रदर्शनियों में भागीदारी कम्पनी विशेष के नाम पर होती थी, व्यक्ति-सौजन्य का उल्लेख भर होता था । इसलिए पुरस्कार तो प्रत्यक्ष रूप से कम्पनी ने ही पाये, पर पांडुरंगा को उसका श्रेय अवश्य दिया गया और साथ ही कुछ स्मृति-चिह्न भी प्रदान किये गये ।

पांडुरंग राव को कहीं-न-कहीं यह तकलीफ रहने लगी थी कि बगीचा उसका है, पर नाम अब केवल कम्पनी का होने लगा है, जैसे यह कम्पनी का अपना बगीचा हो । मैं उसे समझाता था कि इसमें दुःखी होने की कोई बात नहीं है । संभव है कि आगे और भी बड़ा अवसर मिलने वाला हो । भले ही कम्पनी अपनी ओर से प्रदर्शनियों में भाग लेती हो, पर बगीचा है तो मूलतः उसी का, यह कौन नहीं जानता ? कम्पनी भी अपनी ओर से उसका मान-सम्मान करती ही रहती है, चाहे किसी भी रूप में करे । अब बगीचे को उसे इतने व्यक्तिगत रूप से भी नहीं लेना चाहिए, क्योंकि कम्पनी इसकी देखभाल और रख-रखाव पर अपना पैसा लगाती है । कम्पनी यह दावा भी नहीं करती कि बगीचा उसका है । लेकिन चूंकि यह बगीचा अब कम्पनी की प्रतिष्ठा से जुड़ गया है, इसलिए पांडुरंगा को भी उसके प्रति उदार और लचीला होना चाहिए । मेरे समझाने पर वह मान लेता था, पर शायद भावुक स्वभाव और कलाकार मन का होने के कारण दुःखी भी हो जाता था ।

कहावत है कि भगवान देता है, तो छप्पर फाड़कर देता है । कम्पनी को इस बीच यह जानकारी मिली कि दिल्ली में एक अंतर्राष्ट्रीय गुलाब प्रदर्शनी आयोजित होने वाली है, जिसमें पुरस्कृत होना वैश्विक स्तर की एक बड़ी उपलब्धि मानी जाती है । उसमें चुनाव और छंटनी के कई दौरों के बाद ही प्रवेश की अनुमति मिलती थी । इसके लिए आयोजन समिति के कुछ सदस्य पांडुरंगा के बगीचे को देखने के लिए आने वाले थे, जिनमें कुछ विदेशी भी थे ।

कम्पनी को यह बात अटपटी लग रही थी कि ऐसे लोग पांडुरगा के सामान्य-से घर जाकर उसका बगीचा देखें । हो सकता है कि वैसे में इतना सुंदर बगीचा भी उन्हें सामान्य ही लगे, इसलिए कम्पनी को यह जरूरी लगा कि उस

बगीचे को कुछ समय के लिए कम्पनी के प्रांगण में शिफ्ट कर दिया जाये और उसे कुछ इस तरह से प्रस्तुत किया जाये कि छंटनी का सवाल ही पैदा न हो।

यह तो तय था ही कि इस विशेष प्रदर्शनी में यह भागीदारी कम्पनी की ओर से ही होनी है। यानी कम्पनी के अपने बगीचे के रूप में। इसमें किसी भी रूप में बगीचे के असली मालिक पांडुरंग राव का नाम नहीं जा सकता था। पहले उसका बगीचा उसी के नाम से प्रदर्शनियों में जाता था, फिर कम्पनी और पांडुरंगा दोनों के नाम से जाने लगा था। लेकिन अब पूरी तरह से इसे कम्पनी के निजी बगीचे के तौर पर ही सम्मिलित होना था और यह बात किसी भी तरह से पांडुरंगा के गले नहीं उतर रही थी। उसे यह बड़ा ही नागवार लग रहा था कि बगीचा उसका, सृजन उसका, श्रम और समर्पण उसका फिर भी प्रदर्शनी में कहीं उसका नाम तक न हो।

वह एक प्रकार से तय कर चुका था कि इसके लिए अनुमति नहीं देगा, पर मुझे लग रहा था कि इतनी भी जिद ठीक नहीं है। आखिर उस बगीचे पर अब इतनी प्रदर्शनियों, पुरस्कारों और प्रमाणपत्रों के बाद कम्पनी का भी तो कुछ हक बनता है। भाग नहीं लेने के लिए वह पूरी तरह स्वतंत्र भी तो नहीं रहा। ऐसा ही करना था, तो पहले ही मना कर देता। अब इतना आगे बढ़ जाने के बाद पीछे हट जाना क्या उचित होगा ? इससे कम्पनी की प्रतिष्ठा को कितना धक्का पहुंचेगा ? और फिर, इस शहर में रहते हुए, जिस पर एक तरह से कम्पनी का वर्चस्व है, उसके विरुद्ध जाना क्या अच्छी बात होगी ? आखिर पानी में रहकर कोई मगर से बैर मोल लेने की बात कैसे सोच सकता है ?

पांडुरंगा मेरी बात सुन तो लेता था, पर उसकी एक ही रट होती थी कि नहीं, अब और नहीं। यह उसकी अपनी संपत्ति है और रहेगी। इस पर कम्पनी के प्रत्यक्ष या परोक्ष हस्तक्षेप को अब वह किसी भी कीमत पर स्वीकार नहीं करना चाहेगा। मुझे उसका यह 'रवैया विनाश काले विपरीत बुद्धि' जैसा लगता था। जब सबसे बड़ी, महत्त्वपूर्ण और विश्वस्तरीय प्रदर्शनी में भाग लेकर एक अंतर्राष्ट्रीय ख्याति पाने का अवसर मिल रहा है, तो ऐसी मति को क्या कहा जाये ?

कम्पनी का प्रबंधन पांडुरंग राव के इस रवैये से काफी परेशान था। उसे तो किसी भी हालत में प्रदर्शनी में भाग लेना ही था। किसी भी कीमत पर। चाहे इसके लिए बगीचे के मालिक को एक बड़ी रकम क्यों न देनी पड़ जाये

या फिर मुंहमांगी कीमत देकर बगीचे को खरीदने की नौबत ही क्यों न आ जाये ? पांडुरंग राव के बगीचे के साथ प्रदर्शनी में भाग लेना कम्पनी की प्रतिष्ठा का प्रश्न बन चुका था, इसलिए साम-दाम-दंड-भेद किसी भी तरह से पांडुरंगा को मनाने या डरा-धमकाकर झुकाने की नीति बना ली गयी थी । एक तनावपूर्ण वातातरण बनता जा रहा था । पांडुरंगा अपनी जिद पर अड़ा था और कम्पनी अपने जुनून पर अड़ी थी ।

सबको यह अच्छी तरह समझ में आ रहा था कि कम्पनी बड़ी है, समर्थ है, उसके पास साधनों की कोई कमी नहीं है, इसलिए वह इस बगीचे को किडनैप भी करवा सकती है या तहस-नहस भी करवा सकती है । इससे बड़ा खतरा तो पांडुरंगा और उसके परिवार के लिए पैदा हो रहा था । कम्पनी के पास अपनी फोर्स की कोई कमी नहीं थी, जिसके लोग आये दिन नगर में कम्पनी के हित में बवाल मचाते रहते थे । नगरवासियों के लिए कम खतरा नहीं था । एक छोटा-मोटा आतंक तो उनका हर जगह, हर समय बना ही रहता था ।

इन चौतरफा तनावों और दबावों के बीच पांडुरंगा को खुद ही झुकना पड़ा । समझौता करना पड़ा । कम्पनी की शर्तें माननी पड़ी । कम्पनी के ही नाम पर अपने बगीचे को प्रदर्शनी में भेजने के लिए तैयार होना पड़ा । लोगों ने कहा-"भाई, जान है तो जहान है । जब अपने और अपने परिवार की जान पर ही आ बनी हो, तो बुद्धिमानी यही है कि चुपचाप सारी बातें मान ली जायें ।" आखिर वही हुआ ।

अभी प्रदर्शनी को काफी दिन थे, पर कम्पनी प्रबंधन ने बगीचे को एक आकर्षक और कलात्मक स्पर्श देने के लिए पूरा बगीचा अपने यहां मंगवा लिया था । पांडुरंगा को यह अनुमति थी कि वह बीच-बीच में आकर अपने बगीचे का मुआयना कर सकता है । चाहे तो सुझाव भी दे सकता है । मगर पांडुरंगा को पता था कि यह दिखावा भर है । देश-विदेश के जैसे विशेषज्ञ आये दिन बुलाये जा रहे हैं, उनके बीच उसकी कोई पूछ नहीं होगी । शुरू में वह दो-चार बार गया भी, पर उसे लगा कि दिनोंदिन उसके बगीचे का रूप-स्वरूप कुछ का कुछ होता जा रहा है । इस पर तो जैसे कम्पनी का नाम गहरे खोदा जा रहा है । उसका अपना बगीचा होने का जो एक एहसास था, वह लगातार मिटता जा रहा था या जान-बूझकर मिटाया जा रहा था, इसलिए

उसने जाना ही छोड़ दिया ।

मैं भी उदासीन होता चला गया । बस, कभी-कभी दुःखी, उदास, मायूस और अवसादग्रस्त पांडुरंगा को मुझे समझाना-बुझाना पड़ता था । वह अपने बगीचे को हर पल मिस करता था । उसे लगता था, जैसे कोई उसकी संतान उससे छीनकर ले गया है । वह भावुकतावश कई बार रो भी पड़ता था । बगीचे की सूनी, उचाट और खाली जगह को देखकर उसका मन हाहाकार कर उठता था । इधर वह बीमार भी रहने लगा था । उसका रक्तचाप और मधुमेह बढ़ गया था । डॉक्टर ने उसे विश्राम की सलाह दी थी ।

मुझे विश्वास था कि दिल्ली वाली अंतर्राष्ट्रीय प्रदर्शनी में उसे कम्पनी की ओर से जरूर आमंत्रित किया जायेगा, पर ऐसा नहीं हुआ । कब प्रदर्शनी हुई, कब कम्पनी के अफसर और विशेषज्ञ उसमें गये और कब कम्पनी को उसमें प्रथम पुरस्कार मिला, यह सब कुछ हमें बहुत बाद में पता चला ।

कम्पनी का नाम फूलों की बागवानी के क्षेत्र में पूरी दुनिया में फैल गया । और इधर पांडुरंगा की बीमारी बढ़ती गयी । उसे इलाज के लिए वेल्लोर ले जाना पड़ा । लौटने तक उसके बगीचे का नामो-निशान भी मिट चुका था । लगता ही नहीं था कि घर की उस जगह में नायाब गुलाबों का एक नयनाभिराम बगीचा हुआ करता था । वह जगह खंडहर-सी हो गयी थी । जैसे बगीचा किसी ऐतिहासिक काल की बात हो और अब वहां केवल उसकी कब्र हो । एक गुलिस्ताँ देखते ही देखते कब्रिस्तान में तब्दील हो चुका था ।

मैं और पांडुरंगा के परिवार के लोग बहुत दुःखी और उदास रहते थे । पांडुरंगा की मानसिक और शारीरिक हालत क्या हो सकती है ? इसका अनुमान लगाना कठिन नहीं था । वह जैसे दिन-पर-दिन छीजता जा रहा था । उसमें जैसे जीने की इच्छा ही मरती जा रही थी । अब तो वह कमरे से भी बाहर नहीं निकलता था । जब हम ही उसके उजड़े बगीचे की ओर नहीं देख पाते थे, तो उसके दिल-दिमाग पर उसका कैसा असर पड़ रहा होगा ? यह सोचकर ही मन कांपता था । सच कहें, तो हम जाने-अनजाने उसकी मौत का इंतजार-सा कर रहे थे ।

उधर कम्पनी को उसकी कोई फिक्र ही नहीं थी । उसे पांडुरंगा का बगीचा हथियाना था, सो उसने हथिया लिया था । उस बगीचे को और भी सजा-संवारकर कम्पनी के नाम पर ही तरह-तरह की प्रदर्शनियों में भेजा जाता

था, चाहे वह प्रदर्शनी किसी भी स्तर की क्यों न हो ? इस बीच सुना कि गुलाब के कई पौधे, जिन्हें पांडुरंगा अपनी जान से भी ज्यादा प्यार करता था और जिनकी सेवा में जी-जान से जुटा रहता था, मुरझाकर मर गये थे। उनकी जगह नये पौधे लगाये गये थे।

धीरे-धीरे स्थिति यहां तक पहुंच गयी कि पांडुरंगा के वात्सल्यपूर्ण स्पर्श से वंचित लगभग सभी पौधे किसी न किसी वजह से नष्ट होते गये और उसकी जगह दूसरे नये पौधे लगाये जाते रहे। अब जो बगीचा था, वह पांडुरंगा का नहीं, बल्कि एक तरह से कॉरपोरेट बगीचा था, जिसमें सौंदर्य तो भरपूर था, लेकिन सांसें नहीं थी। प्राण नहीं थे। वे सजीव गुलाब की जगह कागजी गुलाब अधिक लगते थे।

मैंने एक मनोवैज्ञानिक से परामर्श किया। उन्होंने सुझाव दिया कि यदि पांडुरंगा किसी और सृजन से जुड़ सके, तो संभव है कि उसमें एक नयी जीवन-शक्ति का विकास हो। यह सुझाव मुझे और उसके परिवार के लोगों को अच्छा लगा, पर कौन-सा सृजन और वह भी किस तरह से मुमकिन है, यह हमारी समझ से परे था।

मैंने उसे संगीत, साहित्य, पेंटिंग, नाटक आदि से जोड़ना चाहा। वह बस चुपचाप मेरी बातें सुनता रहता था। अपनी ओर से कुछ भी नहीं कहता था। उसने मौन अपना लिया था। उसके इस मौन से मैं बेचैन हो उठता था और अपने-आप को उस दिन के लिए धिक्कारता था, जिस दिन मैंने उसे कम्पनी की प्रदर्शनी में अपना बगीचा भेजने की सलाह दी थी।

एक दिन जब मैं उसके पास बैठा हुआ था। अचानक मैंने खिड़की से देखा कि बाहर एक माली, जो पहले कभी पांडुरंगा के बगीचे में उसकी सहायता किया करता था, आकर अपनी साइकिल टिका रहा है, जिसके कैरियर पर गुलाब की कलमें बंधी हुई हैं। मैंने पांडुरंगा की बेटी को इशारा किया। वह बाहर गयी, तो माली ने उससे कहा, "साहब के लिए गुलाबों की कुछ नई कलमें लाया हूं।"

पांडुरंगा की बेटी ने मुड़कर मेरी ओर देखा। मैं समझ गया कि माली को यह पता नहीं है कि पांडुरंगा के बगीचे का इस बीच क्या हो चुका है ? मैं उठकर बाहर गया और इशारे से माली को वह खाली जगह दिखायी, जहां पहले पांडुरंगा का हरा-भरा बगीचा हुआ करता था।

माली बगीचे की दुर्दशा का पूरा वृत्तांत सुनकर दुःखी मन से अपनी साइकिल पर बंधी गुलाबों की कलमों के साथ जाने लगा, तो मुझे न जाने क्या सूझा कि मैंने उससे कहा, "इन कलमों को छोड़ जाओ ।" माली का बुझा हुआ चेहरा अचानक थोड़ा-सा खिला, वह जरा-सा मुस्कराया और उसने सारी कलमें मुझे सौंप दीं । मैं उन्हें लेकर भीतर जाने लगा, तो पांडुरंगा की बेटी ने मुझसे कहा, "अब पिताजी के लिए इनकी क्या आवश्यकता और सार्थकता रह गयी है ? कहीं इन्हें देखकर उनकी पीड़ा फिर से न बढ़ जाये ।"

"तो अब इनका क्या किया जाये ?"

"मैं सोचती हूं कि उन्हें इनकी जानकारी न ही दी जाये, तो अच्छा हो ।"

मैं समझ गया कि वह शायद कहना चाह रही थी कि गुलाब की कलमें पांडुरंगा की अंतिम टीस न बन जायें । उसने मुझसे सलाह की, तो हमने मिलकर तय किया कि पांडुरंगा को इसकी जानकारी न दी जाये और इन कलमों को कहीं छिपाकर रख दिया जाये ।

हम निश्चिंत थे कि पांडुरंगा को कुछ भी पता नहीं चला । लेकिन एक दिन हमें पता चला कि यह सरासर हमारा भ्रम था । सचमुच वह दिन हम सबके लिए और खासकर पांडुरंग राव के लिए एक नये जीवन का एक नया दिन था । जब हमने आश्चर्य और आह्लाद के साथ देखा कि वह माली द्वारा लाई गयी कलमों से एक नये बगीचे के निर्माण में जुट गया है । वह स्वस्थ लग रहा था । खुश, उत्साहित, ऊर्जावान, एक नई कल्पना और नई संकल्पना उसके दमकते चेहरे पर पढ़ी जा रही थी ।

यह अद्‌भुत, अप्रत्याशित और अभूतपूर्व दृश्य था । जब मैं उसकी पत्नी और उसकी बेटी सब भीतर-बाहर से रो रहे थे, वह मुस्करा रहा था । वह जैसे हमें आश्वस्त कर रहा था कि जब तक मनुष्य और प्रकृति के बीच यह समता और संगीत है, तब तक सृजन भी जारी रहेगा । कोई भी शक्ति किसी भी सृजन को अंतिम रूप से समाप्त नहीं कर पायेगी, क्योंकि यह कोई उत्पादन नहीं, सृजन है और यह सृजन एक अंतहीन प्रवाह है । यह कभी पूरी तरह नष्ट नहीं होता, बल्कि अगले सृजन के लिए नयी संभावनायें पैदा करता है, जो मनुष्य के लिए होता है, किसी कम्पनी के लिए नहीं ।

❑❑

(कथन, सन् 2010)

19

कोमा

यह कहानी तब शुरू होती है, जब सत्तर वर्षीय संन्यासी राव, लगभग अचानक जीवन में अकेले हो गये। एकदम अकेले तो शायद नहीं कहा जा सकता है, क्योंकि उनके परिवार में, उनके साथ और चार जने थे। यानी, बेटा-बहू और पोता-पोती। उनके अचानक अकेले हो जाने से तात्पर्य यह है कि उन्होंने सोचा नहीं था कि उनकी पत्नी, इस तरह एकाएक गुजर जायेगी। उनसे वह उम्र में छोटी तो थी ही, साथ ही लगता यही था कि वह उनसे ज्यादा ही स्वस्थ है। नौकरी से अवकाश के बाद, पिछले दस वर्षों में, संन्यासी राव, कुछ ज्यादा ही बूढ़े हो गये जैसे। बीमार भी। शायद उनको भी यह अनुमान नहीं था कि अवकाश के बाद, जीवन में कुछ ऐसी शून्यता आ जायेगी कि उसमें कुछ बुढ़ापा और कुछ बीमारी अपनी जगह बना लेगी। उनकी पत्नी के साथ ऐसी कोई बात नहीं थी। वह पहले से ही गृहणी थी। घर, पति और बच्चों की देखभाल, उसके जिम्मे था और वह बिना किसी शिकवा-शिकायत के अपना काम करती जाती थी। इसलिए यह नहीं कहा जा सकता है कि वह अलग से बूढ़ी हुई हो या बहुत बीमार पड़ी हो, लेकिन एक मामूली बुखार ने उसे चंद दिनों में मौत तक पहुंचा दिया। किसी ने सोचा तक न था। संन्यासी राव तो लगभग मानकर ही चलते थे कि उनकी मौत हर हाल में, पत्नी से पहले होगी। पत्नी की आकस्मिक मृत्यु से परिवार के सभी सदस्य भौचक्क थे, पर वह तो एक शॉक की स्थिति में आ गये थे। उनके सामने आगे के जीवन को लेकर कोई बड़ा या पेचीदा सवाल नहीं था, पर वह भीतर से इस सदमे को महसूस कर रहे थे। शायद उसी की वजह से वह चुप-चुप, गुम-सुम रहने लगे थे। कमरा उनका पहले से अलग था, पर उनकी पत्नी प्रायः अपने पोता-पोती के कमरे में सोती थी। बाद में। जब कि वे बड़े होने लगे थे। उन्हें दादी से कोई किस्सा-कहानी सुननी ही होती थी। वह अपनी झूठी-सच्ची

कहानी में डूबती रहती थी और बच्चे अपनी नींद में। हां, जब कभी संन्यासी राव बीमार पड़ जाते थे तो उनकी देखभाल के लिए वह उनके कमरे में रहती थी। एक तरह से बच्चों का कमरा ही पत्नी का कमरा था। अपने कमरे में, सही मायने में वह अकेले ही रहते थे। कुछ पढ़ना, कुछ सोचना, कुछ सोना और कुछ टी.वी. देखना ही उनकी दिनचर्या थी। इस दिनचर्या में उनकी पत्नी अनिवार्य रूप से शामिल नहीं थी। उसका सारा समय, किचेन में या बच्चों के कमरे में बीतता था। बच्चों के स्कूल-कॉलेज जाने के बाद, वह उनके कमरे की अव्यवस्था को तरतीब देने में लग जाती थी। बच्चे भी असावधान रहते थे। उन्हें पता था कि उनके पीछे दादी है, उनके बिखरे कमरे को सजाने-संवारने के लिए। वह उनसे ज्यादा बच्चों की आवश्यकता का एक अंग बन चुकी थी। अपनी जरूरतें भी वे दादी से कहते थे या कहलाते थे। दादी हर मामले में उनकी मध्यस्थ थी। एक केयरटेकर।

यह संयोग की बात थी कि बच्चों के बेडरूम के साथ लगा, एक छोटा स्टडी रूम भी था, पर बच्चे उसका उपयोग नहीं करते थे। उनका अपना फैलाव ही इतना था कि उन्हें बेडरूम ही चाहिए था। लड़ने से लेकर पढ़ने तक। पत्नी ने स्टडी रूम को एक तरह से अपना कमरा बना रखा था। उनके रोजमर्रे के उपयोग की सारी चीजें उसी में ठुंसी-सी रहती थीं। बस उसने अपने को उस कमरे से और बच्चों से जोड़ रखा था। कुछ इस हद तक कि उससे अलग, उसका कोई जीवन नहीं था। संन्यासी राव ने भी इस व्यवस्था को मान लिया था। पत्नी थी तो उसी घर में और वह उनकी जरूरतों के हिसाब से खाने-पीने और दवा-दारू की व्यवस्था समय पर कर देती थी। उन्हें अपनी पत्नी से कोई शिकायत नहीं थी। यदि कुछ हो सकती थी तो केवल यह कि वह इस तरह अचानक क्यों चली गई ? बिना किसी नोटिस के। चार दिन घर में बीमारी और दो दिन अस्पताल में इलाज। बस कुल जमा छह दिनों में इस पार से उस पार चली गई और वे खड़े के खड़े, ठगे के ठगे, देखते रह गये। उसकी मृत्यु उनके अवकाश लेने के कोई आठ साल बाद हुई। अब दस साल हो चुके हैं। शायद पूरी जिंदगी उन्होंने अपनी पत्नी को उतना याद नहीं किया और उतनी बातें नहीं कीं, जितनी उसकी मौत के बाद। कभी-कभी उन्हें ताज्जुब भी होता था कि उनके भीतर पत्नी से कहने-सुनने, बोलने-बतियाने को इतना कुछ था तो वह उससे अधिक खुद से ही क्यों जुड़े

रहते थे ? अब वह नहीं रही तो उसे जिंदा रखने या मानने की अजीब जिद। हालांकि वह इस बाबत किसी से कुछ कहते नहीं थे, पर अपनी मृत्यु के बाद उनकी पत्नी, उनके लिए इतना जीवंत हो उठेगी ! यह उनकी कल्पना से भी बाहर की बात थी। इसे किसी से क्या बताते या समझाते ?

उसकी मृत्यु के बाद कुछ समय तो वह उसे याद करते रहे। कुछ इस तरह जैसे कि वह हो और उनकी पुकार पर दरवाजे पर प्रकट हो जाये, कुछ इस मुद्रा में कि क्या चाहिए। वह उसे याद करके बहुत दुःखी या उदास नहीं होते थे। उन्होंने मान लिया कि पत्नी इस तरह अचानक ही चल बसी, इसलिए उनके मन ने उसकी मौत को स्वीकार नहीं किया। स्वीकार कर लेने की कोई जद्दोजहद भी नहीं थी। ठीक है, स्वीकार नहीं किया तो न सही। वह रहेगी, सशरीर नहीं तो, स्मृति में सही है तो जीवंत। सजीव, आसपास, बल्कि कुछ ज्यादा ही पास। अब वह पत्नी की मौजूदगी को हर समय बच्चों के कमरे में या किचेन में नहीं महसूस करते हैं। उन्हें लगता है यदि वह कहीं है, तो यहीं है। मरने के बाद और कहां हो सकती थी ? एक दिन उनको क्या सूझा कि उन्होंने अपने बेटे को अपने कमरे में बुलाकर कहा,

–बेटा मैं चाहता हूं कि तुम्हारी मां का जो सामान, वहां बच्चों के कमरे में पड़ा है, उसे यहां ले आऊं।

–मां का क्या सामान है ?

–है न बच्चों के स्टडी रूम में। कुछ न कुछ तो होगा ही।

–यहां लाकर क्या करेंगे ? पड़ा है तो रहने दीजिए। बच्चे ही उसका क्या उपयोग करते हैं ?

–कमरा खाली हो जाये तो करेंगे भी।

–क्यों ? बच्चों ने ऐसा कुछ कहा है क्या ?

–नहीं-नहीं ! वे क्यों कहेंगे भला ? मैं खुद सोच रहा था कि हम दोनों का जो भी अपना है, पुराना है, उसे एक ही जगह रहने दिया जाये।

–वहां मां का सामान ही कितना होगा ?

–जितना भी हो, है तो हमारी स्मृति से जुड़ा हुआ।

–ठीक है यदि आपकी इच्छा है तो...।

–मेरी यही इच्छा है।

–बच्चों से ही कह देता हूं कि रविवार के दिन वे मां का सारा सामान

यहीं ला दें ।

–अच्छा होगा ।

–आपकी तबीयत कैसी है ?

–सामान्य है ।

–कोई और जरूरत हो तो बताइयेगा ।

–ठीक है । रविवार को सामान यहां पहुंचवा देना ।

–बच्चों से कह देता हूं ।

–हां । जाओ, बस इसीलिए बुलाया था ।

–वैसे आपका कमरा भी काफी भरा हुआ है, उस पर मां का सामान ?

–मां का सामान ही कितना होगा ?

–फिर भी जगह तो लेगा ।

–लेने दो, उस सामान को होना तो यहीं चाहिए था । वह तो बच्चों के मारे वहीं पड़ी रहती थी ।

–यह कमरा और कंजेस्टेड हो जायेगा ।... बेटे ने कमरे का मुआयना किया,

–काफी सारा कबाड़ पहले से ही भरा है यहां ।.... ठीक है, जैसी आपकी इच्छा । आता हूं ।

बेटा या तो बच्चों से कहना भूल गया या फिर उसने पिता जी की इस इच्छा को विशेष महत्त्व नहीं दिया । बाप-बेटे के इस संवाद के बाद भी काफी दिन गुजर गये । जबकि संन्यासी राव इंतजार में थे । हर दिन वह इंतजार कर रहे थे । उन्हें उम्मीद थी कि इसी रविवार को यह काम हो जायेगा । वह इंतजार में रहे, पर कोई नहीं आया । न बेटा, न बच्चे, यों बच्चों से उनका पहले से कोई खास संवाद नहीं होता था । किसी काम से या कोई सूचना देने बच्चे ही कभी-कभार आ जाते थे, वर्ना वह इधर का रुख सामान्यतः नहीं करते थे । नहीं करना चाहते थे या जानबूझ कर ऐसा करते थे, यह बात नहीं है । बस वह शायद एक दूसरे की जरूरत बन नहीं पाये थे । चाहे शारीरिक तौर पर या मानसिक तौर पर । बच्चों का जो भी रिश्ता था, वह थोड़ा-बहुत अपनी दादी के साथ ही । अपने मां-बाप से भी उतना नहीं । उन्होंने कभी सुना नहीं कि बच्चे हल्ला-गुल्ला कर रहे हैं या अपने बड़ों से गपिया रहे हैं । उनका अपना संवाद भी, जो कुछ था, अपनी पत्नी से था । बेटे से कम और बहू

से तो और भी कम। संन्यासी राव का ध्यान इस बात पर कई बार चला जाता है कि जब बेटा छोटी-मोटी नौकरी में था, तो घर का माहौल कुछ अलग था। अलग मायने, जैसे कि आमतौर पर ऐसे मध्यम्वर्गीय घरों का होता है। एक चहल-पहल रहती थी। बोलने-बतियाने या लड़ने-झगड़ने की। जैसे-जैसे बेटे का प्रमोशन होता गया और बड़े से और बड़ा अफसर बनता गया, उनका क्लास ही बदल गया। एक ही परिवार में जैसे कई परिवार बन गये। एक छत के नीचे सब थे। कोई मतभेद भी नहीं थे, पर घर में अपने-अपने द्वीप जरूर बन गये थे। जहां संवाद जरूरी भर के रह जाते हैं, वहां शायद सम्बंध भी उतने भर ही बच जाते हैं। इस घर के बनने से पहले वह कम्पनी के क्वार्टरों में रहा करते थे। फिर कम्पनी के बंगलों में। अब जब यह घर बना, तो इस बात का खास ध्यान रखा गया कि तीन बेडरूम तो जरूर हों। एक उनके लिए। एक बेटा-बहू के पास, एक बच्चों के लिए। यह व्यवस्था एक लम्बे समय से चली आ रही थी। उससे जुड़ी संवेदना और सम्बंध भी। यों भी घर में एक चुप्पी छाई रहती। वे खुद अपनी पत्नी से कितना बोलते, क्या बोलते ? बेटे-बहू में भी कोई अंतरंग संवाद उन्होंने कभी सुना नहीं। बच्चे तो खैर अपने में मगन। घर में यदि कुछ बोलता था, तो वह घर में भरा हुआ सामान। वह सब कुछ जो मकान बनने के बाद जरूरी समझा गया। उनके कमरे के जिस सामान को आज बेटा कबाड़ कह रहा है। यह भी उसका ही लाया हुआ और रखा हुआ था। उन्होंने अपनी ओर से कभी किसी चीज की फर्माइश नहीं की थी। जब तक नौकरी में रहे, सीमित सामान से काम चलता रहा। अब नौकरी न रहने पर और भी चीजों की जरूरत घट गई। पत्नी के उस कमरे में न होने से यों भी चीजें न कभी बढ़ीं न कभी संभल पाईं। वह खुद भी उस कमरे में उन सामानों के बीच एक सामान थे। कम-से-कम वह तो कुछ ऐसा ही महसूस करते थे। कुछ होता है, उनमें रहने वालों के बीच। जिससे बेजान सामान में भी जीवन भर जाता है। पत्नी के जीवित रहते वह मुमकिन नहीं हुआ तो अब क्या होगा ? उन्हें पत्नी के सामान की जरूरत इसलिए महसूस हो रही थी कि वह अपने अकेलेपन में पत्नी की अनुपस्थिति को भी एक उपस्थिति की तरह अनुभव करना चाहते थे। कहा जा सकता है कि यह उनके आगे जीने का एक बहाना ही हो। कुछ तो चाहिए जीने के लिए या कहना होगा जीवित रहने के लिए। कोई बहाना, कोई खेल, कोई

साधन, कोई झूठ, कोई धोखा, कोई भ्रम, कुछ भी, कुछ न रहे तो फिर जीते होने का एहसास कैसे हो ? वह तो जीते जी मरना हुआ । कहते हैं न, वह कोमा में चला गया । कोमा भी तो एक तरह से यही हुआ । न जीने में, न मरने में । यों भी उन्हें लगता है, इस घर में सब कोमा में ही हैं । अपना-अपना कोमा । इसे कोमा नहीं तो और क्या कहा जाये कि उस दिन कितना कहा कि बस और कुछ नहीं, अपनी मां का बचा-खुचा वहां का सामान यहां डलवा दो । यह तक नहीं हुआ । वह भी कुछ जिद में आ गये । इच्छा हुई कि एक दिन खुद ही उठा लायें सामान । उन्हें ही उसका क्या खास करना है ? अरे, जो जीवित रहते अलग-थलग रही । चाहे बच्चों की खातिर रही । अब मरने के बाद उसका सामान तो साथ रहे । उसके होने का कुछ एहसास तो बना रहे । एक झटके से चली गई । बिना कुछ कहे-सुने कुछ कहने-सुनने की जरूरत अब उनकी तो है । या कि वह भी ऐसे ही एकाएक गुजर जायें । जैसे कि कोमा से मौत में चले गये हों ।

उन्होंने खुद को समझाया कि एकदम से इस तरह वहां से पत्नी का सामान लाना कोई सही बात नहीं होगी । इसलिए दो-एक बार बेटे को और टोका । उसका तो वही घिसा-पिटा जवाब । भूल गया था, दिमाग से उतर गया था । इधर काफी व्यस्त हो गया था । बीच में उसे बाहर दो-चार दिनों के लिए जो जाना पड़ा तो एकदम ही बिसरा गया । ये जवाब वह नहीं भी देता तो भी इन्हें वह जानते ही थे और उसके बिना बोले सुनते भी थे । उसके बोलने से उस पर और मुहर लग गई । जैसे उसे और मोहलत मिल गई । सारे बहाने न होने पर ही तो यह काम होगा । अभी तो बहाने ही जारी हैं । वैसे उन्हें यह भी लगता है कि किसी दिन वह खुद वहां से सामान ले आयें तो भी घर में कोई विशेष बात नहीं होगी । शायद कोई हाथ लगा दे । शेष को फुर्सत या सुविधा न हो तो घर का नौकर ही सही । यह बात उन्हें इसलिए भी लगती है कि जो चली गई, लगभग अचानक, वह केवल उनकी पत्नी ही नहीं थी । बेटे-बहू की मां-सास थी । बच्चों की दादी थी । उसकी मौत के बाद ही ऐसा कहां लगा कि कोई शोकमग्न हुआ है । जो घर चुप-चुप रहता था । वह थोड़ा और चुप हो गया । बस इतना ही । किसी के जीने और मरने के बीच । गोया और एक लंबे समय से बीमार थी, कोमा में थी और फिर मौत हो गई । प्रतिक्रिया कुछ ऐसी ही थी जब कि स्थिति इससे उलट

थी । कभी-कभी पता ही नहीं चलता है, वह खुद कोमा में हैं या इस घर के शेष लोग । जो मरी, वह नहीं थी । सौ फीसदी कोमा में नहीं थी । एकमात्र वही थी । जो जीवित थी । एक मुकम्मल मनुष्य के रूप में । वह घर के लोगों से रिश्तों में बंधी थी । वह चाहे एक तरफा ही क्यों न हो ? यह होना ही उसके जागते और जीते होने का प्रमाण था । वह थी, इसलिए वह भी काफी हद तक जीवित थे । सच्चाई शायद यही है कि जो खुद जीवित होता है, वह दूसरों को भी मुर्दा नहीं होने देता है । कोशिश तो वह करता है । पर बाकी लोग ? जब वह थी, तब भी क्या वह जीवित थे ? जब मरी तो क्या जीवित थे ? आज वह खुद बीमार हो रहे हैं, तो वह जीवित हैं ? एक स्थिति तो स्पष्ट है । जीवित होने की । एक और स्थिति उससे भी स्पष्ट है, मरने की । एक वह स्थिति जो जीते जी भी मृतप्राय होने या रहने की होती है, उसे क्या कहेंगे ? कोमा ही तो । अरे वे कुछ जीवित हैं, कुछ कहना चाहते हैं तो तुम लोग अपने कोमा से बाहर निकलो । मुश्किल है, उनका निकलना । किसी का भी निकलना । शायद यही वजह है कि इतना कुछ देश-दुनिया में अघट घट रहा है । अनहोनी हो रही है । फिर भी सब हैं कि अपने कोमा में हैं । कोमा न हुआ, गोया एक खोल हो गया । जो कुछ हो रहा है, हो अपनी बला से । हम बस अपनी खोल में घुसे रहेंगे । सुरक्षित रहेंगे । खाते-सोते रहेंगे । अच्छा ही है विदेशी अपने नायाब तरकीबों से इस देश को कई तरह के कोमा का शिकार बना रहे हैं । वह जब सोचने पर आते हैं, तो जाने क्या-क्या और कहां-कहां तक सोचते चले जाते हैं । सब कुछ उलझ जाता है । क्यों यह सारी सोच शुरू हुई थी, वह सिरा ही सिरे से गायब हो जाता है । तब उन्हें यह भी लगता है कि इस जगने से तो सोना भला । जीने से कोमा भला । कितने सुखी हैं, देश के आज के लोग । सुना है कि जब कोई दवा काम नहीं करती तो व्यक्ति कोमा का शिकार हो जाता है । अब तो दवा ही ऐसी दी जा रही है कि लोग कोमा में चले जायें । जो जायें, वे फिर कभी लौटे नहीं । यों भी कोई कहां लौटता है ? जाना भर अपने हाथ में है, या कहा जाये कि अब तो दूसरों के हाथों में है, फिर वहां से लौटने का न तो रास्ता है, न सवाल, न जरूरत । लौटना आप चाहें भी तो वे क्यों मानेंगे ? आपका कोमा उनको जीवित रखता है तो वे क्यों आपको लौटने देंगे ?

इसी तरह, ठीक इसी तरह, यानी कुछ भी अनाप-शनाप सोच उन्हें लपेट

लेती है । कई बार वे चाहकर भी इससे न बाहर निकल पाते हैं, न उबर पाते हैं । तब वही सवाल उन्हें बार-बार और बेचैन करता रहता है, क्या वह खुद सचमुच कोमा में हैं ? पत्नी का सामान अपने कमरे में लाने या मंगवाने के पीछे कहीं यह तो नहीं कि वह खुद को अपने कोमा से कुछ निजात दिलाना चाहते हों ।... अब चुप भी रहो संन्यासी ! बहुत हो गया ! शांत हो जाओ ! खामख्वाह बात का बतंगड़ न बनाओ ! अरे क्या हो गया ? सामान बार-बार कहने पर भी इधर नहीं आया तो । कौन-सा पहाड़ टूट पड़ रहा है ? ऐसा क्या सामान होगा, जिसे सीने से लगाने को बेताब हो । बेकार परेशान हो जाते हो । इस तरह छोटी-छोटी बात पर सनक जाओगे तो जिओगे कैसे ? रखो सब कुछ ताक पर । आराम से रहो । अपने काम से मतलब रखो । अपने कोमा में पड़े रहो ।... फिर कोमा ? उन्होंने खुद को फटकारा और अपने में बंद होने की कोशिश की । अपने में यानी अपनी खोल में । खोल यानी...उफ यार संन्यासी हद हो गई ! पगला गये हो क्या ! वह चुप हो गये । और चुप, और गुम, फिर इस बाबत उन्होंने किसी से, कभी कुछ कहा नहीं, सुना नहीं । सब कुछ जैसे चलता था, चलता रहा । न कुछ घटा, न बढ़ा । घर शांत था । व्यवस्थित था । सुखी था । समृद्ध था । अपने में लीन-तल्लीन था ।

यह कहानी तब आगे बढ़ी, जब बेटे ने एक दिन अपनी पत्नी से कहा—

—ओहो ! मैं तो हमेशा भूल जाता हूं ।

—क्या ?

—वही पापा वाली बात ।

—क्या बात ?

—तुमको बताया था न ।

—कुछ नहीं बताया ।

—शायद तुमसे कहना भी भूल गया हूंगा ।

—बात क्या है ?

—पापा बार-बार कह रहे थे कि मां का जो सामान बच्चों के कमरे में पड़ा है, उसे उनके कमरे में रखवा दिया जाये ।

—क्या सामान पड़ा है ?

—क्या मालूम ?

—बिना मालूम किये उनके कमरे में क्या डलवा दोगे ?

—अरे वही, बच्चों के स्टडी रूम में मां के रोजमर्रे के काम का जो कुछ पड़ा होगा ।

—कुछ भी काम का नहीं था ।

—तुम्हें कैसे मालूम ?

—देखा तो एक दिन । बस बेमतलब का कुछ । कबाड़ ही समझो ।

—अरे जो भी हो, हमें उससे क्या लेना-देना, जब पापा चाहते हैं तो...

—वहां कुछ हो तो उनके कमरे में रखवा दिया जाये ।

—कहां है फिर ?

—मैंने, उनकी मौत के बाद, जो कुछ था, उसे नौकरानी के हवाले कर दिया ।

—अब कुछ नहीं है ।

—कुछ नहीं । कमरा धुलवा दिया और बंद करवा दिया ।

—फिर ?

—फिर क्या ?

—पापा से क्या कहूं ?

—अब पापा को ही वहां शिफ्ट कर दो ।

—क्या कह रही हो ?

—अब उनके पास एक पूरे बेडरूम का काम ही क्या है ?

—पहले से वह उसमें हैं ।

—वो इसलिए कि तुम्हारी मां जीवित थी ।

—तो ?

—अब नहीं है और उनके पास कमरा बेकार है । घिरा हुआ ।

—और काम भी क्या है, उस कमरे का ?

—मैंने घर बनाते समय एक बार नहीं हजार बार कहा था कि साथ के साथ एक गेस्ट रूम भी बनवा लो । तुमने मेरी नहीं सुनी ।

—अब सुन रहा हूं न, बोलो ।

—अरे इसमें बोलने-सुनने को है क्या ? तुम्हारी मां जब उसमें रहती थी, तो पापा क्यों नहीं रह सकते हैं ?

—और उनका कमरा गेस्ट रूम बन जाये ?

—सीधी बात है ।

–पापा मानेंगे ?

–इसमें न मानने वाली क्या बात है ।

–एक तो उनसे यह कहूं कि मां का सामान नौकरानी को दे दिया और तब उनसे कहूं कि उस छोटे कमरे में आप शिफ्ट कर जाइये । आपका यह कमरा हमारा गेस्ट रूम बनेगा ।

–उनसे यह सब कुछ कहने की ही जरूरत नहीं है । बस कहो कि जिस तरह मां, थोड़ा-बहुत बच्चों की देखभाल करती थी, अब उनके जाने के बाद बच्चे थोड़ा-बहुत उनकी देखभाल करेंगे ।

–वे करेंगे ?

–क्या जरूरत है । कहने में क्या है ?

–देखता हूं ।

–उन्हें शिफ्ट कर दो तो फिर वहां का भी सारा कबाड़ हटाकर कमरे को नये सिरे से फर्निश कर लूंगी ।

–पहले वे शिफ्ट तो हों ।

उन्हें शिफ्ट कर दिया गया । करने का कारण उन्हें विस्तार से नहीं बताया गया और न उन्होंने ही कोई संक्षिप्त सवाल तक पूछा । वह समझ गये कि अब शेष जिन्दगी उन्हें वहीं काटनी है । वहीं मरना भी है । जहां से वह विदा हुई थी । इस पर न वह हंसे, न रोये । न गिला किया, न शिकवा । जो वे कर रहे थे, करने दिया । इतना जरूर समझ गये कि वे लोग होश में नहीं हैं । बेहोश भी नहीं हैं । बीच में कहीं फंसे हैं, यानी...नहीं । उन्होंने तय किया है कि आगे वह न कोई सवाल पूछेंगे और न उस शब्द को दोहरायेंगे । इससे बेहतर है कि खुद भी उसका शिकार बन जायें । न मरने में, न जीने में । न सोने में न जागते में । जिस देश में यह रोग घर-घर, व्यक्ति-व्यक्ति, में फैल रहा है या फैलाया जा रहा है तो वे कब तक बचेंगे ? क्यों बचें ? क्या सुविधा की बात यह नहीं है कि उसी में बहें । सबके साथ । कोई आगे, कोई पीछे । कोई कम, कोई ज्यादा ।

एक दिन उन्होंने बच्चों के कमरे में फेंके अखबार को लाकर उल्टा-पुल्टा । देश में हर कहीं आग लगी हुई थी । हर तरह की आग । सब तरफ धूं-धूं । लपटें और धुआं । वह अखबार उलट भी नहीं सके । समाचारों से चिनगारियां निकल रही थीं । उनके तन-मन पर जलन पसर रही थी, लेकिन यहां इस

घर में तो सब कुछ पूर्ववत है । कहीं कोई भूचाल नहीं । हलचल तक नहीं । उन्हें शक हुआ । कहीं यह बासी अखबार तो नहीं । किसी और देश का तो नहीं । नहीं । इसी देश का, इसी शहर का । इसी दिन का । चलो, कम-से-कम कहीं तो ऐसा है कि आग नहीं लगी है । न लपटें हैं, न धुआं है । लेकिन यह कैसे मुमकिन है कि यहां सब कुछ शांत है । गोया इस देश में कहीं कोई आग ही न लगी हो । किसी दिन बच्चों के कमरे में न होने पर वह उनका रेडियो उठा लाये । खबरों के लिए सुई घुमाने लगे । खबरें लगभग हर कहीं से आ रही थीं, पर वे सब मिलती-जुलती थीं । ज्यादातर ये कि किस तरह अड़ोस-पड़ोस के देशों से हमारे देश को खतरा है । कौन हमारे खिलाफ किस तरह की साजिशें रच रहा है ? कहां हथियारों के जखीरे मिल रहे हैं ? कहां बम विस्फोट हो रहे हैं और कहां होने वाले हैं ? किस विस्फोट में कितने लोग मारे जा चुके हैं और कितनों के मरने की आशंका है ? उन खबरों को सुनते हुए उन्हें लगा कि उनके भीतर भी विस्फोट हो रहे हैं । भवनों और लोगों के टुकड़े और चीथड़े हवा में उड़ रहे हैं । वह खुद आग की लपटों से घिर गये हैं और पानी के लिए चीख-चिल्ला रहे हैं, पर उनकी आवाज उसी कमरे में गूंज रही है । वह पसीना-पसीना होने लगे और रेडियो बंद कर उसे अपनी जगह फेंक कर बाहर लड़खड़ाते निकले यह देखने के लिए कि सिर्फ वह ही जल रहे हैं या घर के और लोग भी । घर में लेकिन न कहीं आग थी और न ही कोई जला था । उन्हें थोड़ी तसल्ली हुई और थोड़ी बेचैनी । तसल्ली खत्म होती गई और बेचैनी बढ़ती गई । उन्हें कुछ अपनी तसल्ली पर तरस आ रहा था और ज्यादा उस घर और घर में रहने वाले लोगों पर । एक दिन बच्चे जोर से टीवी लगाकर कहीं चले गये थे । समाचार आ रहे थे । उन्होंने झांक कर देखा । हे ईश्वर ! विश्व समाचार दिख रहे थे । समाचार कम और विनाश ज्यादा दिख रहा था । कहीं कुछ गिर रहा है, कुछ टूट रहा है, कुछ बिखर रहा है, कुछ मर रहा है । एक साबुत दुनिया देखते-देखते मलवे में तब्दील हो रही है या फिर की जा रही है और यहां सब कुछ ठीक-ठाक । ओके-ओके । गुड-गुड । फाइन-फाइन । चलता है । सब चलता है । वह इन सबसे इतना घबरा गये या कहना चाहिए कि डर गये कि खुद जाकर उन्होंने टीवी बंद कर दिया और बच्चों के लौटने पर उन्हें फटकारा कि वे इस तरह टीवी, कम्प्यूटर, वगैरह-वगैरह ऑन छोड़कर न जाया करें । बच्चों ने सुन

लिया। कहा कुछ नहीं, पर उस दिन के बाद से उस स्टडी रूम का वह दरवाजा बंद कर दिया गया जो खुला रहता था और बच्चों के कमरे में खुलता था और उसे खोल दिया गया, जो बंद रहता था और जो बाहर के बरामदे में खुलता था। अब उसका खुला रहना इसलिए जरूरी समझा गया या समझाया गया कि उनकी तबीयत बिगड़ने लगी है और बार-बार डॉक्टर को चेकअप के लिए आने की जरूरत होगी तो वह बाहर-बाहर से देख जाया करेंगे।

इसके बाद शायद उन्हें इस बात की जरूरत ही नहीं रह गई थी कि वह जगे रहें। जीवित रहें। सोचें। महसूस करें। प्रतिक्रिया व्यक्त करें। कहीं कुछ अवांछित, अनपेक्षित, अराजक, आक्रामक हो रहा हो तो भी अपने को उससे बचा लें। कतरा जायें। अपने में बंद रहें। अपने खोल में घुस जायें। कुल मिलाकर अपने कोमा में चले जायें। सबसे महफूज। सबसे सुकून। नहीं, उन्हें इसे टालना नहीं चाहिए। इसे अपना लेना चाहिए। अन्य तमाम लोगों की तरह। जहां सब सोये हों वहां, जगे रहने से बढ़कर तकलीफदेह और मारक और कुछ नहीं होता। मरना शायद कोई नहीं चाहता, पर जीते हुए भी, मरे जैसे होने का अपना सुख है। वह जानबूझ कर, चाहकर, सोचकर इस सुख का शिकार बन गये। इसका सबसे बड़ा तात्कालिक लाभ यह हुआ कि वह पड़े रहते और देखते रहते और सारा कुछ उनके आसपास से ऐसे गुजर जाता, गोया वह खुद गुजर चुके हों।

—ये तो कोमा में चले गये। ...डॉक्टर श्रीनिवासराव ने कहा।

—अच्छा !... बेटे के मुंह से निकला। इसका अर्थ चाहे जो हो।

—कष्ट झेलने से तो बेहतर है कि कोमा में चले जायें।.... बहू बोली।

—दादी तो कोमा में नहीं गई थीं।... पोता बोला।

—दादी तो बीमार थी।.... पोती ने कहा।

—इनका ख्याल रखें।... डॉक्टर बोले।

संन्यासी राव शायद सब सुन रहे थे। शायद सब समझ भी रहे थे। सिर्फ जवाब नहीं दे रहे थे। जवाब देना भी नहीं चाहते थे। लेकिन डॉक्टर से कुछ पूछना जरूर चाहते थे। कई सवाल थे, जो भीतर गड्ड-गड्ड हो रहे थे। अगर पूछने का मौका मिलता तो शायद वह पूछते—

क्या सचमुच मैं कोमा में हूं ?

क्या कोमा में चले जाना ही मेरे हित में है ?

क्या सिर्फ मैं ही कोमा में हूं ?

क्या आपको नहीं लगता कि इस देश के अधिकांश लोग कोमा में ही रहते हैं ?

क्या कोमा महज एक मेडिकल या बायोलॉजिकल स्थिति का नाम है ?

क्या कोमा एक तरह की मानसिक स्थिति का द्योतक नहीं है ?

क्या यह मानसिक कोमा, शारीरिक कोमा से ज्यादा खतरनाक और घातक नहीं है ? क्या यह सिर्फ हमारे भीतर अपनी ही वजहों से पैदा हो रहा है, बल्कि जानना यह चाहूंगा कि क्या हमारे भीतर इसे पैदा किया जा रहा है, उगाया जा रहा है, सींचा जा रहा है, फैलाया जा रहा है ? किसी ड्रग की तरह । क्या हमें इसका एडिक्ट बनाया जा रहा है ? क्या आपको भी यह शक होता है कि यह भी एक तरह की अदृश्य-अमूर्त बमबारी है, हिरोशिमा-नागासाकी की तरह, पर जहां, न जेट आकाश में दिखते हैं, न बम बरसते हैं, पर वहां से उड़ाकर यहां तक कुछ ऐसा पहुंचाया जाता है कि एक देश, एक सभ्यता, एक संस्कृति को, पीढ़ी दर पीढ़ी मानसिक रूप से पंगु बना दिया जाये । बाहर से साबुत, भीतर से ताबूत ?

पर वह पूछ नहीं पाते हैं । कोई भी पूछ नहीं पाता है । शायद अभी वह वक्त आया ही नहीं है कि ऐसे सवाल कोई पूछे । वैसे उनको इतना पता है कि कोई कोमा से कभी इस पार नहीं आ पाता है । उस पार सब चले जाते हैं । वह उस पार जाने के इंतजार में हैं । शेष लोगों के बारे में उन्हें पता नहीं । वे खुद जानें । तय करें, कब जाना है, किस पार जाना है ?

❑❑

(पारवीं, सन् 2011)

20

मिशन

हवाई जहाज न्यू यॉर्क हवाई अड्डे से उड़ा और कुछ ही देर में आकाश में आकर लगभग स्थिर हो गया। लोगों ने अपनी सीट बेल्टें खोल दीं और कुछ आराम की मुद्रा में आ गये। परिचारिकाओं ने कोल्ड ड्रिंक्स सर्व करना शुरू कर दिया। उन तीनों का अभिवादन करते हुए परिचारिका ने उनके सामने कोल्ड ड्रिंक्स रख दिये। वे तीनों एक साथ ही बैठे थे। पिता अनुपम, मां रोहिणी और बेटा राहुल। राहुल बीच में था और उसके अलग-बगल अनुपम और रोहिणी। तीनों में से किसी ने कोल्ड ड्रिंक्स को हाथ नहीं लगाया। रोहिणी ने पति की ओर देखा। वह कहीं शून्य में ताक रहे थे। उनके अपने बेटे के चेहरे पर बेतरतीब दाढ़ी उगी हुई थी। अधपकी दाढ़ी। सिर के सफेद बाल कानों और आंखों को ढंकते-से। नाक पर खिसका चश्मा। मुंह में कोई अस्पष्ट बड़बड़ाहट। शायद कोई वैज्ञानिक मसला हल कर रहा था। कोई फार्मूला बोल रहा था। कल्पना में जैसे कोई प्रयोग कर रहा था। मानो हवाई जहाज में न होकर अपनी प्रयोगशाला में हो।

रोहिणी को लगा-यह अपने आसपास के माहौल से कटा हुआ अपने भीतर कहीं है। कुछ सोच रहा है। कुछ बोल रहा है। शायद किसी को कोई वैज्ञानिक हल समझा रहा है। इसकी बातें किसी की समझ में नहीं आतीं, पर यह लगातार बोलता रहता है। शायद खुद से। शायद दूसरों से। वे दूसरे कौन हैं ? पता नहीं चलता। इसके सामने वे भले ही मौजूद हों, हमारे सामने नहीं होते।

रोहिणी की इच्छा हुई कि पूछे-कोल्ड ड्रिंक पियोगे, बेटा ? खोल दूं ?... पर वह जानती है कि राहुल कोई जवाब नहीं देगा। एक बार मुड़कर देख भी लेगा, तो उसकी आंखों में कोई भाव नहीं होगा। न सुनने का, न समझने का। रोहिणी ने उसकी ओर से अपनी नजरें हटा लीं। अपनी बहती आंखें पोछी।

उसका दम घुटने-सा लगा। वह खिड़की से बाहर देखने लगी। बाहर सिर्फ तैरते बादल थे। या बादलों पर तैरता हवाई जहाज था।

पांच साल... हां... लगभग पांच साल पहले वे तीनों इसी तरह हवाई जहाज से इन्हीं जैसे बादलों के बीच से गुजरते न्यू यॉर्क जा रहे थे। तीनों खुश थे। राहुल तो बेहद खुश था। खूब वाचाल। अपने भविष्य को लेकर सपने बुन रहा था। रोहिणी को याद है कि राहुल ने कहा था, "मम्मी, मैं वहां बसने की बात कभी नहीं सोचूंगा। यह मिशन पूरा होते ही लौट आऊंगा। अपने देश। अपने घर...."

अनुपम ने तब उसे समझाया था, "अभी से लौटने की बात मत सोचो। पहले यह मिशन पूरा होने दो, फिर जैसी परिस्थिति होगी, निर्णय लेना।"

"नहीं, पापा! यह तो मैंने तय कर लिया है। मैं वापस तो आऊंगा ही।"

"ठीक है। तब की तब देखी जायेगी। जो तुम्हारा मन करे, वही करना, बेटा! पहले वहां के माहौल और काम को देखो। अभी तो अनुबंध के अनुसार पांच साल तुम्हें वहां बिताने ही हैं।"

"हां। छठे साल वापस!"

जैसे सचमुच वह जानता था कि पांच साल पूरे होते ही उसे लौटना ही है। वह बात वहीं थम गयी। लौटने-न लौटने की बात को तूल देना अनुपम को भी व्यर्थ लगा। अभी तो काम शुरू भी नहीं हुआ है।...

...तब भी वह इसी तरह दोनों के बीच बैठा था। उसकी तो जैसे लॉटरी निकल आयी थी। नासा से पांच साल का एक वैज्ञानिक अनुबंध। सब कुछ किसी चमत्कार की तरह हुआ!

ठीक छठे साल ही तो लौट रहा है राहुल। लेकिन किस हाल में? तब किसी ने सोचा भी नहीं था कि यह लौटना कुछ इस तरह होगा। इतना मारक! इतना मृत्युजनित! तब तो वह पूरा प्रकरण इतना जीवंत था, उत्साहवर्धक और उल्लासपूर्ण कि सोचकर दुःखद आश्चर्य होता है कि उसका इतना त्रासद परिणाम! कल्पनातीत! जैसे वह कोई स्वप्न था और यह कोई दुःस्वप्न। भयानक! वीभत्स! रोहिणी सोच रही थी।

कुछ ऐसे ही विचार अनुपम के मन में भी उठ रहे थे। वह भीतर से बेहद विचलित थे, लेकिन बाहर से खुद को बलात् जब्त रखने की कोशिश में जुटे थे। जानते थे कि रोहिणी की क्या दुर्दशा होगी, कितनी जानलेवा?

उन्होंने सिर घुमाकर रोहिणी की ओर देखा। उसकी आंखें बंद थीं। सिर्फ बंद होंगी, यह वह जानते थे। नींद से कोसों दूर। अपने भीतर के हाहाकार को जैसे जबर्दस्ती आंखें मींचकर रोकने की कोशिश में। उन्होंने एक भरपूर नजर राहुल पर डाली। उसका सिर उसी तरह झुका हुआ था, जैसे वह अब भी अपनी प्रयोगशाला में हो। उसके शरीर में कोई हरकत नहीं थी, पर शायद भीतर वह कुछ कर रहा था। जाने क्या ? क्यों ? किसके लिए ? कब तक करता रहेगा यह सब ? जो न किसी को दिखायी पड़े, न समझ पड़े ?

उन्होंने अपना एक हाथ बढ़ाकर राहुल के हाथ पर रखा। उसके शरीर में थोड़ी हरकत हुई। जैसे वह कुछ चाह रहा हो। मांग रहा हो। उसने जैसे अपनी सीट से हल्के-से उठने की कोशिश की। अनुपम को लगा कि शायद वह टॉयलेट जाना चाहता है। उन्होंने उससे पूछा, "टॉयलेट जाना है, बेटा ?"

राहुल के मुंह से कुछ अस्फुट-सा स्वर निकला। वह उठकर खड़े हो गये। राहुल का हाथ पकड़कर उसे उठाया। उसे आगे करके खुद उसके पीछे हो लिए, ताकि वह टॉयलेट जा सके। उनका अनुमान ठीक था। उसे पेशाब लगी थी। जाने कब से रोके बैठा था। शायद उसे यह एहसास भी नहीं होगा कि वह रोके हुए है। उसी तरह उसे सहारा देकर उन्होंने उसे वापस उसकी सीट पर लाकर बिठा दिया। रोहिणी की आंखें बंद थीं, पर बह रही थीं।

उन्हें याद है कि वे आंखें तब भी बहीं, जब राहुल को नासा के हवाले करके वे लोग लौट रहे थे। और तब भी बहीं, जब यह सूचना मिली कि राहुल को नासा के युवा वैज्ञानिक टैलेंट में चुन लिया गया है। एक चमत्कार। अप्रत्याशित ! अद्भुत ! अभूतपूर्व ! पूरी दुनिया से सिर्फ पांच युवाओं का चयन किया गया था। लाखों प्रतियोगियों के बीच।

तब राहुल ने सिर्फ एम.एससी. ही किया था। अपने विश्वविद्यालय में टॉप किया था। आगे वह एक वैज्ञानिक बनना चाहता था। विदेश भेजने की अर्हता अनुपम में थी नहीं। किसी विदेशी विश्वविद्यालय की छात्रवृत्ति की कोशिश में राहुल दिन-रात जुटा हुआ था। विज्ञान के क्षेत्र में वह कुछ बड़ा करना चाहता था। कुछ नया, कुछ मौलिक और महत्त्वपूर्ण। विश्व के महान वैज्ञानिक उसके आदर्श थे। राहुल अनुपम और रोहिणी की एकमात्र संतान था। उन्होंने कभी उसके रास्ते का रोड़ा नहीं बनना चाहा। यथासंभव और

यथासाध्य उसका साथ दिया । उसे सहारा दिया । उसके लिए साधन जुटाये । लेकिन राहुल एक दिन इतनी बड़ी छलांग लगाने में कामयाब हो जायेगा, यह उन्होंने सपने में भी नहीं सोचा था ।

उन्हें याद है, जब पहली बार किसी राष्ट्रीय अखबार में एक विज्ञापन निकला, वह बड़े उत्साह के साथ उनके कमरे में आया था, "पापा ! अमरीकी सरकार की ओर से नासा का एक विज्ञापन आया है ।"

"क्या विज्ञापन है ?" अनुपम ने पूछा था ।

"नासा ने युवा वैज्ञानिक प्रतिभाओं की खोज का विज्ञापन निकाला है । लिखा है कि इसके लिए किसी भी देश का युवा आवेदन कर सकता है । उसे विज्ञान विषयों का स्नातक या स्नातकोत्तर होना चाहिए ।"

"बस ? और कुछ नहीं ?"

"लिखा है कि जो विज्ञान में गहरी रुचि लेते हैं और भविष्य में एक सफल वैज्ञानिक बनना चाहते हैं, वे कोशिश कर सकते हैं । लेकिन इसके लिए वे कई तरह से परीक्षा लेंगे और कई बार लेंगे । पंद्रह दिनों के भीतर अप्लाइ कर देना है ।"

"क्या इसके लिए बाहर जाना होगा ?"

"नहीं । कहीं जाना नहीं होगा । यह अपने देश में, अपने शहर से भी हो सकता है । इसमें जिनका चयन होगा, वे अमरीकी सरकार की युवा वैज्ञानिक प्रतिभा खोज के तहत उनके खास मेहमान होंगे और उनकी पूरी जिम्मेदारी नासा की होगी ।"

"तो क्या सोचा है ?"

"सोचना क्या है, पापा ! यह तो एक सुनहरा अवसर है । अप्लाइ तो हर हाल में करूंगा । जमकर सारी परीक्षायें दूंगा । मुझे लगता है, इसके लिए कई राउंड की परीक्षा होगी । जबर्दस्त स्क्रूटनी होगी । ज्यादातर लोग तो इसमें छंट ही जायेंगे । नासा हर तरह से ठोक-पीटकर ही लेगा ।"

"अप्लाइ करो । देखो, क्या होता है !"

"जरूर करूंगा । जी-जान लड़ा दूंगा । यह तो अच्छा हुआ न, पापा, कि अभी मैंने न हायर स्टडीज के लिए कहीं अप्लाइ किया है और न किसी जॉब में हूं । यह एक बेहतरीन मौका है !"

"बेस्ट ऑफ लक !" उन्होंने कहा था, हालांकि उनके मन में रत्ती भर

भी उम्मीद नहीं थी कि राहुल का चयन होगा और वह भी तब, कि जब पूरी दुनिया से सिर्फ पांच युवाओं को चुना जाना है ।

राहुल अपनी तैयारियों में युद्धस्तर पर जुट गया । रोहिणी जरूर जरा चिंतित थी कि पहले ही अपनी सेहत पर ध्यान नहीं देता है, न कहीं घूमना-खेलना, न संगी-साथी, दिन-रात पढ़ाई-लिखाई । समय पर खाने-पीने तक का होश नहीं । अपने से कुछ मांगना-चाहना नहीं, जो दे दो, वह ले लेगा । अब इस नये काम के पीछे अपनी रही-सही सेहत भी न बिगाड़ ले !

अनुपम ने समझाया कि इतनी भी चिंता मत करो । उसे अपने मन की करने दो । कम-से-कम हमें इतनी तसल्ली तो है न कि हमारा बेटा औरों से अलग है । न कोई शौक, न कोई नशा । अब तक वह अपनी पढ़ाई में हमेशा अव्वल ही रहा है । कौन जाने, किस्मत का दरवाजा कब और कहां से खुले ? समझाने पर वह चुप तो हो जाती, लेकिन भीतर ही भीतर राहुल की सेहत को लेकर परेशान भी रहती । कोई बच्चा तो था नहीं कि जोर-जबर्दस्ती करके कुछ खिला-पिला दिया जाता । ऐसा करने पर वह कुछ कहता तो नहीं था, पर कई-कई दिनों के लिए रूठ जरूर जाता था । अपने कमरे में और अपने में बंद हो जाता था । अंत में उन्हें ही उसकी बात माननी पड़ती थी ।

उसके बाद तो एक लंबी, कठिन, चुनौतीपूर्ण और जटिल प्रक्रिया आरम्भ हो गयी । कई-कई बार राहुल को लिखित परीक्षायें देनी पड़ीं । कई बार वीडियो कॉन्फ्रेंसिंग के जरिये उसके साक्षात्कार हुए । हर बार वह सफल होकर आगे निकलता रहा । हर बार यह भी लगता था कि शायद यह अंतिम बार है, पर पता चलता कि अभी और भी प्रक्रिया बाकी है, जो इससे भी बीहड़ है । राहुल डटा रहा । न पीछे हटा, न ढीला पड़ा । उसकी जिद और जुनून उसके माता-पिता के लिए भी कम आश्चर्यजनक नहीं थे ।

जिस दिन परिणाम आया और भारत से एकमात्र राहुल के चयन की खबर आयी, पूरे शहर के साथ-साथ पूरे देश में तहलका-सा मच गया । शहर और बाहर के अखबारों, टेलीविजन चैनलों, रेडियो आदि के बीच राहुल की सफलताओं और उपलब्धियों की चर्चा करने और उसके साक्षात्कार लेने की होड़ मच गयी । कई दिनों तक भविष्य का यह युवा नासा वैज्ञानिक चारों ओर छाया रहा । उसके नाम की जयजयकार होती रही । सम्मानों और पुरस्कारों की झड़ी लग गयी ।

कुछ ही महीनों में वह दिन भी आखिर आ ही गया, जब वे तीनों अमरीका के लिए उड़े। हवाई अड्डे पर समाज के काफी नामी-गिरामी लोग विदा देने आये थे। राहुल फूल मालाओं से लद गया था।

वे न्यू यॉर्क जा रहे थे। नासा से पत्र आया था कि उन्हें न्यू यॉर्क पहुंचना है। वहां से राहुल तथा अन्य चयनित चार युवा वैज्ञानिकों को अमरीकी सरकार के हवाले हो जाना था। राहुल तो बार-बार कहता रहा कि वह अकेला ही चला जायेगा, पर चूंकि अमरीकी सरकार विदा देने आने वाले माता-पिता का खर्च वहन करने के लिए तैयार थी, इसलिए उनके जाने में कोई आर्थिक कठिनाई भी नहीं थी। होती भी, तो रोहिणी कहां मानने वाली थी!

आज वे वहां से अपने देश लौट रहे हैं और उस दिन अपने देश से वहां जा रहे थे। कितना फर्क है उस जाने और इस लौटने में! शायद जमीन-आसमान से भी ज्यादा! उफ! यह कैसी भयानक सजा मिल रही है? अनुपम की आंखें छलक पड़ीं। उन्होंने अपना चेहरा रूमाल से पोंछने के बहाने उन्हें बहने से रोक दिया। जहाज अपनी रफ्तार में था। शेष यात्री अपने में व्यस्त।

जैसे किसी आंतरिक आवाज से रोहिणी की आंखें खुलीं। भीतर से खुली ही थीं, पर बाहर से भी एकाएक खुल गयीं। मानो किसी ने पुकारा हो। ऐसे कौन पुकार सकता है सिवाय बेटे के? उसने देखा कि राहुल का सिर इधर-उधर लुढ़का जा रहा है। मारे नींद के। पता नहीं, उसे यह एहसास है भी या नहीं कि नींद आ रही है। अनुपम की आंखें बंद थीं। पता नहीं सिर्फ बाहर से या भीतर से भी। रोहिणी ने राहुल के लुढ़कते सिर को अपनी गोद में रख लिया। वह थोड़ी ही देर में एक मासूम नींद सो गया। उसके हल्के खर्राटे सुनायी पड़ रहे थे। जाने कितने दिनों, महीनों, सालों की नींद जमा होगी। शायद भूख, प्यास, नींद तक के उसके एहसास खत्म हो चुके होंगे। उसने सुना था कि वैज्ञानिक जहां काम करते हैं, वहां का परिवेश कुछ इस तरह कृत्रिम रूप से तैयार किया जाता है कि सामान्य मनुष्य की भावनाओं और जरूरतों का अनुभव उनको नहीं रह जाता है। पता नहीं, यह कितना सच है? पर राहुल की हालत देखकर तो यही सच लगता है।

आज राहुल कितना निर्जीव लग रहा है और उस दिन, जब उन्होंने न्यू यॉर्क के हवाई अड्डे पर कदम रखा था, वह किसी बच्चे की तरह खुश था। मानो भीतर से खिला-खिला। अब तो पूरी तरह मुरझा गया है।

रोहिणी को वह दिन याद आ रहा था, जब उनके उतरते ही अमरीका के विज्ञान विभाग के बड़े अधिकारियों ने उनका गर्मजोशी से स्वागत किया था । थोड़ी ही देर में वे राहुल को अपने साथ ले जाने वाले थे । दो दिनों के लिए एक आलीशान होटल में अनुपमा और रोहिणी के ठहरने की और साथ ही एक गाइड के साथ न्यू यॉर्क शहर घूमने की व्यवस्था भी थी । उसके बाद उन्हें हर हाल में भारत लौटना ही था । वे चाहकर भी वहां नहीं रुक सकते थे । रोहिणी ने अधिकारियों से बहुत कहा कि वे उन दो दिनों के लिए राहुल को उन्हीं के साथ रहने दें । लेकिन अधिकारियों ने अपनी मजबूरी जता दी । उनके सामने ही वे राहुल को एक बड़ी-सी गाड़ी में ले गये । अनुपम उदास थे । रोहिणी अपनी रुलाई नहीं रोक पा रही थी । उन्हें यह पता नहीं था कि आगे उन पर और भी बंदिशें लागू होने वाली हैं ।

जब वे होटल में आ गये, तो थोड़ी देर बाद कुछ नये अधिकारी आये । अनुपम के सामने उन्होंने एक फाइल रखी और पढ़कर दस्तखत करने को कहा । अनुपम ने पढ़ा, तो जरा चौंक गये । वह एक शर्तनामा था, जिसमें कई शर्तें थीं । एक, अब उनका बेटा पांच सालों तक उन अधिकारियों की देखरेख में रहेगा । दो, इन पांच सालों में वे अपने बेटे से एक बार भी नहीं मिल पायेंगे । तीन, पांच साल बाद उन्हें मिलने के लिए बुलाया जायेगा । तब वे चाहें तो अपने बेटे को उसकी सहमति से अपने साथ ले जायें या फिर नासा के वैज्ञानिक के रूप में काम करने के लिए यहीं छोड़ जायें । चार, इस दौरान उनके बीच कोई पत्राचार नहीं होगा, फोन पर संपर्क नहीं होगा और न ही कोई वीडियो कॉन्फ्रेंसिंग होगी । इन पांच सालों के लिए उन्हें अपने बेटे को भूलना होगा, ताकि वह अपने काम में एकाग्र हो सके और पांच साल बाद दुनिया का एक बड़ा वैज्ञानिक बने । पांच, वर्ष में एक बार उनके पास एक बड़ी रकम भेजी जायेगी, जो उनके अपने खर्च के लिए होगी । बेटे का सारा खर्च अमरीकी सरकार उठायेगी ।

रोहिणी जानना चाहती थी कि उस शर्तनामे में क्या है, लेकिन अनुपम ने जान-बूझकर उसे दूसरे कमरे में भेज दिया ताकि यह सब जानकर उसमें कोई असह्य प्रतिक्रिया न हो । वह भी उन अधिकारियों की उपस्थिति में ।

अनुपम ने अधिकारियों से पूछा, “यह शर्तनामा पहले क्यों नहीं भेजा गया ?”

"हमारा नियम ऐसा ही है ।"

"क्या राहुल को इस शर्तनामे की कोई जानकारी है ?"

"यह जरूरी नहीं है ।"

"अगर मैं इसमें कुछ परिवर्तन चाहूं, तो ?"

"संभव नहीं है ।"

"इस पर दस्तखत करने से इन्कार करूं, तो ?"

"तो भी स्थिति वही रहेगी । आपको लौटना ही है और राहुल को हमारे साथ रहना ही है ।"

अनुपम के पास कोई विकल्प नहीं बचा था । वे हस्ताक्षर करें न करें, राहुल अब अपने हाथों से निकलकर उनके हाथों में जा चुका था । अब न राहुल की वापसी संभव थी और न वे कुछ कर पाने की स्थिति में थे । राहुल की इच्छा और उसका भविष्य सोचकर उन्होंने हस्ताक्षर कर दिये थे, हालांकि हस्ताक्षर करते समय उनकी उंगलियां कांप रही थीं । अच्छा था कि उन्होंने रोहिणी को दूसरे कमरे में भेज दिया था । वह होती, तो उनकी मनःस्थिति को समझने में उसे देर न लगती । बहुत संभव था कि वह रो-रोकर अपना बुरा हाल कर लेती और उसी क्षण राहुल को अपने साथ लेकर लौट चलने की जिद करती । उन्होंने तय किया कि वे भारत लौटने के बाद अनुकूल समय और स्थिति देखकर उसे सब बातें बता देंगे । उनके मन में कुछ दरक गया था, लेकिन नासा के एक वैज्ञानिक के रूप में राहुल की कल्पना कर उन्होंने अपने को संयत रखा था । उनकी चिंता अब रोहिणी को समझाने-संभालने की थी, जो शर्तनामे के बारे में कुछ भी नहीं जानती थी और फिलहाल यही उसके हित में था ।

ये पांच साल किस तरह बीते, अनुपम और रोहिणी चाहकर भी किसी को समझा नहीं सकते थे । धीरे-धीरे करके अनुपम ने रोहिणी को शर्तनामे की सारी बातें बता दी थीं । बताने में उन्होंने काफी वक्त लिया । एक साथ बता देते, तो शायद न रोहिणी अपने को न संभाल पाती और न वह उसे ।

इकलौती संतान पांच वर्षों तक आंखों से दूर किसी देश में हो और उससे मिलना तो दूर, बात तक न की जा सकती हो, ऐसी स्थिति में मां-बाप पर क्या गुजरती होगी ? इसका केवल अनुमान ही लगाया जा सकता है । उन दोनों ने तो उस अनुमान से भी बदतर स्थिति में यह समय काटा था । वे जैसे

एक-एक क्षण को धक्का मार रहे थे । कई बार तनाव और अवसाद के क्षण आ जाते । परस्पर मतभेद और झगड़े हो जाते । कई-कई दिनों तक वे मानो अपने-अपने खोल में बंद हो जाते । एक मातमी मौन पसर जाता ।

जैसे-जैसे साल पर साल, महीने पर महीने और दिन पर दिन घटते गये, वे अपनी सामान्य स्थिति में आ गये । उन्होंने तय किया कि वे वक्त पूरा होने पर राहुल को वापस ले आयेंगे । दूसरे देश और दूसरे लोगों के हाथों में उसे नहीं छोड़ेंगे ।

पांच साल पूरे हुए । नासा से पत्र आया कि वे अपने वैज्ञानिक बेटे से मिलने आ सकते हैं । इस बार भी उनके आने-जाने का खर्च वहां की सरकार उठा रही थी । न भी उठाती, तो भी वे जाते । चाहे कर्ज लेकर या घर गिरवी रखकर जाते, पर अपने राहुल को लौटाकर ही लाते । फिर चाहे इसमें कितना ही अड़ंगा लगाया जाता या कितना भी प्रलोभन दिया जाता ?

नियत समय पर वे न्यू यॉर्क पहुंचे । राहुल को वहां लाया जाना तय था । वे बड़ी बेसब्री से एयरपोर्ट पर अपने लाडले बेटे राहुल की प्रतीक्षा कर रहे थे । जाने क्यों देर हो रही थी ? उनके मन में कई तरह की आशंकाएं उठ रही थीं । बार-बार लग रहा था कि शायद वे फिर किसी बहाने से राहुल को नहीं आने देंगे उनके सामने । शायद उसे फिर से यहीं रखकर अपने वैज्ञानिक शोधों में लगाये रखेंगे । हो सकता है कि इस बार भी कोई नया शर्तनामा पेश कर दें और उन्हें हस्ताक्षर के लिए विवश कर दें । वे कर भी क्या सकते हैं ! कोई भी मां-बाप अपनी संतान को खोना नहीं चाहेंगे । उसकी खुशी, सुख, सुविधा, भविष्य के लिए वे किसी भी शर्तनामे के सामने झुक ही जायेंगे । कोई भी शर्त संतान से बड़ी नहीं होती ।

वे बेहद आतुर हो रहे थे । नियत समय पार हो रहा था और उनके मन में आशंकायें बढ़ रही थीं । जितने खटके और खतरे संभव थे, उनके जेहन में दृश्यमान हो रहे थे और किसी ऑक्टोपस की तरह उन्हें अपनी गिरफ्त में लेते जा रहे थे । तभी उनके पास फोन आया कि किन्हीं अपरिहार्य कारणों से देर हुई । हम क्षमाप्रार्थी हैं और थोड़ी ही देर में आपके वैज्ञानिक पुत्र राहुल को लेकर आपके पास पहुंच रहे हैं । राहुल का काम बहुत उम्दा था । उसने न केवल हमारे और आपके देश का गौरव बढ़ाया, बल्कि दुनिया में विज्ञान और वैज्ञानिकों का नाम रोशन किया । बस अब हम एयरपोर्ट में दाखिल होने

ही वाले हैं। तब तक आप तय कर लें कि राहुल को हमारे पास छोड़ना है यां अपने साथ लेकर जाना है। हम अपने शर्तनामे का महत्त्व समझते हैं तथा उसकी मान-मर्यादा का पालन करते हैं। निर्णय के लिए आप स्वतंत्र हैं। हम आपको अधिक से अधिक एक दिन का समय निर्णय के लिए दे सकते हैं, फिर हम उस निर्णय का स्वागत और पालन पूरी ईमानदारी से करेंगे। अब हम एयरपोर्ट पहुंच चुके हैं और लाउंज में आपके पास बढ़ रहे हैं....

वे दोनों आकुल-व्याकुल होकर प्रवेश द्वार की ओर बढ़ गये। देखा, सामने से कुछ अधिकारी चले आ रहे हैं। वे उन्हें पहचानते नहीं थे, लेकिन अधिकारी उन्हें पहचानते थे। उनके पास आकर अधिकारियों ने उनका अभिवादन किया। दोनों की आंखें अपार उत्सुकता और जिज्ञासा से बेटे को खोज रही थीं। अधिकारियों के बीच उन्हें अपना बेटा नजर नहीं आया।

"कहां है हमारा बेटा ?"

"आपके सामने ही खड़ा है।"

"कहां ?"

"यह रहा आपका बेटा राहुल।"

"नहीं ! आपको कुछ गलतफहमी हुई है। यह हमारा बेटा नहीं है.." अनुपम लगभग चीखने को हुए।

"गौर से देखिए, यही है आपका बेटा।"

"मैं नहीं मानती !" रोहिणी चीत्कार-सा कर उठी।

"प्लीज ! आप लोग जरा शांत हो जाइए। ध्यान से देखिए, सौ फीसदी यह आपका बेटा राहुल है।"

उन दोनों ने नजदीक जाकर देखा। एक दुबला-पतला व्यक्ति। कहीं शून्य में ताकता। जैसे उन सबसे बेखबर। आंखों पर मोटे फ्रेम का चश्मा। गाल धंसे। बाल पके। चेहरा बेरौनक। मुंह में कोई बड़बड़ाहट। जाने क्या। जाने क्यों। जाने किसके लिए। जाने किससे। अचानक देखने पर किसी बुजुर्ग-सा।

उस पर आंखें गड़ाने पर वे पहचान गये कि वह उन्हीं का राहुल है। उन्होंने उसे जन्म दिया है, जवान होने तक पाला-पोसा है। अपनी संतान, अपने खून को कैसे नहीं पहचानते ! चाहे उसका हुलिया कितना भी बदल और बिगड़ क्यों न गया हो। पर यह कैसा राहुल है ! जब आया था यहां,

तो बाईस–तेईस साल का जवान था और अब तिरासी–चौरासी साल का दिखता बूढ़ा ! मां–बाप के सामने की दुनिया एकाएक घूम गयी । आंखों के सामने अंधकार छा गया । अनुपम पास पड़ी कुर्सी पर धम से बैठ गये । रोहिणी को चक्कर आ गया और वह गिर पड़ी ।

जब अनुपम होश में आये, तो देखा कि उसी आलीशान होटल के एक कमरे में हैं, जहां पिछली बार ठहरे थे । सामने सिर झुकाये ऊंघता–सा बैठा राहुल । पलंग पर लेटी रोहिणी । वे स्वयं सोफे पर पसरे हुए । अन्य अधिकारी जा चुके थे । केवल एक था बेटे को छोड़ने या ले जाने के विषय में उनका अंतिम निर्णय जानने के लिए ।

"आप कैसे हैं ?" उसने पूछा । अनुपम मौन ।

"चिंता मत कीजिए, सब ठीक हो जायेगा ।"

अनुपम फिर भी मौन । गहरे सदमे में । रोहिणी शायद अब भी बेहोश ।

"मैं आपका निर्णय जानना चाहता हूं ।"

अनुपम ने कुछ कहना तो चाहा, लेकिन जैसे उनके शरीर का सारा रक्त निचुड़ चुका था और वह बिल्कुल शक्तिहीन हो रहे थे ।

"मैं समझ गया । आपके मौन का अर्थ मैं जान रहा हूं । शायद आप अपने बेटे को यहां छोड़कर जाने की स्थिति में नहीं हैं । हालांकि अब वह हमारी धरोहर है । एक वैज्ञानिक के रूप में एक मिसाल है, फिर भी हमारे करार के मुताबिक अंतिम निर्णय आपका । मैं आज शाम की फ्लाइट से आप तीनों के भारत लौटने का प्रबंध कर देता हूं । फिर आपसे मेरी मुलाकात नहीं होगी । गुडलक । गुड जर्नी...." वह उठ खड़ा हुआ ।

उसने आगे आकर अनुपम से हाथ मिलाना और विदा लेना चाहा, पर अनुपम चाहकर भी अपना हाथ उसकी ओर नहीं बढ़ा पाये । जैसे उनका हाथ उनके शरीर का अंग ही न हो । वह अधिकारी दरवाजे की ओर बढ़ गया । बाहर निकलने को होकर भी रुका । मुड़ा, वापस उनके पास आया । अनुपम की बगल में बैठा । उनके कंधे पर अपना हाथ रखा ।

"मैं भारतीय मूल का हूं । अपना नाम–पता बताने की हमें मनाही है, पर आपसे एक बात जरूर कहना चाहता हूं, इंसानियत के नाते ।"

अनुपम उसकी बात सुनने और समझने के लिए उसकी ओर मुड़े ।

"बेशक आपका बेटा जब यहां आया था, तब जवान था । उम्र से जवान

अब भी है, लेकिन उसका शरीर ढल चुका है। ढीला पड़ गया है। उस बात की खास वजह है।"

अनुपम उसकी बात गौर से सुनने लगे।

"वजह यह है कि जिस मिशन के लिए राहुल को यहां बुलाया गया था, उसका अनुबंध केवल पांच वर्षों का था। उसके बाद वैज्ञानिक कार्यों के लिए उसका उपयोग आगे हो सकता था या नहीं भी हो सकता था, क्योंकि पांच साल बाद चाहने पर उसे लौटाने का प्रावधान था, लेकिन"

अनुपम ने पूरा ध्यान उसकी बातों की ओर केंद्रित कर दिया।

"...लेकिन वह मिशन पांच वर्षों में पूरा होने वाला नहीं था। इसलिए राहुल और इसके साथ भारत जैसे चार अलग-अलग देशों से आये अन्य चार युवाओं से जो काम लिया गया है, उसमें बकाया काम को भी शामिल कर लिया गया। यही कारण है कि दिमाग पर ज्यादा जोर पड़ने से राहुल का शरीर इस हालत में पहुंच गया है कि आप उसे पहचान तक नहीं पा रहे हैं और आपका युवा बेटा आपको बूढ़ा लगा रहा है। लेकिन मुझे उम्मीद है कि शायद भविष्य में वह धीरे-धीरे अपनी सही उम्र को फिर से जी सकेगा। मे गॉड ब्लेस हिम !" वह उठकर इस बार बिना रुके सीधा बाहर चला गया और अनुपम काठ बने उसका जाना देखते रहे। उसके शब्द उनके कानों में अब भी विस्पोट कर रहे थे।

उसी शाम वे अपने जवान बेटे के बूढ़े शरीर को लेकर अमरीका से भारत के लिए जहाज में बैठ गये। बीच में राहुल। अलग-बगल वे दोनों।

परिचारिका आयी। उसने कोल्ड ड्रिंक्स के अनछुए, अनपिये कैन उठा लिए और कुछ खाने के लिए पूछा। पर वे मौन थे। केवल राहुल की मंद-मंद बड़बड़ाहट ही जारी थी। नासा की युवा वैज्ञानिक प्रतिभा प्रतियोगिता में चयनित और प्रशिक्षित भविष्य के एक संभावित बड़े वैज्ञानिक की अंतहीन और अर्थहीन बड़बड़ाहट।

❑❑

(कथन, सन् 2012)

21

रोना भी एक रोशनी है...

मैं अपनी हालत पहले ही जाहिर कर देना बेहतर समझता हूं। यानी यह कि मैं अपने पैरों से लाचार हूं। लंगड़ा हूं, बामुश्किल बैसाखियों के सहारे दो-चार कदम ही चल पाता हूं। मेरी मजबूरी यह है कि मैं अपने कमरे में दिन-रात बंद रहूं। बाहरी दुनिया से जुड़ने का सिर्फ एक ही जरिया मेरे पास है, एक दूरबीन। जिसे मेरे अब्बा ने कुछ साल पहले मुझे मेरी सालगिरह पर बतौर प्रेजेंट दिया था। जहां तक मुझे याद है, उस साल, जब कि डॉक्टर ने अपना यह फैसला सुना दिया था कि यह लड़का जिन्दगी भर अपाहिज रहेगा। कह सकता हूं कि मेरे चलने-फिरने की एक बैसाखी है तो बाहर की दुनिया से जुड़ने की दूसरी बैसाखी दूरबीन। मैं लगभग दिन-दिन भर और कभी-कभी देर रात तक भी अपनी आंखें दूरबीन से लगाये रखता हूं। इन दिनों मेरी यह दूरबीन बहुत काम आयी है, इसलिए कि शहर में दंगे-फसाद हो रहे हैं। ये कुछ ही दिन पहले शुरू हुए। हालांकि हमारे शहर में दंगे होना कोई नई बात नहीं है। पहले भी दो-एक बार हुए हैं। तब मैं छोटा था और स्कूल में पढ़ता था। कह सकता हूं कि मेरे बड़े होने के बाद ये दंगे मैं देख रहा हूं। वो भी जरा करीब से, दूरबीन के जरिए। यों अब्बा की हिदायत है कि खिड़की बंद रखूं। कब क्या हो जाये, कौन जाने, पर मैंने उन्हें हाँ कहकर भी, इतना जरूर खुला रखा है कि दूरबीन से बाहर के हालातों को देख-जान सकूं।

ये हालात कैसे हैं, यह बताने से पहले यह भी बता दूं कि हमारा मोहल्ला कुछ अलग और अजीब है। इस मायने में कि यहां बीचोंबीच एक कच्ची-पक्की सड़क है। उसके दोनों ओर घर हैं। दाहिनी ओर, यानी उस ओर जहां हम रहते हैं, सारे घर मुसलमानों के हैं और सड़क के दूसरी ओर सारे घर हिन्दुओं के। पहले जब भी शहर में दंगे हुए, इस मोहल्ले में छिटपुट वारदातें तो हुईं, पर कोई बड़ा हादसा नहीं हुआ, लेकिन सुना कि इस बार होने वाला है। दंगे

भड़काने वालों की खास नजर इस बार इस मोहल्ले पर लगी है । जाहिर है कि सड़क के दोनों ओर के लोग बहुत डरे हुए हैं । यानी कि पूरा माहौल कुछ ऐसा है कि दंगा होना तो तय है, पर कब शुरू हो जायेगा और कितना खौफनाक होगा ? इसका कुछ भी अंदाज नहीं लग रहा है । शहर के दूसरे इलाकों से आगजनी और खूनखराबे की सही-गलत सूचनायें लगातार आ रही हैं । एहतियातन, आसपास कर्फ्यू लगा दिया गया है । बीच-बीच में ऐलान होता है और उसमें कुछ ढील दी जाती है । जब कर्फ्यू होता है, मैं दूरबीन से सूनी सड़कें, जवानों की गाड़ियां और गश्तियां देखता हूं और वह हटता है तो लोगों की भगधड़, अफरातफरी का नजारा देखता हूं ।

इधर उसमें ढील चल रही है । हालात लगभग सामान्य जैसे लग रहे हैं । मेरे घर के ऐन सामने एक घर है, जिसमें कुल जमा तीन लोग हैं । एक बच्चा और उसके मां-बाप । बच्चा छोटा है, किसी स्कूल में, जाने किस छोटी क्लास में पढ़ता है ? उसके मां-बाप दोनों काम करते हैं । बच्चा स्कूल से लौटकर अमूमन अपने पड़ोसी के यहां रहता है, जब तक कि वे लौटकर नहीं आ जाते । मुझे उनकी माली हालत कुछ अच्छी नहीं लगती, शायद इसी वजह से वे दोनों कहीं काम करते हैं । यह जो घर है, ठीक मेरे सामने पड़ता है । जरूरत-बे-जरूरत मैं उस घर की ओर देखता रहता हूं । बस एक लत जैसी पड़ गई है । उनका दरवाजा अमूमन बंद रहता है । जब भी किसी वजह से खुलता है, मेरी आंखें उधर चली जाती हैं । तब मैं खिड़की की तरफ देखने लगता हूं । खिड़की हमेशा खुली रहती है, पर कोई खिड़की पर दिखता शायद ही है । इधर लेकिन उसमें एक फर्क आया है । कर्फ्यू जब नहीं होता है, तब उसके मां-बाप कुछ वक्त के लिए काम पर जाते हैं, पर वह बच्चा घर पर ही रहता है । उनके लौटकर आने के बाद भी, चूंकि हालात ठीक नहीं हैं, इसलिए दरवाजा बंद ही रहता है । तब वह बच्चा खिड़की से सिर टिकाए दिख जाता है । जाने क्या देखता, क्या सोचता हुआ ? काश ! मैं उससे बातें कर पाता । नहीं करते हुए भी, जैसे मैं उससे कुछ कहता रहता हूं और वह मुझसे । मुझे पता है कि किस हाल में वह दरवाजा कब खुलेगा और कब बंद होगा ? इधर जब से दंगे भड़के हैं, उसके खुलने और बंद होने के वक्त और वजह में खासा फर्क आ गया है । यह फर्क मेरे में और भी दिलचस्पी पैदा कर देता है । इसे इस तरह भी बता सकता हूं कि दंगे का जैसा और जो असर

हमारे मोहल्ले पर है, उसी के हिसाब से अब दरवाजा खुलने-बंद होने लगा है। जहां तक असर की बात है, वह अब ज्यादा ही दिख रहा है। खौफ बढ़ा है। आगजनी हुई है। दो एक कत्ल भी। दोनों ओर के कई लोग भागकर जाने कहीं और चले गये हैं। पता नहीं कि वे वहां कितने महफूज हैं ? बहरहाल, मोहल्ले में जो थोड़े लोग बच गये हैं, उनमें एक वह खुलने-बंद होने वाले दरवाजे का घर भी है।

कल की रात बड़ी बेचैनी में बीती है। जाने क्यों लोगों को लग रहा था कि रात इस मोहल्ले पर कयामत आयेगी ? कई दिनों से यही आलम है। न दिन को चैन, न रात को नींद। अमूमन सभी घरों के दरवाजे और खिड़कियां तक बंद। बस मेरी खिड़की जब-तब थोड़ी खुलती है, इतनी भर कि मैं अपनी दूरबीन लगा सकूं और कभी-कभी उस घर की खिड़की का पल्ला थोड़ा खुलता है और बच्चे का चेहरा झलक जाता है, जैसे वह टोह ले रहा हो कि अब कैसी हालत है ? कर्फ्यू हटा हो तो बाहर निकल कर पड़ोस के बच्चों के साथ कुछ खेल-खाल ले, पर कल रात तक वैसी हालत नहीं थी। आज सुबह यह ऐलान हुआ कि शहर की हालत में सुधार है, इसलिए आज दिन भर कर्फ्यू में ढील दी जाती है। यानी सुबह सात से शाम पांच तक। यह सुनकर उनके घर का दरवाजा खुला। मैंने अपनी दूरबीन पर आंख जमाई। बच्चे के मां-बाप शायद काम पर जाना चाहते थे। मुमकिन है, हाजिरी भर के लिए जाना चाहते हों। पर बच्चा किसी भी हाल में उन्हें जाने देना नहीं चाहता था। वह उन्हें पकड़-पकड़ कर रोने लगा। वे लगातार समझाते जा रहे थे। कभी भीतर होते, कभी बाहर। बामुश्किल बच्चा मान गया। उसके बाप ने उसके सामने टूटे-फूटे खिलौनों की एक फटी-पुरानी थैली उड़ेल दी। खेलने के लिए। बच्चे ने मारे गुस्से के उन्हें ठोकर मारी। जाहिर है, उसकी कोई दिलचस्पी अब उन पुराने टूटे-फूटे खिलौनों में कतई नहीं थी। उसकी मां ने जाते-जाते कई बार उसे कड़ी हिदायत दी कि खबरदार वह किसी हाल में दरवाजा न खोले। वे न तो उसे अपने साथ ले जा सकते थे और न ही किसी पड़ोसी के घर ऐसी हालत में छोड़ सकते थे। बेशक उन्हें अपनी नौकरी बचाने के खातिर हाजिरी लगाना जरूरी लगा होगा। वर्ना ऐसी खतरनाक हालत में कौन अपने बच्चे को अकेला छोड़कर जाना चाहेगा ? मुझे उनकी मजबूरी पर तरस आया और उस बच्चे पर दया आई। लिहाजा मैंने मन ही

मन यह तय किया कि मैं उस पर गौर करता रहूंगा । एक दिक्कत पेश आई कि खिड़की तो पहले से बंद थी, उनके जाने के बाद दरवाजा भी बंद हो गया । बल्कि वे तब तक बाहर खड़े ही रहे, जब तक कि उस बच्चे ने भीतर से दरवाजे की कुंडी नहीं लगा ली । जाने क्यों मुझे कुछ घबराहट हुई ? दिल किया कि दौड़कर जाऊं और उससे कहूं कि वह बेशक दरवाजा बंद रखे, लेकिन खिड़की खोल दे । यह बात अलग है कि न तो मैं दौड़ सकता था और न बाहर निकल सकता था, पर उसने जैसे मेरी बात सुन ली, समझ ली और खिड़की खोल दी । हालांकि मैं समझ सकता हूं कि उसे यह आजादी भी नहीं दी गई होगी, पर शायद उसने ले ली । मुझे भी राहत मिली । लगा कि लड़का समझदार है । अब मैंने अपनी दूरबीन को उसकी खिड़की पर फिक्स किया । यों खिड़की से सब कुछ उतना साफ तो नहीं दिख सकता था, जितना दरवाजे से, पर चलो, इतना भर ठीक है । उस पर नजर तो रख ही सकता हूं ।

दरअसल बाकी मोहल्ले में अब मेरी दिलचस्पी कम हो गई । कमोबेश सभी इस पार-उस पार के घरों का हाल एक-सा ही । फर्क है तो महज उस बच्चे वाले घर में । जहां तक मुझे याद है, जब से हालात बिगड़े हैं, शायद वह पहली बार घर में, इस तरह अकेला है । मैं उसे लेकर शायद कुछ बेवजह भी चौकन्ना हो गया हूं, गोया उसके मां-बाप ने मुझे, उनकी गैरहाजिरी में, उसकी देखभाल का ज़िम्मा सौंप रखा हो । सच कहूं तो यह जिम्मा मैंने खुद ही ले रखा है । यह जानते हुए भी कि सिवाय उस पर एक नजर रखने के मैं और किसी काबिल नहीं हूं । उसके साथ कोई हादसा हो जाये, शायद तो भी नहीं । फिलहाल मैं खुली खिड़की से देख पा रहा हूं कि वह खिड़की से हटकर अपने टूटे-फूटे खिलौनों की ओर बड़ी बेचारगी से देख रहा है । मैं उसकी मजबूरी समझ सकता हूं, वह अकेला घर में रहना नहीं चाहता था, पर उसे खेलना पड़ रहा है । किसी तरह उसका खेल बड़े बेमन से शुरू हुआ । गनीमत है कि मैं वह खेल देख पा रहा था । उसने पहले सारे बिखरे खिलौने पास बटोरे । फिर उन्हें अलग-अलग किया । अलग करने में उसने यह होशियारी बरती कि सबके जिस्म के अलग-अलग हिस्सों को एक ओर रखा । यानी कि सबके पैर अलग, हाथ अलग, सिर अलग, धड़ अलग । मुझे लगा कि शायद वह कोई दिलचस्प खेल के बारे में सोच रहा है, इसलिए मेरी

भी दिलचस्पी उसमें बढ़ गई। मैंने दूरबीन का फोकस बढ़ा दिया कि ठीक से, जरा नजदीक से देख सकूं। थोड़ा सावधान होकर बैठ गया।

कुछ देर वह सोचता रहा, फिर उसने किसी का सिर हाथ में लिया तो किसी का धड़। किसी के पैर तो किसी के हाथ। इन्हें आपस में जोड़कर एक मुकम्मल खिलौना शायद बनाना चाहता था। यानी एक आदमी या कि एक औरत, या फिर बूढ़ा या बच्चा। लेकिन उसकी लाख कोशिश के बावजूद इन टूटे-टुकड़ों से सही मायने में कोई भी तस्वीर नहीं बन पा रही थी। वह बारबार इन्हें बदलता था। कभी इसका सिर तो उसका धड़। इसके पैर तो उसके हाथ। इसके बावजूद बात नहीं बन रही थी। उसकी हर कोशिश बेकार हो रही थी। इतने सारे खिलौनों के इतने सारे टुकड़ों को जोड़कर भी वह एक सही-साबुत खिलौना बनाने में नाकामयाब ही रहा। उसने थक कर यह काम बंद कर दिया। फिर एक बार उन्हें ठोकर मारी। वे सब टुकड़े बिखर गये। वह उठकर खिड़की पर आ गया। बाहर देखने लगा। उसके देखने लायक बाहर कुछ था भी नहीं। शायद दंगे-फसाद की समझ उसमें नहीं थी। बाहर सहमी-सहमी-सी आहटें थी। कोई किसी काम से बाहर निकल भी रहा था तो खौफजदा। हरएक जल्दी में। घबराया, परेशान, हैरान अपने काम निपटाकर घर के भीतर बंद हो जाने को बदहवास। ऐसे में उस बच्चे को बाहर क्या मिलता ? पहले तो वह खिड़की पर चढ़ गया, फिर उतरा, तब खिलौनों के पास बैठा। उन्हें एक बार और अपने पास बटोरा। उसकी मुश्किल मैं समझ सकता हूं। एक भी खिलौना साबुत न हो तो वह खेले किसके साथ वो भी कैसे ? एक बार और उसने अपनी कोशिश फिर शुरू की। सिरों, धड़ों, हाथों, पैरों, चेहरों, पेटों को कुछ इस तरह मिलाने की कि उससे एक कमबख्त खिलौने की तस्वीर तो बने। वे सारे खिलौने किसने तोड़े यह तो पता नहीं, लेकिन यह साफ लग रहा था कि जैसे वे उससे सख्त नाराज हैं। वे एक दूसरे से जुड़ना ही शायद नहीं चाहते थे। मानों कसम खा रखी हो। मुझे भी उन पर गुस्सा आ रहा था। एक भी मुकम्मल बन जाता तो कुछ मेरा भी मसला हल होता कि चलो, कोई खेल तो जारी है। आखिर मुझे उस पर नजर जो रखनी है। मैं भी जरा इत्मीनान हो जाता। पर यहां तो उसकी और मेरी बेचैनी बढ़ती जा रही थी। उसका यह खेल नहीं जमा तो फिर वह करेगा क्या ? अभी तो सारा दिन पड़ा है।

इस बार भी जब कोई साबुत खिलौना नहीं बना तो साफ देखा कि वह मायूस हो गया है। वह रोने भी लगा। मेरा भी जी जाने कैसा तो होने लगा ? मेरी मजबूरी कि मैं उसे तसल्ली भी नहीं दे सकता था। अपने अपाहिज होने पर मुझे दर्द भी हुआ और गुस्सा भी आया। शायद खुदा पर। यह भी क्या जीना कि चाह कर भी किसी के काम न आ सकूं। मैं अपने भीतर कुछ देर के लिए डूब गया था। इस बीच देखा कि बच्चा मेरी दूरबीन के दायरे में नहीं है। कहां गया ? क्या हुआ ? मैं घबरा गया। मुझे अचानक लगा कि वह शायद दरवाजा खोलने की कोशिश कर रहा था। खुल जाता तो ठीक ही रहता। वह भी राहत पाता और मैं भी। उसके बाद वह क्या करता और कहां जाता, यह तो मैं नहीं जानता, शायद वह भी नहीं, पर लगा कि एक बार उसका खुलना जरूरी है। वह आखिर खोल नहीं पाया। खिड़की पर खड़ा होकर काफी देर तक बिसूरता रहा। फिर अपने बेतरतीब खिलौनों के पास जाकर लेट गया। हो सकता है, उसे भूख लगी हो, नींद आ रही हो। लगभग दोपहर का वक्त तो हो ही चला था। मोहल्ले में तो बस मातमी सन्नाटा था। कर्फ्यू न होने के बावजूद उससे बदतर-सी हालत। क्यों होते हैं दंगे ? क्यों लगते हैं कर्फ्यू ? आदमी इस तरह एक दूसरे के खून का प्यासा कैसे बन जाता है ? क्या वह दिन इस मोहल्ले और मुल्क में कभी आयेगा, जब इससे इन्सान को हमेशा के लिए निजात मिल जाये ? बड़ी और भयानक बीमारियों से तो दुनिया को बचाने की जद्दोजहद होती है तो ऐसी बीमारियों से छुटकारे के लिए क्यों नहीं ? एक दिन अब्बा से पूछना पड़ेगा। तफसील से जानना होगा। फिलहाल जानने के लिए मेरे सामने वह बच्चा है। जो कि सो रहा है। शायद एक गहरी और मासूम नींद। ऐसी हालतों में हर आदमी को एक गहरी और लम्बी नींद ही आ जाये तो कितना अच्छा है। आदमी जागकर ही तो ज्यादा खुराफात करता है। ऐसे जागने से नींद भली। जैसी नींद में वह बच्चा है। मुझे कुछ तसल्ली थी कि वह सो रहा है, पर मेरी फिक्र यह भी थी कि उठकर वह क्या करेगा ? अभी तो शाम या रात होने में बहुत वक्त है। जाने उसके मां-बाप कब लौटें ? जाने वे कभी न भी लौटें। मेरे इस ख्याल ने मुझे भीतर से बेहद डरा दिया। दंगे और कर्फ्यू से भी ज्यादा। उस सवाल के आगे केवल अंधेरा था। काला और डरावना अंधेरा। मैं सचमुच इतना डर गया कि मैंने अपनी आंखें मूंद लीं। दूरबीन पर अपना माथा टिका दिया। इस बीच लगा

कि किसी ने मुझे आवाज दी । शायद कोई आकर मेरी सलामती देख गया । आंखों के बंद होते ही बाहर का अंधेरा भीतर गहराने लगा । कुछ इस हद तक कि चाहकर और जोर लगाकर भी आंखें न खोल सकूं । यह कैसा अंधेरा है ? बेवक्त ? बेमौसम ? बेवजह ? बेपहचान ? मैंने तो इसके पहले अपनी जिन्दगी में ऐसा गहरा, काला, डरावना, घुप्प, डसने वाला अंधेरा कभी नहीं देखा । शायद कभी नहीं, हां, कभी तो नहीं ।

अचानक एक जबरदस्त धमाका सुनाई पड़ा । मेरी आंखें फक से खुलीं । बाहर शाम का झुटपुटा था । मैंने एकदम से बच्चे की ओर नजर डालनी चाही, पर वह नहीं दिखा । इस बीच मोहल्ले में एक बेहद खौफनाक माहौल फैल गया था । कई घर धूं-धूंकर जल रहे थे । बम के धमाकों से सारा मोहल्ला गूंज रहा था । भगधड़ मची थी । लोग अपनी जान हथेली पर लेकर दौड़ रहे थे । मारकाट मची थी । नारे आसमान चीर रहे थे । ऐसा दहशतजदा मंजर मैंने कभी नहीं देखा था । सड़क पर लाशें बिछी पड़ी थीं । जानवरों और इन्सानों के जिस्मों के टुकड़े छितराये पड़े थे । मैं इस हद तक डर गया कि आंखें खुली रखना मुमकिन नहीं था । मेरा जिस्म थरथरा रहा था । मैंने एकाएक खिड़की बंद करने का फैसला किया ही था कि तभी देखा, उस घर का दरवाजा भड़ाक से खुला । जैसे कि वह बहुत देर से उसे खोलने की पुरजोर कोशिश में जुटा हो और अचानक वह खुल गया हो । मैं न अपनी आंखें बंद कर सका, न खिड़की । उसकी ओर सांसें थामे, आंखें फाड़कर देखता रहा । वह खुले दरवाजे के बीच जैसे कुछ टोह लेता-सा खड़ा रहा, फिर जाने उसे क्या हुआ कि वह सड़क पर आ गया ?

इधर-उधर दौड़-दौड़ कर कुछ बटोरने लगा । अब मैंने अपनी दूरबीन के फोकस को सबसे अधिक बढ़ा दिया तो उसके हाथ की चीजें, जो वह ठीक से संभाल भी नहीं पा रहा था, देख-समझ कर मेरी चीख निकल गई । लगा, मैं गश खा जाऊंगा । वह अपने नन्हें हाथों से किसी का सिर तो किसी का पैर तो किसी का हाथ समेटने की कोशिश कर रहा था । जितना भी समेटा सकता था, उन्हें लेकर वह भागता हुआ फिर घर में घुस गया और दरवाजा जोर से बंद कर लिया । मेरी रुकी-थमी सांसे फिर चालू हुई । लेकिन मेरा दिल अब भी जोरों से धड़क रहा था, जिसे मैं बहुत साफ सुन सकता था । मैंने हड़बड़ाकर फिर से एक बार उसकी खुली खिड़की पर अपनी नजरें जमा

दीं। उसने सड़क पर से बटोरकर लाये गये जिस्मों के टुकड़ों को एक ओर फर्श पर रखा। वहां पहले से बिखरे खिलौनों को दूसरी ओर सरका दिया। दोनों की हालत लगभग एक-सी थी। जैसे टूटे-फूटे खिलौने, वैसे ही कटे-फटे जिस्मों के टुकड़े। मैं पागल हो रहा था कि आखिर वह इन टुकड़ों को क्यों बटोर लाया ? क्या करेगा इनका ? कहीं वह ऐसी हालत में सनक तो नहीं गया ? कुछ उल्टा-सीधा कर बैठा तो क्या होगा ? उसका इरादा क्या है ? उसके मां-बाप लौटेंगे तो क्या कहेंगे ? क्या वे कभी लौटेंगे भी ?

मैं बड़ा बदहवास-सा इन बेतरतीब जानलेवा सवालों से घिरा बेदम हो रहा था कि उसने अपना अधूरा खेल फिर शुरू कर दिया। फर्क सिर्फ यह था कि तब वह खिलौनों के टुकड़ों को जोड़कर भी एक साबुत खिलौना नहीं बना पा रहा था और अब इंसानी जिस्मों के टुकड़ों को जोड़कर एक साबुत आदमी बनाने में वह कामयाब हो रहा था। उससे वह इतना खुश और जिंदादिल लग रहा था कि शायद यह सवाल उसे कहीं से भी परेशान नहीं कर रहा था कि वह बनता हुआ आदमी जिन्दा है या मुर्दा है। या खुदा ! यह मैं कैसा नजारा देख रहा हूं ? उसकी कामयाबी पर हंसू या रोऊं, यह समझने की भी ताकत मुझमें नहीं थी। अगर मैं गलत नहीं हूं तो उन जिस्मानी टुकड़ों को शायद मैं कुछ-कुछ पहचान भी रहा हूं। सिर जरूर अहमद भाई का है, उसकी दाढ़ी मैं अच्छी तरह पहचानता हूं, एक संजीदा शायर !... धड़ रामप्रवेश का है, जो जरा मोटा था और मोहल्ले में घूम-घूम कर सब्जी बेचता था... पैर, दावे से कह सकता हूं, रहमत के थे। वह अपने फीलपांव लिए बेचारा एक खटिया पर बैठा कुरान पढ़ता रहता था !... हाथों को शायद मुझसे अधिक कोई नहीं पहचान सकता, क्योंकि उन हाथों ने हफ्तों-महीनों मेरे पैरों की मालिश की थी। बेशक, सौ फीसदी वे हाथ शिव काका के हैं ! मैं बस होश और बेहोशी के बीच यह सब कुछ देख रहा था। मुझे यह एहसास भी नहीं था कि मैं जगा हुआ हूं या कोई सपना देख रहा हूं।

दरअसल मैं खुद जिन्दा हूं या मुर्दा, यह भी पता नहीं चल रहा था। तभी मैंने देखा कि उसके मां-बाप बचते-बचाते आ गये। यह एक राहत की बात थी, पर मैं बेइंतिहा डरा हुआ था कि जब वे घर के भीतर घुस कर वह नजारा देखेंगे तब क्या होगा ? मेरे भीतर उठ रहे इस सवाल के पीछे अंधेरा था, तूफान था, खौफ था। मैं उससे घिर रहा था, उसमें डूब ही रहा था कि मेरे घर वालों

ने मुझे ऊंची आवाज में पुकारकर, झकझोर कर उठाया और मैं आंखें फाड़े अब भी बंद खिड़की और खुले दरवाजे को ताक रहा था। बाहर अंधेरा फैल चुका था। गहरी खामोशी थी। सहमी हुई-सी। बस रह-रहकर उस बच्चे के रोने की आवाज, अंधेरे और खामोशी को चीरने की कोशिश कर रही थी। मुझे पहली बार यह एहसास हुआ कि किसी के रोने में भी कितनी राहत और ताकत है? इस तमाम आवारागर्दी और अंधेरगर्दी के खिलाफ शायद रोना भी एक रोशनी है। काश! हम सब ऐसे हालातों पर दिल से रो पाते। किसी शायर ने कहा है-"रोना रूह तक पहुंचना है।" मैं बड़े गौर से सामने वाले उस बच्चे का रोना सुनता रहा। लग रहा था, गोया वह रोना सिर्फ उसके मां-बाप तक रुका हुआ नहीं है, बल्कि अपने पास-दूर सब तरफ फैल रहा है कि कोई भी उसे सुन-समझ सके। मैंने कहीं एक बार पढ़ा था-"सब कुछ खत्म होने के बावजूद, इंसानी वजूद अभी बचा हुआ है।" इसका पहला और आखिरी एहसास किसी बच्चे के रोने से ही होता है। रोना अगर एक अंत है, तो एक और शुरूआत भी, जहां से सपने और उम्मीदें जगती हैं।

❑❑

(आधारशिला, सन् 2014)